本成果获咸阳师范学院学术著作出版基金资助

南宋淳熙四家的诗歌与书法

路薇 著

中国社会科学出版社

图书在版编目（CIP）数据

南宋淳熙四家的诗歌与书法/路薇著. —北京：
中国社会科学出版社，2019.3
ISBN 978 - 7 - 5203 - 4062 - 5

Ⅰ.①南… Ⅱ.①路… Ⅲ.①古典诗歌—诗歌评论—中国—南宋②汉字—书法
评论—中国—南宋 Ⅳ.①I207.22②J292.1

中国版本图书馆 CIP 数据核字（2019）第 027193 号

出 版 人	赵剑英
责任编辑	郭晓鸿
特约编辑	李坤阳
责任校对	赵雪姣
责任印制	戴 宽

出 版	中国社会科学出版社
社 址	北京鼓楼西大街甲 158 号
邮 编	100720
网 址	http://www.csspw.cn
发 行 部	010 - 84083685
门 市 部	010 - 84029450
经 销	新华书店及其他书店

印 刷	北京明恒达印务有限公司
装 订	廊坊市广阳区广增装订厂
版 次	2019 年 3 月第 1 版
印 次	2019 年 3 月第 1 次印刷

开 本	710×1000 1/16
印 张	19
插 页	2
字 数	251 千字
定 价	78.00 元

凡购买中国社会科学出版社图书,如有质量问题请与本社营销中心联系调换
电话:010 - 84083683

引　言

　　文学与艺术共同具有艾布拉姆斯《镜与灯：浪漫主义文论及批评传统》所精心设计出来的作品四要素——作品、艺术家、世界（包括"人和人的行为、观念、情感、物质和事件，以及超感觉的实体"）和读者。① 这种划分在分析个别单一的、具体的作品时可能会显得略为简单，但为我们提供了在诗歌与书法两种艺术之间进行综合研究的视角和线索。诗歌作为语言的艺术，书法作为线条的艺术，都打上了创作主体的烙印，展现创作主体的审美取向与价值追求，共同体现创作者的文化积淀、生存境遇、人生态度、精神境界等。因而，南宋"淳熙四家"诗歌与书法的创作成就、艺术风格亦均与作者的学识、涵养、性格、追求等密切相关，且随着时代变迁、文化更迭，二者的关系越来越丰富与深入，并呈现出与所处时代的历史文化背景、文艺审美思潮紧密相关的特点。

一　南宋"淳熙四家"

　　"诗者，志之所之也，在心为志，发言为诗。"② 当文人的言志之诗受到社会背景、政治环境等方面的制约和限制，心中之志不能全部"发言为诗"

---

　　① ［美］艾布拉姆斯：《镜与灯：浪漫主义文论及批评传统》，郦稚牛等译，北京大学出版社1989年版，第5页。
　　② （清）阮元：《十三经注疏》，中华书局1980年版，第269页。

时，那些未能完全表露的思想及情感就会通过其他渠道表达出来，书法便是其中之一。如唐代张怀瓘《书断》所言："文章之为用，必假乎书；书之为征，期合乎道。故能发挥文者，莫近乎书。"① 书法相较于诗歌而言，表意较为曲折、朦胧、隐晦，可以很好地言诗之不尽，补诗之不足，完整地呈现诗人作诗时的未尽之情。两宋时期，文人经常集学者、诗人、词人、书法家、画家等多种身份于一身，除时代政治文化因素的影响之外，他们的综合成就很好地体现了文学与艺术的相通性。因而，在对宋代文学进行研究时，可以采取跨学科的研究方法，结合这些艺术的实践或鉴赏成果来对文学进行综合全面的研究，这种研究方法可以从一定程度上避免文学研究被孤立或割裂。② 北宋时期的苏轼、黄庭坚、米芾、蔡襄并称书法史上的"宋四家"③，他们的书法创作堪称宋代不可逾越的高峰。同时，他们在文学方面亦有成就，尤其是苏轼和黄庭坚在诗歌领域具有突出影响，他们使诗歌由唐音向宋调的转变基本定型，推动宋诗在诗歌史上与唐诗比肩而立，可谓艺舟双楫。南宋时期，以"淳熙四家"为代表人物的文学与书法艺术之间的关系亦是如此。

清代沈曾植在《海日楼札丛》中指出：

> 淳熙书家，就所见者而论，自当以范（成大）、陆（游）与朱子为大宗。皆有宗法，有变化，可以继往开来者。樗寮（张即之）易入，可称"南宋四家"。朱子以道学掩，范、陆以诗名掩，而樗寮以笔法授受有传，名乃独著。朱、范、陆皆出景度（杨凝式），而朱所得独多。④

---

① （唐）张怀瓘：《书断》，华东师范大学古籍整理研究室等编《历代书法论文选》，上海书画出版社 2014 年版，第 409 页。

② 邓乔彬、昌庆志：《宋代文学的文化学研究》，《学术研究》2008 年第 5 期，第 26—28 页。

③ "宋四家"之苏、黄、米、蔡并称，最早见于宋高宗《翰墨志》云："本朝承五季之后，无复字画可称。至太宗皇帝始搜罗法书，备尽求访。当时以李建中字形瘦健，姑得时誉，犹恨绝无秀异。至熙丰以后，蔡襄、李时雍体制方入格律，欲度骅骝，终以驽骀不为绝赏。继苏、黄、米、蔡，笔势澜翻，各有趣向。然家鸡野鹜，识者自有优劣，犹胜泯然与草木俱腐者。"

④ 沈曾植著，钱仲联辑：《海日楼札丛》卷八，上海古籍出版社 2009 年版，第 161 页。

　　沈曾植本人精通于史学、诗歌与书法，对两宋书法有颇为深入的研究，因而他综合近七百年人们对南宋书法的整体看法，对南宋一代的书法家作出的评价可谓非常严谨、公允。他提出的书法史上"南宋四家"的概念，即陆游、范成大、朱熹、张即之，对于书法发展而言具有重要意义。曹宝麟《中国书法史（宋辽金卷）》在沈曾植论述的基础上，以张孝祥代替张即之，将陆游、范成大、朱熹、张孝祥四人合称书法史上的"中兴四大家"。① 方爱龙《南宋书法史》为了使书法史上的"中兴四大家"与文学史上的"中兴四大家"② 有所区别，将陆游、范成大、朱熹、张孝祥称为南宋"淳熙四家"。③ 本书选择采用"淳熙四家"之说。淳熙四家不仅代表了南宋前中期书法的最高成就，对后世产生较大影响，更为重要的是，他们在文学领域尤其是诗歌方面的造诣和成就亦不可忽视，诗歌与书法彼此衬托，交映生辉，在诗歌与书法的创作、思想及风格方面都具有诸多内在关联。而且南宋前中期的诗歌与书法与宋室南渡初期相比均有一些变化，这些变化与当时的时代背景、文化思潮及文人、书法家的生平经历、思想观念有关联，在淳熙四家的文学思想和书法理论及相关作品中均有所体现。

　　有人曾以绍兴二十四年（1154）张孝祥、陆游等人开始步入仕途为标志，分析当时诗坛的诗人年龄状况：

---

　　① 曹宝麟：《中国书法史（宋辽金卷）》，江苏教育出版社1999年版，第291页。
　　② "中兴四大家"又称南宋"中兴四大诗人"，关于其具体所指，杨万里在《千岩摘稿序》中说："余尝论近世之诗人，若范石湖之清新，尤梁溪之平淡，陆放翁之敷腴，萧千岩之工致，皆余之所畏者云。"姜夔《白石道人诗集序》引尤袤的话说："近世人士，喜宗江西，温润有如范致能乎？痛快有如杨廷秀乎？高古如萧东夫，俊逸如陆务观，是皆自出杼轴，亶有可观者，又奚以江西为？"方回总结中兴诗人的诗歌成就及前人的总体看法，将"中兴四大家"确定为陆、杨、范、尤四人："宋中兴以来，言治必曰乾、淳，言诗必曰尤、杨、范、陆。"在其《瀛奎律髓》中也说："乾、淳间，诗巨擘称尤、杨、范、陆。"后世皆沿此说，且在很多情况下"中兴四大诗人"成为南宋中兴诗坛的代表诗人群体。
　　③ 方爱龙：《南宋书法史》，上海古籍出版社2008年版，第88页。

表 0 - 1　　绍兴二十四年（1154）南宋主要诗人年龄一览①

	生年	卒年	享年	绍兴二十四年（1154）年龄
陈与义	1090	1139	49 岁	逝世
吕本中	1084	1145	61 岁	逝世
刘子翚	1101	1147	46 岁	逝世
叶梦得	1077	1148	71 岁	逝世
陈俱	1078	1144	66 岁	逝世
张元幹	1091	1161	70 岁	63 岁
曾几	1084	1166	82 岁	70 岁
朱敦儒	1081	1159	78 岁	73 岁
李清照	1084	1155	71 岁	70 岁
王庭珪	1080	1172	92 岁	74 岁
陆游	1125	1210	85 岁	29 岁
杨万里	1127	1206	79 岁	27 岁
范成大	1126	1193	67 岁	28 岁
朱熹	1130	1200	70 岁	24 岁
张孝祥	1132	1169	37 岁	22 岁

① 孙延辉：《张孝祥诗歌研究》，硕士学位论文，西南大学，2009 年，第 46 页。

	生年	卒年	享年	绍兴二十四年（1154）年龄
尤袤	1127	1194	67 岁	27 岁
辛弃疾	1140	1207	67 岁	14 岁
陈亮	1143	1194	51 岁	11 岁
刘过	1154	1206	52 岁	0 岁
叶适	1150	1220	73 岁	4 岁
姜夔	1155	1221	56 岁	1 岁

注：表中人物生卒年均依据（元）脱脱等《宋史》（中华书局 1977 年版）。

　　从表 0 - 1 对绍兴二十四年（1154）"淳熙四家"及诸位诗人的年龄分析可以看出，当时的南宋诗人群体中，陈与义、吕本中、叶梦得、刘子翚等南渡后的江西诗派骨干力量已乘鹤西去，张元幹、朱敦儒、李清照、王庭珪、曾几等诗坛前辈多已到花甲或古稀之年，而陈亮、辛弃疾等后进尚属少年时期，刘过、姜夔、叶适等后辈还在幼儿期，诗坛正处于新老交替的关键阶段。"中兴四大诗人"及朱熹、张孝祥就是承接前后两代诗人的关键人物，处于重要地位。因而可以说，"淳熙四家"陆游、范成大、朱熹、张孝祥四人作为在南宋初期成长起来的一批文人，无论是在年龄、时代使命方面还是在对江西诗派的追随及之后的突破上，都是南宋诗坛转变历程中的枢纽人物，他们对诗学的继承和创新在诗歌史上具有重要意义。

　　赵构曾感慨："书学之弊，无如本朝。作字直记姓名尔，其点画位置，殆无一毫名世……至若绍兴以来，杂书、游丝书惟钱塘吴说，篆法惟信州徐兢，亦皆碌碌，可叹其弊也。"① 赵构看到了南宋书法已开始走向衰落的客观现实，指出以书法名家者唯吴、徐二人。吴说善小楷、草书、行书，取法魏晋钟、王和唐人孙过庭而习得书法门径，较为崇尚阴柔之美。他的创新主要在于褒贬不一的游丝书，即一种"一笔书"大草的翰墨游戏，从书法史的角度来看，充其量是南宋初期寂寥书坛中略具"创新"的书法花絮而已，对书学发展并无实质性的意义。徐兢善大、小二篆，其真行书取法唐人，遒丽飘逸，晚年好草书，追宗怀素书风。南宋初期书坛留名的还有"中兴四将"刘光世（1089—1142）、韩世忠（1090—1151）、岳飞（1104—1142）、刘锜（1098—1162）的书法，其中以岳飞后世声名和书法影响最大。目前传世的作品基本为后世仿造，基本可以肯定的是未有其墨迹真笔传世，然不影响其书法的历史价值。据岳飞之孙岳珂等人的记载，岳飞"夙景仰苏氏笔法，纵逸大概，祖其遗意"②。而且就当前传世临摹作品来看，其书法出自学苏轼一路是可以肯定的。可以看出，淳熙四家之前的书法基本以继承前代书风为主，自创新意的程度已大不如北宋时期。这种书学状况的形成，与当时漂泊动荡的朝廷政治背景有关。国家不幸，书家自然缺少潜心钻研书法、推陈出新的条件和心态，故而书法基本是在前朝风格的笼罩下缓慢前行。而且，南渡的混乱时局造成诸多书法典籍散佚，南宋书家学习借鉴的前代经典碑帖数量有限，是南宋初期书坛萎靡的又一原因。从书法审美艺术发展史的角度来看，书法的创新求变意识在前朝风格笼罩下有所倒退，这就给淳熙四家登上书法舞台提供了更为丰富多变的背景，为他们继承以及变革既有的文学艺术风格确立了前提。

二 诗歌与书法的历时性关系

现存最早的诗歌"断竹，续竹，飞土，逐肉"是民间普通劳动者的捕猎

---

① （宋）赵构：《翰墨志》，华东师范大学古籍整理研究室等编《历代书法论文选》，上海书画出版社 2014 年版，第 369 页。

② （宋）岳珂：《宝真斋法书赞》，卢辅圣主编《中国书画全书》第二册，上海书画出版社 2009 年版，第 212 页。

之歌。《诗经》三百余首诗歌中富有民间特色的国风便有在劳动人民中流传的过程，经"献诗""采诗"等方式为居庙堂之高者所认识和接受。无论是口耳相传的民歌还是士大夫创作的文人诗歌，均承载着一定的思想感情。中国书法史自甲骨文时期开始，当时书法最重要的功能还是记录。书匠、书吏所记录的内容多是与统治者有关的史实、政令、言论等。诗歌在具有奏唱、外交、教化及教育等社会性的功用之外，在民间及中下层文人中依然保留着自己独特的发展轨迹，如颇具浪漫主义色彩的楚辞、《小雅》中的部分中下层官吏所作的诗歌等，而书法更多的是承担统治者及上层社会的文字记录功能。

秦王朝一统六国后，实行"车同轨，书同文"的规范政策，使各体文字和书写方式统一到秦小篆上来，并将其推广到全国，李斯和他所作的《峄山石刻》在文学史和书法史上均得以留名。但秦代诗歌与书法发展不平衡，诗歌鲜有名家名作。此期诗歌由口头语言转向书面形式表达出来，这是诗歌与书法在实用性层面的重要联系，即书法的意义也附着于文字，与诗歌非自觉地结合，诗人与书法家按照各自领域的规律进行创作，似二水分流，相互独立，尚未形成交汇。

汉代的文学与书法分别进入自觉时期。因"文学自觉"是一个长期、渐进的过程，且关于"自觉"一词，也因评价标准、研究视角差异而有不同阐释。[①] 因此，与其追溯文学自觉的源头或起点，不如探讨文学的自觉何时基本

---

① 关于文学何时进入独立与自觉时期，学界先后有魏晋说、汉代说、先秦说等几种观点，现简要罗列如下：自 1927 年 7 月，鲁迅先生《魏晋风度及文章与药及酒之关系》最先提出"文学的自觉"概念（《鲁迅全集》第三卷，人民文学出版社 1981 年版，第 504 页）。自 20 世纪 80 年代起，"文学自觉魏晋说"遭遇质疑和挑战，龚克昌首先提出，汉武帝时代的司马相如是"文学自觉西汉说"的起点（龚克昌《论汉赋》，《文史哲》，1981 年第 1 期，第 37—46 页）。余英时先生在《士与中国文化》中也有类似论述（余英时《士与中国文化》，上海人民出版社 2003 年版，第 295 页）。2003 年，赵逵夫《拭目重观，气象壮阔——论先秦文学研究》一文中有"文学自觉于先秦"的提法［赵逵夫《拭目重观，气象壮阔——论先秦文学研究》，《福建师范大学学报》（哲学社会科学版）2003 年第 4 期，第 1—7 页］。以此为滥觞的"文学自觉先秦说"在近年来得到多方认可与探讨。

实现。两汉时期，文学已基本实现了其独立与自觉。① 诗歌在汉代获得了极大发展，四言诗成熟，五言诗兴起，将诗歌创作推向更高水平，文学批评开始对文学进行理性思辨。同时，在中国书法史上"书法在汉代已成为一门自觉的艺术。两汉是我国书法史上第一个高峰"②。汉代重视书法教育，涌现出了一大批书法家，皇家和民间都开始收藏名家的书法作品。书法理论和书法批评方面的著作也陆续兴起。东汉时草书兴起，草书书写速度快，笔势放纵，气势连绵，能够很好地展现创作主体的思想情感，使个性得到自由发挥。文人五言诗也兴于此时，作者在诗歌中思考社会人生、彰显主体意识，诗歌与书法抒情达意的功能在两汉时期得以确立和展现。

"文人有意识地从事书画艺术基本上始于东汉，特别是桓、灵时期，随着人们对草书美的发现和鸿都门学招收书画人才所引发的全社会对书画的趋之若鹜，文人从事书画已蔚成风气。魏晋以后，这种风气越来越浓，从而产生了为数众多的兼擅文学和书画的通才型艺术家，形成了中国一个独特的文化现象。"③ 魏晋南北朝时期政权更迭频繁，政治约束力相对松弛，为思想自由留出空间。儒家伦理道德观念发生动摇，思想解放带来了文学和艺术解放，文人与艺术家的身份界限逐渐模糊。"汉魏风骨""魏晋风流"在诗歌和书法上都打上了深深的烙印，诗歌题材和内容不断扩展，文人喜谈玄学佛理性命之学，体现在诗歌中风格偏向玄妙飘逸。④ 同样，魏晋书法"尚韵"，一方面

---

① 汉代把文人分为"文学之士"和"文章之士"，"文章"的内涵和范围与魏晋以后一致，"文章"观念的确立是文学独立的重要标志；诗赋已成为独立的文学大类，从学术文化中分离出来；出现了以写作文章为主的专业文人队伍，各种文学体裁在汉代形成并逐渐定型。见张少康《中国文学理论批评史教程》，北京大学出版社1999年版，第61页。

② 华人德：《中国书法史（两汉卷）》，江苏教育出版社1999年版，第15页。

③ 张克锋：《魏晋南北朝文论与书画论的会通》，博士学位论文，西北师范大学，2007年，第15页。

④ 山水诗、咏物诗、田园诗、宫体诗、游仙诗等题材更迭出现，异彩纷呈；战乱频仍，生命脆弱，个人难以主宰命运，建功立业之路曲折，这些都触动着文人敏感的心灵，关于生命苦短、人生易老、生离死别、壮志难酬、及时行乐的慨叹不时出现在诗歌中。袁行霈：《中国文学史》第二卷，高等教育出版社2003年版，第8—10页。

是时代使然，另一方面也来自老庄哲学、艺术精神的渗透。文人可以在书法的挥洒中入虚探玄，超脱一切形质实在，使书法成为性灵之自由的抒发与表现。① 此期诗歌和书法都具有家族和集团式特征，如琅邪王氏、颍川庾氏、陈都谢氏、吴郡张氏都是诗书皆通的世家大族，魏时诗坛有邺下集团现象。② 王羲之是文学与书法结合的枢纽人物，他的《兰亭集序》是重要代表作品。东晋后期，以王献之为代表人物的书法继续向着新妍的方向发展，王献之书法"骨势不及父，而媚趣过之"③。"媚趣"也是东晋后期书风胜过中期之处。此时的诗歌亦重在抒写创作主体的个性、性情，诗风转向流丽、轻艳，向南朝宫体诗过渡，同书法之"媚趣"具有大致类似的发展方向。南北朝时期诗歌与书法发展的一致性还在于均出现了南北之别。④ 若将北朝古朴厚重的魏碑与铿锵激昂的《木兰诗》、南朝疏放妍妙的行草与清丽婉转的《西洲曲》置于一起，会发现同一地域诗歌与书法的艺术风格、审美取向有很大相似之处，尽管南北迥异，但彼此影响渗透，互相取长补短，诗书风格更加完备。

　　隋朝基本结束了南北朝的分裂和混乱，政权的统一带来了南北诗风、书风的融合。中国沿袭千载的科举考试制度在隋朝设立，为唐代诗歌繁荣奠定了良好基础；书法上接北朝，下启三唐，各体书风别开生面。唐代诗歌题材

---

　　① 　此期诗歌与书法在创作主体、审美观念及创作方法上，都前所未有的趋于交会。魏晋南北朝时期出现的这一以文学作品作为书写内容，创作供观赏的书法作品的现象，一方面表明了文人已将"写字"看作一种脱离实用的审美活动，另一方面表明文学艺术对书法艺术具有很强的影响和渗透力。见张克锋《从书写内容看魏晋南北朝书法与文学的交融》，《西安电子科技大学学报》，2006 年第 11 期，第 16 页。

　　② 　"曹魏书法随着时代变化确实演进了一步，即使书法是趋应新文风之后而形成新风气，也称得上是'洛下新风'的重要一翼。"刘涛：《中国书法史（魏晋南北朝卷）》，江苏教育出版社 2002 年版，第 17 页。

　　③ 　羊欣：《采古来能书人名》，华东师范大学古籍整理研究室《历代书法论文选》，上海书画出版社 2014 年版，第 186 页。

　　④ 　清代阮元《南北书派论》论南北朝书学："正书、行草之分为南、北两派者，则东晋、宋、齐、梁、陈为南派，赵、燕、魏、齐、周、隋为北派也……南派乃江左风流，疏放妍妙，长于启牍，减笔而不可识。而篆隶遗法，东晋已多改变，无论宋、齐矣。北派则中原古法，拘谨拙陋，长于碑榜。"《四部丛刊初编》集部第三〇五册，商务印书馆 1936 年版。

丰富、风格多样、体制齐备、流派众多，标志着中国古典诗歌的成熟。《全唐诗》序曰："盖唐当开国之初，即用声律取士，聚天下才智英杰之彦，悉从事于六义之学，以为进身之阶。"① 唐初诗歌注重"回忌声病，约句准篇""研揣声音，浮切不差"，创建了新的诗律，在诗歌史上具有划时代的意义，这一点与唐代书法之崇尚法度有异曲同工之妙。唐代对流外吏胥的叙用纳入"工书"一项②，欧阳询、虞世南等名家遵循"楷书遒美"的规矩，写字中规中矩，法度森严。中唐后国力渐衰，社会风俗、名物制度等的强化需要更多法度和规矩，崇尚法度的书风日渐形成。此外，唐人草书也是一大特色，以"张颠素狂"为代表的行、草书大家及其作品，重视创作主体感情和个性的发挥，与楷书形成共存互补的局面。至此，唐代诗歌与书法重情尚法成为主要特色。

有宋一代，文学创作反对模拟，强调创新。如梅尧臣提出"意语新工，得前人所未道"③，苏轼在《书吴道子画后》提出要善于"出新意于法度之中，寄妙理于豪放之外"④。宋代士人具有高度的社会责任意识，关注时事，长于思辨，各体文学都染上了较为普遍的理性思辨色彩，感情抒发偏于婉转沉潜，文体间互相借鉴，拓展新境。两宋书法改变唐人书法重视法度的成规，提倡尚意书风。⑤ 他们通过书法作品展现个人学问、性格、情趣、修养、品性及胸襟抱负等精神内涵，彰显书法抒情达意的功能。"宋四家"尤其是苏、黄、米三家以意造奇，主张尚意书风，以更适合于抒发意趣和情感的行草见

---

① （清）彭定求：《全唐诗》，中华书局 2006 年版，第 3 页。
② 朱关田：《中国书法史（隋唐五代卷）》，江苏教育出版社 2009 年版，第 49—52 页。
③ （宋）欧阳修：《六一诗话》引梅尧臣语，（清）何文焕辑《历代诗话》，中华书局 1981 年版，第 267 页。
④ （宋）苏轼著，孔凡礼点校：《苏轼文集》卷七十，中华书局 1986 年版，第 2210 页。
⑤ 尚意书风之"意"，"至少包括四个方面的含义：一是要求表现哲理，二是重视表现学识，三是强调表现人品性情，四是注意表现意趣。"见陈训明《宋书尚意浅论》，《书法研究》1984 年第 4 期，第 31 页。

长。诗歌和书法作品的学问气、书卷气增加，更加重主观、重个性、重神韵。在宋室南渡后，南宋书法学习"宋四家"成为一种主流。[①] 淳熙四家书法中已现古意与尚法潜流，其他重要的书法家如吴说、王升、蒋灿、吴琚、姜夔、张即之及宋末元初的赵孟頫等人也都以继承传统而著称，不以书法名世的沈括、董迪也都注重法度，在理论上予以阐扬，形成宋末元初书坛复古主义的前驱，为元代书法理论重拾"法度"而远离北宋尚意书风奠定了基础。

元灭南宋后，忽必烈接受以儒学为主的传统文化，诏修孔庙，以程朱理学为主要官方哲学，加强政治与思想统治。元代诗学主要继承南宋理论，也吸收了金代文学特色。如王若虚反对过分追求形式上的人工雕琢，元好问主张自然天成，反对闭门觅句，对后代诗学理论有很大影响。元代诗人的诗歌创作成果并不突出，小说戏曲则开始萌芽。书法方面，"自元代起，中国古典书法美学便显露出终结的迹象"[②]。元代书坛的新兴风气之一就是对"法"的重新尊崇与坚守，元代的书家、书论鲜有不言"法"者。虞集《道园学古录》"君子作事，必有法焉"[③]，品评历代书家作品都以"法度"为准绳，视其对"法度"的继承与破坏而做出评价。元人郑杓在《衍极》中指出，"五代而宋，奔驰崩溃，靡所底止。"[④] 抨击宋代尚意书风末流，提出托古改制，以正时风，树起越唐入晋的复古大旗。明代的前后七子也以复古之法来挽救明代文学的凋敝衰微，并取得了一定成功，这一以退为进的诗学策略与书法规律有意无意间合拍。有学者指出："在元人统治下，赵氏（孟頫）推重古法，不能不说有恢复传统的一点民族意识；他着意追溯晋人，取晋人之逸趣，

---

① "以陆游、范成大、朱熹、张孝祥等为代表的一时名流，学'宋四家'而又不为所囿，各自变体而有成就。"见方爱龙《南宋书法史》，上海古籍出版社 2008 年版，第 124 页。

② 萧元：《书法美学史》，湖南美术出版社 1990 年版，第 271 页。

③ （元）虞集：《论书》，《道元学古录》卷四十四，影印文渊阁四库全书本。

④ （元）郑杓：《衍极》卷一《至朴篇》，华东师范大学古籍整理研究室等编《历代书法论文选》，上海书画出版社 2014 年版，第 408 页。

也不能不说其有一点寻求超脱之意。"① 此说虽有一定道理，但还是应该把其复古之意放在整个纵向的诗歌与书法发展历史中看，无论是诗学还是书学的复古尚法，元明文人师古人之迹，取古人之貌，师古人之心，取古人之神，扬古人之法，妙合化机，正是自南宋而来复古尚法之风的延续与升华，是艺术发展的必然流向。

明代自嘉靖后期开始，文学艺术上又出现了反复古的新思潮，社会伦理、价值观念发生变化，上层文化与下层文化、雅与俗的界限模糊，诗歌、书法也受到通俗文化的影响而发生变化。诗歌方面，公安"三袁"提出"性灵说"，提出作诗应当直抒心胸，抒写性灵，流露自然天性。竟陵派以"幽深孤峭"矫其后学之俚俗，为反对复古模拟的"心之元声""正变"说等理论奠定了基础。此期亦是书学发生变革的重要时期，反帖学呼声渐高，祝枝山、徐渭等人对书法之"法"提出质疑与抨击，为超越法度提供了契机。清代，诗歌在宗唐与宗宋的主张中发展，碑学的兴起也将书法的关注层面从阳春白雪转向世俗与民间，是对书法艺术情境、范围的最大开拓与变革。诗歌书法复古与创新、尚法与尚意一定时间后向相反的方向转变，反映出的是文人艺术家们求新求变的意识和努力。

诗歌与书法自先秦及秦代时的二水分流、双峰并峙到两汉时期实现独立与自觉，魏晋南北朝时交融会通，唐宋时期法度与意趣交叠，再到元明清时期诗歌与书法重归法度又超越法度，向现代转型迈进，描绘出一幅诗歌与书法在文化历史长河中相互交叉又独立发展的关系图。就诗歌与书法的历时性关系而言，二者都有自己独特的发展规律与变化轨迹，时而交汇，时而分流，这也是在学科交叉点上进行淳熙四家诗歌与书法综合研究的另一缘起。②

---

① 黄惇：《中国书法史（元明卷）》，江苏教育出版社 2001 年版，第 13 页。
② 路薇：《中国诗歌与书法的历时性关系研究》，《学术论坛》2016 年第 3 期，第 135—139 页。

三　南宋淳熙四家的诗歌与书法

在对淳熙四家诗歌与书法进行综合研究的过程中，我们需要注意一个问题，即跨艺术比较最常见的一种方法性的错误，即不能意识到某种特点在一种艺术中确实存在，而在另一种艺术中只是间接和引申地存在。因此在研究诗歌与书法这两种艺术之间的内在联系时，选择所要比较的某些特点是至关重要的问题，这一特点必须切切实实地存在于被比较的作品之中，而不能牵强附会，一一对应，按图索骥。①

南宋偏安一隅，国力不如北宋，整体来看南宋文人及其各类创作基本上被一种脆弱伤感的氛围所笼罩。尽管南宋文化艺术中也有豪放、纵意的情怀，表现形式各有特点，但南宋国势的衰微，毕竟使南宋诗歌、书法没有出现北宋那样百家争鸣、名家辈出的盛况，也缺乏唐代文化包容、自信的宏大气象。南宋前中期，发生在诗学领域的重大变革就是通过陆游、范成大等人的改进创新，宋诗走出了江西末流艰涩模仿的瓶颈期，诗歌题材扩大，诗歌意境提升，出现诗歌新变的良好契机。

在书学领域，南宋初期，高宗君臣继承了"宋四家"的尚意书风并进行大力推广，使宋四家与颜真卿一起成为当时普遍的书法取法对象。到了南宋末期，名满天下的"南宋四家"之一张即之的写经书法中，尚意风格渐渐消亡，开始遵循法度，对元代以赵孟頫为代表的"复古"书风产生直接影响。"隋唐五代书法尚'法'求工，北宋书法转而尚意重情，彰显学问气、书卷气，表现自我个性，形成新的审美风格。南宋书法延续了北宋书法'尚意'的书风，但也暗藏'尚法'的潜流。"② 书法从唐代的尚法之风发展到宋代尚意流行，是时代的变迁，文化的变革。宋末元初之际，书风又出现向"尚法"

---

① 孙敬尧：《新概念新方法新探索——当代西方比较文学论文选》，漓江出版社1987年版，第178页。

② 方爱龙：《南宋书法史》，上海古籍出版社2008年版，第153页。

的回归,这一契机中所包含的书法观念和文化思潮都是非常关键的。南宋前中期的书法,正是南宋书风从初期"尚意"的时代风格向宋末元初追求复古"尚法"风格转变的重要环节,具有承前启后的过渡作用,而淳熙四家在诗风与书风几乎同步的嬗变中,具有不容忽视的作用。

因此,本书尝试换一种角度,不再单纯研究陆游、范成大、朱熹及张孝祥个体的诗歌或书法艺术,或局限于一个朝代之内将南宋的诗歌、书法与北宋进行单向比较,而是采取更加宽广的视角,将淳熙四家这一群体置于文学艺术、社会历史的长廊中进行综合分析,发现他们四人所代表的南宋前中期诗歌与书法的价值,正是体现在南宋诗风与书风、诗书理论的交替嬗变及其影响等方面,由此淳熙四家的诗歌与书法的重要程度、历史意义才会更加鲜明地呈现出来。本书拟通过梳理南宋淳熙四家所处的时代背景、生平经历,分析相关文学艺术作品和诗论、书论中诗歌与书法的题材、源流、形式、风格、审美、思想交融会通或互有反差的内容,对淳熙四家诗歌与书法的艺术成就、文艺思想进行多角度、多方面的综合研究,对其在当代及后世的影响、地位作进一步的梳理审视,研究淳熙四家诗歌与书法在传播、接受过程中时人及后世不同角度的评价和论述,研究淳熙四家作为诗歌与书法的创作主体复杂的内在精神世界,进一步探究其艺术情感和审美意蕴。

本书分为上、下两编。上编为综论,下编为分论。

上编内容共有四章。

第一章论述淳熙四家所处时期的政治文化背景。首先讨论"中兴之治"及淳熙四家的爱国情怀,这是他们诗歌及书法的共同背景。然后探讨淳熙四家诗歌和书法与当时文化思潮的关系,其中帝王倡导对文化风气有推动或导向作用,再对这段时期内诗坛与书坛的基本特征进行综合论述。

第二章论述淳熙四家诗歌书法的继承和创新。淳熙四家的诗歌与书法中的继承对象、学习路径及各自所作创新有重要关联。淳熙四家出入江西诗派、临摹北宋四家是学诗、学书的共同经历。他们由师法本朝名家转而追宗古人，对汉魏两晋古诗及唐诗情有独钟。在学颜真卿书法时认识到法度的重要性，同时学唐代及唐前名家。淳熙四家在借鉴的基础上融入创作主体独有的思想情感，诗书创作推陈出新，形成鲜明的个人特色。

第三章论述淳熙四家诗歌与书法相关理论。淳熙四家诗歌与书法理论有很多相似、相通之处，如淳熙四家对诗歌与书法法度观及道德观的认识，探讨"诗如其人""书如其人"说等经典批评方法在南宋的演进；由于人生阅历、思想观念、审美情趣的差异，淳熙四家对于诗歌和书法地位的态度并不完全相同，这些内容正是代表了南宋前中期诗歌与书法思想理论的时代风貌。

第四章论述淳熙四家自书己诗作品的风格及内涵。本章选取淳熙四家具有代表性的自书己诗作品进行分析，此类书法作品与诗歌内容的风格更加气脉互通、相因相成。与此同时，个别诗歌与书法风格不相协调的作品如陆游《纸阁帖》的成因，亦非常耐人寻味。在此基础上探讨淳熙四家自书己诗作品的创作心理及文化内涵。

下编内容共有四章。

第五章是陆游的诗歌与书法。陆游有大量论书诗，以诗歌的形式将自己书法创作的动机、感悟、心情记录下来，从中可见陆游作书时的精神状态和心路历程。酒在陆游的日常生活和文学书法创作中都不可或缺，他的诗歌、书法与酒有着千丝万缕的联系。诗歌与书法之外的功夫都非常重要，共同促进他的诗书名垂千古，很多作品表现出刚柔并济的艺术风格。

第六章是范成大的诗歌与书法。范成大将行藏出处及从政、为文、游艺之间的关系处理得比较恰当，仕途较陆游等诗人较为顺利，文学、书法贯穿一生，反映了当时文人士大夫生活的多面性。他的诗歌与书法风格尚意与典雅兼备，诗歌创作较为客观、理性、严谨，书法显现出尚意书风向复古书风演变的迹象，而且他的诗书思想、理论中也有不少对传统古意的崇尚与实践。

第七章是朱熹的诗歌与书法。朱熹的理学思想对诗歌与书法创作有很大影响，他认为"文道并重"，也时常流露出对诗歌的矛盾心理。他主张温柔敦厚的诗教观，提倡诗风平和中正才是上品。朱熹亦将理学思想贯彻于他的书法创作和书学理论中，正心持敬，道为书载，将尊崇个性、神韵、趣味的尚意书风向尚理、尚法的方向转移，对南宋末期书风转向尚法复古产生了较大影响。

第八章是张孝祥的诗歌与书法。理禅融会的思想是张孝祥文学艺术创作的基础。他诗词俱佳，词的流传更广一些，是豪放词从苏轼到辛弃疾词风转变过程中的过渡人物，他的诗歌在当时及后世获得极高赞誉。书法也在承前贤、启后学方面发挥连接过渡作用。诗歌与书法的风格基本可以归入"清旷"与"豪雄"两大类别，诗书刚劲有力，体现出铮铮"骨"力。

结语对全文进行总结，并对淳熙四家诗歌与书法研究的未尽之意进行补充说明。

本书突破既有南宋诗歌与书法地位影响论的局限，转而关注文人个体生命、身心统一，研究淳熙四家在诗歌与书法中体现出来的个性、学养、胸襟、抱负等。北宋书法领域尚意书风盛行，发展至宋末元初转而变为复古尚法，南宋是重要的过渡阶段；江西派诗歌在南宋逐渐显现出诸多弊病，淳熙四家所处的时期即南宋中兴时期是诗风转变的重要环节。淳熙四家是南宋诗风与书风过渡时期的关键人物。因此，本书结合南宋文化、理学的发展，对淳熙四家的诗歌与书法进行综合研究，希冀在以下几个方面有所创新：一是将书法史上的淳熙四家概念引入文学研究领域，将淳熙四家的诗歌与书法成就结合起来，视其为一个文化群体进行研究。二是在南宋中兴时期，诗歌与书法的发展出现一些新的转变，对南宋后期的诗风与书风产生影响，而淳熙四家在诗歌与书法风格嬗变过程中的作用不可忽视，并结合此时期政治、文化、理学等背景探讨诗书发生变化的潜在原因。三是将淳熙四家诗歌与书法纳入文化的视野之内，突破南宋诗书地位或影响的局限，关注南宋前中期文人通过诗书二艺所表达出来的性情气质、身心统一，也是本书独辟蹊径的立足点之一。

目　　录

上编　综论

下编　分论

上编

综论

第一章 南宋前中期的政治文化背景

淳熙四家的出生时间均在宋室南渡前后，最长者为陆游，生于北宋徽宗宣和七年（1125），次为范成大，生于北宋钦宗靖康元年（1126），与陆游仅相差一岁。朱熹与张孝祥生年较为接近，朱熹生于南宋高宗建炎四年（1130），张孝祥生于南宋高宗绍兴二年（1132）。最早谢世者为张孝祥，卒于南宋孝宗乾道五年（1169），次为范成大和朱熹，分别卒于南宋光宗绍熙四年（1193）、宁宗庆元六年（1200）。陆游最晚谢世也享寿最长，卒于宁宗嘉定二年除夕，以公元纪年则计为嘉定三年（1210）。淳熙四家中最长者陆游与最年轻者张孝祥年龄仅相差七岁，他们的诗歌和书法创作的活跃期和成熟期、定型阶段基本都集中在南宋前中期，有必要对这段时期的政治文化背景及诗坛与书坛进行较为全面的了解。

第一节 "中兴之治"与淳熙四家的爱国情怀

靖康之变后，金统治者占据宋朝北方大片领土且继续挥兵南下，南宋王朝岌岌可危。一些主战将领如宗泽、韩世忠、岳飞等人领军英勇作战，收复了不少失地。民间组织也奋勇抗金，沉重地打击了金军的进攻。可是以宋高宗为中心的南宋统治集团始终畏金如虎，不断遣使向金求和，还与秦桧等主和派合谋迫害抗金将领，罢免李纲，冤杀岳飞，流放胡铨，赵鼎绝食而亡。朝廷与金签订了"绍兴和议"，向金称臣，每年献币纳贡，并用淮河以北的地区换取偏安东南的半壁江山。直到孝宗即位之后，多措并举，开创了新的政治、文化局面。他在位期间南宋生产力日益恢复，政治较为开明，社会趋于稳定，经济获得发展，出现了南宋的黄金时代即"乾淳盛世"，获得时人及后世极高的评价，史称"中兴之治"①。

一　南宋"中兴之治"的兴衰

宋孝宗即位伊始，为了稳定政局，收获民心，起用了因反对议和而被贬的官员，下诏为岳飞平反，"复飞官，以礼改葬"②，为赵鼎、李光、范冲等被秦桧迫害的大臣恢复名誉。任用主战派将领张浚为枢密使，积极筹备北伐。此外，孝宗还广开言路，宣布群臣可对时政阙失进行直言极谏，并整顿吏治，修改相关条例遏制官员贪污腐败，积极赈灾安民，宽恤百姓。当时，金朝政权内部出现争斗，南宋君臣希望趁此机会出兵进攻，收复失地，一统江山。于是，孝宗于隆兴元年（1163）支持张浚发动北伐战争。然而这一作战时机的判断偏于简单化，出兵后符离一战宋军失利，南宋朝廷又不得不与金签订新的和约，即"隆兴和议"。"隆兴和议"签订后，南宋上下暂时偃兵息武，摆脱战时状态，有了近四十年的安定。

南宋时期，关于和与战的争端在统治集团内部一直没有停止过，不过和战之争并非北宋中期以来新旧党争的延续，而是内忧外患的特殊历史背景下

---

① 关于"南宋中兴"始于何时，学界有三种看法，其一是"高宗中兴"，其二是"孝宗中兴"，其三是"高、孝、光、宁中兴"。明人钱士昇在《南宋书·高宗本纪》中评价道："宋高宗南渡，仅可与周平王东迁比，既不能如夏少康一旅克复旧物，又不能如唐肃宗借兵收复两京。而退守偏隅，称臣敌国，前史拟之光武、晋元，非其伦矣。"孝宗即位后"锐意恢复"，内修外攘，最终实现"乾淳盛世"，因而"孝宗中兴"论也得到较多支持，宋人陈傅良亦称宋孝宗为"中兴盛帝"（陈傅良《止斋集》卷十九，影印文渊阁四库全书本）。

② （元）脱脱等：《宋史》本纪第三十三《孝宗一》，中华书局1977年版，第618页。

的产物。和与战之争还渗透到社会政治、经济、文化等各个领域。淳熙五年，孝宗与史浩、范成大、王淮等人持续多日讨论北宋的朋党之弊端，吸取北宋党争教训，君臣上下对党争的危害有了清晰认识，并以史为鉴采取了相应措施。孝宗多次强调"唐之牛李，其党相攻四十余年不解，皆缘主听不明"，"朝廷所用，止论其人贤否如何，不可有党"①，注重戒除朋党政治。因而，孝宗朝的和战争端及不同派别的学术之争虽依然激烈，但从未酿成严重党祸，未因党争影响政局民生，这正是孝宗之治的重要成就之一。宁宗庆元六年（1200），七十四岁高龄的杨万里说："孝宗之季年，王道郅隆之时也"，"如唐之贞观、开元，如本朝之庆历、元祐"②。将孝宗之治与唐之贞观、开元盛世及北宋之庆历、元祐之治相提并论，以孝宗与北宋太祖、仁宗共推为"宋三宗"，可见后人对这段时期政治文化状况的肯定及认可。

及至光宗，孝宗时代的中兴之治趋于衰微。据《宋史》记载：

> 幼有令闻，向用儒雅。逮其即位，总权纲，屏嬖幸，薄赋缓刑，见于绍熙初政，宜若可取。及夫宫闱妒悍，内不能制，惊忧致疾。自是政治日昏，孝养日怠，而乾、淳之业衰焉。③

宋光宗因长期与退居重华宫的孝宗产生隔阂，乃至于孝宗病逝都拒不出宫，引起群臣激愤，遂提议立其子嘉王赵扩为太子，光宗也予以拒绝。于是，宗室大臣赵汝愚与外戚韩侂胄在太皇太后的协助下使光宗退位，扶宁宗即位，下诏曰："皇帝以疾，未能执丧。曾有御笔，自欲退闲。皇子嘉王，可即皇帝位。尊皇帝为太上皇帝，皇后为太上皇后。"④ 此次"绍熙内禅"实际上是促进南宋政权较为平稳地度过了困难时期。由于宁宗、赵汝愚等人对朱熹的理

---

① （宋）佚名：《皇宋中兴两朝圣政》卷五四，北京图书馆出版社 2007 年版，第 2013 页。
② （宋）杨万里撰，辛更儒笺校：《杨万里集笺校》，中华书局 2007 年版，第 3141 页。
③ （元）脱脱等：《宋史》本纪第三十六《光宗》，中华书局 1977 年版，第 710 页。
④ （宋）周密：《齐东野语》卷三，华东师范大学出版社 1984 年版，第 48 页。

学理论颇为赏识，这一宫廷内部政变也为理学获取政治地位提供了契机。

宁宗朝，赵汝愚与韩侂胄两大政治势力集团斗争激烈，以朱熹为代表的朝中理学集团在党争中受到牵连，在韩侂胄掌权后理学被诬为"伪学"，朱熹等人被逐出朝廷，最后演变为"庆元党禁"，共禁锢59人，几乎学术界各派别的领袖，如陈傅良、叶适、薛叔似等人被一网打尽。不仅众多理学家受到迫害，扩展至学术思想界，人人自危，噤若寒蝉，南宋中兴时期和而不同、求同存异的论辩风气在这种恶劣的政治气氛下消失殆尽。直到六年之后即嘉泰二年（1202），朝廷决定"稍示更改，以消释中外意"①，于当年二月正式下诏取消弛学禁，追复赵汝愚、周必大、朱熹等人的官职，"庆元党禁"基本结束。韩侂胄开禧北伐失败后，被主和派函首送金，由史弥远把持朝政，并签订了宋代历史上最为屈辱的"嘉定和议"，南宋政治文化再次发生大的变动。嘉定三年五月，史弥远主持"追赠朱熹官中大夫、宝谟阁直学士"②，朝廷从道德与政绩方面对朱熹做了评定，对庆元党禁期间他被定为"伪学"之首的评价进行全面否定，同时将朱熹定位为上承二程、阐扬孔孟之道的盖世大儒。此举提高了理学的地位，为其后理宗统治时期确定理学为占据统治地位的思想奠定了基础。

二　淳熙四家的爱国情怀

"颂其诗，读其书，不知其人，可乎？是以论其世也。"③ 本着"知人论世"的原则，在探讨南宋前中期政治背景的基础上，进而对淳熙四家在南宋中兴时期这一特定阶段中所表现出来的共同而广泛的爱国情怀进行考察，兼及部分重要生平经历，这是他们诗歌与书法创作风格及理论产生的重要基础。

陆游出生于两宋之交，成长于南宋，民族问题、国家命运、家庭遭遇都

---

① （宋）佚名编，汝企和点校：《续编两朝纲目备要》，中华书局1995年版，第124页。
② 同上书，第221页。
③ 杨伯峻：《孟子译注》，中华书局1988年版，第251页。

在他的心理上留下深刻烙印。孝宗于隆兴元年主持北伐，陆游上疏张浚反对轻率出兵。后来宋军在符离之战中大败，张浚被贬，陆游在镇江任上与张浚相识并再次献策。"隆兴和议"将签成时，陆游又因弹劾龙大渊、曾觌而触怒孝宗，被贬为建康府通判。陆游在王炎驻军南郑时与其结识并在幕府任职，合力作《平戎策》。其间陆游常到前方据点和战略要塞进行巡逻，战斗激情高涨。遗憾的是，《平戎策》被朝廷否决，王炎回京，南郑幕府解散，陆游受到较大打击。这段时间的军旅生活，是陆游唯一一次亲临抗金前线，虽然只有短短的八个月时间，却是他一生中非常重要的经历。

陆游直言敢行，性格豪放，被主和派人士诋毁为"不拘礼法""燕饮颓放"①，他遂自号"放翁"。在被赵汝愚弹劾"不自检饬，所为多越于规矩"②后，愤然辞官。光宗赵惇即位后，陆游又上疏提议恢复中原，却被以"嘲咏风月"之名削职罢官。他离开京城，自题住宅为"风月轩"③。关于陆游与韩侂胄的交游，被认为是他生平经历中晚节之微瑕。实际上，陆游在韩把持朝政期间曾写诗进行谴责，直到韩侂胄主张北伐，他才对此举极力赞成，并作记题诗，勉励其恢复失地，为国立功，成就大业。后来北伐失败，韩侂胄被杀，朝廷与金签订"嘉定和议"，陆游闻讯悲痛万分，最终忧愤成疾而逝世，临终之际作绝笔《示儿》，悲情而又豪迈的一生落下帷幕，他亦因数千首深沉而热烈的爱国诗歌而被誉为爱国诗人。

范成大先后任枢密院编修、秘书省正字、校书郎兼国史院编修官、著作佐郎等职务，关心国事，"陛对，论力之所及者三，曰日力，曰国力，曰人力，今尽以虚文耗之，上嘉纳"④。乾道六年（1170）五月，45 岁的范成大代

---

① （元）脱脱等：《宋史》卷三九五《列传》第一百五十四，中华书局 1977 年版，第 12057 页。
② （清）徐松辑：《宋会要辑稿》第一百一册《职官》七二，中华书局 1957 年版，第 3988 页。
③ 陆游《剑南诗稿》卷二十一有诗题为《予十年间两坐斥，罪虽播发莫数，而诗为首，谓之嘲咏风月。既还山，遂以"风月"名小轩，且作绝句》。
④ （元）脱脱等：《宋史》卷三八六《列传》第一百四十五，中华书局 1977 年版，第 11867 页。

表南宋朝廷出使金国，这是他一生经历中较为重要的事件之一，《宋史》记录如下：

> 隆兴再讲和，失定受书之礼，上尝悔之。迁成大起居郎，假资政殿大学士，充金祈请国信使。国书专求陵寝，盖泛使也。上面谕受书事，成大乞并载书中，不从。金迎使者慕成大名，至求巾帻效之。至燕山，密草奏，具言受书式，怀之入。初进国书，词气慷慨，金君臣方倾听，成大忽奏曰："两朝既为叔侄，而受书礼未称，臣有疏。"摺笏出之。金主大骇，曰："此岂献书处耶？"左右以笏标起之，成大屹不动，必欲书达。既而归馆所，金主遣伴使宣旨取奏。成大之未起也，金庭纷然，太子欲杀成大，越王止之，竟得全节而归，除中书舍人。①

范成大此行赢得了金与南宋的一致赞誉，孝宗赞曰"始终保全"。此外，他在桂林为官时，关心民众生活，面对当地贫瘠，而漕臣又取走盐利的状况，上疏曰："能裁抑漕司强取之数，以宽郡县，则科抑可禁。"孝宗从之。在四川、江南等地任期内，他励精图治，广纳贤才，在南宋朝廷风雨飘摇之际，始终恪守自己为官一任、造福一方的文人士大夫职责。

朱熹曾受学于延平李侗，认同其"敦礼义、厚风俗、劾吏奸、恤民隐"之法。孝宗即位后诏求意见，朱熹应诏上封事，提出须外攘夷狄、内修政事，反对妥协和议、宠信佞臣。此后不久，他被孝宗复召入对，此次奏对内容如下：

> 其一言："大学之道在乎格物以致其知。陛下虽有生知之性，高世之行，而未尝随事以观理，即理以应事。是以举措之间动涉疑贰，听纳之际未免蔽欺，平治之效所以未著。"其二言："君父之仇不与共戴天。今

---

① （元）脱脱等：《宋史》卷三八六《列传》第一百四十五，中华书局1977年版，第11868页。

日所当为者，非战无以复仇，非守无以制胜。"且陈古先圣王所以强本折冲、威制远人之道。时相汤思退方倡和议，除熹武学博士，待次。乾道元年，促就职，既至而洪适为相，复主和，论不合，归。[①]

朱熹再次提出恢复统一大计，但当时的宰相是力主与金言和的汤思退，因而朱熹的抗金主张并没有被朝廷采纳。绍熙五年（1194）八月，朱熹除焕章阁待制兼侍讲，因反复强调格物、致知、诚意、正心、修身、齐家、治国、平天下，希望匡正君德，限制权力滥用，使宋宁宗和韩侂胄心生不悦。在朝仅46日后，朱熹被罢免，重回建阳考亭。庆元二年（1196）发生"党禁"，沈继祖弹劾朱熹"十大罪状"，朝廷权贵对理学进行一边倒的打压，效法北宋元祐党祸，开列了伪逆党籍，党籍名单中的第五位就是朱熹，被认为是"伪学魁首"，以伪学罪落职罢祠，其他朱子门人分别遭到流放、入狱，受到严重打击。

尽管命运多舛，但朱熹始终心怀家国天下，具有强烈的爱国情怀，在他的诗歌中，可以看出他始终如一的爱国忧时思想和主战的态度。如绍兴三十一年（1161）冬，金主完颜亮率兵南侵，形势异常危急。朱熹对此极为关注，宋军大败金兵于采石，完颜亮被部下所杀，在金军退走后，朱熹作诗以祝大捷，如"胡马无端莫四驰，汉家原有中兴期。旌裘喋血淮山寺，天命人心合自知。"（《次子有闻捷》）一次胜仗使作者对"汉家原有中兴期"的信心大增，期待宋军乘胜直追，实现统一大业。而实际情况却是金兵在新主部署下重新发起攻势，诗人复又忧心忡忡，作诗批判朝廷的主和与偷安："廊庙忧虞里，风尘惨淡边。早知烦汗马，悔不是留田。迷国嗟谁子？和戎误往年。腐儒空感慨，无策静狼烟。"[②]（《感事再用回向壁间旧韵二首》）他还作了很多

---

① （元）脱脱等：《宋史》卷四二九《列传》第一百八十八《道学三》，中华书局1977年版，第12752页。

② （宋）朱熹撰，郭齐笺注：《朱熹诗词编年笺注》卷二中，巴蜀书社2000年版，第195页。

描写广大农民在战争、灾荒、重赋下的悲惨遭遇："室庐或仅存，釜甑久已空。""老农向我更挥涕，陂坏渠绝田苗枯。"痛切之情溢满字里行间，这是一种深沉而强烈的爱国之情在诗歌中的体现。

张孝祥与陆游的家庭背景、成长环境及爱国情感极其类似，他的家族也重视爱国忠义的传统。其父张祁为官光明磊落，喜谈恢复，得罪秦桧而被罗织下狱，秦桧去世后才得以获释，张孝祥提前召对为秘书省正字。他在这样的背景下踏入仕途，思想认识及政治态度自然受到一定影响。其伯父张邵出使金朝时不肯屈膝，保持民族大节，被金国拘禁十余年，多次面临生命危险亦未屈服，至宋金达成和议后方被放回南宋。因而，张孝祥受家庭环境的熏陶，心系国家恢复之事，爱国忧民，入仕后积极主战，坚定地反对秦桧一党主和投降。

张孝祥深受高宗赏识，但他不盲目从上，始终有自己独特的看法和出众的胆识。登第伊始，他就上书奏请表岳飞忠义，请求高宗"亟复其爵，厚恤其家，表其忠义，播告中外，俾忠魂瞑目于九泉，公道昭明于天下"①。张孝祥此举引起高宗与秦桧不满，为他后来受到牵制打压埋下伏笔。关于主和与主战的立场，《宋史》这样记载：

> 孝祥俊逸，文章过人，尤工翰墨，尝亲书奏札。高宗见之，曰："必将名世。"但渡江初，大议惟和战，张浚主复仇，汤思退祖秦桧之说力主和，孝祥出入二人之门而两持其说，议者惜之。②

《宋史》中张孝祥列传文末的"论曰"又强调了他"迨其两持和战，君子每叹息焉"③。由于此论出自正史，故极大地影响了后人对张孝祥的认识，

---

① （宋）陆世良：《宣城张氏信谱传》附录，《于湖居士文集》，上海古籍出版社1980年版，第408页。
② （元）脱脱等：《宋史》卷三八九《列传》第一百四十八，中华书局1977年版，第11944页。
③ 同上。

包括当代《中国人名大辞典》等著作亦持此说。① 对此韩酉山《张孝祥年谱》等著作均进行了详细考证，予以辩驳。② 傅明善也明确指出《宋史》对于张孝祥的评价所谓"出入二相之门，两持和战之说"是极不公允的，他认为张孝祥当初中进士之时，出入汤思退之门，是因为汤思退、魏思逊等人同知贡举，这是历史的安排，并不以举子的主观意志为转移，而且张孝祥从未动摇过坚定的抗战立场，并未有主和之言行，因此他可以被称为"坚定的抗战者，清醒的思想者"③。张孝祥面对张浚与汤思退之间的和战争端，并没有因为私交而偏向其中任何一方，他在向皇帝奏事时直陈："二相当同心勠力，以副陛下恢复之志。且靖康以来，惟和战两言遗无穷祸，要先立自治之策以应之。复言用才之路太狭，乞博采度外之士以备缓急之用。"④ 即使在备受打击的艰难环境中，张孝祥仍然不改主战的初衷，坚持以大局为重。

此外，从有关张孝祥的谱传和《于湖居士文集》的序跋诗文来看，张孝祥的言论和行动都极力主张收复失地，彰显拳拳爱国之心。如绍兴三十一年，完颜亮企图领兵南侵，南宋朝廷陷入恐慌之中。高宗对时任宰相陈康伯言："今日更不问和与守，只问战当如何？"⑤ 主战氛围使军民士气大振。张孝祥作《诸公分韵》诗云："吴甲组练明，吴钩莹青萍。战士三百万，猛将森列星。挥戈却白日，饮渴枯沧溟。"⑥ 用略带夸张的笔法勾勒了南宋军士的阵容

---

① 臧励和等编：《中国人名大辞典》，商务印书馆根据 1921 年版复印，1980 年第一版，第 934 页。原文为："孝祥文章过人，尤工翰墨。惟渡江初，张浚主复仇，汤思退祖秦桧之说主和。孝祥出入二人之门而两持其说，议者惜之。"

② 韩酉山：《张孝祥年谱》，安徽人民出版社 1993 年版，第 15 页。原文为："孝祥甲戌首选，正值汤思退权礼部侍郎并主持科举考试，旧习有师生之分；汤思退起先也企图利用这个关系，提携孝祥，以网罗党羽，培植腹心，这是无可讳言的事实。但孝祥并未因之在政治上阿附汤思退。"宛敏灏《张孝祥年谱》亦持此论。

③ 傅明善：《坚定的抗战者，清醒的思想者——论张孝祥的政治品格》，《宁波大学学报》（人文科学版）1998 年第 3 期，第 8 页。

④ （元）脱脱等：《宋史》卷三八九《列传》第一百四十八，中华书局 1977 年版，第 11944 页。

⑤ （宋）蹇驹：《采石瓜洲毙亮记》，影印文渊阁四库全书本。

⑥ （宋）张孝祥撰，徐鹏点校：《于湖居士文集》第三卷，上海古籍出版社 1980 年版，第 20 页。

和军威，对宋金之战豪情满怀，志在必得。宋军在采石矶大战中告捷，张孝祥听闻消息后作《和沈教授子寿赋雪三首》（其一）：

> 北风吹来燕山雪，十万王师方浴铁。风缠熊虎灵旗静，冻合蛟龙宝刀折。何人夜缚吴元济？我欲从之九原隔。东南固自王气胜，西北那忧阵云结？岂无祖逖去誓江，已有辛毗来仗节。①

诗歌联想到交战之地悲壮肃穆的场景，描写南宋将士奋勇拼搏的精神，引经据典，对将领表示赞扬，充满了必胜的决心。诗歌情景交融，气象高远，是其诗歌中艺术成就较高的作品。张孝祥所作充满爱国情感的诗歌，诗风悲壮昂扬，雄浑大气，是他的诗歌中最引人注目的，也最能激起当代及后世共鸣，诸如此类，不胜枚举。

第二节　文化思潮及诗歌书法的发展背景

金兵大举侵犯使南宋人民处于水深火热之中，在南宋王朝风雨飘摇之际，主动抗击还是投降妥协始终是朝廷面临的主要问题。"隆兴和议"签订之前，社会矛盾特别是宋、金之间的斗争十分激烈；"隆兴和议"签订之后，对外抗争趋于缓和，内部矛盾又趋于尖锐。在这种背景下，文学和书法在政治和文化指挥棒的操控影响之下，呈现出富有时代特色的面貌。无论是诗人还是书法家，其生平经历、诗书创作都与时代背景有着千丝万缕的联系。与南渡初期相比，南宋中兴时期的文化艺术也得以在相对安宁、从容的环境和氛围中获得进一步发展，进入较为鼎盛的时期，出现了诸多文化名人。然而，中原

---

① （宋）张孝祥撰，徐鹏点校：《于湖居士文集》第二卷，上海古籍出版社1980年版，第15页。

易主和"靖康之难"的历史巨变及其造成的巨大社会动荡，毕竟使广大文人士大夫心灵受到强烈震撼，这在诗歌和书法领域均有一定回响。

一 帝王倡导及文化风气

历朝历代有许多帝王对书法一艺非常重视并亲身实践，如南朝的梁高祖萧衍、唐太宗李世民等都创作出了有一定艺术成就的书法作品，也有很多书学理论传世。据陶宗仪《书史会要》记载，宋代帝王书学造诣更胜一筹，北宋和南宋的大部分帝王都擅长书法，南宋诸君更加明显一些。南宋帝王书法代表人物首推宋高宗赵构。赵构是中国历史上尤其是书法史上具有一定地位及影响的皇帝之一，他自言"凡五十年间，非大利害相妨，未始一日舍笔墨"[1]，他有较高的书法创作才华，潜心研习钟、王书法，推崇苏、黄、米，退处德寿宫后"北宫燕闲，以书法为事"[2]，行草书风格特点表现为在二王体系下的个人意趣，大字、行草始得自成一家，他所著的《翰墨志》对后世书法创作和理论产生了不容忽视的影响。据俞松《兰亭续考》卷一记载，绍兴三年癸丑，宋高宗以《定武兰亭》墨本赐郑湛，在跋末自署"复古殿书"。所谓"复古殿"，是高宗在临安府所设的燕闲之所。绍兴八年二月，高宋下诏定都临安，并诏新安墨工戴彦衡在禁中作"复古殿"书，已表明了复古的意向，南宋中后期书坛的复古书风也由此滥觞。

宋孝宗亦爱好书法，他认可高宗提出的书法水平的最高标准为"工"[3]，这一求"工"的思想影响到南宋书坛的继承与创新。上有所好，下必甚焉。南宋帝王对于书法的喜好一定程度上对时代风尚的导向产生影响，文人士大

---

① （宋）赵构：《翰墨志》，华东师范大学古籍整理研究室等编《历代书法论文选》，上海书画出版社 2014 年版，第 366 页。

② （宋）岳珂：《宝真斋法书赞》，卢辅圣主编《中国书画全书》第二册，上海书画出版社 2009 年版，第 190 页。

③ "太上于字画盖出天纵，朕尝谓钟繇字画最工，犹带隶体；如太上宸翰，冠绝古今。"见（元）脱脱等《宋史》卷二十六，中华书局 1977 年版，第 484 页。

夫也纷纷以书法为雅事，从而引领时代风气。与此同时，书学理论著作的兴盛也是南宋当时的书坛成就之一，这亦与帝王倡导有直接关联。据记载：

> 冬十月乙巳朔，国子博士周越为膳部员外郎、知国子监书学。越上所纂集古今人书并所更体法，名曰《书苑》，凡二十九卷，特除之。① ……
>
> 熙宁三年十二月十六日，明州布衣王珦上《篆书证宗要览》三卷并印样一轴，命为御书院祗。②

周越等人均因上呈书法理论或研究著作而得官的记录，由此可见，宋代帝王对书学论著编撰奖励优厚，促进了书学理论的产生及传播。

宋代的刻帖及研究之风盛行一时，在书学历史上引人注目，这一现象亦与帝王倡导关系密切。由于较为珍贵的前代书家墨迹多藏于皇室宫廷之内，民间书家及收藏家不可能靠个人力量完成汇集前人书法并完成摹刻丛帖的重任，必须依靠皇室的力量共同完成。如太宗朝时，《淳化阁帖》就是根据朝廷内府所藏的墨迹而刻成；徽宗大观三年，《大观帖》也是将内府所藏真迹重新核对，召集刻工刻成的。南宋高宗和孝宗也在刻帖方面与北宋帝王同样重视，使朝廷组织的书法传播行为或活动促进了宋代帖学的发展及帖学研究的繁荣，蔚为一代风气。

文学方面，宋孝宗对儒、释、道各家采取海纳百川的包容接受态度，还尽力防止士大夫由于学术引起的争端。在这种导向下，各学派之间的学者往往能保持和而不同，求同存异，如朱熹与吕祖谦、陈傅良、叶适等人交往唱和又各持自己的观点，学术呈良性发展势头，再度焕发出百家争鸣、百花齐放的活力。宋孝宗通过采取一系列学术文化方面的措施，为文学尤其是诗歌

---

① （宋）李焘：《续资治通鉴长编》第九册卷一百十九，中华书局1985年版，第2808页。
② （宋）王应麟：《玉海》卷四十五《艺文·小学》，影印文渊阁四库全书本。

发展创造出良好的环境。一方面，孝宗召还起用高宗朝被贬斥的文臣，如王庭珪、辛次膺、胡铨、洪适、汪应辰等。被秦桧排斥的诗人曾几被召还时已届八十高龄，遂"擢其子逮为浙西提刑以便养"①。另一方面，选拔重用以文学著称的新人，代表人物有陆游、范成大、周必大、洪迈、尤袤、张孝祥、杨万里、蔡幼学等。朱熹也曾以诗名为孝宗所召，然由于其尚在丁忧而请辞。孝宗留意较为出色的人才，亲自选拔了不少能臣，使作为诗坛主体的一代文人士大夫精神面貌为之一振，这些文人成为南宋文学走向中兴的中坚力量。

此外，孝宗还鼓励文人多从事文学创作与文集编撰事务。淳熙十四年（1187），孝宗读到时为翰林学士的洪迈所著的《容斋随笔》，即赞此书有非常精辟的议论，给予很高评价。洪迈在翰林期间，孝宗对其言宫中无事，编唐人绝句以自娱，今已得六百余首，洪迈称其数尚不止此，孝宗即命洪迈编集。洪迈搜阅逾年成《万首唐人绝句》以进，孝宗"固知不迨所对数，然颇嘉其敏赡，亦转秩赐金帛"②，洪迈慨叹"书生遭遇，可谓至荣"③。可见孝宗对文学、文化及文人重视、支持、鼓励的倾向，这些都是南宋前中期文化繁盛局面形成的关键因素。

二　中兴诗坛与江西诗派

蒋士铨曰："唐宋皆伟人，各成一代诗。宋人生唐后，开辟真难为。"④宋代与唐代的政治背景、时代风气不同，宋代诗人进行大力开拓创新，使宋诗表现出迥异于唐音的宋调。严羽《沧浪诗话》将宋调称为"本朝体"，朱熹《朱子语类》称为"今人诗"，显示宋诗异于唐诗的特点。钱锺书在《谈

①　（元）脱脱等：《宋史》卷三八二《列传》第一百四十一，中华书局1977年版，第11769页。
②　（宋）叶绍翁撰，沈锡麟、冯惠民点校：《四朝闻见录》乙集《洪景卢编唐绝句条》，中华书局1989年版，第79页。
③　（宋）洪迈：《容斋随笔》卷十一，中华书局2005年版，第219页。
④　（清）蒋士铨撰，邵海清校，李梦生笺：《忠雅堂集校笺》第1册，上海古籍出版社1993年版，第356页。

艺录》中指出，唐诗擅长丰神情韵，而宋诗多表现出筋骨思理的特点，尤以江西诗派的诗歌为代表。随着宋诗创作高峰过去，江西诗派的弱点逐一显现出来。

南渡之后，社会政治局势发生了巨大的动荡，在国家民族处于危亡之际的关键时刻，需要更加有现实穿透力的诗歌来表达现实人生。南宋文人忠愤爱国，感情激昂，及至民族危亡时刻，局势动荡促进诗风演化。以吕本中、陈与义、陈师道等为代表，诗歌重新彰显社会政治意识和文人士大夫个体情怀，诗作所反映的时代内涵更加广泛而深刻。随后出现了"中兴四大家"陆游、范成大、杨万里、尤袤，朱熹融理趣入诗歌，张孝祥以爱国词著称，诗作也有独特风格。他们写出了一些风格凝练、情真意切的作品，爱国主义思想、广阔的视角题材以及悲壮雄浑或新鲜活泼的诗歌风格开始萌芽。

与南宋中兴时期的社会文化风气并不相适应的是，江西派诗歌一贯主张诗歌创作灵感和素材来源于古人和书本，忽视了真实而广泛的社会生活，从而使创作过程中"源"与"流"的关系互为颠倒，诗歌内容显得苍白干瘪，缺少活力；推崇作诗中要重学问，重诗法，求字奇，求韵工，以文字、议论和才学为诗，忽略了诗歌本应具有的言志功能、诗意趣味等审美特征。甚至江西诗派一些技法不精的末流诗人一反温柔敦厚之诗风，反以怒骂为诗，诗歌发展到此种境地可谓诗歌之厄运也。严羽《沧浪诗话》认为宋诗尚理趣而意兴缺失，更多地还是将矛头指向江西诗派。如其《诗辨》之三：

> 近代诸公乃作奇特，解会遂以文字为诗，以才学为诗，以议论为诗，夫岂不工？终非古人之诗也。盖于一唱三叹之音有所歉焉。①

的确，以文字为诗、以才学为诗、以议论为诗是宋诗的典型特点，但也

---

① （宋）严羽著，郭绍虞校释：《沧浪诗话校释》，人民文学出版社1961年版，第26页。

是明显有别于唐诗之处。尽管严羽批评宋诗专以文字、才学和议论为诗，使吟咏性情之诗至此失去了诗意和美感，而且诗人作诗时注重用典使事，不讲究诗歌之趣味，用字需要有来历，押韵都必须有出处，导致诗篇反复，终篇不知诗眼在何处，只见典故与辞藻的堆砌。

除严羽之外，南宋本朝还有许多诗论对江西诗派展开批评。张戒在《岁寒堂诗话》中指出，诗歌自南朝宋的颜延之起，通过使事用典增加广博之意，发展到杜甫可谓登峰造极。诗歌注重押韵的工整，当始于韩愈，在苏轼、黄庭坚二人时达到炉火纯青："苏黄用事押韵之工，至矣尽矣，然究其诗乃诗人中一害。使后生只知用事押韵之为诗，而不知咏物之为工，言志之为本也。"① 他又说："自汉魏以来，诗妙于子建，成于李杜，而坏于苏黄……子瞻以议论为诗，鲁直又专以补缀奇字，学者未得其所长，而先得其所短，诗人之意扫地矣。"② 张戒批评苏轼、黄庭坚的后学者没有学到他们诗歌的长处，反而发展了他们工于用事、押韵、议论和补缀奇字的短处，将诗歌以言志为本忘到脑后，反而极其注重咏物为工，这种本末倒置的做法使诗不再像诗。

姜夔《白石道人诗集自序》中的《诗说》虽未明确将批评的矛头指向江西诗派本身，但立论均针对此派的弊病展开："只求工于字句亦末矣，故始于意格，成于句字。意愈深愈远，句调欲清欲古欲和，是为作者。"③ "一家之语，自有一家之风味。如乐之二十四调，各有韵声，乃是归宿处。模仿者虽似之，韵亦无矣。"④ 姜白石针对江西派诗人一味模仿苏黄诗法，专求字句工巧却忽视诗作本身的立意与风格展开批判。可以说，淳熙四家等南宋诗人在孜孜不倦的摸索与尝试中推进诗歌的创作与批评，而南宋诗学也基本是在对江西诗派或继承或反拨的过程中发展起来的。南宋初期江西末流专学黄庭坚、

---

① （清）张戒：《岁寒堂诗话》，何文焕辑《历代诗话》，中华书局1981年版，第496页。

② 同上书，第497页。

③ （宋）姜夔：《诗说》，何文焕辑《历代诗话》，中华书局1981年版，第513页。

④ 同上书，第516页。

陈师道；南宋中后期晚唐体卷土重来，就是显例。

三　颜体书法与南宋书坛

我们讨论南宋淳熙四家所处时期的书坛发展状况，就不能忽视宋代书家对颜真卿的继承及颜体书法对南宋书坛的影响。宋人书法学颜真卿的情形与唐人书法学王羲之如出一辙。颜真卿（709—784），唐代名臣、著名的书法家。据《旧唐书》记载："颜真卿，字清臣。少勤学业，有词藻，尤工书。事亲以孝闻。命为监察御史。五原有冤狱，久不决，真卿至，立辩之。"① 在安史之乱中，颜真卿勠力护国，对抗叛军的事迹彪炳史册。他因性情正直遭宰相卢杞忌恨，被陷害遣往叛将李希烈部晓谕，他凛然拒贼，终被缢杀，是一代忠臣的表率。

自北宋开始，颜体书法在唐代诸多楷体中得到宋人青睐，以颜真卿为学习对象的书法道德观念与书学革新思想也逐渐形成，书家"推重颜真卿的忠义气节，吸收了自身所彰显的伦理观并融入书法等文艺理论"②。如苏轼在《东坡题跋》中认为诗以杜甫最佳，文属韩愈最佳，画为吴道子最佳，书法则为颜真卿居首，天下能事被他们占尽。③ 北宋书法审美观及书法风气演变成崇尚颜氏丰厚肥美一路。择颜而习之还与宋代的政治形势有很大关联。关于颜真卿其人其字与政治的关系，海内外学者对此有过一定研究论述，如傅申就指出颜真卿的政治影响力与书法影响力二者之间存在互通的关系，他认为在历史上颜真卿书风盛行的时代，遵奉颜书和当时的政治之间总是存在着明显的对应与关联。④ 还有学者支持书学与政治之间的这种关联，如"颜真卿的书

---

① （后唐）刘昫等：《旧唐书》卷一二八，中华书局1975年版，第572页。

② 张典友：《宋代书制论略》，文物出版社2012年版，第38页。

③ 苏轼在《东坡题跋》中写道："故诗至于杜子美，文至于韩退之，书至于颜鲁公，画至于吴道子，而古今之变天下之能事毕矣。"

④ 傅申著：《中国书法经纬论丛：海外书迹研究》，葛鸿桢译，紫禁城出版社1987年版，第256页。

法在北宋时期成为书法的正统典范之一，和当时的政治情形有关"①。

南宋与北宋都学颜真卿，但学颜的方向、着眼点与成果是不同的。在北宋初期时，书坛就已面临着唐代楷书这一高峰，就如同宋代诗人面对唐诗一样。因而如何突破唐代以颜真卿楷书为代表的书法法度限制，成为宋代书家考虑的问题。北宋学颜而形成尚意书风，出现诸多书学大家，各具风格，如清代陈奕禧《隐绿轩题识》所云："临颜遂及宋四家，寻源而得其流也。四家皆学颜，而各成其一家。"② 北宋四家苏、黄、米、蔡都学颜，其中颜书在苏轼心目中的地位最高。黄庭坚也将苏轼与颜真卿相比，认为二人气质有类似之处，他们的书法也不相上下，皆是开创一代风气之人，无论是行书、草书，还是楷书，均有此功。

苏轼和黄庭坚对颜体的学习，大多注重颜真卿对旧有风格进行创新改进的部分，认为颜体不像欧阳询、虞世南、褚遂良、柳公权、薛稷等人那样为法度所缚，显得呆板窘迫，能够出于法度之外，不受绳墨限制，悠游自若，秀拔奇伟，有魏晋隋唐的风流和气骨。欧阳修也以"书如其人"说评价颜真卿书法，认为其书法严谨庄重，如同忠臣烈士，道德君子，令初见之人心生敬畏之情，然越是长时间的临习越是心生喜爱，如同世间珍宝一样。朱长文亦从技法的角度称赞颜书，认为其字"点如坠石，画如夏云，钩如屈金，戈如发弩，纵横有象，低昂有志"，自二王以来，极少有达到如此水平之作。

南宋书家不可避免地学习苏、黄、米、蔡，学颜也是他们的重要取法方向。但需要注意的是，南宋人注重的是颜真卿人格道德精神的楷模作用，以及他的楷书之端庄谨严有法度，这对北宋人学颜体变化多端之行草书是一个强有力的否定，也间接导致了南宋书法创作与书论鲜有引领一代的大家出现。

---

① Amy Mc Nair. *The Upright Brush：Yan Zhenqing's Calligraphy and Song Literati Politics*, University of Hawaii' Press, 1998, p. 47.

② （清）陈奕禧：《临蔡忠惠》，《隐绿轩题识》，崔尔平《明清书法论文选》，上海书店出版社1994 年版，第 498 页。

南宋文人对颜真卿的推崇更加集中地表现在凸显他忠君爱国、刚正不阿、大义凛然、视死如归等富有政治道德色彩的品格，如沈作喆云："予观颜平原书，凛凛正色如在廊庙，直言鲠论，天威不能屈，盖人心之所尊贱，油然而生"①（《寓简》）。此论便是以政治道德为尺度评论颜书的典型。外患不断、政权不稳的南宋，将颜真卿树立为书界刚烈爱国的文化政治形象，通过取法其书法而推崇其政治人格，并大力推崇其法度严谨的楷书。

两宋书坛学颜真卿不同的原因在于，北宋虽面临辽、西夏等外扰，但国家版图基本完整，国家主权基本上牢牢在握，且通过实行强干弱枝、崇文抑武等政策，逐渐形成了中央集权不断加强、文人士大夫管理朝政的局面，文人的政治、社会地位也相应提高。朝廷给予文人士大夫较为优厚的薪俸待遇，使其在为官从政的同时可以享受较为自由的文化生活。书法作为修身养性的途径之一，与文学一样深受文人士大夫喜爱，加之社会文化风气自由、思想禁锢较少，文人较为悠游地将书法作为"游于艺"、表达才情的手段，在取法颜真卿的基础上，依然注重展示不同的个性特征，以颜为宗进行大力创新变革，形成独具面貌的一家之风。唯蔡襄学颜体楷书最为形似，其他三人更注重颜氏的行草，主要学其行草的笔意和笔法，如米芾就认为颜真卿的行书值得学习临摹，但楷书尽显世俗之气，指出其行草《争座位帖》应该算是颜书中位列第一的名帖，字与字气脉相连，灵气飞动，当是有灵感而作，可见对颜氏行草赞誉有加，但贬低其楷书。冯班在《钝吟书要》中提出"宋人行书，多出颜鲁公"②的观点，董其昌亦有同样看法："宋人书多以平原为宗，如山谷、鲁直是也。"③颜真卿《祭侄稿》等行草作品将文学作品的思想感情表现

---

① （宋）沈作喆：《论书》，崔尔平编《历代书法论文选续编》，上海书画出版社 2012 年版，第 149 页。

② （明）冯班：《钝吟书要》，华东师范大学古籍整理研究室等编《历代书法论文选》，上海书画出版社 2014 年版，第 409 页。

③ （明）董其昌：《画禅室随笔》卷一，华东师范大学古籍整理研究室等编《历代书法论文选》，上海书画出版社 2014 年版，第 550 页。

在白纸黑字间，笔端含情，对北宋诸家影响很大，成为北宋尚意书风的前奏，苏、黄、米三人学颜体行草对宋代尚意书风有开创之功。

"一个历史时期向另一个历史时期过渡时，艺术中的某些视觉特性会被人们捕捉并加以强化，而有些特性则会被忽略而逐渐消亡。为适应新的社会文化环境，新的意义因之兴起，新的风格也因之发展。无论哪种风格特征被捕捉、承袭、强化或转变，都必须有其美学和社会文化的基础。社会文化（包括政治）与物质条件，都可能在艺术潮流的强化和转变中扮演重要甚至关键性的角色。"① 当宋室遭遇靖康之难后，北方版图被金占领，南宋朝廷屈居半壁江山，还经常受到金与蒙元的侵略，国家政权受到严重威胁，岌岌可危。朝廷内部始终在为主和与主战而争执、斗争不休，国内灾患频仍，祸乱不断。在这种充满危机的背景下，文人士大夫的书法艺术取法的倾向便与北宋大不相同。

颜真卿之所以在两宋影响不同，还与理学在南宋达到高峰有关。理学过分强调理性精神而贬抑情感价值与自由个性，从而削弱了文人、书法家的创新意识；理学家注重从伦理道德角度以人论书，又限制了书法的取法对象，进一步将南宋书学推向式微。南宋前中期发生在书法思想领域的重大变化即书风由注重个性的尚意风格向复古尚法风格悄然转变，这是一个还被尚意书法思想的外壳所包裹着的微妙变化。"从历史发展的观点看，这个变化显然是书法思想的退化，它反映出社会现实的功利观念，正在附着于书法艺术，使抽象化的书法渐渐变得理性化、观念化。"②

总之，南宋前中期的书坛主要继承北宋以来的尚意之风，又更多彰显了书法的法度。颜真卿行草的成就来自他对楷体的创新与变革，北宋倡导尚意书风也正是源于推陈出新。南宋诸家已不再热心于此，而是对前人亦步亦趋，

---

① 白谦慎：《傅山的世界》，生活·读书·新知三联书店2006年版，第152页。
② 姜寿田等：《中国书法批评史》，中国美术学院出版社1997年版，第192页。

崇尚复古，提倡尚法，使个人意趣掩映于前人成法之中，这便是南宋前中期淳熙四家所面临的书坛基本面貌。

小　结

南宋前中期尤其是孝宗统治时期被称为"中兴之治"，社会文化发展较为平稳。淳熙四家在中兴时期这一特定阶段中，表现出来的共同而广泛的爱国情怀，是其生平经历的重要组成部分。淳熙四家作为在南宋成长起来的一批文人，是南宋诗坛转变历程中的枢纽和关键，他们的诗歌创作在诗歌史上具有承上启下的重要意义。南宋诗坛的两大对立主题就是师法与反对风靡两宋诗坛的江西诗派。南宋诗人学诗之初或多或少都受江西诗派影响，当个人创作经验丰富、诗学思想成熟之后，开始寻求突破。随着江西诗派末流反映题材日益狭小和视角向内转移，其诗歌流弊日显，不能充分反映社会现实生活，引起了很多诗人的不满。淳熙四家亦是如此，在此背景下入于江西又出于江西，对其后诗风产生影响。

南宋延续北宋书学取法源流，继续推崇颜真卿的书法，还专门刊刻了《忠义堂帖》等。然而在充满危机的政治背景下，文人士大夫书学艺术取法的倾向便与北宋大不相同，更加注重颜真卿人格、道德、精神的楷模作用，以及他楷书之端庄谨严有法度。理学强调理性精神以及南宋以人论书的盛行，一定程度上限制了书法取法对象，这是促使北宋以来的尚意书风日渐衰微的重要因素。淳熙四家即是在这样的书法背景下，在取法前贤的基础上再进行自我创新，在书风逐渐从追求尚意向复古尚法过渡的过程中扮演了重要角色。

第二章　淳熙四家诗歌书法的继承与创新

淳熙四家多才多艺，在文学史与书法史上都起到承上启下的作用，诗词文赋与书法翰墨各有特色，对诗风、书风变迁产生一定影响。陆游、范成大、杨万里与尤袤并称"中兴四大家"，朱熹在理学的传承与发展中起到非常关键的作用，张孝祥的诗词受到广泛赞誉，他们的诗歌与书法都取得较高成就，同时享有诗名和书名，在文学和书法领域都获得一致认可。这种成就除了他们的天赋、阅历、修养及勤奋之外，还与其诗歌和书法中的继承对象、学习路径及各自创新有很重要的关联。

第一节　对本朝名家的继承

江西诗派形成之后，其影响可谓笼罩两宋诗坛达百余年之久。北宋中后期，黄庭坚及其追随者遍布天下，形成诗坛的主要力量，推动宋调发展成熟及宋诗创作高潮出现，影响非常之大。进入南宋以来，追慕江西诗派依然是诗坛主流，淳熙四家亦概莫能外，出入江西诗派是他们学诗的关键经历。同样，在书法领域，南宋书法家对北宋书风的延续大于创新，宋四家苏、黄、米、蔡的书法风格及理论影响书坛百余年。在淳熙四家的书法创作过程中，宋四家也是他们学习临摹的对象。因而，淳熙四家对本朝名家的继承与追随，是他们诗书创作所体现出来的共同特点。

一　与江西诗派的渊源

据叶适记载："庆历、嘉祐以来，天下以杜甫为师，始黜唐人之学，而江西宗派章焉。然而格有高下，技有工拙，趣有浅深，材有大小。"①（《徐斯远文集序》）杜甫等江西诗派"一祖三宗"的诗歌在宋代有非同寻常的影响，宋人也多有由杜诗入手学习诗歌。刘克庄在《后村诗话》中指出："元祐后诗人迭起。一种则波澜富而句律疏，一种则锻炼精而情性远。要之，不出苏黄二体而已。"② 所谓"锻炼精而情性远"，即诗歌注重典故，用字精巧，却未能很好地抒情达意，表达性情。江西诗派代表作家如黄庭坚喜欢对书斋生活及书斋事物进行描写；陈师道倾向于感慨个人的生活经历及抒发人生感悟；吕本中的诗歌风格稍有变化，在题材内容上也不脱于以上两类；陈与义、曾几的一些关于抗敌爱国的诗作引起较大反响。其他更多的江西派诗人仍然沉浸在吟咏书斋及个人生活的小圈子之内，推敲文字技巧，忽略了对诗兴的琢磨。刘克庄这一总结性评价可谓非常精当。南宋诗人基本是以江西诗派为入门诗学，多少会受到一定影响，作诗具有江西诗派以故为新、精于炼字、疏于诗意的特点。

淳熙四家之一陆游学诗的过程中，曾几是非常关键的一个人物。曾几（1085—1166），字吉甫，号茶山居士，学识渊博，勤于政事，是江西诗派后期的大家。"治经学道之余，发于文章，雅正纯粹，而诗尤工。"（《曾文清公墓志铭》）陆游诗歌先后学习借鉴过多家诗歌，但始终未寻得合适门径，直到18岁时拜曾几为师，通过曾几而学习领会江西诗法，诗歌创作才有了很大进

---

① （宋）叶适：《徐斯远文集序》，《叶适集》卷一二，中华书局1961年版，第214页。
② （宋）刘克庄撰，钱仲联校注：《后村集笺注》前集卷二，上海古籍出版社1982年版，第86页。

展。曾几是陆游诗歌真正入门的启蒙老师，其爱国思想、诗歌理论和创作方法都对陆游产生了极大影响。陆游晚年编订《剑南诗稿》时将回忆曾几的诗《别曾学士》置于诗卷之首。其诗云：

> 儿时闻公名，谓在千载前。稍长诵公文，杂之韩杜编。夜辄梦见公，皎若月在天。起坐三叹息，欲见亡繇缘。忽闻高轩过，欢喜忘食眠。袖书拜辕下，此意私自怜。道若九达衢，小智妄凿穿。所愿瞻德容，顽固或少瘳。公不谓狂疏，屈体与周旋。骑气动原隰，霜日明山川。鲍系不得从，瞻望抱悁悁。画石或十日，刻楮有三年。贱贫未即死，闻道期华颠。他时得公心，敢不知所传。①

此诗字里行间流露出对老师曾几的崇敬和感念之情。"儿时""稍长""夜辄"几句写出了陆游几十年来对老师的感恩与敬畏之情。"辄梦"二字，可见陆游对恩师梦见的次数之多，感情之深。诗歌将拜师入门、从师学艺的过程写得非常生动，师生之间的授业解惑及曾几的音容笑貌、师生情谊都展现在读者面前。陆游从曾几处学到的更重要的内容还是江西派诗法。黄庭坚将江西派诗法总结为"夺胎换骨"和"点铁成金"，陆游从曾几处传承而得，且在诗中多次提道：

> 六十余年妄学诗，工夫深处独心知。夜来一笑寒灯下，始是金丹换骨时。②（《夜吟》其二）

> 文能换骨余无法，学但穷源自不疑。齿豁头童方悟此，乃翁见事可怜迟。③（《示儿》）

---

① （宋）陆游：《剑南诗稿》卷一，《陆游集》第一册，中华书局1976年版，第1页。
② （宋）陆游：《剑南诗稿》卷五十一，《陆游集》第三册，中华书局1976年版，第1272页。
③ （宋）陆游：《剑南诗稿》卷二十五，《陆游集》第二册，中华书局1976年版，第694页。

这些诗中所谓"金丹换骨""文能换骨",就是源自江西诗派黄庭坚的"夺胎换骨"说。陆游自称六十多年来"妄学诗",付出的心血、花费的工夫唯有自己心知,即使此时他的诗歌已经评价甚高,有了一套独特的诗学创作体系,但依然"不厌其烦"地重温与江西诗派有关的"金丹换骨""文能换骨"作诗要诀。"乃翁见事可怜迟"自然是自谦之语,但从"穷源""工夫深处""渊源有自"等句可见,陆游后期尽管对江西诗法有所突破,但他在诗歌创作中对江西诗派的这套理论体系还是有很多认可之处,而且运用得得心应手。

再看陆游为曾几所撰写的《曾文清公墓志铭》,整篇文章中充盈着浩然之气,这股浩然之气来自曾几的爱国情怀与高洁人品,如"元颜亮盗塞,下诏进讨。已而虏大入,或欲通使以缓其来。公方病卧,闻之奋起,上疏曰:'遣使请和,增币献城,终无小益而有大害。为朝廷计,当尝胆枕戈,专务节俭,整军经武之外,一切置之。如是,虽北取中原可也'"①。曾几即使身在病榻,也无时不在关心朝政,他清醒地认识到朝廷采取的派人请和或献币送城等决策都是有百害而无一利的举措,因而力主抗敌,呼吁整军待战,直取中原,这种一身正气的主战形象正是他强烈爱国思想的体现。陆游幼年随着全家颠沛流离,直到他九岁时局势稍微安定,全家才得以重返故乡。"儿时万死避胡兵"的童年经历给他留下了深刻印象,直到耄耋之年依然感慨不已,这也是爱国思想伴随陆游一生的缘由之一,因而他对曾几的爱国之情感同身受。

淳熙四家中的范成大亦与江西诗派有很深的渊源。他的诗歌被梁昆在《宋诗派别论》中评价为"于律则时有拗格,于古则每用奇字,诚山谷之遗绪,特气象不似,盖融通山谷之法而阴用之"②。指出范诗在格律、用字方面对黄庭坚等江西派诗人的继承学习及融会贯通。《四库全书总目》卷一六

---

① （宋）陆游:《渭南文集》卷三十二,《陆游集》第五册,中华书局1976年版,第2301页。
② 梁昆:《宋诗派别论》,商务印书馆1935年版,第97页。

○《范石湖集提要》也概括范成大诗歌的风格及渊源：

> 今以杨、陆二集相较，其才调之健不及万里，而亦无万里之粗豪。气象之阔不及游，而亦无游之窠臼。初年吟咏，实沿溯中唐以下。观第三卷《夜宴曲》下注曰："以下二首效李贺。"《乐神曲》下注曰："以下四首效王建。"已明明言之。其他如《西江有单鹄行》《河豚叹》，则杂长庆之体。《嘲里人新婚诗》、《春晚》三首、《隆师四图》诸作，则全为晚唐、五代之音。其门径皆可覆案。自官新安掾以后，骨力乃以渐而遒。盖追溯苏、黄遗法，而约以婉峭。[①]

由纪昀此论可见，范成大学诗之路以中唐诗人为切入点，李贺、王建、白居易等人皆是他的效法对象，模仿唐人作诗，但尚未形成自己的风格，直到作《天平先陇道中，时将赴新安掾》诗前后，他的诗法才开始定型为"追溯苏黄遗法，而约以婉峭"，即向江西诗派靠拢。实际上，范成大对江西诗派的浸濡，即所谓"融通山谷之法而阴用之"更为明显的表现还是对江西诗派"一祖三宗"之"一祖"杜甫的远溯。范成大尤其喜欢将杜甫诗句化为己用，以补足诗意，表达情感（表2-1）。

表2-1　　　　　　　范成大化用杜甫诗句举例

范成大诗题	范成大诗句	杜甫诗题	杜甫诗句
《次韵唐子光教授河豚》	"深山大泽龙蛇生"	《送孔巢父谢病归游江东兼呈李白》	"深山大泽龙蛇远"
《秋日杂兴》	"莫嫌酒味薄"	《羌村三首》	"苦辞酒味薄"

[①]　（清）永瑢等：《影印文渊阁四库全书总目》卷一六〇，上海古籍出版社1965年版。

范成大诗题	范成大诗句	杜甫诗题	杜甫诗句
《圣集夸说少年俊游，用韵记其语戏之》	"倚袖竹风怜翠薄"	《佳人》	"天寒翠袖薄，日暮倚修竹"
《除夜书怀》	"昨梦书三箧，平生酒一杯"	《不见》	"敏捷诗千首，飘零酒一杯"
《代人七月十四日生朝》	"来岁城南尺五天"	《赠韦七赞善》	"城南韦杜，去天尺五"
《喜雪示桂人》	"从今老杜诗犹信，梅片飞时雪也飞"	《寄杨五桂州谭》	"梅花万里外，雪冬一片深"
《夔州竹枝歌》	"行人莫笑女粗丑，儿郎自与买银钗"	《负薪行》	"若道巫山女粗丑，何得此有昭君村"
《合江亭隔江望瑶林庄梅盛开，过江访之，马上哦此》	"唤渡聊相觅，巡檐得细看"	《舍弟观赴蓝田取妻子到江陵，喜寄》	"巡檐索共梅花笑，冷蕊疏枝半不禁"

注：表中诗句均依据北京大学古文献研究所编纂《全宋诗》（北京大学出版社 1992 年版）。

　　以上只是范成大化用杜甫诗句的冰山一角，由此可见他与江西诗派其他成员一样对杜诗的钟爱与模拟。范成大有一些对仗较用心思，可以看出经过了精心锤炼，基本符合山谷所言"无一字无来处"标准，取意用典经加工后虽未达到如盐入水的境界，也自有一番新意在其中，他的《人虾蟆瓮》诗即被纪昀点评为"恣而不野，峭而有韵，'江西'派中之佳者"①。

　　淳熙元年（1174），范成大赴成都途中作《再用前韵》有句："蜀道虽如履平地，杜鹃终劝不如归"，上句"蜀道虽如履平地"直接援用中唐陆畅一反李白《蜀道难》而作的《蜀道易》诗句"蜀道易，易于履平地"而来，下句

---

① （元）方回：《瀛奎律髓汇评》，上海古籍出版社 2005 年版，第 201 页。

笔锋一转化用"杜鹃啼血唤春归"句意，表明意欲归去之意。再如（《重九独登赏心亭》）"每岁有诗题白雁，今年无酒对黄花"句，"白雁"和"黄花"是古代诗词中常用的意象，又加入诗、酒两种事物，文人的孤独、惆怅之感如在眼前，一如山谷在《答洪驹父书》中所言"自作语最难，老杜作诗，退之作文，无一字无来处。盖后人读书少，故谓韩杜自作此语耳。古之能为文章者，真能陶冶万物，虽取古人之陈言入于翰墨，如灵丹一粒，点铁成金也"①。清代纳兰性德《于中好》诗中有"一行白雁遥天暮，几点黄花满地秋"句，其诗思来源或与范成大此句有一定关联。总体而言，范成大与陆游虽同为"中兴四大诗人"，在当时江西派一统诗坛的背景下，必然都深受影响，在此基础上诗学技巧与思想步入成熟。但综合以上论述可见，二人受影响的程度是不一样的，陆游浸濡得比范成大更深入一些。

在文人对江西诗派"翕然宗之"的时代风气下，淳熙四家中最年轻的张孝祥也对江西诗法有较多的接触和学习，与江西诗法之间也有诸多渊源。他与陆游一样在年轻时受教于曾几，中进士后在临安与曾几相识，二人趣味相投，交往密切。他对曾几印象深刻，作诗曰：

> 起居一代文章老，阙寄音书恰二年。诗债未还缘懒拙，宦游如此竟危颠。会稽旧有探书穴，贺监应寻载酒船。我欲从公留十日，问公乞句手亲编。②（《将如会稽寄曾吉甫》）

张孝祥在诗歌创作方面始终服膺江西诗派"活法"说，并致力于通过多种艺术手法实现这一风格。喜欢用典也是江西诗派的一大特征，巧妙、恰当的用典可以增加诗歌的内涵与深度，令人回味无穷，而典故太多、太偏、太冷，则有晦涩之感，带来阅读障碍。张孝祥在作诗用典时，由于其博览群书、

---

① 郭绍虞：《中国历代文论选》，上海古籍出版社2001年版，第185页。
② （宋）张孝祥撰，徐鹏点校：《于湖居士文集》卷六，上海古籍出版社1980年版，第56页。

博闻强记，很好地避免了诗歌用典弊端的出现。如《次曾裘父韵送老人赴镇九江》：

> 边箭收声江不波，庐山高处与天摩。向来只作青鞋计，此去无如紫诏何？尘满庾楼烦剪拂，经余莲社更摩挲。文成本自筹帷幄，不数黥彭战伐多。①

诗中"青鞋计"意为隐居山林，不愿为官，"紫诏"指皇帝诏书。"庾楼""莲社""帷幄""黥彭"分别运用了庾亮、慧远大师、韩信、黥布及彭越等人的历史典故。虽句句用典，但选用的都是著名历史人物的熟典，而且化用技巧较为高妙，使典故与诗意严丝合缝，浑然一体，富有韵味与内涵而又不假雕饰，达到了用典的较高水平。除用典外，巧妙化用前人成句也是张孝祥秉承江西诗法的一个突出表现，通过江西诗派的"点铁成金""夺胎换骨"之法，将前人诗词或句意化为己用，似为己出（表2-2）。

表2-2 张孝祥化用前人诗句举例

张孝祥诗题	张孝祥诗句	前人诗题	前人诗句
《和万老》	"落木千山夜，空江万里秋"	黄庭坚《登快阁》	"落木千山天远大，澄江一道月分明"
《次江州王知府叔坚韵》	"经行有恨是阴雨，不见香炉生紫烟"	李白《望庐山瀑布》	"日照香炉生紫烟，遥看瀑布挂前川"
《和刘国正觅雌黄》	"刘郎家具少于车，只有诗囊未厌渠"	孟郊《借车》	"借车载家具，家具少于车"

---

① （宋）张孝祥撰，徐鹏点校：《于湖居士文集》卷六，上海古籍出版社1980年版，第53页。

续 表

张孝祥诗题	张孝祥诗句	前人诗题	前人诗句
《□庵自东林欲还蜀，某以报恩招之，大人赋诗劝请，再次韵》	"青壁倚天元满眼，白云出岫本无心"	陶渊明《归去来兮辞》	"云无心以出岫，鸟倦飞而知还"
《重入昭亭赋二十韵》	"我本山中人，对山则忻然，蹉跎落世网，欲去常拘牵"	陶渊明《归园田居》（其一）	"少无适俗韵，性本爱丘山。误落尘网中，一去三十年"

注：表中诗句均依据北京大学古文献研究所编纂《全宋诗》（北京大学出版社1992年版）。

可以看出，张孝祥超越了一些江西诗人善用冷僻典故或者将原句进行抄袭、剽窃的陋习，即使字字有来历，句句有出处，也是数经锤炼后化为己用，使自己的诗歌意境上了一个新台阶。与诗歌相比，词由于其长短不等的句法，成为文人可以有更多发挥的新的抒情园地，不仅可以将前人诗句融入自己的词中，还可以在作品中将前人的佳词妙句直接化用，使词作别有一番韵味，故曰："词家多翻诗意入词，虽名流不免。"① 张孝祥作词时便同样采取江西诗派"点铁成金""夺胎换骨"之法，以故为新，另创新意，其中化用的前代作家和典籍包括《诗经》《楚辞》《古诗十九首》、曹操、谢灵运、李白、王维、白居易、杜牧、苏轼、欧阳修、李清照等，不一而足。如《诉衷情·中秋不见月》"晚烟斜日思悠悠，西北有高楼"化用《古诗十九首》"西北有高楼，上与浮云齐"句，《丑奴儿》"月满星稀，想见歌场夜打围……杨柳依依，何日文箫共驾归"分别化用曹操《短歌行》"月明星稀，乌鹊南飞"和《诗经·小雅·采薇》"昔我往矣，杨柳依依。今我来思，雨雪霏霏"句，

① （清）贺裳：《皱水轩词筌》，影印文渊阁四库全书本。

《多丽·景萧疏》"无言久，余霞散绮，烟际帆收"化用了谢朓《远登三山还望京邑》"余霞散成绮，澄江静如练"句。还有多首词化用了唐人作品，如《满江红·秋满蘅皋》"红叶题诗谁与寄，青楼薄幸空遗迹"化用唐孟棨《本事诗·情感》"聊题一片叶，寄与有情人"和杜牧《遣怀》"十年一觉扬州梦，赢得青楼薄幸名"句。《减字木兰花》"江南送客，枫叶荻花秋索索。弦索休弹，清泪无多怕湿衫"改写了白居易《琵琶行》"浔阳江头夜送客，枫叶荻花秋瑟瑟"和"座中泣下谁最多，江州司马青衫湿"首尾两句。他还有直接化用本朝文人作品的，如《浣溪沙》"阑干倚遍夕阳红，江南山色有无中"。化用苏轼《水调歌头·黄州快哉亭赠张偓佺》"认得醉翁语，山色有无中"。《鹊桥仙》"金风玉露不胜情，看天上，人间今昔"。化用秦观同词牌的"金风玉露一相逢，便胜却人间无数"。《水调歌头》"小乔初嫁，香囊未解"化用了苏轼《念奴娇·赤壁怀古》"遥想公瑾当年，小乔初嫁了"句，诸如此类，不胜枚举。

汤衡在为张孝祥词集作序时写道："初若不经意，反复究观，未有一字无来处。"[①] 黄升也这样评价张孝祥词作的成就："有紫微雅词，汤衡为序，称其平昔为词未尝著稿，笔酣兴健，顷刻即成，无一字无来处。如《歌头》，《凯歌》诸曲，骏发蹈厉，寓以诗人句法者也。"[②] 二人对张孝祥词作"无一字无来处""寓以诗人句法"有一致看法，说明张孝祥熟谙江西诗法，将作诗之法引入词中，在以诗为词的基础上运用江西诗法，秉承苏轼以来的传统，不断探索"圆转流美"的风格，为宋词开启一新境界。张孝祥的诗词很大程度上以纵横的才气为主导，在整个南宋也是风标高举，惜其年华短暂，文学作品传世相对而言并不多，而且在诗论领域也未占领一席之地，诗词理论中

---

① （宋）汤衡：《张紫微雅词序》，载张孝祥《于湖居士文集》附录，上海古籍出版社1980年版，第423页。

② （宋）黄升：《张安国词小序》，《中兴以来绝妙词选》卷二，上海书店1989年版，第92页。

难以找到他的片言只语。但这并不代表张孝祥的诗歌创作没有自己的思想理论，而是掩藏于繁富众多的作品之中，需要我们仔细分析鉴别，以上所论关于江西诗派以故为新、点铁成金诗法的继承便是他重要的创作思想及渊源。

若说陆游、范成大与张孝祥对江西诗法更多的是学习与借鉴，那么淳熙四家中的朱熹与江西诗派的关系则略为复杂。朱熹的诗歌对江西诗派尤其是黄庭坚的诗歌有很多继承与契合之处，如文与道的观点、熟读前人作品、诗歌法度等问题，他都有接近于黄庭坚观点的类似表述。[①] 但是涉及诗歌具体创作时，朱熹对苏轼、黄庭坚的诗歌及江西诗派则有另一种态度。朱熹也是很有才气的诗人，他除了以理学家客观、理性的眼光看待黄诗及江西诸人外，也以诗人的视角解读苏、黄及其门人的诗歌，如：

苏、黄只是今人诗。苏才豪，然一滚说尽，无余意。黄费安排。[②]

山谷诗精绝，知他是用多少功夫。今人卒乍，如何及得，可谓巧好无余，自成一家矣。但只是古诗较自在，山谷则刻意为之。又曰：山谷诗忒巧了。[③]

闭门觅句陈无己，对客挥毫秦少游。无己平时出行，觉有诗思，便急归拥被卧而思之，呻吟如病者，或累日而后成，真是"闭门觅句"。如秦少游诗甚巧，亦谓之"对客挥毫"者，想他合下得句便巧。[④]

近世诸公作诗费功夫，要何用？元祐时，有无限事合理会，诸公却尽日唱和而已。今言诗不必作，且道：恐分了为学工夫。然则极处，当自知作诗果无益。[⑤]

---

① 吴晟：《朱熹与黄庭坚诗学的离与合》，《南昌大学学报》2012年第4期，第120—125页。
② （宋）黎靖德辑：《朱子语类》卷一百四十《论文下》，中华书局1986年版，第3324页。
③ 同上书，第3329页。
④ 同上书，第3330页。
⑤ 同上书，第3333页。

由以上言论可看出，朱熹秉持理学家"文章皆是从道中流出"的文学本体论观点看待江西诗派诗歌时，比较严厉地批评苏轼"忒巧了""无余意"，黄庭坚诗"费安排""刻意为之"，还有针对黄庭坚所推崇的"不烦绳削"诗歌境界的批评，对山谷诗持否定态度。当他以一位诗人的眼光看待苏黄等人的诗时，又从另一个角度肯定黄庭坚诗"精绝"、"功夫"深厚、"自成一家"，他人莫及，"作诗，先用看李、杜，如士人治本经，本既立，次第方可看苏、黄以次诸家诗"，提出了一些重要的诗学思想。但总体而言，朱熹作为理学家对黄庭坚为代表的江西诗派是持排斥态度的，理学与诗学评价和创作走向殊途同归。①当时南宋诗坛学苏轼的诗人因才情或学识不足，作诗多流于驰骋恣肆，学黄庭坚的诗人只看到了黄诗的锻炼雕刻之功，却忽略了其诗味。朱熹也推崇杜甫诗歌，他看到黄庭坚学杜甫主要是针对其"晚节诗律"和"夔州句法"，对此一反其意，认为杜甫夔州以前的诗作更佳，夔州以后自出新意，难以模仿，这是间接对黄庭坚等江西诗人诗法的不尽赞同。朱熹与苏、黄及江西诗派诗法有合有离，有继承也有批判，归根结底还是由他理学家与诗人的双重身份及他的批评观念在道学与文学之间的徘徊所决定的。

二　与宋四家的关系

北宋书法家苏轼、黄庭坚、米芾和蔡襄，是宋代书法成就最高的四人，被后世合称为"宋四家"。他们不仅在书法上卓有成就，提倡并实践尚意书风，而且在文学等多个领域都著述丰富。如苏轼既是书法家和文人，还是学者、画家；黄庭坚是文学家、书法家；米芾诗、书、画三技俱佳；蔡襄除诗、书、画外，还通晓建筑与茶艺。一个时代出现多名文化集大成的人物，不仅与外在的政治、社会、文化环境相关，还与文人内在的文化艺术修养及文艺理念有关。及至南宋，宋四家在文学与书法方面的影响非常显著。政治上作

---

① 张文利：《理禅融会与宋诗研究》，中国社会科学出版社 2004 年版，第 275 页。

为不明显的宋高宗在书法上有较高造诣，他勤习苏轼、黄庭坚及米芾的书法，《书林藻鉴》记载如下："高宗初学黄字，天下翕然学黄字。后作米字，天下翕然学米字。最后作孙过庭字，而孙字又盛……盖一艺之微，敬倡之自上，其风靡有如此者。"① 宋高宗很大程度上对于在南宋苏、黄、米书学地位的确立起过作用。

从当时书法的发展来看，宋四家在南宋书坛确实获得较高评价，如李昭玘认为苏轼书法"独与颜鲁公周旋并驱"②。袁说友评苏黄书"展卷如今但陈迹，丘原无复起苏黄"③。释居简尊称黄庭坚为"草圣"："山谷草圣，不下颠张醉素。行楷弗逮也，然皆自成一家法。"④ 岳珂赞扬黄书"山谷书法，本于天才，变而成家"⑤。对米芾书法的认可度最高。张栻亦云："字中有笔米博士，片纸人间什袭藏。"⑥

南宋前中期书家根据取法源流的不同，大概可以分为以下几类：一是追随苏轼书风者。赵令畤（1061—1134）由北宋入南宋，其书法是典型的北宋遗踪，受苏轼影响最大。孙觌（1081—1169）书法亦以苏轼为根底，对苏字的意趣领会更胜赵令畤一筹。此外还有杨时（1054—1135）、赵明诚（1081—1129）、李纲（1084—1140）、张浚（1097—1164）等人亦追随苏轼书法。二是米氏书法继承者。米芾长子米友仁书法全仿其父，被黄庭坚赞称笔力可以扛鼎，对米芾书迹在南宋的继承与推扬具有重要意义，与其父被后世并称"大小米"。王升（1076—1150）号羔羊居士，其书法技巧水准颇得米芾神韵

---

① 马宗霍：《书林藻鉴》，文物出版社 1984 年版，第 116 页。

② （宋）李昭玘：《乐静集》，（清）倪涛《六艺之一录》卷三百四十二，影印文渊阁四库全书本。

③ （宋）袁说友：《题山谷居士坡公帖》，《东塘集》，影印文渊阁四库全书本。

④ （宋）释居简：《跋山谷绿茹赞真迹》，《北磵集》，影印文渊阁四库全书本。

⑤ （宋）岳珂：《宝真斋法书赞》，卢辅圣主编《中国书画全书》第二册，上海书画出版社 2009 年版，第 266 页。

⑥ （宋）张栻：《和答郑宪分赠米帖》，《南轩集》卷七，影印文渊阁四库全书本。

的行书或行草书更值得肯定。但由于他的隐逸情怀和游艺态度与当时的忧国哀思文人主调不尽相符，因而后世书名并不显著。学米之人还有郑望之（1078—1161）、汪藻（1079—1154）、扬无咎（1097—1169）等。三是学黄众书家，如朱胜非（1082—1144）、胡安国（1074—1138）、张九龄（1092—1159）、王十朋（1112—1171）等人，虽然学书成果与黄庭坚相比有着一定距离，但后世却以其人而贵其书，也是历史的选择。四是以朱熹为代表的学蔡众家，但较学苏、黄、米的人相比，学蔡襄的人数量不多，而且大部分由蔡及颜。可以说，南宋一代学"宋四家"是书坛的一种主流风尚。

因此，淳熙四家学习苏、黄、米、蔡亦是时代所趋。陆游向来敬慕苏轼其人其文，曾作诗赞道："文章光焰伏不起，甚者自谓宗晚唐，欧曾不生二苏死，我欲痛哭天茫茫。"（《追感往事》）① 批判了以尊晚唐为由的气格低弱的诗风，对比之下，北宋苏轼等人是燃起"文章光焰"的大家。他在《玉局观拜东坡先生海外画像》中言："商周去不还，盛哉汉唐宋。苏公本天人，谪堕为世用。太平极嘉祐，珠玉始包贡。"② 将苏轼比作谪堕世间的"天人"，可见放翁对东坡的高度认可与追怀。书法方面，陆游书法用笔以显为主，丰腴饱满，用笔夸张、随意、剖侧都较为常见，就有苏轼"端庄杂流丽，刚健含婀娜"③ 的意味，笔法意态学东坡，在结体章法上有所独创。他曾在《跋崔正言所书书法要诀》中这样写道："德符诗名一代，书则未之见也。观此篇中字，瘦健有神采，亦类其诗，乃知前辈未易以一技名也。"④ 虽然对苏轼戏称为"墨猪"的肥美书风有过临摹，陆游的书法审美标准更倾向于黄庭坚"瘦硬""瘦健"的风格，学书过程中对苏轼书法的粗重笔法有所扬弃，对黄庭坚

---

① （宋）陆游：《剑南诗稿》卷四五，《陆游集》第三册，中华书局1976年版，第1136页。
② （宋）陆游：《剑南诗稿》卷九，《陆游集》第一册，中华书局1976年版，第244页。
③ （宋）苏轼：《次韵子由论书》，《苏轼诗集》卷一，中华书局1982年版，第209页。
④ （宋）陆游：《放翁题跋》，卢辅圣主编《中国书画全书》第一册，上海书画出版社2009年版，第730页。

和蔡襄笔法都有很多借鉴。瘦硬通神、以瘦为美的格调更符合陆游的书法审美风格。

与陆游一样，范成大受"宋四家"苏、黄、米、蔡的影响甚多，陈槱指出："于湖、石湖悉习宝晋（米芾），而各自变体。"① 宝晋即代指米芾，此语意为张孝祥、范成大都学米芾书法，之后又各自进行创新变体，将学米芾的于湖与石湖并称。关于范成大的这一书法渊源人们还多有记载，对其书法学北宋四家进行精到点评：

> （石湖）近世以能书称……字学山谷、米老，韵胜不逮而劲健可观。②
>
> 蛟经骧腾，蜿蜒起伏，笔端变化不可穷尽，视杜祁公、苏沧浪、黄太史之笔诚兼有之。③
>
> （范成大）少高放，以能书称。字宗黄庭坚、米芾，虽韵胜不逮，而遒劲可观。④

王世贞评价范成大《四时田园杂兴》书法作品道："右范文穆《田园杂兴绝句六十首》……此盖罢金陵阃，以大资领洞霄宫归隐石湖时作。即诗无论竹枝、鹧鸪、家言，已曲尽吴中农圃故事矣；书法出入眉山、豫章，有米颠笔，圆熟遒丽，生意郁然，真足二绝。"⑤ 对范成大此卷诗歌与书法均有很高赞誉。由以上历代评论可看出，范成大书法学北宋四家不仅领悟力强，用

---

① （宋）陈槱：《负暄野录》，华东师范大学古籍整理研究室等编《历代书法论文选》，上海书画出版社 2014 年版，第 377 页。

② （宋）董史：《皇宋书录下篇》范成大条，卢辅圣主编《中国书画全书》第二册，上海书画出版社 2009 年版，第 642 页。

③ （宋）袁说友：《跋范石湖草书诗帖》，《东塘集》卷一九，影印文渊阁四库全书本。

④ （元）陶宗仪：《书史会要》卷六宋都钱塘范成大条，影印文渊阁四库全书本。

⑤ （明）王世贞：《范文穆吴中田园杂兴卷》，载（清）倪涛《六艺之一录》卷三百七十九，影印文渊阁四库全书本。

功颇勤，还能出乎其外，自然娴熟地融合诸家前贤风格进行变体，形成自己"圆熟遒丽，生意郁然"的书法特色。

尽管"二湖"由于学米芾而并称，实际上张孝祥对于米芾的临习比石湖范成大的功夫和体悟都要更深一层。他在衡山见到米芾书帖后，曾作诗《赋衡山张氏米帖》曰："人物千年海岳翁，笔精墨妙与天通。传闻有帖藏张姓，怪我湘江月贯虹。"[①] 赞颂米芾书法笔精墨妙，卓然与天地相通，不似人间世俗之字，且米芾其人风范亦千古流芳。于湖学米芾字体相似，后人对张孝祥书风与米芾相似之处也有诸多点评，如：

> 显贵英游，乃如湖海之士，胸贮丘壑，笔力扛鼎，以饱学妙蕴移其骨相。展玩数过，方思漫仕之风度，把笔墨之秀发，而未奉延陵之临写，绝叹画之超诣，昂霄耸壑，过数等矣。固知风樯阵马，一日千里，孰不瞠乎若后哉！[②]（《跋张安国题字》）

> 安国此字，尤为清劲，如枯松折竹，架雪凌霜，超然自放于笔墨之外。虽醉中亦不忘般若，岂个中自有一种习气，略无间断。[③]（《跋张安国题字》）

苏、黄、米、蔡均是南宋书家的效法对象，张孝祥独喜米字，也是因他性格豪放，不拘小节，而米字萧散奔放，奇正相生，超然自得，正符合他的审美倾向，故而用功最深。

陆、范、张对宋四家中苏、黄、米三家的诗书多有继承，而朱熹却尤其喜爱蔡襄，对蔡襄其人其字的赞赏之情溢于言表，如：

> 蔡公节概论议、政事文学皆有以过人者，不独其书之可传也。南来

---

① （宋）张孝祥撰，徐鹏点校：《于湖居士文集》，上海古籍出版社1980年版，第108页。
② （宋）曹勋：《松隐集》卷三二，影印文渊阁四库全书本。
③ 同上。

多见真迹，每深敬叹。①（《跋蔡端明帖》）

这是朱熹在闽地见到蔡襄后人及他人收藏的诸多蔡襄书法真迹后作出的评语，由"敬叹"一词可见他对蔡襄书品与人品高度结合的深深服膺。究其原因，一是由于朱熹在政治上提倡"克己复礼"，持今不如昔的复古观念；二是由于蔡襄也是闽人，朱熹的同乡情结也在起一定作用。他对宋四家中的苏、黄、米三人却以反对和批判居多：

> 近世之为词章字画者，争出新奇以投世俗之耳目。求其萧然淡然绝尘如张公者，殆绝无仅有。刘兄亲承指画，得其妙趣。然公晚以事业著，故其细者人无得而称之焉。敬夫雅以道学自任而游戏翰墨，乃能为之题识如此，岂亦有赏于期乎？②（《跋张巨山贴》）

朱熹对苏、黄、米等人的批评矛头主要指向其"争出新奇以投世俗之耳目"，认为字都被他们写坏了。直到庆元三年（1197），时值"庆元党禁"高峰期，朝野上下对风靡的"道学"进行口诛笔伐，理学面临着危急的"伪学"之禁，朱熹本人曾出外在闽东各地避难一段时间。这段经历使他对"元祐党禁"时期的苏轼、黄庭坚等人的遭遇同病相怜，有了感同身受的体会与理解，对他们的书法能够知人论世，跳出往日思维进行重新审视，观念也发生了变化，开始对苏黄等人文学与书法的态度表示肯定，认可了他们书法中的个人意趣，即"尚意"之"意"趣。同时，晚年的朱熹在学术、文学、理学各方面的思想日趋成熟提高，随着对北宋四家的认识发生改变，他对中年以前视为"小道""六艺之末"的书法态度也更加理性、客观，他的书法技

---

① （宋）朱熹：《晦庵先生朱文公文集》卷八二，朱杰人等编《朱子全书》第二十四册，上海古籍出版社2002年版，第3893页。

② （宋）朱熹：《晦庵先生朱文公文集》卷八一，朱杰人等编《朱子全书》第二十四册，上海古籍出版社2002年版，第3851页。

法也有了质的飞跃，艺术眼界与胸襟更为开阔，将前人长处尽汇于自己笔下，形成了具有一家之风的作品，这是朱熹文化观念的延伸和升华，具有积极的现实意义。尽管朱熹在晚年对"宋四家"之苏、黄、米的诗歌与书法态度发生了革命性的转变，但他作为理学集大成的人物，早期厚古薄今的思想和对苏、黄、米背离法度的批判影响了三人诗书的后世传播，他们的诗歌书法一直到明代晚期书法思想解放、向多元化发展时才重获重视，此为后话。

第二节　对前代名家的继承

周必大曾指出南宋时期杰出诗人的诗学渊源："公由志学至于从心。上规赓载之歌，刻意风雅之什，下逮左氏、庄、骚、秦、汉、魏、南北朝、隋、唐，以及本朝，凡名人杰作，无不推求其词源，择用其句法。五六十年间，岁锻月练，朝思夕惟，然后大澈大悟，笔端有口，句中有眼。"① （《跋杨廷秀石人峰长篇》）淳熙四家的诗歌在师法本朝名家的同时追溯前代古人，广泛师承前代大家名贤，对与宋诗风格迥异的唐诗及汉魏两晋古诗甚至先秦诗歌多有关注，将继承学习的目光与学诗的方向一同转向唐代及唐代以前的名家。杜甫《戏为六绝句》诗云："别裁伪体亲风雅，转益多师是汝师。"指出在广泛学习前人经验时，不可局限于一家，而要转益多师，方能开阔眼界。淳熙四家将古人诗思与诗法融会贯通于宋诗创作之中，扩大诗材取法范围，希冀一解宋调生涩之难题。

一　陆游诗书与前代名家

陆游从小就听闻父辈谈论国事与恢复大计，心中萌发了强烈的报国渴望。

---

① （宋）周必大：《周益国文忠公集》，影印文渊阁四库全书本。

他学诗时取法先秦诸家，对楚辞体代表作家屈原的喜爱就与这种报国情怀有非常明显的关联。屈原品性高洁，忠心爱国，遭受谗言后被迫离开故土，却始终心怀楚国与君王，当爱国理想实现不了时自沉于汨罗江。陆游自幼就有报国光复的理想，却始终受到现实阻碍不能实现，终其一生郁郁不得志，故屈原的经历引起他内心的强烈共鸣，被他引为隔代知音，《离骚》等楚辞诗体也成为他多年勤学并吟诵的内容。对《剑南诗稿》进行检索发现，陆游写到《离骚》《楚辞》、屈原等有数十首诗之多，如：

> 秋夜挑灯读《楚辞》，昔人句句不吾欺。① （《秋夜怀吴中》）
>
> 一卷《楚骚》细读，数行晋帖闲临。② （《感事六言八首》其六）
>
> 所以屈宋辈，千载有余哀。③ （《连日作雨苦热》）
>
> 病里犹须看《周易》，醉中亦复读《离骚》。④ （《读书》）
>
> 《离骚》未尽灵均恨，志士千秋泪满裳。⑤ （《哀郢二首》其一）

陆游对屈原的不幸遭际深表同情，结合自己空有报国之心却壮志难酬的苦闷，即事抒发愤懑之情。陆游与楚辞爱国思想产生共鸣，对其艺术手法的运用，以及借他人酒杯浇自己块垒的内容在诗歌中都有所继承。陆游的很多诗歌中运用了丰富、奇特的想象及夸张修辞手法，不可否认，楚辞也是重要的艺术来源之一。尤其是对屈原爱国思想的传承，在陆游的身上有更多更长久的体现。联想陆游所处的时代，金人入侵给北方人民带来深重灾难，他们进行野蛮的烧杀抢掠，残害生命，抢劫财物，掳掠妇女，焚烧房屋，无恶不作。素来关注民生疾苦的陆游对此痛恨不已，他在诗歌中对金兵这种行为进

---

① （宋）陆游：《剑南诗稿》卷五，《陆游集》第一册，中华书局1976年版，第154页。
② （宋）陆游：《剑南诗稿》卷七六，《陆游集》第四册，中华书局1976年版，第1784页。
③ （宋）陆游：《剑南诗稿》卷八三，《陆游集》第四册，中华书局1976年版，第1926页。
④ （宋）陆游：《剑南诗稿》卷一八，《陆游集》第二册，中华书局1976年版，第539页。
⑤ （宋）陆游：《剑南诗稿》卷二，《陆游集》第一册，中华书局1976年版，第42页。

行了深刻的批判："中原昔丧乱，豺虎厌人肉。"（《闻虏乱次前辈韵》）"赵魏胡尘千丈黄，遗民膏血饱豺狼"（《题海首座侠客像》）等，将金人比作"豺虎""豺狼"，以诗为剑，欲平其侵乱，还百姓以太平生活。陆游还将批判的矛头指向主和派，一针见血地指出以高宗、秦桧为首的主和派之软肋，故他"为时所忌"，空有满腔热血却不得施展抱负。清人赵翼也在《瓯北诗话》中记载，当时南宋朝廷之上，群臣绝大多数以划疆守盟、息事宁人为上策，唯独陆游始终坚持复仇雪恨，在长篇短咏中寄寓他的悲愤之情，遭到一些人的忌恨。① 加之陆游少时受家庭影响就有强烈的爱国情怀，因而此类爱国诗歌具有极强的战斗性。

"渊明文名，至宋而极。"② 两宋时期，陶渊明其人其诗文都受到文人更多关注和青睐，尤其是宋室南渡以后，江山偏安一隅，内忧外患并重，面对无休止的和战之议、党派之争、贬谪境遇，文人较为敏感脆弱的心理在无奈与悲愤之余，寻找到了不为五斗米折腰的陶渊明及他的诗歌，以及他高洁的品格作为文人的精神栖息园地，安放焦虑、失意的心灵，这也是大量拟陶诗、和陶诗层出不穷的原因之一。陶诗是陆游的诗学渊源之一，关于陶诗对陆游人格心态与诗学思想两方面的影响，学界已进行了较为广泛的研究，故此处不再深论。③

陆游学诗注重转益多师、取法乎上，为后来的诗歌成果奠定了良好基础。学习书法亦是从前辈名帖入手，一生都勤奋地从前贤法帖中汲取养分，书法

---

① "朝廷之上，无不以划疆守盟、息事宁人为上策，而放翁独以复仇雪耻，长篇短咏，寓其悲愤。"见赵翼《瓯北诗话》卷六，人民文学出版社1963年版，第92页。

② 钱锺书：《谈艺录》，中华书局1988年版，第88页。

③ 陶诗对陆游的影响可参看李剑锋《元前陶渊明接受史》第四编《"一年好景君须记，最是橙黄橘绿时"——陶渊明接受史的高潮期（两宋下）》第一章《陶渊明历史地位的深化》第五节《在生活激发下解读陶渊明的陆游》（齐鲁书社2002年版）；高文《旷世知音——陆游和陶渊明》，《肇庆学院学报》2002年第1期；徐丹丽《"归来偶似老渊明"——论陆游对陶渊明的授受过程》，《湖北社会科学》2005年第2期；韩国学者李致洙《陆游诗研究》第二章《陆游诗的渊源》第五节《陶潜》（台北文史哲出版社1991年版）。

渊源较为明显而且有迹可循。陆游出生在书香门第,家中藏有丰富的前代名家手迹,这为他创造了可以经常观摩临习的条件。① 他作于淳熙六年(1179)六月的《跋汉隶》写道:

> 《汉隶》十四卷,皆中原及吴蜀真刻。淳熙己亥,集于建安公署,友人莆阳方士繇伯谟亲视装裱,故无一字差谬者。②

这十四卷汉隶真迹对于学书者的意义非同一般,家庭环境熏陶和文化浸濡为陆游的书法学习提供了很大便利条件,陆游对家藏的书法名帖的珍视程度也溢于言表,代表了南宋书家在隶体方面多方取法的本源性艺术追求。陆游还有一则关于汉隶的书论语录:

> 汉隶岁久风雨剥蚀,故其字无复锋芒。近者杜仲微乃故用秃笔作隶,自谓得汉刻遗法,岂其然乎!③

陆游面对汉代前贤的隶书作品时,持严谨守正、冷静客观的书学观,反对以雕虫小技模仿汉隶古意的做法。家藏丰富浩繁的前代书法作品,使陆游书法游刃有余地取法乎上,对前代书法名家进行全方位的学习借鉴。他现存最早的书作是位于江苏镇江焦山浮玉岩的《焦山题名》(图2-1),又名《踏雪观瘗鹤铭题刻》,作于乾道元年(1165)二月,当时陆游四十岁。此书作具有明显的颜真卿书体特征。

---

① 乾道年间,陆游取家藏前辈笔札刻石于嘉州荔枝楼下,名曰《宋法帖》。
② (宋)陆游:《渭南文集》卷二七,《陆游集》第五册,中华书局1976年版,第2234页。
③ (宋)陆游:《渭南文集》卷一三,《陆游集》第五册,中华书局1976年版,第1209页。

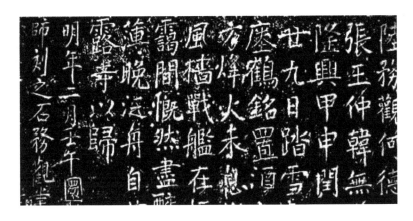

图 2-1　陆游《焦山题名》

何绍基对陆游《焦山题名》书作的拓本作跋并进行评论:"放翁此书,雄伟厚重似蔡君谟,而非君谟所能及。尝疑东坡推重君谟,谓为当代第一。盖东坡实自信其书无与匹,而不肯漫然任之,故为是论。"① 君谟即北宋四家之一的蔡襄,是北宋受颜体影响至深的大家。何绍基在此跋中指出,陆游的这幅《焦山题名》风格雄伟厚重处接近于蔡襄,却又在个别笔法、结体处超出蔡襄的技法和力道。何绍基对苏轼褒赞蔡襄书法无人能及的说法提出怀疑,认为陆游作为南宋学颜的后起之秀,他学颜真卿的书法成果更胜一筹。

诚如何绍基所言,这幅《焦山题名》题壁书为大字楷书,用笔厚重,提按有力,结体敦厚、朴实、平稳,主要取颜真卿的楷体书势,难能可贵的是突破题壁书法刻写工具和材料的限制,以错落有致的布局避免了线条的死板、僵化,使颜体楷书更加灵动有力。陆游不仅学习颜真卿,还以古为法,除了对汉隶有较高的品鉴水平之外,他对晋唐法帖也很感兴趣,较倾向于魏晋六朝,兼学唐草,包括钟繇、张芝、王羲之和王献之、杨凝式、褚遂良、张旭、怀素等,草书主要学张芝,行书主要取法杨凝式,眼界更为宽广,书艺有很

---

① 刘正成:《中国书法全集》第四十卷,荣宝斋出版社 1992 年版,第 320 页。

大进展，现存作品中以中年之后的行草书占绝大多数便是明证。

二 范成大诗书与前代名家

诗歌和书法的创作过程中，从模仿到定型再到自成一家，往往有一个主要的借鉴对象，借鉴的内容和路径因个人生平经历、思想观念等不同而异。范成大之所以在田园诗方面能够集大成，与他对陶渊明的喜爱及模仿有密切关系。他极爱陶渊明诗，尽管出仕之后仕途较为顺利，曾历任多地行政长官，官拜参知政事，但不时有买田归隐的想法，作了多首向往陶渊明生活方式的诗歌，如：

> 元亮折腰嘻已久，故山应有欲芜田。因君办作送酒客，忆我北窗清昼眠。①（《次韵徐廷献机宜送自酿石室酒三首》其一）

> 老觉触事懒，病添归计忙。行年心已化，畴昔意空长。五柳栗里宅，百花锦城庄。何时去检校，一棹水云乡。②（《思归再用枕上韵》）

范成大借陶渊明挂冠归去表达自己欲远离官场、重归田园的想法，而且多次借用"采菊东篱下"之菊花意象追慕陶渊明的高风流韵，如"乌帽不辞敧短发，黄花终是欠东篱。"（《丁酉重九药市呈坐客》）"寂寞东篱失露华，依前金靥照泥沙。"（《重阳后菊花一首》其一）表明自己的归隐之心以及对归隐之后生活的美好想象。范成大从陶渊明其人、其诗处汲取的营养主要在于陶之处世方式和人格魅力为他树立了一个高蹈遁世的高洁形象，使他在凡俗官场生活中保持出世情怀。且陶诗的技法、意境等对他的诗歌也产生了较大影响，并突出表现在田园诗歌方面。

书法方面，范成大亦非常重视学书要取法于上的路数及方法。他同陆游一样注意到了前代书法中隶书的价值。南宋的隶书和唐隶有所区别，主要源

---

① （宋）范成大著，富寿荪标校：《范石湖集》卷十一，上海古籍出版社1981年版，第135页。
② （宋）范成大著，富寿荪标校：《范石湖集》卷十四，上海古籍出版社1981年版，第181页。

于对汉隶的继承，区别于唐隶的法度和程式，为清代隶书的复兴架起了一座承上启下的桥梁。范成大看到文人中有"好奇之士"，忽略汉隶的成书性质和特点，喧宾夺主地通过一定笔法技巧模仿经岁月风蚀的汉隶碑文，在纸面写出瘦弱颓靡状的字形，以为这就是古意。范成大有两则书论对这种现象持否定态度，也表达了自己对学习汉隶的认识和感悟：

> 汉人作隶，虽不为工拙，但皆有笔势腕力。其"法"严于后世真、行之书，精严（采）意度，粲然可以想见笔墨畦径也。①
>
> 碑石未泐者具在。好奇之士乃志仿刻文刓剥之处，以握笔滞思作羸尪颓靡之体，仅成字形，以为古意。②

范成大认为从留存的碑刻印迹可以看出，学习隶书必须具备扎实的笔墨基本功，而且汉隶的法度要严于后世的楷书和行书，对笔势、腕力的要求都很高，他与陆游一样，对汉隶的关注更加深刻而理性，从汉隶中获得的书学技法、理论也就比"好奇之士"更加接近于事物本原，积累的创作经验亦更加真实而丰富。

除汉隶外，颜真卿亦是范成大对唐前名贤名作的重要取法对象之一。周必大曾记载道：

> 吴郡范氏……莆阳忠惠公之孙，而文潞忠烈公外孙也。③（《资政殿大学士赠银青光禄大夫范公成大神道碑》）

文中提到的"忠惠公"就是指蔡襄，"文潞忠烈公"乃文彦博，范母是蔡襄孙女、文彦博外孙女。故而范成大从其外祖蔡襄处窥得颜真卿书法的门

---

① （宋）黄震：《慈溪黄氏分类日钞》著录。下有按语："愚谓石湖此语为汉隶也，今之学古文者亦然。"影印文渊阁四库全书本。
② 同上。
③ （宋）周必大：《周益国文忠公集·平园续稿》卷二十二，影印文渊阁四库全书本。

径，他的书法也有较为深厚的家学渊源。蔡襄的学颜痕迹是北宋四家之中最为明显的，范成大巧妙地避开了蔡书中颜体过于鲜明的外在特征，如笔画丰腴厚重，但他的书法学习本源还是颜体。淳熙三年，范成大筑亭于縻枣堰下，并亲书匾榜，此匾已佚，未能传世，然据当时杨甲《縻枣堰记》所记载，范成大的题字遒劲绝尘，深得"古人"的用笔之意，不加任何藻饰却自有风格，此处的"古人"即指颜真卿。

范成大还是学杨凝式值得肯定的一人，其友周必大点评曰："某伏蒙宠示三大字，熊道结蜜，盖自莆阳外家，一变而入颜（真卿），杨（凝式）鸿雁行矣。"① 杨凝式（873—954），唐末五代时期书法家。唐昭宗时进士，后历仕后梁、唐、晋、汉、周五代，世称"杨少师"。杨凝式身处乱世，恣意狂傲，多所抗忤，作书又一变唐法，用笔奔放奇逸。他用以寄托心志的书法艺术一改前代的端庄姿态，用一种恣肆纵横、变化多端的行书记录下他所处的衰乱时代在精神上留下的印痕。苏轼评论杨氏曰：

> 自颜、柳氏没，笔法衰绝。加以唐末丧乱，人物凋落，文采风流扫地尽矣。独杨公凝式，笔迹雄杰，有二王、颜、柳之余，此真可谓书之豪杰，不为时世所汨没者。②（《评杨氏所藏欧蔡书》）

书法从唐代尚法到宋代尚意转变的过程中，杨凝式是非常关键的一个过渡人物，他的书法贯通唐之尚法与宋之尚意，意境高远。北宋四家或多或少都浸染杨凝式书风。到了南宋，范成大应该是淳熙四家之中受到杨凝式影响最大的一人。他对杨凝式情有独钟，一方面的原因是敏锐地意识到他所学的蔡襄与杨凝式书法之间的联系枢纽，开始有意向杨凝式靠拢；另一方面是他以另一种处世方式选择了"吏隐"这一介于出世与入世之间的道路，与杨凝

---

① 于北山：《范成大年谱》，上海古籍出版社 1987 年版，第 56 页。
② （宋）苏轼著，孔凡礼点校：《苏轼文集》卷五，中华书局 1986 年版，第 2187 页。

式的气质有一定契合之处，在诗歌方面对陶渊明的钦慕与书法方面对杨凝式的接受具有类似的心理出发点。除了学杨氏行楷相似外，范成大也学飘逸的行草，与杨凝式的书风交相融会，共同形成他字里行间所蕴含的浓郁的书卷气息，淡泊久远，不失其味，是杨式书风在范成大笔下的延续与升华。

三　朱熹诗书与前代名家

朱熹文集中存诗一千二百五十多首，内容涉及国事、民生、山林、个人襟怀情趣等，无所不包；就艺术成就而言，他转益多师，潜心学习继承汉魏之风骨、韩柳之复古、李杜之气象、陶韦之清远。朱熹是一位具有丰富文学思想和文学创作兴趣的理学家，也是一位能够很好地将理学与理趣融入诗歌创作的诗人。清代的李重华曾云：

> 南宋陆放翁堪与香山踵武，益开浅直路径，其才气固自沛乎有余，人以范石湖配之，不知石湖较放翁，则更滑薄少味，同时求偶对，惟紫阳朱子可以当之，盖紫阳雅正明洁，断推南宋一大家。[①]

李重华认为南宋诗人中，唯有朱熹可与陆游的诗歌成就同日而语，甚至远超范成大，高度肯定了朱熹的诗歌创作水平与他在诗学史上的地位。朱熹提倡平易自然的诗歌才是符合温柔敦厚诗教观的好诗，平淡自然便是他主要的诗歌审美标准。朱熹早年与其表弟程洵论诗时说道：

> 某闻先师屏翁及诸大人先生言：作诗须从陶、柳门庭中来，乃佳耳。盖不如是，不足以发萧散冲淡之趣，不免于尘埃局促，无由到古人佳处也，如《选》诗及韦苏州诗，亦不可以不熟读。近世诗人，如陈简斋绝佳，吴兴有本可致也。张巨山愈冲淡，但世不甚喜耳，后旬当寄一读。

---

① （清）李重华：《贞一斋诗说》，清张潮等辑《昭代丛书道光吴江氏世楷堂刊本》，第109册，第10页。

胸中所欲言者无他，大要亦不过如此。更须熟观《语》《孟》等书，以探其本。① （《答程允夫》）

朱熹提出学诗的路径须从陶渊明、柳宗元之诗入手，再有《文选》、韦应物诗须熟读，近代诸诗人亦有值得学习之处。最重要的是学诗作诗时要追溯《论语》《孟子》等圣贤之书，方可胸中有道义之言。他对陶渊明极其推崇，盛赞其诗曰："渊明所以为高，正在其超然自得，不费安排处。"② （《答谢成之》）"渊明诗平淡，出于自然，后人学他平淡，便向去远矣。"③ （《答巩仲至第四书》）同时，朱熹对与陶渊明"一曲天然万古新，豪华落尽见真淳"平淡诗风相近的韦应物也颇为赞赏，云：

　　韦苏州诗高于王维、孟浩然诸人，以其无声色臭味也。④　（《论文下》）

　　韦苏州云："寒雨暗深更，流萤度高阁"，此景色可想，但则是自在说了……其诗无一字做作，直是自在，其气象近道，意常爱之。⑤ （《论文下》）

韦应物与王维等人的平淡自然是将真实的感情和深沉的思想用朴素、质朴、没有多少藻饰的语言写出米，追求一种平和、率真、淡泊之美，看似容易写就，实则非常之难。朱熹在继承他们诗风的基础上提出作诗当以平淡自摄为佳，所谓平淡自摄，即要妙语天成，没有雕琢痕迹，远远胜过绞尽脑汁地构想美词佳句，这与普通作诗者有高下之分。当然，平淡之味并非完全不

① （宋）朱熹：《晦庵先生朱文公文集》卷四十一，朱杰人等编《朱子全书》，上海古籍出版社2002年版，第1864页。

② （宋）朱熹：《晦庵先生朱文公文集》卷五十八，朱杰人等编《朱子全书》，上海古籍出版社2002年版，第2754页。

③ （宋）黎靖德辑：《朱子语类》卷一百四十《论文下》，中华书局1986年版，第3324页。

④ 同上。

⑤ 同上。

炼字，不雕琢，而是要用精深的功力打造得看不出来一点刻意的痕迹，显得自然而淡泊，给人留下无穷的想象空间，有清幽淡远的意境。

书法方面，朱熹也是以魏晋书家为主要取法对象，并跟随南宋时代风尚学习唐代的颜真卿。朱熹的父亲朱松喜欢收集金石，朱熹耳濡目染家中所藏金石，自幼时便对上古金石文字情有独钟，这也对他拟古尚古的学书取向有了很大影响。因而他年轻时认为今不如古，不屑于学习近世书法，而是专学古书，汉魏时期的曹操、钟繇都在他的学习范围之中。朱熹的自书诗作《奉同张敬夫城南二十咏诗卷》题跋后人写道："右晦庵先生真迹，笔精墨妙，有晋人之风。"① （干文传跋） "朱夫子《和敬夫先生城南二十咏》，字法俊逸，大有晋人风致。"② （孙承泽《庚子销夏记》）可以看出朱熹的书学基础有魏晋甚至之前两汉书风的渊源，这也是他形成古朴平易、萧散简远书风的缘由之一。

朱熹对颜真卿其人其书都非常钦慕，在《晦庵题跋》卷一《题曹操帖》中这样记述：

> 余少时曾学此表，时刘共父（珙）方学颜书《鹿脯帖》，余以字画古今诮之。共父谓余：我所学者，唐之忠臣，公所学者，汉之篡贼耳！③

对于坚定维护儒家正统思想教育的朱熹来说，这场辩论对他产生了很大触动，弃曹尊颜亦是情理之中的事情。朱熹对颜书的学习，有直接取法于颜氏碑帖，也有间接学习临摹颜氏一路的蔡襄、王安石、胡安国、张浚等人的书法。他的行草作品无论从笔法还是结体，都有明显得益于颜真卿《祭侄文

---

① 传世墨迹卷后，转引自方爱龙《南宋书法史》，上海古籍出版社 2008 年版，第 171 页。

② 孙承泽：《庚子销夏记》卷三，卢辅圣主编《中国书画全书》，上海书画出版社 1992 年版，第 1896 页。

③ （宋）朱熹著，朱杰人等编：《晦庵先生朱文公文集》卷八十二，《朱子全书》第二十四册，上海古籍出版社 2002 年版，第 3866 页。

稿》《争座位帖》等行草书帖的痕迹。朱熹在南宋尚意书风泛滥且每况愈下的背景下，不仅沿袭前朝名家书法路数，而且在理论上有了足够重视与理性的思考，尤其对于书学的法度和功力的倡导，在当时书坛及后世，都有很大的影响及警示意义。

四　张孝祥诗书与前代名家

绍兴二十四年（1154），二十三岁的张孝祥高中进士。廷对中高宗称赞他"词翰俱美"①，因此而得首选。此事在宋人笔记中有相关记录：

> 高宗酷嗜翰墨，于湖张氏孝祥廷对，顷，宿醒犹未解，濡毫答圣问，立就万言，未尝加点。上讶一卷纸高轴大，试取阅之，读其卷首，大加称奖，而又字画遒劲，卓然颜鲁，上疑其为谪仙，亲擢首选。……（秦桧）叩以诗何所本，字何所法。张正色以对"本杜诗，法颜字"。桧笑曰："天下好事，君家都占断！"②

宋高宗赵构热衷书艺，且以帝王身份振兴宋室南渡后书风，对靖康之难后的书学复兴起到关键作用。秦桧在历史上是构陷忠良的一代奸臣，虽其书名为奸贼之名所掩，但也不能否认他在书法方面颇有造诣。因而宋高宗、秦桧二人对张孝祥书法给予如此高度赞许，可见其书法确实精妙可观。当时人们对张孝祥的书法极为推重，陆游曾记载曰：

> 紫微张舍人书帖为时所贵重，锦囊玉轴，无家无之。③

秦桧曾问及张孝祥的诗词与书法的取法对象和学习路径时，张孝祥正色

---

① （宋）董史：《皇宋书录》下篇"张孝祥"条，卢圣辅主编《中国书画全书》第二册，上海书画出版社 2009 年版，第 642 页。

② （宋）叶绍翁撰，沈锡麟、冯惠民点校：《四朝闻见录》乙集"张于湖"条，中华书局 1989 年版，第 168 页。

③ （宋）陆游：《渭南文集》卷二八，《陆游集》第五册，中华书局 1976 年版，第 2256 页。

回答："本杜诗，法颜字"，用简洁明了的六个字对他的诗词与书法接受学习渊源作了清晰的总结概括。张孝祥虽精于书法，但他的诗词文集中并未太多直接表达自己的书学思想或观点，不过我们可以通过他的生平事迹及诗词记述管中窥豹。他自言"本杜诗，法颜字"，杜诗、颜字均是他所处的时代文人、书法家最普遍、最常见的取法对象，基本以此二者为基点进入诗歌与书法领域。据《宋史》记载："孝祥俊逸，文章过人，尤工翰墨，尝亲书奏剳，高宗见之，曰'必将名世'"，称其书"真而放，卓然有颜真卿风格"①。观其《疏广传语碑》等碑刻文，就有较为明显的颜体风格，与南宋书家一样，学书的确是从颜真卿处窥得门径。

张孝祥在诗词中多有关注农民及民生的内容，对前代悯农诗、乐府诗有很大程度的继承。中国是农耕大国，农业是国家的经济命脉，也是大多数税赋的来源。因而，任职之地的农民和农业状况都是历代官员的重点关注对象。宋室南渡之后，江南地区承担了全国农产品供给和缴纳各种名目税赋的责任，处于社会结构金字塔最底端的农民负担分外沉重。若遇到天灾人祸或横征暴敛，农民流离失所，境遇十分悲惨。据李心传记载：

> 月椿钱者，自绍兴二年东始。是时淮南宣抚使韩世忠驻军建康，宰相吕元直、朱藏一共议，令江东潜臣月椿钱十万络，以酒税、上供、经制等钱应副。其后江、浙、湖南皆有之，虽命以上供、经制、系省、封椿等钱充其数，然所椿不能给十之一二，故郡邑多横敛于民；如江南之科罚、湖南之鞫引，在上者迄无以禁之，大为东南之患。②

所谓"月椿钱"，是南宋为减轻军费的开支而设立的赋税项目，虽名为从酒税、上供等钱目中支取，然所支费用不足十之一二，于是上有政策，下有

---

① （元）脱脱等：《宋史》卷三八九《列传》第一百四十八，中华书局1977年版，第11942页。
② （宋）李心传：《建炎以来系年要录》卷六十六，中华书局1956年版，第799页。

对策，各地纷纷巧立名目"横敛于民"，强加到老百姓身上。南宋本就赋税名目繁多，加上这一项，给农民造成了更加沉重的负担。张孝祥家族世代耕读传家，晴耕雨读的生活方式让他从小就了解民生疾苦，入仕后为官四方，亲眼目睹各地劳动人民的艰辛生活，他把自己的身份角色从官员转化为农民中的一员，将对农民和农事的关注写入诗歌中。在《和钦夫喜雨》诗中写道"莫嫌知稼穑，我是种田人"，关心农家是否适时播种，以免延误农时，他自称"我是耕田夫，偶然为此官"，为"饱不知稼墙，愧汝催租瘢"的行为感到汗颜。这在阶级意识明显的封建社会是一种很不寻常的平民意识，表现出张孝祥真诚的悯农之心，继承了杜甫的"三吏""三别"及元白新乐府诗歌的精神及技法，又远绍建安七子的乱世诗歌，梗概多气，真实生动。

尽管张孝祥的诗词与书法也转益多师，有所创新，但与淳熙四家中的陆游、范成大相比，江西诗派的影响力在逐渐减弱，尚意书风也有了回归传统的意味与趋势。张孝祥作为文学艺术潮流中的佼佼者，他的诗词与书法创作在不经意间成为南宋后期诗歌与书法风格转变的先声。淳熙四家诗歌与书法对于前代名家名作的取法渊源显然不止以上所述，根据个人才华与喜好，他们的诗歌对《春秋》《左传》《老子》《庄子》、汉魏乐府、鲍照、谢灵运、谢朓、李白等，书法对张芝、王羲之、怀素、张旭、欧阳询等都有不同角度与深度的取法借鉴，也在诗歌与书法创作中有所体现，鉴于篇幅限制，故择大放小，兹从略。

第三节　诗书创新与自成一家

淳熙四家在诗歌和书法创作方面具有取法路径的一致性或相似性，他们的诗歌与江西诗派结缘，书法学宋四家及颜真卿等人，又转益多师，取法于上，就是顺应当时所处文学艺术环境的必然选择。然而，创新是文学与艺术的生命。《大学》有言曰："苟日新，日日新，又日新。"① 赵翼也在《瓯北诗话》中提出："诗文随世运，无日不趋新。"②（《论诗》）对于任何一种文学或艺术而言，唯有不断创新才能获得进步与发展。在入门时对技法、理论的继承与学习后，最重要的还是在借鉴学习的基础上融入创作主体自己的思想、性情、感悟等，推陈出新，形成鲜明的个人特色，才不会因为纯粹的模仿、雷同而被湮没在浩如烟海的历史洪流之中。"时代压之"③ 并非创作主体唯一的选择，因为"天才的最基本的特性之一是独创性或独立性，有着自己的生命，自由地而非模仿地创造着，并且在自己的作品上，无论就内容或形式说，都烙下了独创性或独立性的印记"④。此外，任何一个时代的艺术风格，总是以当时盛行的某种哲学思想为其观念内涵和审美观的基础，文学和书法的创新都是如此。⑤

一 淳熙四家诗歌的破与立

南宋诗学可以说是在对江西诗派追随与反拨的基础上建立起来并逐步向前发展的。南宋偏安一隅的局面已成定局之后，由于国力不强，内忧外患，文人对时局的忧虑感增强，抒发爱国之情的作品增多。此期的诗歌领域，主要存在两个不同的发展趋势：一是江西诗派末流将诗歌题材、方法引入一个更加狭窄、闭塞的领域，很难再有发展；二是诗作的视角更加向内，晚唐体又卷土重来，很多诗人推崇姚合、贾岛、孟郊等人，创作吟风弄月、气格卑

① （宋）朱熹：《四书章句集注》，朱杰人等编《朱子全书》第六册，上海古籍出版社 2002 年版，第 18 页。

② （清）赵翼著，李学颖等点校：《瓯北集》卷四十六，上海古籍出版社 1997 年版，第 1173 页。

③ （宋）米芾著，黄正雨、王心裁辑校：《米芾集》，湖北教育出版社 2002 年版，第 111 页。原文如下："草书若不入晋人格，辄徒成下品。张颠俗子，变乱古法，惊诸凡夫，自有识者。怀素少加平淡，稍到天成，而时代压之，不能高古。"

④ ［苏］别林斯基：《别林斯基论文学》，梁真译，新文艺出版社 1958 年版，第 195 页。

⑤ 徐利明：《中国书法风格史》，河南美术出版社 2009 年版，第 1 页。

弱的诗歌，又回到了宋初晚唐体曾风靡一时的诗坛格局。

淳熙四家对两种萎靡不振的诗风都是持反对态度的，他们认为诗歌、文章缺乏宏大境界的原因之一就是文人创作格局太小的弊端在作怪，部分晚唐体作品读来"令人欲焚笔"，对江西诗派末流及晚唐体之风复燃的风气都大加批判。他们在诗歌创作实践及论诗诗文中多次表达诗文创新的观点，呼吁这种萎靡的风气需要欧阳修、曾巩、二苏那样的古文运动大家来进行矫正，希望改变卑弱文风与诗风。在实际创作中，淳熙四家通过博闻强识、创新诗法等多种渠道，在诗歌技法基本纯熟之后，用新的视角看待诗歌，跳出江西诗法及对前人模仿的窠臼，开拓出属于自己的诗歌园地。

就陆游而言，他不甘心囿于江西诗派之中，力图扭转江西诗派末流的弊端，在由师法江西诗派"一祖三宗"转向师法诸多前代名贤的基础上，对江西师法先破后立，寻找进行诗意与诗法创新的突破口，逐步形成自己独特的风格。他在《答郑虞任检法见赠》一诗中说：

> 归来湖山皆动色，新诗一纸吹清风。文章要须到屈宋，万仞青霄下鸾凤。区区圆美非绝伦，弹丸之评方误人。①

陆游结合自己的诗歌创作实践指出，诗文创作达到"圆美流转如弹丸"的标准还远远不够，想作好诗就要跳出旧有思路，对不利于诗歌长足发展的诗学所得进行全面思考及反拨，这既是他对诗歌突破诗法樊篱的理性思考，也是对江西诗派理论局限性的婉转批评，表现出陆游已不再对江西诗法亦步亦趋、循规蹈矩，开始有所独创。独创是以他雄厚的学问和书法技能的基本功为底蕴来完成的，而且还必须是方向正确的基本功，在这样雄厚基础上的诗书创新才是有价值的独创，无功底的刻意、造作的所谓创新性，只是市井

---

① （宋）陆游：《剑南诗稿》卷十六，《陆游集》第一册，中华书局1976年版，第458页。

无学之徒的异想天开，经不起时间检验。当然，陆游属于前者。

陆游初学江西诗法时，诗歌中尚有追求艰涩、瘦硬的诗风，刻意制造拗句的现象，但在他晚年的创作实践中，此类风格已明显不如其师曾几诗集中多见。陆游博览群书，视野开阔，又有丰富的生活阅历，将所见所闻写进大量散文、笔记，随着知识不断积累及书法等艺术的全方位修养，他能够在创作实践中达到游刃有余的境界。一言以蔽之，深厚的学养、丰富的知识、充实的典故、卓越的才情是让他的诗歌脱胎换骨的奥妙所在，而这一"奥妙"远绍陈师道，近承曾几，正是诗歌在陆游笔下实现的创新。陆游对江西诗派的创新和反拨，还表现在对被江西诗派奉为初祖的杜甫诗歌的认识方面：

> 今人解杜诗，但寻出处，不知少陵之意，初不如是。且如《岳阳楼诗》："昔闻洞庭水，今上岳阳楼。吴楚东南坼，乾坤日夜浮。亲朋无一字，老病有孤舟。戎马关山北，凭轩涕泗流。"此岂可以出处求哉！纵使字字寻得出处，去少陵之意益远矣。盖后人无不知杜诗所以妙绝古今者何在，但以一字亦有出处为工，如《西昆酬唱集》中诗，何曾有一字无出处，便以为追配少陵，可乎？①

陆游对江西诗法中所谓的字字须有来历提出质疑，认为当时人们解读杜诗，专注于寻找文字出处，却不知道杜甫作诗的本意并非如此。若将杜甫《岳阳楼诗》中的每个字都寻找出处，那么结果已与杜甫原本的诗意相差十万八千里了。这还是因为后人没有真正明白杜甫之诗为何冠绝今古的精妙之处。如果字字有出处便是高明，那么《西昆酬唱集》中诸诗几乎字字都有典故、有出处，岂不意味着《西昆酬唱集》可以与杜诗相提并论了？答案当然是否定的。他还认为：

---

① （宋）陆游撰，李剑雄、刘德权点校：《老学庵笔记》卷七，中华书局1979年版，第95页。

　　且今人作诗，亦未尝无出处，渠自不知，若为之笺注，亦字字有出处，但不妨其为恶诗耳。①

　　可见，随着诗歌创作实践的不断积累，陆游早已摆脱了最初学诗"工藻绘"的阶段，对于江西诗派以文字为诗的认识水平也有了极大提高，反驳今人只抓住杜诗"以一字亦有出处为工"，却因小失大，忽略了"少陵之意，初不如是"。西昆体、笺注也算是有出处有来历，但前者与杜诗相差太远，后者根本就不算是诗。所以，他提出重内在诗意甚于外在形式的诗学主张，这是陆游诗歌理论与认识的重大进展与突破，标志着陆游已完全跳出模仿窠臼，个人诗风得以确立。

　　范成大的诗法创新也是从跳出江西诗派末流之桎梏开始的。钱锺书先生对范成大诗歌点评道：

　　（范成大）像在杨万里的诗里一样，没有断根的江西派习气时常要还魂作怪……喜欢用些冷僻的故事成语，而且有江西派那种"多用释氏语"的通病，也许是黄庭坚以后、钱谦益以前用佛典最多、最内行的名诗人。②

　　正如钱锺书先生所言，范成大前期诗歌中，的确有多首完全承袭江西诗派风格，但在中年以后，随着他出任不同地方官员、深入了解人民生活，笔触已不完全局限于前期的江西诗派风格。他的纪行诗题材较为关注社会现实和人民疾苦，摆脱了囿于书斋生活、善用拗句奇语的弊端，使用通俗易懂、简洁流畅的语言描写现实，超越江西诗派的樊篱。范成大所作诗歌的创新与超越之处，更多还表现在对乐府诗精神的借鉴与实践方面，这也是源于他对

---

① （宋）陆游撰，李剑雄、刘德权点校：《老学庵笔记》卷七，中华书局 1979 年版，第 95 页。
② 钱锺书：《宋诗选注》，生活·读书·新知三联书店 2002 年版，第 313 页。

世态民生的关注。乾道六年（1170），范成大奉诏出使金国，途中写下七十二首绝句，表现北方人民渴盼恢复的心情，记录沿途的河山风光，如：

> 州桥南北是天街，父老年年等驾回。忍泪失声询使者，几时真有六军来？① （《州桥》）

> 连衽成帷迓汉官，翠楼沽酒满城欢。白头翁媪相扶拜，垂老从今几度看。② （《翠楼》）

这段对当时北方人民盼恢复的近似实录的情景，读来令人耳目一新，如临其境，属同时代诗歌中的佳作。范成大还摒弃曾关注典故、描写书斋生活的题材局限，写了多首反映劳动人民真实生活场景的诗歌，如《催租行》：

> 输租得钞官更催，踉跄里正敲门来。手持文书杂嗔喜，我亦来营醉归耳。床头悭囊大如拳，扑破正有三百钱。不堪与君成一醉，聊复偿君草鞋费。③

农民已经交租之后，却被里正催逼要再次交租，"踉跄""嗔喜""扑破"等词将官吏的丑恶嘴脸及农民的无奈心情展露无遗。他又写了《后催租行》，诗中农民已到鬻儿卖女才能交租的地步。官吏千方百计盘剥农民，劳动人民辛酸悲惨的生活在诗中真实再现。这一类型的写实诗歌并没有从叙事者角度出发的评价、议论之语，而是通过人物语言、动作来刻画鲜明的诗歌形象，具有一定小说笔法，与其前期的诗歌相比别具一格。

言及朱熹，他的文学造诣绝非如他自己所谦称的"仆不能诗"（《答杨宋卿书》）。隆兴六年，朝廷诏求人才时，胡铨向皇帝举荐的十几位诗人中就有

---

① （宋）范成大著，富寿荪标校：《范石湖集》卷十八，上海古籍出版社1981年版，第147页。
② 同上书，第150页。
③ （宋）范成大著，富寿荪标校：《范石湖集》卷三十，上海古籍出版社1981年版，第412页。

朱熹。"工部侍郎胡铨以诗人荐，与王庭珪同如，以未终丧辞。"① 虽未应荐，但朱熹数十年后还向友人刘叔通提及此事，并作诗称："我穷初不为能诗，笑杀吹竽滥得痴。莫向人前浪分雪，世间真伪有谁知。"②（《寄江文卿刘叔通》）他还作注曰："仆不能诗，往岁为澹庵胡公以此论荐，平生侥幸多类此云。"③ 事隔几十年，朱熹还会谈起自己因诗被举荐的事迹，可以看出他对自己文学水平的某种自得之情。当然，客观而论，朱熹的诗歌声誉虽不及"中兴四大诗人"，但与其他大部分南宋诗人相比，亦可以跻身名家之列。而且，他一生的大部分精力都在理学方面，讲学传道之余涉猎文学而且获得如此成就，实属可观。

朱熹一生大部分时间闲居山野，聚徒授学、著书立说、修身养性，处世态度淡然平和，谦恭礼让，即使被贬谪，颇不得志，也很少像陆游一样在诗歌中表达自己的怨愤悲叹与郁郁不平之情。在理学大师朱熹看来，生活看似单调沉闷，环境却安宁清静，少了世俗喧嚣的影响，心无旁骛，就如同平易自然的诗风更能发挥"明道"作用一样，在表面的平静或平淡之中，自有无穷乐趣。朱熹提出："圣人之言坦易明白，因言以明道。"④ "大抵圣贤之言，本自平易，而平易中其旨无穷。"⑤ 平易之中含有理趣，这也正是他的诗歌有所创新、自成一家的地方。朱熹的思想以儒术为基石，兼有佛、老思想，深受禅学、玄学影响，糅合融通成为他诗学思想的重要内容。因而朱熹在作诗之时，笔下就出现了一系列优游自然、思索人生、含有哲理情趣的平易诗篇，如：

---

① （元）脱脱等：《宋史》卷四二九，中华书局 1977 年版，第 12753 页。

② （宋）朱熹撰，郭齐笺注：《朱熹诗词编年笺注》卷九，巴蜀书社 2000 年版，第 847 页。

③ 同上。

④ （宋）黎靖德辑：《朱子语类》，中华书局 1986 年版，第 3318 页。

⑤ （宋）朱熹：《晦庵先生朱文公文集》卷三十五，朱杰人等编《朱子全书》第 21 册，上海古籍出版社 2002 年版，第 11535 页。

胜日寻芳泗水滨，无边光景一时新。等闲识得东风面，万紫千红总是春。① （《春日》）

半亩方塘一鉴开，天光云影共徘徊。问渠那得清如许？为有源头活水来。② （《观书有感二首》其一）

朱熹在诗歌的创作实践中，以生动形象的比喻和去除镂彩错金的语句，深入浅出地将哲学和理趣娓娓道来，风格轻灵，姿态跌宕，灵气秀发，耐人寻味，很好地体现了他所追求的平易之风。朱熹提出：

作诗间以数句适怀亦不妨，但不用多作，盖便是陷溺尔。当其不应事时，平淡自摄，岂不胜如思量诗句。至如真味发溢，却又与寻常好吟者不同。③

朱熹认为作诗可以出现一些直抒胸臆的句子，但不需作得太多，否则就会陷于其中，诗风也会华而不实。朱熹还很注重炼字炼意，提升诗境，如《次韵雪后书事二首》（其一）"晴烟袅袅弄晨炊"句中之"弄"字，将袅袅晴烟拟人化，惟妙惟肖地描绘了清晨炊烟的情状，在李白在《长干行》"郎骑竹马来，绕床弄青梅"中运用"弄"字出神入化之后再创新意。朱熹虽不赞赏律诗之严苛格律，但他也有些诗句的对仗极为工整，如《用丘子服弟韵呈储行之明府伯玉卓丈及坐上诸友》句"一杯与尔同生死，万事从渠更故新"。"一杯"对"万事"，"同生死"对"更故新"，可以看出作者精心挑选字眼，使诗句整饬而有韵味。

朱熹以理学家之身份读诗、写诗、论诗，指出要有辨识诗歌好坏的眼力，须是心上不闹，此心虚静则道理明白，这是朱熹从理学角度对诗歌思想的主

---

① （宋）朱熹撰，郭齐笺注：《朱熹诗词编年笺注》卷二中，巴蜀书社 2000 年版，第 177 页。
② 同上书，第 178 页。
③ （宋）黎靖德辑：《朱子语类》卷一百四十《论文下》，中华书局 1986 年版，第 3333 页。

观诠解，却也很周全地回答了品读诗歌的眼力高下问题。此外，朱熹亦调动了形象化的诗歌语言，以源头活水之喻，感性地呈现义理功夫修为后的清澈生命，让义理关注与诗歌表述从不同领域，展现生命清明的修为进境。[①] 他虽是道学家，诗中却很少有道学气、头巾气。他也很少用诗歌来直接对政治、人生、山林、田园进行议论说理，他的诗歌创作和诗学创新，都是不容忽视的。

刘克庄在《中兴绝句续选序》中将张孝祥列入当时"一二十公，皆大家数"的范围之内，认为其诗词水平与成就远胜大多数诗人：

> 南渡后诗尤盛于东都。炎绍初，则王履道、陈去非、汪彦章、吕居仁、韩子仓、徐师川、曾吉甫、朱新仲、希真。乾淳间，则范至能、陆放翁、杨廷秀、萧东夫、张安国一二十公，皆大家数。[②]

陆世良亦称张孝祥"诗词雄丽，尤工古调"[③]。张栻称他"挥斥看翰墨，笑语皆诗成"[④]。诸如此类评价不在少数，时人对张孝祥的诗歌成就给予高度评价。张孝祥诗歌突破江西诗派之后，其风格的确立很大程度上表现在灵活生动的叙事诗歌方面，如他的一首代表作《赭山分韵得成叶字》其二云：

> 万生纷不同，宿昔有定业。哀哉彼迁民，苦事乃稠叠。累累庭际炊，采采涧底叶。问渠胡为来？悲泪不盈睫。连年避胡乱，生理安可说！今

---

① 杨雅妃：《试论朱熹文本书写中理学与诗学的互涉：以主静、主敬功夫为切入点》，台湾《"国立"虎尾科技大学学报》2009 年第 28 卷，第 4 页。

② （宋）刘克庄：《后村先生大全集》卷九十七，宛新彬《张孝祥资料汇编》，中华书局 2006 年版，第 90 页。

③ （宋）陆世良：《宣城张氏信谱传》，张孝祥《于湖居士文集》附录，上海古籍出版社 1980 年版，第 411 页。

④ （宋）张栻：《赠于湖诗》，张孝祥《于湖居士文集》附录，上海古籍出版社 1980 年版，第 420 页。

年更仓皇，乌蒿亦焚劫。扶持过江南，十口四五活。斗米六百钱，兼旬又风雪。前时诏书下，振廪要周浃。圣主甚哀矜，我曹空感咽。愿今兵革罢，复得理归揖。传闻菰蒲中，相杀血新喋。本是耕田农，饥寒实驱胁。须公语县吏，早与支米帖。①

这首叙事诗采用作者与逃难百姓一问一答的对话形式，将民众"连年避胡乱"的悲惨经历展现在读者面前：一家人逃至江南所剩无几，家破人亡，又无米果腹，饥寒交迫，处境悲凉，只希望官府能够发放救济钱粮，帮助渡过难关，几乎是一首老百姓的哭诉诗。张孝祥的叙事诗虽间有议论感慨，但也是立足于诗中所记之事，未有空谈泛论，自有其不可取代的历史价值与地位。张孝祥的诗歌之所以会给后人留下诗不如词的印象，大抵因当时"中兴四大诗人"陆游、杨万里、范成大、尤袤诗名极盛，张孝祥等诗作数量不多的诗人未引起时人及后世研究者的同等关注。张孝祥不像"中兴四大诗人"中的陆游、范成大等人一样，将诗歌作为抒情言志的主要表达渠道，也未像他们那样孜孜不倦钻研诗艺诗技，他已将诗歌的部分功能转移至词作中，他在词上用力极深，而他的很多诗歌或是在与友人交游、唱和时形成的，或作为对友人的赠送、酬谢，或因书法之美而成为题壁诗留传，故引起时人的关注与重视程度不如其词作。与"中兴四大诗人"相比，张孝祥的诗歌题材也涉及爱国、纪行、赠答、咏物、题画、祝寿、游仙等，凡事均可写入诗歌，所反映内容的深度和广度也达到了较高水平，诗歌关注国事、关心民生疾苦的内容具有很强的现实性。他在诗歌中呼吁恢复，斥责权奸，为爱国精神鼓与呼，与曾几、陈与义、陆游等人一起开南宋爱国诗歌的先河。

---

① （宋）张孝祥撰，徐鹏校点：《于湖居士文集》卷三，上海古籍出版社1980年版，第20页。

二　淳熙四家书法推陈出新

书法的主要构成要素是线条，这些独立静止的单个线条在书法家笔下，通过一定的书写技巧，使线条由静趋动，展现汉字的"视觉节奏"。"书法家可能会在努力学习古代大师作品后获得技法，但是成法终究可能会压抑书法家的创作能力。因此，书法之路必须再往前延伸，即由熟再到生，才得摆脱古人成法的束缚……即在熟到最后的阶段，就要有意识地与古人拉开距离，发挥自己的创造性，以'己意'去写。"① 淳熙四家书法方面的创新与诗歌异曲同工，他们在书法创作实践中不断总结经验，境界与水平逐渐提高，在借鉴北宋四家及前代诸多名家的基础上，变换笔法和结体、布局技法，将个人性情融入前人经验，尤其是在行草书作品中的创新最为明显，使笔下的线条如行云流水，笔断意连，飘忽不定，将汉字的视觉美推到极致，在同代数人中脱颖而出，最终自创新意，自成一家。

陆游勤练行草书几十年，将自己的豪情壮志多次写进书法作品之中。他在书法领域的最大创新之处也恰恰体现在各种形式的行草书作品之中，最值得关注的就是结体和章法的创新。陆游在南宋朝廷不受重用，他性格豪放，不拘小节，被时人评价曰"不自检饬，所为多越于规矩"② "不拘礼法""燕饮颓放"③，多次遭到贬谪，壮志难酬。对于朝廷的一味求和，陆游感到悲愤而无奈，这种感情通过毛笔宣泄于纸上，在很多书法作品中呈现出一种张扬而独特的风格，这种独特在某种程度上也流露出些许怪异之美，在此抛砖引玉展示陆游的一幅自画像④（图 2 - 2）。

---

① 杨新：《"字须熟后生"析》，《董其昌研究文集》，上海书画出版社 1998 年版，第 756—757 页。

② （清）徐松辑：《宋会要辑稿》第一〇一册《职官》七二，中华书局 1957 年版，第 3995 页。

③ 同上。

④ 朱东润：《陆游传》，海南出版社 2002 年版，第 11 页。

图 2-2　陆游自画像

　　陆游的这幅自画像乍一看颇为怪异，构图别致，梅花枝干占了画纸的大部分空间。画中一人身着宽袍大袖寂寥地立于花间，人的头部画得很小，与宽大的服装不成比例，而且比例缩小的脸上表情落寞，似遥望远方陷入沉思。乍一看整幅图画略显怪异，怪异之中又让人感受到画作的独特意境，领略到陆游有心报国却无处请缨，种种不平郁积于心中的复杂情感。通过分析这幅画像可以看出，陆游作画尚且如此，他的书法同样将蕴藉的丰富情感用别具一格的笔法和章法表现出来，现以其行草代表作品《与明远老友书》（图2-3）为例简要分析其书法创新。

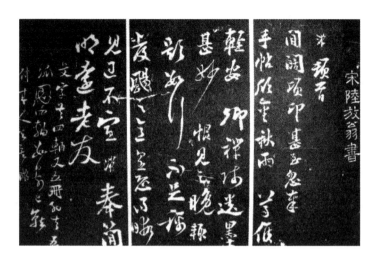

图2-3　陆游《与明远老友书》

陆游较认同杜甫"书贵瘦硬方通神"的瘦硬书法风格，在学习北宋四家之后融入自己的审美标准，将东坡"石压蛤蟆"式的扁平书体与黄庭坚瘦硬修长的书体有机融合，再通过用笔方式的不同进行书写。这幅遒劲飘逸的《与明远老友书》既有前代诸家的书体痕迹，又完全出于其外。如帖中既有浓墨重笔的"卿""遗""宣""奉""简""老"等字，又有笔态轻盈的"秋""雨""禅""师""妙"等字，浓淡笔法互相穿插，颇有抑扬顿挫之感。

再从结体和布局来看，陆游将字与字、行与行之间的错落、揖让、连笔、断笔和互相穿插运用得非常熟练，最具特色的当是适当运用字体变形、欹侧和大小对比，如第四行的"轻安"二字轴线向左偏移，句末空格后"卿"字下意识地以重墨写就，左偏旁的撇笔延续"轻安"两字走向，使重心向右的趋势更加明显，此实为一险笔。这时陆游再度大胆运笔，将"卿"字的中间和右侧两部分极尽简练紧凑之能事，迅速把此字的重心拽向中间，末笔一竖再度向右倾斜，与向左倾斜的前面两字构成反向力的作用，在视觉上达到中和与平正。第五行"妙"字以中锋细笔写出，字形比一行中的其他字偏大，较为引人注目，而接下来的"恨"字字形缩小。与此类似的还有邻行"行"

字亦草写至只有两个笔画，将两竖延长至少三个字的位置，而其上下的"数"与"不"同样缩小字形，与"行"字形成鲜明对比。还有"晚"和"见""送""友"等字的末笔，重顿快收，既有颜氏楷书的"燕尾"意味，又像魏碑中提按明显的笔画。

陆游经常使用的这种楷书笔法在同代其他行草书中并不多见，通篇看来略显不协调或不合时宜，不符合当时行草书行气连接的风气和习惯，如此种种，不一而足。同《自画像》一样，陆游都是通过在笔法和结体上自出新意，制造出一种视觉上略有怪异却又整体和谐的书法美感。陆游的其他行草书也都天真烂漫，不拘一格，结构疏朗明净，远绍晋、唐，近宗苏、黄，将行草作为表现自家性灵的载体，在"南宋四家"中是最为出色的，其创新的书法可谓北宋尚意书法在南宋的又一绝响。

而立之年的范成大正式走上仕宦之路后，调任徽州司户参军。他的交往圈子也不断扩大，与当时的文化名士如乐备、周必大、杨万里、陆游、韩元吉、张孝祥、虞允文、李结、洪适、洪迈、楼钥、汪应辰等人相识交游，吟诵唱和，书信往来，领略到与江南不同的多元文化，与文人互相探讨、鉴赏书法作品，感受书学文化，书法风格也在潜移默化中发生了转变，当然这也是他的书法能够取诸百家后融会贯通的外在缘由之一。时人杨甲评价范成大书法曰：

> 吴郡范公……亲书扁榜，揭之颜间，遒劲绝尘，得古人用笔意，藻绘不加，而胜益奇矣。[1]（《縻枣堰记》）

范成大虽然自"古人"处习得用笔之意，但在创作实践中能够逐渐抛开"古人"，另觅新意。他五十岁之后的传世书作基本能够展现出他独特的秀媚

---

[1] （明）周复俊编：《全蜀艺文志》卷三七《记戊》，影印文渊阁四库全书本。

典雅风格，其中书札多以行草书为主。如作于淳熙六年（1179）的《春晚晴媚帖》（图2－4）。

图2－4　范成大《春晚晴媚帖》

《春晚晴媚帖》的点画自然舒畅，笔势遒劲有力，书风秀媚恬淡。此时的范成大行草书技艺较年轻时大大长进，作品融合了杨凝式笔法而略带米、黄的草书笔意，个别字结体的精婉劲峭又见苏轼的痕迹，但更多的还是范成大有别于前人的个人风范，足以说明他潜心学习唐宋名贤书风后有了自己的领悟。再以范成大、杨凝式二人的行书帖进行比较，以便更明显地看出范成大书法创新之处（图2－5、图2－6）。

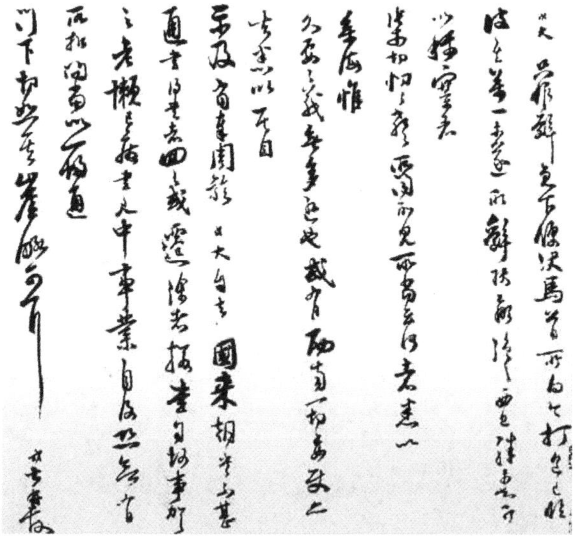

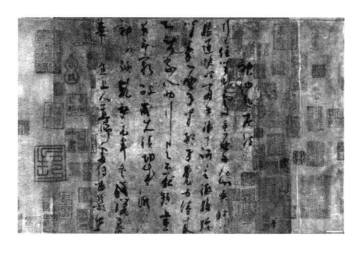

图 2-5　范成大《辞免帖》

图 2-6　杨凝式《神仙起居法帖》

　　这两幅行草作品最明显的相同之处是点画看似随意，实则字与字、行与行之间顾盼照应，错落有致，尽得天真烂漫之趣。而范成大的《辞免帖》中单字结体更加灵巧圆熟，最后一行"切恕其崖略可耳"的"耳"字与杨帖第五行"行之不厌频"的"行"笔法有相似之处。但通篇看来，范帖结字更加谨密，行距更加疏朗，类似写意画的留白，用墨浓淡相间，给人抑扬顿挫之感，加之精神与思想的反射，书法比杨帖多了宋代特有的文人书卷气，达到了"胜益奇矣"的境界。可以说范成大书法一家之风的形成，是在杨凝式书法润物细无声的影响基础之上，又融入个人学识、情思所作的新变。从此帖可看出他对自王羲之以来典雅风格的追求，书技方面字与字的连绵呼应还是较为执着地坚持疏朗风格，温婉平润，故他的行书作品中表现出一种不同于他人的更加宁静而又恬淡的韵味，获得时人赞赏。

作为理学大家的朱熹，其书法在南宋就有较高评价，传世书迹也被后人珍视。朱熹书法的特色和新意即在于他以儒家义理为底气进行的艺术创作，一丝不苟，颇具理趣。如元人王恽评之云：

> 考亭之书，道义精华之气，浑浑灏灏，自理窟中流出。①

朱熹书法以题词形式存于福建、湖南、广西等地的较多，大部分是以楷书或比较规范的行书进行题写，大气端庄，法度工整。朱熹一生经历较为明晰，不同时期的书学思想和书法风格变化也都贯穿着平淡沉着之气。自淳熙六年（1179）起，朱熹先后到江西、浙东、建阳、八闽之地任职，期间先后了解诸多前辈先贤的生平事迹，获观大量晋唐名家书法名迹，对钟繇、王羲之的书法多有涉猎，使他的书法眼界较之前开阔，还见到了他少时即非常喜爱的欧阳修《集古录跋尾》真迹、《金石录序》真迹，并先后作跋（图2-7），即《题欧阳修〈集古录跋尾〉真迹》，表达自己的景仰之情。

---

① （元）王恽：《秋涧先生大全集》卷七二，影印文渊阁四库全书本。

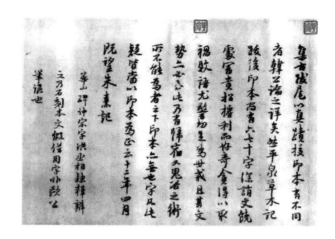

图 2-7 朱熹《题欧阳修〈集古录跋尾〉真迹》

朱熹此帖除了基本延续他前期的俊逸风格，章法布局与王羲之有异曲同工之妙，并显得更加清劲温润，逐渐向富有个人气象的书法过渡，为形成一家之风奠定了基础。此后较为出色的是他淳熙九年（1182）的《卜筑钟山帖》（图 2-8）、绍熙五年（1194）的《秋深帖》（图 2-9）。

图 2-8 朱熹《卜筑钟山帖》　　　图 2-9 朱熹《秋深帖》

综合而言，朱熹这一时期完成的书作总体风格正如后人所评：

清劲温润，如瑶台春晓，珠光玉华，又自不同。乃知先贤道德充积，精英之发，无施而不当也。①

宽伏读（朱）文公《与时宰二手札》，大儒君子恬静刚正之气，数百载之下犹充溢纸墨间。②

朱熹的书法大部分通篇都平正协调，规范有致，严谨却不显拘谨，讲法度亦有灵动之气。当然，也有一幅与以上仪态平和的书帖作品风格大异其趣的，即朱熹大字行楷书《周易系辞本义》（图2-10）。

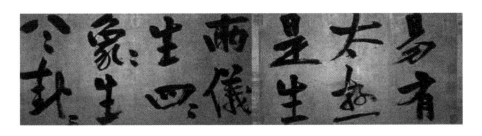

图2-10 朱熹《周易系辞本义》大字行楷

此帖运用浓墨重笔写就，间用飞白技法，结体古拙，显得气象森严，仪态端朴，与朱熹在武夷山等地存留的石刻风格有相通之处，但也主要以端庄的行书为主。行书之中有时也间杂个别楷体，工整之中有变化，沉着之中藏秀逸，再结合所写内容来看，将他的理学书法观体现得淋漓尽致。尤其在进入晚年之后，朱熹的书法形成了自然从容、"一一从自己胸襟中流出"之时代风貌，个人风格卓然而集大成之作，如陶宗仪在《跋朱文公与侄六十郎帖》中所言：

---

① （明）胡俨：《朱熹奉使帖跋》，中国古代书画鉴定组编《中国古代书画图目》第七册，1997年，第13页。

② （明）吴宽：《朱熹上时宰二劄子跋》，中国古代书画鉴定组编《中国古代书画图目》第十九册，1997年，第112页。

子朱子继续道统，优入圣域，而于翰墨亦加之功。善行、草，尤善大字，下笔即沉著典雅。虽片缣雨楮，人争珍秘，不啻玙璠圭璧……略不用意，出于自然，尤可宝也。①

若说陆游书法自成一家是以其才华、意气占主导地位的，那么朱熹的书法实现创新则与他的理学观念密不可分。后人品鉴朱熹传世书法作品时，大多秉承"书画—心画"的心性道德理论，常常以人品观书品，将朱熹的书作与其为人、学识、理学地位、大儒风范结合起来进行综合评价，这也非常符合朱熹书作本身颇具理趣的风格特征。

张孝祥少年时即已成名，青年时期书风发生重要转变，与时人刘岑有重要关系。刘岑对他的书法创作产生过重要影响，后来也成为促使他的书法改进创新、形成一家之风的关键人物。刘岑（1087—1167），字季高，号杼山居士，浙江湖州人，历任徽、钦、高、孝宗四朝，《景定建康志》《至正金陵新志》有传。元代袁桷对刘岑传授张孝祥书法之事有如下记载：

于湖先生与王宣子皆绍兴进士第一，而皆以政事发身。二公皆守湖南，此帖盖于湖江东、宣子尹京时也。杼山刘季高寓金陵，于湖守行官，纳谒杼山，杼山曰："守谒当有故。"于湖曰："愿求书法。"杼山野服以肃，于湖拜而授之。今其书盖与刘无异也。文献凋落，因巽堂内翰出其书，敢以过庭所闻者告焉。②

张孝祥早期书法虽有一定功力，但笔法还稍显滞缓，章法的连贯性不足。刘岑工草书，纵逸不拘，有自得之趣。周必大跋刘季高帖赞誉道："杼山老人

---

① （元）陶宗仪：《跋朱文公与侄六十郎帖》，（清）倪涛《六艺之一录》卷三百四十八，影印文渊阁四库全书子部艺术类。

② （元）袁桷：《跋于湖帖》，《全元文》卷七一九，江苏古籍出版社2002年版，第273页。

笔精墨妙，独步斯世。"① 右军若龙，北海如象。刘岑正是看出了张孝祥的字灵动有余而沉稳不足，建议他去学习李邕的书法。张孝祥依言照做，同时也不时学习刘岑行草。在刘岑的指点之下，张孝祥的书法有了很大进展。现将于湖作于绍兴二十七年（1157）的《临存帖》（图 2 – 11）与其后期书法《关彻帖》（图 2 –12)② 进行对比：

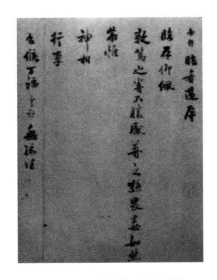

图 2 –11　张孝祥《临存帖》

图 2 –12　张孝祥《关彻帖》

---

① （宋）周必大：《周益国文忠公集》，影印文渊阁四库全书本。
② （宋）张孝祥：《关彻帖》无纪年，据方爱龙等考证，应作于乾道二年或乾道三年（1166 或 1167）。

　　张孝祥作《关彻帖》时年龄在三十五六岁，相较于他享年三十八岁来说，此时已接近晚年。与二十多岁时所作《临存帖》进行比较来看，其中"一""当""既""赵""门""劫""然"等字，可明显感到点画趋于方劲挺拔，用笔扎实有力。再看张孝祥《关彻帖》（图 2 - 12）与刘岑《门下帖》（图 2 - 13）的比较：

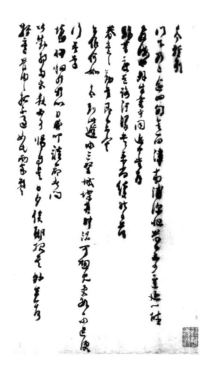

图 2 - 13　刘岑《门下帖》

　　《门下帖》是刘岑的晚年手笔，笔墨丰润，纵逸不拘。张孝祥跻身淳熙四家，他不仅借鉴了刘岑的书法长处，又融入个人意趣进行创新，即如《关彻帖》之笔势疏放，结体自然，笔势遥相呼应，全篇沉稳与灵动兼备，有颇为自得之感，比年轻时期有了很大进步，而且书帖行距疏朗有致，布局雅致俊逸，与石湖范成大有一定相似之处，也体现出张孝祥汲取众家精华之后的自我风格呈现。

小　结

　　淳熙四家的诗歌与书法都取得较高成就，在文学史和书法史上获得一致认可，与其诗歌和书法中的继承与创新有很重要的关联。学习江西诗派是南宋前中期诗坛主流，出入江西诗派是淳熙四家诗歌学习的关键经历。在书法领域，南宋书家对北宋尚意书风有很多的继承和沿袭，宋四家也是他们学习临摹的对象。对本朝名家的继承与沿袭，是淳熙四家诗歌与书法创作过程中的共同特点。

　　淳熙四家在学诗的过程中还广泛涉猎，遍读百家，从先秦诸子到唐宋诸人都有或深或浅的浸濡，为成为一代大家奠定了基础。书法学习过程亦是如此，继承汉魏晋唐多种书法技艺，对颜真卿给予高度评价与推崇，在学颜的过程中认识到尚意之外法度的重要性。他们的诗书创作不仅表现在符合时代观点的继承，更重要的是能够突破成法，开辟新的创作方向，对原有创作习惯进行反拨，并使创新更加完整全面地展现真实自我。随着诗歌与书法的学习由破到立，具有一家之风的个人诗书风貌逐步形成，共同将淳熙四家的诗歌与书法二艺推向南宋时代的高峰。

第三章　淳熙四家的诗歌与书法理论

自古至今，诗歌与书法理论及品评赏鉴的着眼点、范畴多有相通之处，如"意在笔先""风骨""笔力""雅俗"等，既是诗论也是书论中的常见范畴，"诗如其人""书如其人"说的也是中国古代文学史和书法史上的经典评论方法，其影响不可谓不广。淳熙四家的诗歌思想与书法理论中有很多相通关系，如诗歌与书法的法度问题、对诗歌与书法的态度即诗书地位观，以及诗书与人品的道德观问题，都代表了南宋前中期诗歌与书法领域思想理论的时代风貌。

第一节　法度观

法度与自然的关系在文学史、书法史乃至其他艺术门类中都是无法回避的问题。韩非子曾提出"息文学而明法度"，老子认为"五色令人目盲，五音令人耳聋"，儒家更有繁复的关于艺术法度的评判标准，如《礼记·乐记》"先王之制礼乐也，非以极口腹之欲也，将以教民平好恶而反（返）人道之正也"。淳熙四家在进行诗歌与书法的创作品鉴时，难免会围绕法度探讨正统、中和等相关诗歌理论问题。

一 "活法"说

我们在谈论诗歌时常常提及"诗法",这个"法"就是指规矩、法则。南宋严羽《沧浪诗话》专有《诗法》一章,论述诗歌创作时的具体写作方法及优劣标准。书法亦有法,唐代书法"尚法"之说已成定论,书法之法度、规矩也是如诗歌一样万变不离其宗,成为创作主体必须遵循的艺术准则。以中国古代诗歌而论,唐代律诗的形式与格律定型,是法度与自然高度一致的美学思想的实现。律诗创作讲究非常严格的平仄、对仗,在音律、用典、兴会等方面都有比较严格的法度,对于这些法度唐人并未受到太多束缚和限制,运用到诗作创作中得心应手,使律诗成为诗歌家族中一颗璀璨的明珠。唐代诗歌的法度为后世树立了楷模,唐诗之"法"也就成为后世诗家共同遵循的法则。及至宋代,有诗人对唐诗过于严格的法度有其他看法,提出诗歌创作无论从内容还是形式都须另辟新径,不可始终拘泥于死法,应该讲究"活法",从而使"法"的问题在诗歌创作中辩论不休。①

"活法"理论最初由吕本中在《夏均父集序》中提出:"学诗当识活法。所谓活法者,规矩备具,而能出于规矩之外;变化不测,而亦不背于规矩也。是道也,盖有定法而无定法,无定法而有定法。知是者,则可以与语活法矣。谢玄晖有言:'好诗流转圆美如弹丸',此真活法也。近世惟豫章黄公首变前作之弊,而后学者知所趋向,毕精尽知,左规右矩,庶几至于变化不测。"②吕本中(1084—1145),字居仁,世称东莱先生,属江西派诗人。作诗讲究"活法"的创作实践早已有之。然吕本中提出"活法"这一诗歌理论的背景则是江西诗派发展至南宋时,由于多种因素的影响,诗歌生硬模仿、晦涩难懂、死守规矩、未有创新等弊端逐渐显露出来。针对这种现象,吕本中在综

---

① [德]卜松山:《中国文学艺术中的"法"与"无法"》,《东南文化》1996年第1期,第23—25页。

② (宋)刘克庄:《后村先生大全集》卷九五,影印文渊阁四库全书本。

合前人相关理论的基础上，提出了以上"活法"说。"活法"的前提是"规矩"，无论题材、内容、风格怎样变化，诗歌创作的艺术规律是不可以违背的。

陆游的老师曾几与吕本中同年并且师从吕氏，他将"活法"论传至陆游。陆游于此也甚有心得，他在《追怀曾文清公呈赵教授赵近尝示诗》中写道：

> 忆在茶山听说诗，亲从半夜得玄机。常忧老死无人付，不料穷荒见此奇。律令合时方帖妥，工夫深处却平夷。人间可恨知多少，不及同君叩老师。①

此诗是陆游师从曾几后的诗歌创作心得，"活法"理论就是陆游从曾几处传承的江西诗法的重要"玄机"。其中"律令合时方帖妥，工夫深处却平夷"句指出诗歌必须讲究符合声律要求，讲究既有的规矩，这是作诗符合妥帖要求的基本标准，只有首先在规矩的基础上才能不断精进，作诗的法则都具备了，却还要能够跳出法则之外自创新意，新意变化多端又不能背离原有规矩，促进作诗功夫日益深邃，进而达到羚羊挂角、无迹可寻的游刃有余境地，这是陆游对"活法"理论始终围绕于规矩左右的实践性阐释。

张孝祥也认可诗歌的法度观，是"活法"说的忠实拥趸之一。他在曾几的影响下日渐接受了"活法"说，并在诗歌创作中由理论运用到实践，追求一种"流转圆美"的诗风。如他在《题杨梦锡〈客亭类稿〉后》中评论杨冠卿之文：

> 为文有活法，拘泥者窒之，则能今而不能古。梦锡之文，从昔不胶于俗，纵横运转如盘中丸，未始以一律拘，要其终亦不出于盘。盖其束发事远游，周览天下山川之胜，以作其气；所与交者，又皆当世知名士，

---

① （宋）陆游：《剑南诗稿》卷二，《陆游集》第一册，中华书局 1976 年版，第 63 页。

文章安得不美耶?①

起首即言明"活法",张孝祥可谓句句不离江西派诗法论,而且由诗法举一反三至评价写文章的方法。以文章流转圆美如弹丸为标准评价杨冠卿的文章纵横运转恰似盘中之丸，灵活转动却又合乎既有范围，正是张孝祥对于活法乃"规矩备具，而能出于规矩之外；变化不测，而亦不背于规矩"理论与实践相结合的深刻理解。

二 "无法"说

书法的法度问题与诗歌一样，也是长期存在于书法理论及创作实践中的。如同唐代律诗的成熟标志着诗歌法度的定型一样，"东晋王羲之及'二王'书风的出现，标志着中国书法作为'法'的全面成熟，标志着'隶化'与'美化'、笔法与视觉完美的统一，标志着书法史上一个无与伦比的高峰"②。唐代将"法"推到了引起世人关注的高度，使魏晋形成的书法之"法"最高点持续了五六百年，这便是"尚法"的过程。比诗歌创作中提出的"活法"观念略为提前，两宋文人、书法家在书法创作中一反前代"尚法"成规，转而追求尚意。尚意之"意"包括四个方面的含义：一是哲理，要求具有思想性；二是学问，要求具有知识性；三是人品性情，要求具有独立的个性；四是意趣，要求不死板、有趣味。顾名思义，"意"带有主观的、情感的成分，而"法"则具有指令性、规矩性，不以人的情感意志为转移。

苏轼在诗词中注重自成一家，在书法中亦如是，一反宋初书法延续唐人的工整法度，将笔法、结构等外在要求全部抛开，完全以个人意趣取胜，提出"我书意造本无法，点画信手烦推求""吾书虽不甚佳，然自出新意，不践古人，是一快也"，开拓了宋代尚意书风的新境。黄庭坚作为"苏门四学

---

① （宋）张孝祥撰，徐鹏点校：《于湖居士文集》卷二十八，上海古籍出版社1980年版，第281页。
② 孙晓云：《书法有法》，江苏美术出版社2010年版，第103页。

士"之一，极力赞同苏轼这种凛然一家"自出新意"的精神，不仅在书学创作中发扬这种"新意"，在题跋中也表明书法不必合于"古法"的态度：

> 士大夫多讥东坡用笔不合古法，彼盖不知古法从何出尔。杜周云："三尺安出哉？前王所是以为律，后王所是以为令。"予尝以此论书，而东坡绝倒也。① （《跋东坡水陆赞》）

因而，尚意书风难以避免地对法度有所冲击或挑战。"其实，率意书风的兴起并非始于有宋一代，大笑羲之用《笔阵图》的张颠醉素自不待言，就是以法度森严著称的颜真卿，其'新书风'又何尝不是一种对原有传统的破坏？任何一项新语言规则的建立都是对既定传统——原有的'法'的破坏，因而也就要引起那些汲汲于古人规矩绳墨者的反感。"② 苏、黄书学创作实践中得意的"无法"、反"古法"等书法创新之论到了朱熹这里，恰好成了苏、黄等人的缺点。朱熹大力反对苏、黄、米的怪异书风和个性书论，提出自己的书学法度观："只一点一画，皆有法度"③，指出书法创作不能一味追求个人意趣，需要重新建立"法度"，要回归汉魏两晋时期的质朴状态，复古才是书法的"纯理天然"。只有先建立了书法的正统法度秩序，才能在此基本要求之上书写个人风范。他对尚意书法诸家的批评也大多是从法度的角度出发：

> 书学莫盛于唐，然人各以其所长自见，而汉魏之楷法遂废。入本朝以来，名胜相传，亦不过以唐人为法。至于黄、米，而敧倾侧媚、狂怪怒张之势极矣。近岁朱鸿胪、喻工部者出，乃能超然远览，追迹元常于

---

① （宋）黄庭坚：《山谷题跋》卷五，卢辅圣主编《中国书画全书》第二册，上海书画出版社1992 年版，第 687 页。

② 萧元：《书法美学史》，湖南美术出版社 2009 年版，第 281 页。

③ （宋）黎靖德辑：《朱子语类》卷一百四十《论文下》，中华书局 1994 年版，第 3338 页。

千载之上……斯已奇矣。①

　　字被苏黄胡乱写坏了。近见蔡君谟一帖，字字有法度，方是字。②

　　本朝如蔡忠惠以前皆有典则，及至米元章、黄鲁直出来，便不肯恁地。要之，这便是世态衰下，其为人亦然。③

朱熹认为唐代书学虽较为鼎盛，但其缺憾在于失去了汉魏的楷体法度。进入宋朝以来，书法依然以唐人主要是颜真卿为法，法度尚能有所遵循。然而到了黄庭坚、米芾等人，由于距离汉魏古法更遥远，又不坚守唐法，所以书法呈"欹倾侧媚、狂怪怒张之势"的流风，字都被其以"尚意"之名给写坏了，直到朱、喻二人重新师法千载之上魏晋时期的钟繇（元常），重拾法度，才能够实现"超然远览"。

淳熙八年（1181），朱熹至浙东任职，他将自己书法的取法对象从北宋硕儒转向晋唐名家。考察了书法圣地"兰亭"，观摩了钟繇、王羲之等人的法书名迹，对钟、王的书法之法度推崇备至。难能可贵的是，他对苏、黄、米等人的尚意书观有了新的认识：

　　苏公此纸出于一时滑稽诙笑之余，初不经意，而其傲风霆、阅古今之气，犹足以想见其人也。以道东西南北未尝宁居，而能挟此以俱，宝玩无斁，此其意已不凡矣。且视王公贵人，而独以夸于畸人逐客，则又有不可晓者。④（《跋张以道家藏东坡枯木怪石》）

　　山谷宜州书最为老笔，自不当以工拙论，但追想一时忠贤流落为可

---

① （宋）朱熹著，朱杰人等编：《晦庵先生朱文公文集》卷八十二，《朱子全书》第二十四册，上海古籍出版社 2002 年版，第 3868 页。
② （宋）黎靖德辑：《朱子语类》卷一百四十《论文下》，中华书局 1994 年版，第 3336 页。
③ 同上书，第 3338 页。
④ （宋）朱熹著，朱杰人等编：《晦庵先生朱文公文集》卷八十四，《朱子全书》第二十四册，上海古籍出版社 2002 年版，第 3971 页。

叹耳。①（《跋山谷宜州帖》）

米老书如天马脱衔，追风逐电，虽不可范以驰驱之节，要自不妨痛快。朱君所藏此卷，尤为奔轶，而所写刘无言诗亦多奇语，信可实也。②（《跋米元章帖》）

朱熹看到苏、黄、米等人并未完全摆脱法度，而是同江西诗派的"活法"论一样，是一种规矩具备而能出于规矩之外、变化不测而又不背于规矩的"无法之法"。认同了尚意书家诸人是一种建立在继承前人之法基础上对书法进行的推陈出新，在一点一画的法度之外彰显文人个性风采及精神意趣。与此同时，朱熹也看到当时很多书家才气与功力不足，整个书坛呈衰微之势，存在尚意已无新意、法度被严重忽视的流弊，因而他对于书法之"法"的强调一方面纠正了尚意书风末流之弊病，另一方面也为复古尚法书风奠定了理论基础。在实践创作方面，朱熹大力推崇篆籀意象等古文字，提倡复古书风。理学家魏了翁也极擅篆书，守法度，后世评其传世书迹"法完意足"，在很大程度上是受朱熹书学创作及理学书论的影响，朱熹的法度观具有重要的影响和文化意义。

范成大旗帜鲜明地提出自己对于书法一代有一代之"法"的认识，反驳当时有人以唐代楷法之法度品评宋代书家："古人书法，字中有笔，笔中无锋，乃为极致。所谓锥画沙、屋漏雨之法，盖自钟、王之后，未有得其全者……李唐名家，犹得楷法；本朝作者，但工行书。如米芾所作，飘逸超妙，可喜可愕，责以楷法，殆无一字。此事寂寥久矣。"③ 他认为古人作书也是随

---

① （宋）朱熹著，朱杰人等编：《晦庵先生朱文公文集》卷八十四，《朱子全书》第二十四册，上海古籍出版社 2002 年版，第 3963 页。

② （宋）朱熹著，朱杰人等编：《晦庵先生朱文公文集》卷八十二，《朱子全书》第二十四册，上海古籍出版社 2002 年版，第 3870 页。

③ （宋）黄震：《慈溪黄氏日抄分类》卷六七《范石湖文》"谢赐御书"条，影印文渊阁四库全书本。

时而变，未有一成不变的书法，只有"字中有笔，笔中无锋"可认为是极致之作，但能做到的毕竟很少。若以前代法则苛求当代，那么米芾等人的作品就会受到不公正的评价。范成大对"法"的认识较为理性客观。

与朱熹等人对书法之"法"的观念稍有不同，陆游在综合前人及当时书法观念的基础上，进一步提出了稍有别于尚法与尚意理论的"无法"观。他在《晨起颇寒饮少酒作草书数幅》篇中写道：

> 衣食无多悉自营，今年真个是归耕。屏居大泽群嚣息，乍得清寒百体轻。桥北潦收波浅碧，埭西霜近叶微赪。一杯弄笔元无法，自爱龙蛇入卷声。①

书法作品的主要构成部分就是形态各异的线条，陆游将线条比喻为"龙蛇"自然是形象不过。"龙蛇入卷声"这一描述使人感到写字过程中的动感和声音，尤其是"晨起颇寒饮少酒"之后"作草书数幅"，略带醉意使书写更加放任自如，陆游从中获得了"弄笔元无法"的创作体验。此处的"无法"是确实不必遵循法则还是另有其意呢？再看陆游的《睡起作帖数行》诗句：

> 古来翰墨事，著意更可鄙。跌宕三十年，一日造此理。不知笔在手，而况字落纸。②

陆游明言并不赞成书法创作中的"著意"之举。所谓著意，屈原《楚辞·九辩》中有言："罔流涕以聊虑兮，惟著意而得之。"③ 朱熹释为："著意，犹言著乎心，言存於心而不释也。"④ 即集中注意力，留心在意。陆游认

---

① （宋）陆游：《剑南诗稿》卷四十，《陆游集》第三册，中华书局1976年版，第1037页。
② （宋）陆游：《剑南诗稿》卷二十一，《陆游集》第二册，中华书局1976年版，第615页。
③ 董楚平：《楚辞译注·九辩》，上海古籍出版社1986年版，第239页。
④ （宋）朱熹著，朱杰人等编：《楚辞集注》，《朱子全书》第十九册，上海古籍出版社2002年版，第141页。

为书法是创作主体情感、意绪的真实流露，顺其自然方能抒情达意，若加入刻意的成分，则会降低艺术的价值，故应从真实、纯粹的艺术高度来审视书法艺术。这与苏轼所谓"我书意造本无法，点画信手烦推求"的尚意书法观如出一辙。而且创作体验告诉他，书法熟悉到一定程度时，几乎忘记了手中握有毛笔，也不知字是如何写到纸上的，当然就不会"著意"了。表面看来，他似乎已进入一种不需要法度的书写境界，而结合"跌宕三十年，一日造此理"句则可看出，陆游所谓的不"著意""无法"都建立在他几十年勤学苦练的基础之上，是由"技"入"道"的必然结果。

陆游是诗人，感性思维居多，一度认可写意达情的尚意书法审美情趣，因而更推崇以笔写心、不加矫饰的随性创作。他将原本不拘小节的豪迈个性等因素融入书法创作实践，形成迥异成法、别具一格的独特风格，因而这种"无法"并不是完全目无书法既成法度，而是打破一切成法之后，形成了他自己的"法"。陆游书法的"无法"论与他所遵循的吕氏"活法"诗论异曲同工，都是在对诗歌、书法的技法和章法熟练掌握的基础上胸有成竹、心手相应感觉的提炼和升华，超越了固有的法度、规则，达到心、眼、手三者合一的炉火纯青的艺术境界。

第二节　地位观

曹丕在《典论·论文》中指出文章的地位和作用："盖文章，经国之大业，不朽之盛事。年寿有时而尽，荣乐止乎其身，二者必至之常期，未若文章之无穷。是以古之作者，寄身于翰墨，见意于篇籍，不假良史之辞，不托

飞驰之势，而声名自传于后。"① 在中国文学史的长河中，诗歌以其"正得
失，动天地，感鬼神，莫近于诗。先王以是经夫妇，成孝敬，厚人伦，美教
化，移风俗"② 之功用，作为文学中最早也是最为重要的成员之一，在每个朝
代都扮演着非常重要的角色。文人对诗歌的历史地位和重要意义都有十分明
确的认识，诗歌在文学中处于正统地位这一点毋庸置疑。然而，历代对于书
法的态度与诗歌有很大的不同。

　　有人认为书法与诗歌相比只是"小道""末事"，反对将书法与诗歌等文
学样式置于同样的高度。如汉代赵壹在《非草书》一文中指出："草书之人，
盖伎艺之细者"，认为善于作草书的书法家，只是擅长一种微不足道的伎艺，
这是因为，"草书之兴也，其于近古乎……非圣人之业也……徒善字既不达于
政，而拙草无损于治"③。是否善于书法或草书，与政教、治世没有丝毫关系，
只是简单易行的一项技能而已，与圣人之业无关。康有为也将书法的工拙归
类为"艺之至微下者"，他指出"学者蓄德器，穷学问，其事至繁，安能以有
用之岁月，耗之于无用之末艺乎?"④ 认为学者的责任在于德行学问，不能将
宝贵的时间浪费在书法上面，书法被他称为"无用之末艺"，即无关大旨、没
有用处的末流技艺。

　　刘勰在《文心雕龙》中提出文学具有载道功能："故知道沿圣以垂文，圣
因文以明道。"⑤（《原道第一》）项穆也将载道功能赋予书法，他在《书法雅

―――――――――――

　　① （魏）曹丕：《典论·论文》，见郭绍虞主编《中国历代文论选》，上海古籍出版社 1979 年版，
第 30 页。
　　② （唐）孔颖达：《毛诗正义》，李学勤主编《十三经注疏》，北京大学出版社 2000 年版，第
10 页。
　　③ （汉）赵壹：《非草书》，华东师范大学古籍整理研究室等编《历代书法论文选》，上海书画出
版社 2014 年版，第 2 页。
　　④ （清）康有为辑，崔尔平注：《广艺舟双楫注》，上海书画出版社 1981 年版，第 45 页。
　　⑤ （梁）刘勰著，范文澜注：《文心雕龙》卷一，人民文学出版社 1962 年版，第 3 页。

言》中写道："正书法所以正人心也,正人心所以开圣道也。"① 将书法提到了"开圣道"的高度。张彦远也在《历代名画记》中对画评述道："夫画者,成教化,助人伦,穷神变,测幽微,与六籍同功,四时并运。"② 可见,人们对于书法(包括绘画)等艺术形式的态度是复杂而矛盾的,它既可以被文人纳入"与六籍同功"的教化载道功能,又可以被排除在"正人心"的载道功能之外,与诗歌地位相差悬殊,这是由批评者的诗书观念所决定的。

一 诗书并重

陆游自小喜爱读书,多才多艺,诗词文赋各有特色,一生都在辛勤创作,自称"六十年间万首诗"(《小饮梅花下作》),今仍存诗九千三百多首,这还不包括散佚和被删作品,无论数量和质量,在我国文学史上都是十分突出的。陆游年轻时的理想是"上马击狂胡"(《观大散关图有感》),希翼投身于收复失地的战斗中去,为国立功。然而命运坎坷,愿望难以实现,只好借诗言志,"书生本欲辈莘渭,蹭蹬乃去作诗人"(《初冬杂咏》),成为一位吟咏性情的优秀诗人。

在陆游视为生命的诗歌与书法创作形式中,"如何表现自我"是一个极其重要的问题。他在诗歌中时而表现出"楼船夜雪瓜洲渡,铁马秋风大散关"的豪情壮志,想要恢复失地、建功立业,心中的理想之火熊熊燃烧;时而又看破功名,意欲访仙求道,向往恬静的出世之境,如"西厢屋了吾真足,高枕看云一事无。"(《出都》)据《陆游年谱》《剑南诗稿》等记载,淳熙七、八年间,陆游爱国情绪激昂,作了多首爱国诗歌,如:"天宝胡兵陷两京,北庭安西无汉营。五百年间置不问,圣主下诏初亲征。"(《五月十一日夜且半,

---

① (明)项穆:《书法雅言》,华东师范大学古籍整理研究室等编《历代书法论文选》,上海书画出版社2014年版,第513页。

② (唐)张彦远:《历代名画记》卷一,卢辅圣主编《中国书画全书》第二册,上海书画出版社1992年版,第120页。

梦从大驾亲征，尽复汉唐故地，见城邑人物繁丽，云西凉府也，喜甚，马上作长句，未终篇而觉，乃足成之》）"秦吴万里车辙遍，重到故乡如隔生。岁晚酒边身老大，夜阑枕畔书纵横。"（《冬夜不寐至四鼓起作此诗》）等。在这些诗作中，陆游所梦、所思、所感，均与爱国忧民、收复失地有关。正是在这些关系现实人生的诗歌创作中，陆游对诗有了更加准确的定位。他反对有人忽视诗歌"兴观群怨"的社会作用或把诗歌视为旁道小技的观点，旗帜鲜明地指出：

> 古声不作久矣，所谓诗者，遂成小技，诗者果可谓之小技乎？学不通天人，行不能无愧于俯仰，果可言诗乎？[1]（《答陆伯政上舍书》）

陆游对诗歌的态度非常严谨且慎重，他语重心长地向子辈传授诗歌创作经验说："诗家忌草草，得句未须成。"（《子聿入城》）"有得忌轻出，微瑕须细评。"（《晨起偶得五字戏题稿后》）他作诗向来极其认真，即使题为《戏作》的诗歌也是以诙谐幽默的口吻出之，绝不草草写就。他认为即使自己觉得满意的作品也勿轻易示人，对那些不满意的作品更要反复修改推敲，锻炼字句，不能急于求成。陆游对诗歌的重视态度还表现在他删诗一事：

> 此予丙戌以前诗二十之一也。及在严州，再编，又去十之九。然此残稿，终亦惜之，乃以付子聿。[2]（《跋诗稿》）

《剑南诗稿》卷一保存有陆游乾道元年（1165）之前的诗歌94首，以此计算，陆游在42岁以前共有诗歌18800首，他删定后只剩940首。在严州任内，再由940首删至94首。同年他在《示桑甥十韵》中写道："一技均道妙，佻心讵能当，结缨与易箦，至死犹自强。"从中可以看出他对诗歌的态度极其

---

① （宋）陆游：《渭南文集》卷十三，《陆游集》第五册，中华书局1976年版，第1091页。
② （宋）陆游：《渭南文集》卷二十七，《陆游集》第五册，中华书局1976年版，第2245页。

重视。

陆游在诗歌中描写了自己作诗时构思、修改的情景："转枕重思未稳诗"（《初夜暂就枕》）"又废西窗半夜眠"（《村东晚眺》）"细改新诗须枕上"（《见事》）"锻诗未就且长吟"（《昼卧初起书事》），从这些诗句中可见陆游对诗歌创作一丝不苟，付出了相当多的时间与精力，也创作了大量有深刻思想内涵的诗歌。他能够一改风靡两宋诗坛的江西诗派诗人取法范围，堪称爱国诗歌成就最高的诗人。诗作题材广泛，思想深刻，农村题材诗歌中的隐逸情趣别有风味。爱国诗歌在当时鼓舞人们的斗志，在后期也成为诸多爱国文人的精神支柱。

南宋后期的江湖派诗人，汲取他诗歌之中关注现实和爱国主义的精神，扭转了江西诗派的弊端，推进诗歌关注民生。江湖派代表诗人戴复古写下了不少反映现实生活、关心民生疾苦的诗歌，他对陆游推崇有加："茶山衣钵放翁诗，南渡百年无此奇。"刘克庄也自称"初余由放翁人"（《刻楮集序》）、"中年务观诗"（《前辈》）。南宋灭亡后，遗民诗人刘辰翁有《须溪精选陆放翁诗集》八卷，林景熙针对陆游《示儿》诗写下"来孙却见九州同，家祭如何告乃翁"之句，令人生悲。思想方面，陆游的某些观点也影响了以后的诗论家，如严羽的《沧浪诗话》云："学诗有三节，其初不识好恶。连篇累牍，肆笔而成；既识羞愧，始生畏缩，成之极难。及其透彻，则七纵八横，信手拈来，头头是道矣。"[1] 与陆游《九月一日夜读诗稿有感走笔作歌》中所说的学诗境界有异曲同工之妙，这都是陆游勤奋而严谨作诗在后世的铿锵回响。

书法对于陆游而言，是仅次于诗歌的另一精神支柱，也是他用艺术的手段记录灵感和激情的另一种重要途径。他的书法尤其是行草书天真烂漫，不拘一格，深得当时朱熹等人的夸赞，如"务观别纸，笔札精妙，意寄高远"

---

[1] （宋）严羽著，郭绍虞校释：《沧浪诗话校释》，人民文学出版社1961年版，第131页。

"放翁老笔尤健，在今当推为第一流"等语。他也记录了自己挥毫泼墨的习书情景："午窗弄笔临唐帖，夜几研朱勘楚辞。"（《冬日》）"数行褚帖临窗学，一卷陶诗傍枕开。"（《初夏野兴》其三）"古纸硬黄临晋帖，矮纸匀碧录唐诗。"（《出夏幽居》）今人评价陆游："在书学低迷的南宋时代，能远绍晋、唐，近宗苏、黄，并最终选择草书作为表现自家性灵的载体，尽管未能跻身中国书法史上一流大家的行列，但其在'南宋四家'却是最为出色的。"[①] 陆游诗书并重，诗歌与书法取法于上，转益多师，却又没有亦步亦趋受限于前人，尚意抒情、表达自我的同时又遵循诗学和书学法度，带着丰富的情感和高超的技巧，跳出固有法度之外作诗写字，最终自成一家，可谓诗歌在南宋的制高点及尚意书风在南宋的绝响。

二　重诗轻书

淳熙四家中范成大、朱熹、张孝祥三人对于诗歌和书法的态度与陆游不同，均有重诗轻书的倾向。他们视诗歌为言志抒情之主要方式，不过与陆游将书法作为与诗歌同等重要的艺术方式不同，范、朱、张则仅仅是以书为艺，甚至有时以书为娱。朱熹一生专注于理学，对诗歌与书法都抱着比较复杂且矛盾的心态。他喜好吟诗作赋，在诗歌上颇有成就，创作了大量理趣与自然兼备的诗歌，对作诗这种行为有着自己理性的看法：

> 诗之作，本非有不善也。而善人之所以深怨而痛绝之者，惧其流而生患耳，初亦岂有咎于诗哉！……诗本言志，则宜其宣畅湮郁，优柔平中，而其流乃几至于丧志。群居有辅仁之益，则宜其义精理得，动中伦虑，而犹或不免于流。况乎离群索居之后，事物之变无穷，几微之间，

---

① 方爱龙：《南宋书法史》，上海古籍出版社 2008 年版，第 122 页。

毫忽之际，其可以营惑耳目，感移心意者，又将何以御之哉！[①]（《南岳游山后记》）

“善人之所以深怨而痛绝之者”中的“善人”，指理学前辈程颐等人，而“丧志”云云也是程颐的观点，不过朱熹对此观点有所折中，认为只要写诗之时有节制，还是有一定裨益的，因为“诗之作，本非有不善也”。只有那些完全沉迷于诗歌乃至诗情泛滥的，才会影响到“道”。朱熹对程颐、程颢理学思想多有继承，对二程的书法观念也有所接受，他也擅长书法，而且因讲学之故经常有人向他求墨宝。但他从来都无意于在书法方面多费功夫，也不屑于以书法家名世，只是在治学空余时间临池习书，完全是以一名学者型的书法临习者来要求自己，严戒自己沉迷于其中。因此，朱熹有很高的诗歌与书法审美意识，也时常勤奋吟咏或研习。但在他的思想观念中，诗更近于载道之用，而书法较诗文与理学而言尚属“小道”，他很少以善书而喜，甚至稍有轻视之意。

范成大把书法当作政事与文学之余用来抒怀遣兴的艺术方式。他曾写过一篇《或劝病中不宜数亲文墨，医亦归咎，题四绝以自戒，末篇又以解嘲》：

作字腕中百斛，吟诗天外片心。习气吹剑一吷，病躯垂堂千金。
意马场中汗血，隙驹影里心灰。吉蠲笔墨安用，付与蛛丝壁煤。
诗成徒能泣鬼，博塞未必亡羊。刚将妄言绮语，认作锦心绣肠。
师熸尚合余烬，羹热休吹冷虀。解酲纵无五斗，且复月攘一鸡。[②]

从短短几句诗中可以看出，范成大眼中“吟诗天外片心”“诗成徒能泣鬼”，是发自内心对诗歌的重视及对诗歌功用的肯定。他的书法创作和书法活

① （宋）朱熹：《晦庵先生朱文公文集》卷七十七，朱杰人等编《朱子全书》第二十四册，上海古籍出版社2002年版，第3705页。

② （宋）范成大著，富寿荪标校：《范石湖集》卷二十八，上海古籍出版社1981年版，第388页。

动并非如其前辈苏、黄、米、蔡"宋四家"那样，或以书事为情怀，或以书道为时时意想之事，或以书画为能事，而在当时就盛享书名，也不像后起者张即之、赵孟頫那样精研笔法、书事不绝、巨制迭出。他更接近范仲淹、司马光、王安石、张孝祥、楼钥等人，仅仅是公事之外、吟咏之余的闲暇之为。① 这一点略接近于朱熹。

张孝祥被时人赞誉为"词翰俱美""必将名世"，他的书法被上至皇帝百官下至平民百姓所传颂，也在任职之地留下不少题壁、墨迹。但他并不以书法自矜甚至自傲，在诗词文集中就连陆游那样对自己书法水平的自信表述也很少见。这是因为，张孝祥一生的首要精力在于尽心仕宦之事，坚持救世济民，完成齐家治国平天下的士大夫使命；其次，他是亲近湖湘学派的理学家；再次他将自己的身份定位为文人，最后才是书法家。张栻"惟君起布衣，被简遇，十年之间，入司帝命，出领数路，文章之炜烨，政事之超卓，多士之所共知。"② 在友人张栻看来，张孝祥的身份首先是"入司帝命，出领数路"的士大夫。(《祭张舍人安国》) 书法在"翰墨精绝"的张孝祥这里只是"游于艺"的方式之一。他作了若干首咏砚台诗，如《近得一二砚示范达甫笑以为堪支床也，许送端州大砚作诗以坚其约》：

> 范郎紫玉余半圭，翻手作云雨雹随。龙蛇起陆孔翠飞，云收雨霁千首诗。荐以文锦盘珠玑，夜光发屋邻翁知。桂州刺史书成痴，单车万里日夜驰。囊中已无去年锥，欠此石友相娱嬉。范郎笑我支床龟，忽遣致我重宝斋。金印如斗不愿携，爱此直欲忘朝饥。君行题舆古端溪，溪石丑好纷不齐。溪边之人足谩欺，须君眼力为辨之。更作万斛之墨池，为君大书十丈碑。③

---

① 刘正成：《中国书法全集》第四十卷，荣宝斋出版社 1992 年版，第 24—25 页。
② （宋）张孝祥撰，徐鹏点校：《于湖居士文集》附录，上海古籍出版社 1980 年版，第419 页。
③ 北京大学古文献研究所编纂：《全宋诗》，北京大学出版社 1991 年版，第 27733 页。

张孝祥还作《赋沈商卿砚》：

> 石渠东观天尺五，壁星下直图书府。琳琅宝镇出三代，浩瀚简编照千古。右文储砚一百九，钿匣珠囊护琼玖。有时清夜发光怪，诸儒纵观容拜手。一收朝绩归故国，瓦池苇管涂突烟。梦寻清都故历历，起凭书案共潸然。眼明见此超万石，色如马肝涵玉质。白圭之玷尚可磨，涩不拒笔滑留墨。摩挲太息不自已，呼儿汲甘为湔洗。天遗至宝瑞吾子，要与词林壮根柢。子行飞骞为时须，西清承明有佳除。收功翰墨偿乞我，田间自抄种树书。①

其《麒麟砚滴分韵得文字》云：

> 素王西狩麟，笔削昌斯文。茂陵一角兽，妙语闻终军。壮哉笔砚间，英姿欲拿云。名参龟龙瑞，威扫狐兔群。岂独濡毫端，政尔清妖氛。会当献君王，玉殿春夜分。输写胸中奇，恩波被无垠。②

从诗中可以看出张孝祥对砚台极其喜欢，这是书法家的自然喜好。他用诗歌描写砚台时不吝丰富的想象与溢美之词，将一个文人书法家进行书法创作时的自得之态通过砚台描写流露笔端，实为咏砚诗中的佳作，但他对书法这一"技艺"的认可程度并未见得高于诗歌。

淳熙四家对待诗歌与书法的态度略有差异，我们还需要关注他们的身份均为文人士大夫这一特点，这是淳熙四家作为诗人、书法家的共同身份。在这相同的身份背景下，淳熙四家都在诗歌与书法方面具有较高造诣，获得了一定成就，但由于人生阅历、思想观念、审美情趣的差异，他们对待诗歌与

---

① 北京大学古文献研究所编纂：《全宋诗》，北京大学出版社1991年版，第27734页。
② 同上书，第27738页。

书法的态度却各不相同，这是我们探究淳熙四家诗歌与书法地位观的出发点之一。陆游、范成大、朱熹及张孝祥除了致仕闲居之外，他们较为从容地游历南北、写诗作书、宴饮歌舞、建亭立碑、广泛交游等活动，基本上都是以文人士大夫的身份进行经营，他们的诗歌与书法创作的分期、发展也与他们的从政经历有密切关系。当我们用今人的视角研究他们在文化史上的身份，如诗人、书法家时，也不能忽视他们作为南宋的士大夫这一身份。淳熙四家这一群体的政绩与同期其他士大夫相比，并非特别突出显赫，但他们的诗歌和书法创作可以围绕四方为官的经历作一条时间轴，分别与其任职途中或目的地、回京、归乡等有或多或少的关联，而每人的几次"在朝"或"远行"，也都促成了他们诗歌、书法的新成就或新起点与分界线。

因而，尽管淳熙四家对于诗歌与书法的态度是有所区别的，但他们以学者、文学家、理学家之深厚修养来驾驭诗歌和笔墨，使诗歌自成一家，书法具有浓厚的书卷气，无意求工，自然发挥，笔精墨妙，意境高远，博得时人及后世的赞誉。

第三节　道德观

中国文化历来非常重视对人的言行进行道德层面的评价，也将诗歌与书法等艺术与作者的人品、性格、经历等紧密联系在一起，进行道德层面的评价与品鉴。有人认为文学艺术不应该以技巧取胜，也不能任意抒发感情，因为它们是具有社会意义的。"通过作品，艺术家影响到多数人，所以他有一种责任。表现淫靡，表现邪恶，表现玩世不恭，表现个人的灰暗与绝望、病态与疯狂……都是和艺术的真正目的相违反的。"① 诗人和书法家既然能够通过作品影响到别人，那么他们的诗书作品也就能反映创作主体的心理和人格，这也难免成为历代影响颇大也略有分歧的诗书批评观点。

一　以人论诗书的传统

以人论诗及以人论书是自魏晋南北朝以来在文学、书画领域的主要品评方式之一，也是儒家正统文化在诗歌与书法领域的表现。南宋的论书风尚之一便是论书兼及论人，使诗歌与书法艺术具有一定道德意义。清代薛雪将包括南宋在内的关于"诗如其人"的说法进行了全面总结：

> 畅快人诗必潇洒，敦厚人诗必庄重，倜傥人诗必飘逸，疏爽人诗必流丽，寒涩人诗必枯瘠，丰腴人诗必华瞻，拂郁人诗必凄怨，磊落人诗必悲壮，豪迈人诗必不羁，清修人诗必峻洁，谨敕人诗必严整，猥鄙人诗必委靡。此天之所赋，气之所秉，非学之所至也。②

薛雪此论虽将诗的风格与人的品格之间的联系过于绝对化，然而也说明这样一个事实，即人的个性气质等特点在作诗时不由自主显露出来。书法也是一样，言为心声，书为心画，能够通过这个途径分辨出作者是君子抑或小人，赋予书法以伦理道德的载体作用。

唐代张怀瓘《文字论》指出："文则数言乃成其意，书则一字已见其心。"③ 诗文需要一定的文句连缀组合在一起来表达作者的思想、意图，而书法比诗歌直接、简单，往往写一个字就能看出书者的心理状态、性格气质。柳公权提出"用笔在心，心正则笔正"④。宋代黄庭坚也认为学书法需要胸中

---

① 熊秉明：《中国书法理论体系》，人民美术出版社 2012 年版，第 135 页。
② （清）薛雪：《一瓢诗话》，影印文渊阁四库全书本。
③ （唐）张怀瓘：《书断》，华东师范大学古籍整理研究室等编《历代书法论文选》，上海书画出版社 2014 年版，第 210 页。
④ （后唐）刘昫等：《旧唐书》卷一六五，中华书局 1975 年版，第 4310 页。

有道义，再融入前贤圣哲之学问，书法才有更加可贵之处。苏轼也较为客观地指出：

> 古之论书者，兼论其生平，苟非其人，虽工不贵也。①

苏轼认为古往今来评论书法时都会兼及作者的生平经历，即使书法作品非常出众，但若创作者有德行方面的问题或为人处世态度不尽如人意，那么书法的价值也就会大打折扣，书法艺术水平再高也不值得珍视。苏轼描述了书坛上的一种现象，并对书如其人的相关性作了解释。的确，历代优秀文人书法家在创作与鉴赏时也将道德修养放在重要位置，大部分人赞同诗品、书品与人品一致的传统观点，认为作者的人品能够在诗歌与书法中得到不同程度的体现，尤其是书如其人这一点。明代的项穆就曾在《书法雅言》中写道："心相等论，实同孔、孟之思。"② "正书法所以正人心也，正人心所以开圣道也。"③ 项穆反对过于"激厉矜夸，罕悟其失"的书法，并由字及人，从书法风格延伸到书者人品。持书品、人品一致论的人都不约而同地认为诗书风格与人品气质具有一致性。刘熙载《书概》亦曰：

> 书，如也。如其学，如其才，如其志，总之曰如其人而已。④

刘熙载认为书法与作书者的人品气质有相通之处。而清代钱大昕则说：

> 《淳化阁帖》有王次仲、桓玄子书，曾氏《凤墅帖》收蔡元长、秦桧书，盖一艺之工，不以人废。⑤

---

① （宋）苏轼著，孔凡礼点校：《苏轼文集》卷六十九，中华书局1986年版，第2206页。
② 同上。
③ （明）项穆：《书法雅言》，华东师范大学古籍整理研究室等编《历代书法论文选》，上海书画出版社2014年版，第513页。
④ （清）刘熙载：《艺概》卷五《书概》，上海古籍出版社1978年版，第170页。
⑤ （清）钱大昕：《潜研堂全书·潜研堂文集》，影印文渊阁四库全书本。

北宋蔡京、南宋秦桧同样工于书法，明代严嵩的文学造诣很高，但因他们人品低劣，在历史上声名太差，后世对其艺术品格也打以低分。钱大昕就是持"一艺之工，不以人废"的观点，指出要客观看待艺术作品，不能因创作者道德、人品等方面的瑕疵就彻底否定其艺术成就。诗书与人品的关系可谓仁者见仁，智者见智。

那么，在淳熙四家的诗书认识与创作中，诗品、书品与人品之间到底有没有必然的联系呢？西汉刘向《说苑·尊贤》中有这样一段话："夫取人之术也，观其言而察其行。夫言者所以抒其胸而发其情者也，能行之士，必能言之，是故先观其言而揆其行。夫以言揆其行，虽有奸轨之人，无以逃其情矣。"① 这段话与英国维特根斯坦所说"一个人所写的东西的伟大依赖于他所写的其他东西和他所做的其他事情"② 有异曲同工之妙，无论是评价文人艺术家的人品还是他们的诗书作品，都不能断章取义，不能以偏概全，也不能顾此失彼，只有客观理性，方可进行全面评价。

二 心正则笔正

朱熹持诗书均如其人、"心正则笔正"的观念。他通常是从"心"的角度出发论诗书，以诗歌为心声，以书法为心画，通过诗书来观人心。"心"为明理而生，"理"又观照人"心"。"心"兼有善或恶的意义，是认知的主体，具有认识宇宙万物及万物之"理"的作用。朱熹所提出的"心画"之"心"主要还是意为"心是神明之舍，为一身之主宰"，强调心兼具主动施力与被动接受的双重作用，正因为如此，理才可以直达人心，使"一心具万理""心包万理，万理具于一心"③。

朱熹的书法启蒙来自家学，早年在"师事武夷三先生"时期开始较为系

---

① （汉）刘向撰，向宗鲁校证：《说苑校证》卷八《尊贤》，中华书局1987年版，第186页。
② ［英］维特根斯坦：《文化与价值》，黄正东、唐少杰译，清华大学出版社1987年版，第94页。
③ （宋）黎靖德辑：《朱子语类》卷六《性理三》，中华书局1986年版，第102页。

统地书法学习，钟爱汉魏以前的石刻文字，一味追求"古"意，在书法实践中追求字形，希望做到"毫发相似"。他在学习魏晋诸人书法时，就曾学过曹操的书法。据记载，朱熹学习曹操墨迹时，刘共父学的是颜真卿的《鹿脯帖》。朱熹认为曹书更具古意，优于颜字，而刘共父回答说他所学的对象是唐代忠臣，而朱熹所学的对象乃汉代的乱臣贼子。此语一出，令朱熹无言以对。此次辩论让朱熹的内心产生了很明显的触动，开始正视人品与书品之间的关系，以"心正则笔正"的原则选择颜真卿、王安石作为师法对象，出自颜真卿一路的蔡襄、王安石、胡安国、张浚等人的书法也是朱熹的学习对象，如他先后作两则胡安国书帖的跋文：

> 方生士𪩘出示所藏胡文定公与其外大父尚书吕公手帖，读之使人凛然起敬，若严师畏友之在其左右前后也。① （《跋方伯谟家〈藏胡文定公帖〉》）

> 屏山刘平甫藏《胡文定公帖》一卷，……实公手笔，公正大方严，动有法教。读此者，视其所褒，可以知劝；视其所戒，可以知惧。平甫能葆藏之，其志亦可知矣。② （《跋刘平甫家藏〈胡文定公帖〉》）

朱熹对胡安国其人其书的敬意溢于言表。此外，北宋书法名家辈出，欧阳修的书法在当时并未名列一流，但他在朱熹这里受到了极高的推崇与评价：

> 欧阳文忠公作字如其为人，外若优游，中实刚劲，惟观其深者得之。③ （《跋欧阳文忠公帖》）

朱熹直言欧阳修"作字如其为人"，通过点画字迹能够窥探到他"外若优

---

① （宋）朱熹：《晦庵先生朱文公文集》卷八一，朱杰人等编《朱子全书》第二十四册，上海古籍出版社 2002 年版，第 3823 页。
② 同上书，第 3824 页。
③ 同上书，第 3848 页。

游，中实刚劲"的个性，可见朱熹对欧阳修书法的喜爱主要是由于欧阳修其人品所致。朱熹自年少时便对北宋的王安石心生敬意，对王安石的书法也经常临摹学习，这种敬重部分源于他少时的家学环境：

> 先君子自少好学荆公书，家藏遗墨数纸，其伪作者率能辨之。先友邓公志宏尝论之，以其学道于河洛，学文于元祐，而学书于荆舒为不可晓者。今观此帖，笔势翩翩，大抵与家藏者不异，恨不使先君见之，因感咽而书于后。① （《题荆公帖》）

当然，朱熹对王安石的推重，除家学之外也将其人品与书品之间进行等量对接，他在《跋韩魏公与欧阳文忠公帖》中写道：

> 张敬夫尝言，平生所见王荆公书，皆如大忙中写，不知公安得有如许忙事。此虽戏言，然实切中其病。今观此卷，因省平日得见韩公书迹，虽与亲戚卑幼，亦皆端严谨重，略与此同，未尝一笔作行草势。盖其胸中安静详密，雍容和豫，故无顷刻忙时，亦无纤芥忙意。与荆公之躁扰急迫，正相反也。书札细事，而于人之德性，其相关有如此者。熹于是窃有警焉，因识其语于左方。庆元丁巳十月庚辰朱熹。②

通过王安石与韩魏公书法的比较，朱熹看到王荆公性格中有"躁扰急迫"的特点，这个特点表现在书法中，就似在"大忙中"写字一般，他将此归结为"人之德行"与书学的相关性，并以此对自己进行警示。朱熹将诗品、书品与人品的关系一起来作整体观照，认为人的文学、艺术实践活动均是"心"在起作用，诗歌与书法都是人心的真实流露，需要时时观察人"心"，

---

① （宋）朱熹：《晦庵先生朱文公文集》卷八一，朱杰人等编《朱子全书》第二十四册，上海古籍出版社2002年版，第3864页。

② （宋）朱熹：《晦庵先生朱文公文集》卷八四，朱杰人等编《朱子全书》第二十四册，上海古籍出版社2002年版，第3975页。

了解性情，修身养性，完善自我，只有符合儒家道德标准才是诗书的最高标准，这也是他对"心正则笔正"之艺品如人品观的高度认同。

三　人正则字正

陆游从内心深处认同"诗如其人"与"书如其人"的观点，在《自勉》一诗中写道：

> 学诗当学陶，学书当学颜；正复不能到，趣乡已可观。养气要使完，处身要使端；勿谓在屋漏，人见汝肺肝。节义实大闲，忠孝后代看。汝虽老将死，更勉未死间。①

陆游深深地服膺陶渊明高洁的人品，向往他"不为五斗米折腰"的高风流韵，钟爱陶诗并有大量模拟之作。他也敬佩颜真卿的忠义行为，赞同颜真卿书法是人格美与书法美完美结合的典型范例。如前文所述，包括陆游在内的两宋文人、书法家取法颜体，汲取颜氏书法的创作技巧和经验，更深层次地从道德伦理层面推崇颜真卿的爱国忠义和高尚气节，激发其内心的爱国情结和报国志向。他们对颜真卿其人的接受过程中，首先视其为一个爱国忠君的正直臣子形象，然后才是很有建树的书法家形象。从陆游《自勉》一诗中出现的"养气""处身""节义""忠孝"等词叫看出，陆游对颜真卿的爱国忠义深深服膺，进而在书法艺术层面以之为楷模并不断追寻。此外，颜真卿还是儒家文人士大夫完美人格的代表之一。陆游的思想体系虽有不少道家成分，但主要思想还是儒家，向修齐治平的人生理想看齐。因而，"学诗当学陶，学书当学颜"就是他在儒家道德规范和立身处事范围之内的自然选择。

张孝祥廷对后，秦桧问他"诗何所本，字何所法"时，张孝祥回答："本

---

① （宋）陆游：《剑南诗稿》卷七〇，《陆游集》第四册，中华书局1976年版，第1653页。

杜诗，法颜字。”[1] 后世认为“法颜字”的回答意味着自己法忠臣之字，与秦桧之奸形成对比。颜真卿是两宋书家的普遍取法对象，张孝祥对其人其字都满怀敬意，自建鲁公堂祀之，且在《跋山谷帖》中写道：“字学至唐最胜，虽经生亦可观，其传者以人不以书也。褚、薛、欧、虞，皆唐之名臣，鲁公之忠义，诚悬之笔谏，虽不能书，若人如何哉!”[2] 主张人正则字正，心正则笔正，表现出以人论书的书学价值取向。时年二十三岁的张孝祥所谓“法颜字”，如他所谓“本杜诗”一样，不排除略带嘲讽的口吻，但也的确是在陈述他书学取法的事实情况。白谦慎亦肯定颜真卿与宋代政治的对应关系，将之称为“颜真卿的感召力”，即“一个具有丰富象征意义的历史人物人们是否当作政治和意识形态的工具来运用，完全因人、因时、因情境而异。需要指出的是，颜真卿的忠臣事迹早已深植于中国文人的集体记忆中，集体记忆中的这一象征资源在适当的政治情势下极容易再度唤醒并加以利用”[3]。因此，后世对于张孝祥答“法颜字”之心理出发点的评价有一定可取之处。

而张孝祥说自己“本杜诗”，除了当时诗风流派影响之外，主要是他对杜甫爱国主义情怀的继承和接受。“国家不幸诗家兴，赋到沧桑句便工。”综观张孝祥爱国题材的诗歌，其主题基本可以用他《诸公分韵蹑冒顿之区落，焚老上之龙庭，得老、庭字》中的两句诗来概括：“横槊能赋诗，下马具檄草”“士为一饱谋，悬知不同道”，彰显了自己“上马横槊，下马谈论，此于天下可不负饮食”的豪情壮志，欲横刀立马，驰骋沙场，实现忠义报国、建功立业的远大志向。张孝祥还对那些仅仅“为一饱谋”的士大夫进行批判和讽刺，斥责这种不顾民族大义苟安于当下、一心求和的卖国求荣行为，并表明了自己与其“不同道”的主战立场，豪迈忠义之情溢于言表。可以看出，在作为

---

① （宋）叶绍翁撰，沈锡麟、冯惠民点校：《四朝闻见录》乙集“张于湖”条，中华书局1989年版，第168页。

② （宋）张孝祥撰，徐鹏点校：《于湖居士文集》卷二十八，上海古籍出版社1980年版，第278页。

③ 白谦慎：《傅山的世界》，生活·读书·新知三联书店2006年版，第124页。

诗人和书法家的张孝祥眼中,诗与书并非单纯的艺术作品,而是与现实人生、忠义道德等紧密联系在一起的载道之诗与载道之书。

四 不必皆似其人

"在南宋统治者以投降为国策的情况下,陆游仕途坎坷,范成大却平步青云,对于国事的忧虑,陆游显得慷慨激昂,范成大却相对从容平静,但实际上范成大绝非权贵奸佞之同流,而是由其性格与处境所造成的另一种表达形式。"① 范成大在描写自己忠心爱国之情的时候显得含蓄、委婉,与陆游大声疾呼、立志请缨等表达方式极为不同。如"功名未试玉璜珙,离别频倾金屈卮。畴昔北征烦吉梦,南征合有梦归时。"(《次韵平江韩子师侍郎见寄三首》其三)等诗中,范成大委婉表明南宋朝廷偏安东南一隅的状况,含蓄地指出收复北方失地只是梦想,没有明显流露对朝廷或君臣的不满,只是在诗中借"北归""北征""梦归"等字眼寄寓了对朝廷抗金以统一南北方的深切厚望,平静的话语中暗藏黍离之悲,显得理性而平和。

范成大作为文人士大夫也不可避免地以正统思想评论诗书文章,兼及人物品评。但无论是论诗歌还是论书法,他大部分情况下能够客观地据实评论,即跳出古人"书品即人品"的论书窠臼,较为理性地着眼于诗歌与书法的内容、形式,有感而发。如范成大的《跋司马温公帖》:

> 世传字书似为其人,亦不必皆然。杜正献(衍)之严整而好作草圣,王文正(旦)之沉毅而笔意洒然,剻侧有态,岂皆似其人哉!恒温公(司马光)则几耳。开卷俨然,使人加敬,邪辟之心都尽,而况于亲炙之者乎。②

可以看出,范成大在书法鉴赏方面,与他在纪行诗等类诗歌中一样,都是客观地从作品或事物本身出发,评价较为实事求是。这段话完全从作品本

---

① 许总:《宋诗史》,重庆出版社1992年版,第686—687页。
② 孔凡礼:《范成大佚著辑存》,中华书局1983年版,第139页。

身出发，不涉及人物品评及道德评判，这在以人论书观较为盛行的南宋是难能可贵的。范成大对此书坛时风提出不同见解，指出字如其人"不必皆然"，这在当时社会环境中是具有极大勇气与主见的论书观点，而且着眼于现今来看也具有一定理论意义，对确立公正、客观的书法品评标准具有很大启示。

淳熙七年至八年，范成大在据传为唐人阎立本所画的《北齐校书图卷》之后进行题跋，世称《北齐校书图卷跋》（图 3 - 1），陆游也在此画后作跋（图 3 - 2）。范、陆二人的跋文虽为题画文字，但表现形式是书法，也以另一种形式保留了二人的书法墨迹，从另一个角度展现了他们的艺术观念。

图 3 - 1　范成大《北齐校书图卷跋》　　　图 3 - 2　陆游《北齐校书图卷跋》

其中，范成大的《北齐校书图卷跋》跋文内容为：

> 右《北齐校书图》，世传出于阎立本。鲁直《画记》登载甚详。此轴尚欠对榻七人，当是逸去其半也。诸人皆铅椠文儒，然已著靴，坐胡床，风俗之移久矣。石湖居士题。①

---

①　刘正成：《中国书法全集》第四十卷，荣宝斋书版社 1992 年版，第 267 页。

陆游的《北齐校书图卷跋》跋文内容为：

> 高齐以夷虏遗种，盗据中原，其所为皆虏政也。虽强饰以稽古礼文之事，如犬着方山冠，而诸君子乃挟书从之游，尘壒膻腥，污我笔砚，余但见其可耻耳！淳熙八年九月廿日，陆游识。①

范成大的跋文说明了《北齐校书图卷》的作者、出处、逸画，并对画中的人物、风俗进行了简要点评，就画论画，客观精当。陆游则不同，短短七十个字的跋文中，"夷虏""盗据""虏政""犬"等带有强烈蔑视意味及民族仇恨感情色彩的字眼最为引人注意。尤其是范成大笔下"著靴，坐胡床"的"铅椠文儒"，到了陆游这里，就已然是"尘壒膻腥，污我笔砚"的夷虏遗种，他视其为"可耻"之徒。这是由于陆游渴望恢复的强烈渴望，才在为《北齐校书图卷》作跋时，看到画面中有北齐人便勾起他的国仇家恨，甚至有"污我笔砚"的愤慨。而且陆游的跋文书法用笔刚劲、果断，可以想见他胸中充满愤懑之情，一挥而就，发泄情绪，除了性格使然，必然与其心理、心态密切相关。同样面对一幅画，范成大与陆游二人的品评态度截然迥异。两相对比，在面对华夷之辨或民族历史问题时，范成大对书画的品评显得冷静、客观、中庸，不似陆游触物生情，民族感强烈，愤激之情溢于言表，几乎要跳出纸面来。虽为画论，但以书法形式表现出来，从中亦可见范成大关于诗书不必皆似其人的书画艺术品评态度。

蒋寅在《文如其人——诗歌作者和文本的相关性问题》中对文学艺术与人品等问题进行诠释，提出"文如其人是如人的气质而非品德"②，对我们研究这一矛盾的问题有所启发，即无论从品评人物还是作品的角度出发，"诗如其人""书如其人"这一观点仍然有其存在的合理性及意义。但这一合理性必

---

① 刘正成：《中国书法全集》第四十卷，荣宝斋书版社1992年版，第257页。
② 蒋寅：《古典诗学的现代诠释》，中华书局2003年版，第193页。

须具备两个前提：一是对于诗人书家人品气质的评判不能只着眼于单一的作品，而要对所有作品进行综合的分析判定；二是对于诗歌、书法作品的评判，艺术性、技巧性的价值固然必不可少，但不能以此作为唯一的评判要素，需要与作者一生的言行、气质、品格、处事方式等联系起来，进行综合的评价。

小　结

淳熙四家对诗歌与书法的法度问题，对诗歌与书法的态度或诗书地位观，以及诗书与人品的伦理观问题等，代表了南宋前中期诗歌与书法领域思想理论的时代风貌。宋人对唐诗过于严格的法度另有看法，提出诗歌创作的形式、内容不可始终拘泥于死法，而应该讲究"活法"。淳熙四家在诗歌创作实践中遵循"规矩备具，而能出于规矩之外；变化不测，而亦不背于规矩"的诗歌观点。书法的法度问题与诗歌一样，宋代苏、黄等人一反唐代"尚法"成规，转而尚意。其反"古法"的创新受到坚守法度的朱熹的批判，而陆游则进一步提出了自己有别于尚意理论的"无法"之论。

淳熙四家虽然在诗歌与书法方面都有较高造诣与成就，然而由于人生阅历、思想观念、审美情趣的差异，他们对于诗歌和书法的态度并不完全类似。对陆游来说，诗歌与书法一起成为他生命中的两大精神支柱，缺一不可。诗歌无论数量和质量，在文学史上都是十分突出的，书法也是"南宋四家"中最为出色的，为同期诗人中最引人注目的一位。范成大、朱熹、张孝祥三人视诗歌为言志抒情之主要方式，以书法为闲来娱情遣兴的技能，认为它较诗文与从政而言只是"小道"，并有不同的认识。

诗歌与书法等艺术若与作者的人品、性格、经历等紧密联系在一起，便具有一定道德层面的意义。朱熹持诗书均如其人、"心正则笔正"的观念，推崇蔡襄、王安石、欧阳修等忠义硕儒的诗歌与书法。陆游、张孝祥从内心深处认同"诗如其人"与"书如其人"的观点，认为"人正则字正"，在儒家道德规范和立身处事范围之内进行学诗与学书对象的选择。范成大在大部分情况下能够跳出古人"书品即人品"的论书窠臼，理性客观地据实评论，着眼于诗书作品的内容、章法，有感而发，这在当时是非常难能可贵的。

第四章　淳熙四家的自书己诗

　　自书己诗作品，又被称为自作诗书法，是诗歌与书法二艺较为密切的"交集"之一，这为我们探讨淳熙四家在各自擅长的两种艺术方式相结合过程中的自我表现提供了新的视角。西汉扬雄在《法言·问神》中指出："言，心声也。书，心画也……声画形，君子小人见矣；声画者，君子小人之所以动情乎?"① 中国古代以毛笔为书写工具，因而诗歌书写与书法创作几乎同时进行。古人又兼擅各艺，诗人中有很多书法家，书法家中也多有诗人，文人艺术家笔下的诗歌、书法无论如何发展变化，始终脱离不了"人"这一创作主体的作用。尤其是对于东方思想来说，文学艺术的创造力很大程度上依赖于艺术家本人的内在气质。淳熙四家与其他诸多文人、书法家一样，通过不同的笔势、墨法和章法释放诗歌创作中未尽的情感或思想，将书法作为诗歌之外抒情达意的一种途径，使诗歌与书法在创作、风格、审美等方面都有剪不断的关联，二者形成互依、互补或互相衬托的关系。

---

　　① （汉）扬雄著，林贞爱校注：《扬雄集校注》，四川大学出版社 2001 年版，第 326—327 页。

第一节　自书己诗的内容与形式

自书己诗作品与其他抄录旁人诗歌的书法作品相比较而言，诗歌内容与书法形式之间具有更加密切的关联。此处所言诗歌内容与书法形式之间的关联，绝不是将二者一一对应、相互印证的黏滞、牵强关系，而是从更为宏观的角度出发，对自书己诗的创作、风格等具有内在规律性的关系进行比较研究。诗歌与书法是人的内在主体生命艺术化的外现和投影，这两种艺术形式可以回归到人性、精神、生命意识的核心——它们不唯独是作为审美的对象而存在，更是文学艺术中创作主体在表现自己的人格、气质、才思、境界、风调、品位、情致等这些内在的精神之域。

文人艺术家通过聚精会神的创作去领悟对象的本质，然后以诗歌或书法作品的形式表现出来，这种艺术创作成为主体心迹自然流露的活动，即"随着文书素材的不同则潜心于内容的意境，因此渗透出自己的生命能量而加以表现。至妙技法的追求加应时的变化，同时又立于极高的境地与心境的清澈，然后他把这些托之于笔端"①。明代许学夷就将不同时期的书体特征与诗体风格联系起来，采用比拟的方法进行对比观照：

> 诗体之变，与书体大略相类。三百篇，古篆也；汉魏古诗，大篆也；元嘉颜、谢之诗，隶书也；沈、宋律诗，楷书也；初唐歌行，章草也；李、杜歌行，大草也；盛唐诸公近体不拘律法者，行书也；元和诸公之诗，则苏、黄、米、蔡之流也。②

---

① 刘孟嘉：《书法哲学：哲学视角下的中日书法思想演变研究》，人民出版社 2012 年版，第 41 页。
② （明）许学夷：《诗源辩体》，人民文学出版社 1987 年版，第 328 页。

　　不仅诗歌与书法的体裁具有相似或相通的关系，由于文人书法家这一创作主体的决定性作用，诗歌与书法的创作风格也有诸多相似相通之处。诗歌之雄浑、冲淡、沉着、典雅、绮丽、自然、豪放、婉约，未尝不是书法之常见风格；书法之清奇、飘逸、旷达、流动、古朴、苍劲、遒劲、严谨，又都可以用来表现诗歌风格。同一创作主体笔下的诗歌与书法有着丰富多变却又主调一致的艺术风格，这是由其个性、涵养、学识共同融注笔端而形成的。在书法创作中，笔画、线条是最基本的要素，创作一幅书法作品可以看作对不同的点画线条运行轨迹进行排列组合。

　　对于创作以文学作品为内容的书法作品时，一般认为，书法是外在形式，所书写的文学类作品是内容。然而学界对这种看法普遍有着不同的观点，米歇尔指出，"词与形象的辩证关系似乎是符号构架中的常数，文化就是围绕这个构架编织起来的。所不同的是这种编织的准确性质，即经与纬的关系。文化的历史部分是图像与语言符号争夺主导位置的漫长斗争的历史，每一个都声称自身对'自然'的专利权"。① 陈振濂也强调书法的独立性，认为它的时代风貌不应该由非书法的文字或文学内容来承担，而应由书法自身的艺术表现来负责，所谓文学内容的"健康向上"是一种似是而非的评价，与书法的本质并没有多少直接的关系。② 王登科同样明确反对书法的内容就是书写的内容这一说法，理由是若这一理论成立，那么书法形式的目的就成了表现文学内容，使得书法成为文学的附庸。他认为书法"已完全具备了独立的审美意义，而那种具象的内容素质已逐渐消隐进而转化为一种'非语义化'的线条形态"③。

　　事实表明，诗歌从某种程度上来说正是直接诱发书法创作才华发挥的因

---

① ［美］米歇尔：《图像学：形象，文本，意识形态》，陈永国译，北京大学出版社 2012 年版，第 50 页。

② 陈振濂：《书法美学》，山东人民出版社 2006 年版，第 128 页。

③ 王登科：《关于文学品格对书法的审美导向》，《鞍山师专学报》1993 年第 4 期，第 48—50 页。

素之一，好的诗文也是好的书法创作冲动的前导。① 诗歌等文学内容是书法创作的催化剂，起到"兴"的作用，这也是不可否认的。当然，我们所讨论的诗歌对于书法的影响作用主要是从"兴"的角度而言，"并不限定在个别的细节、意象或者来源等问题上——虽然也可以包括它们在内——更多地还是通过艺术创作呈现出某种渗透及有机融合"②。如白谦慎在研究傅山书法时指出，一个人的自我需要在反观与他人的关系时方可以显现出来，而且需要经由可感知的具体形式来显现，否则，他人又如何知道一个人的自我是否具有独特处？当然，一个人也可以退隐到彻底的主观世界中，自由自在地表现自己，无须介意他人的反应。但是，当追寻真实的自我成为文学和艺术的重要话语时，就很容易导致这样一种强烈的兴趣：如何在形式上表现自我。③ 孙过庭在《书谱》中指出，文学作品的情感因素体现在书法创作过程中，与书法创作行为呈现交会融合的现象，如他对王羲之创作六幅不同内容书法作品时的情绪有这样的描述或者想象：

> 写《乐毅》则情多怫郁；书《画赞》则意涉瑰奇；《黄庭经》则怡怿虚无，《太师箴》又纵横争折；暨乎《兰亭》兴集，思逸神超；私门诫《誓》，情拘意惨。所谓"涉乐必笑，言哀已叹"。④

明代书法家董其昌擅长变换不同笔法书写相应的内容，以求书法形式与所写的作品内容达到一种内在的默契或相称，这种创作也是体现了文学内容与书法形式互为因依的自觉性。

钱锺书先生在《管锥编》中写道："牵合陆机《文赋》语，附会夸饰，

---

① 陈振濂：《书法美学》，山东人民出版社 2006 年版，第 130 页。

② ［美］韦斯坦因：《比较文学与文学理论》，刘象愚等译，辽宁人民出版社 1987 年版，第 29 页。

③ 白谦慎：《傅山的世界》，生活・读书・新知三联书店 2006 年版，第 17 页。

④ 孙过庭：《书谱》，华东师范大学古籍整理研究室等编《历代书法论文选》，上海书画出版社 2014 年版，第 124 页。

然其本意亦不外'先看是何词句，相称以何等书'尔。"① 淳熙四家的自书己诗作品正是根据自作诗歌这一特殊的书写素材，文人潜心于诗歌内容的意境，在书法创作中寄寓自己的生命能量，用笔墨将文字内容及情感加以再次表现，选择适当技法的同时又立于更高的境地，然后将其托之于笔端，形成文学与书法之间形式、内容二者的统一。而自书己诗作品，就是对诗歌与书法二者统一的双重审美表现。

第二节　淳熙四家的自书己诗

淳熙四家传世自书己诗作品的数量虽然不多，但基本代表了南宋前中期诗歌和书法的基本风貌，形式有纸本、信札、题壁、石刻，等等，现选取他们每人具有代表性的作品逐一进行分析。

一　陆游的自书己诗

陆游传世诗歌和书法作品的数量在淳熙四家中是最多的，书法作品大部分是书札，也有题壁或碑刻，具有代表性的自书己诗作品有《自书诗卷》《怀成都十韵诗卷》和《纸阁帖》等。

（一）《怀成都十韵诗卷》

陆游《怀成都十韵》诗作于淳熙五年（1178）冬，据于北山《陆游年谱》载，这是他"东归后第一篇怀蜀之作"②，即陆游从成都回到山阴故乡后不久所作的七言诗。晚年时，陆游应从兄陆沅之请，将《怀成都十韵》中的一首诗写成书法作品，即《怀成都十韵诗卷》（图4－1）。陆游本人对这幅自

---

① 钱锺书：《管锥编》，中华书局1986年版，第114页。
② 于北山：《陆游年谱》，上海古籍出版社1985年版，第231页。

书己诗作品较为满意，诗歌的主要内容是回忆他在成都时的情景，诗文如下：

> 放翁五十犹豪纵，锦城一觉繁华梦。竹叶春醪碧玉壶，桃花骏马青丝鞚。斗鸡南市各分朋，射雉西郊常命中。壮士臂立绿绦鹰，佳人袍画金泥凤。橡烛那知夜漏残，银貂不管晨霜重。一梢红破海棠回，数蕊香新早梅动。酒徒诗社朝暮忙，日月匆匆迭宾送。浮世堪惊老已成，虚名自笑今何用。归来山舍万事空，卧听糟床酒鸣瓮。北窗风雨耿青灯，旧游欲说无人共。省庵兄以为此篇在集中稍可观，因命写之。游。①

诗歌起句"放翁五十犹豪纵，锦城一觉繁华梦"将全篇基调定在豪情与回忆两个时间点上，蜀中生活与南郑岁月一样，都是陆游后期诗作中经常出现的题材。诗中罗列的"春醪""骏马""斗鸡""射雉""壮士""佳人""海棠""早梅""酒徒诗社"等字眼，连缀成了一幅活色生香、多姿多彩的成都生活长卷，有文有武，有诗有酒，令人回味隽永，流连忘返。然而无奈岁月抛掷久，笔锋一转回到现实，才发现"浮世堪惊老已成""归来山舍万事空"，一边自嘲往日虚名，一边与酒瓮青灯相伴，欲叙说往事都无人分享，英雄失路的落寞、寂寥、惆怅令人感慨不已。

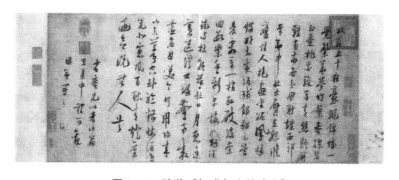

图 4-1　陆游《怀成都十韵诗卷》

---

① （宋）陆游：《剑南诗稿》卷十，《陆游集》第一册，中华书局 1976 年版，第 284 页。

这幅自书己诗的书法作品《怀成都十韵诗卷》后有多家题跋,现藏故宫博物院。书卷未署年月,只有卷后一跋语曰"此纸乃其退闲时所笔",徐邦达《古书画过眼要录》云:"论书法与下录五十八岁时所作的《野处帖》有些相近,但'游'字签名'子'字直钩还上缩(晚年多下伸),可能在五十八岁以前所写。"① 经学者考证,应作于陆游闲居山阴时期,创作时间应在淳熙九年至十二年间(1182—1185)②。陆游这幅《怀成都十韵诗卷》笔触似不经意又自有章法,透露出轻松、超迈的意味,布局疏密有度,如明人李日华《六研斋笔记》所论:

> 陆放翁词稿,行草烂漫,如黄如米,细玩之,则颜鲁公、杨少师精髓皆在。③

从书作的笔法和结体可以看出,陆游的确是顺应时风学习了北宋苏、黄、米三家的行书且受影响颇深,同时他又进行变通,融入自己对于书法的理解和诗歌本身具备的情韵,呈现出隽永的意味。此书作与同一时间段的作品相较风格相似,是一幅将书法艺术的刚柔并济体现得非常完美的作品。卷后还有跋语对这幅作品的诗歌与书法内容进行评价,明代程敏政云:

> 放翁此诗甚流丽,而字亦清劲可爱,观诗后所自题,盖亦自负。④

王鏊云:

> 翁诗万首,以此最为可观。其字画尤不易得。⑤

---

① 徐邦达:《徐邦达集四》,紫禁城出版社 2005 年版,第 764 页。
② 刘正成:《中国书法全集》第四十卷,荣宝斋出版社 1992 年版,第 260 页。
③ (明)李日华:《六研斋笔记一则》,孔凡礼、齐志平编《古典文学研究资料汇编·陆游卷》,中华书局 1962 年版,第 136 页。
④ 《传世墨迹卷后》,转引自方爱龙《南宋书法史》,上海古籍出版社 2008 年版,第 171 页。
⑤ 同上。

程、王二人认为此诗歌写得清新流丽，在他的近万首诗歌中"最为可观"。对于诗歌数量和质量都很高的陆游来说，历代受到高度评价的还另有他作，"最为可观"当然属见仁见智之评。然而，我们需要注意的是，之所以这首《怀成都十韵》诗在陆游近万首诗歌中脱颖而出，受到明人的青睐，还是与自书己诗书法作品这一传播载体和表现形式有关，它的内容转移到书法作品中流传下来，而且诗韵与书情的互相烘托也是后人评价其"最为可观"的重要原因之一。

（二）《自书诗卷》

陆游的现存书法作品多以行草相间，遒劲流美的笔法与圆转流美的诗歌遥相呼应，《自书诗卷》（图4-2）即是其中之一。《自书诗卷》作于嘉泰四年（1204）一月三十日，陆游当时已八十岁，这是他写给第七子陆子聿的一幅抄录自己诗歌的书法作品，共有诗歌八首。这八首诗存于《剑南诗稿》五十五卷，分别为《记东村父老言》《访隐者不遇》《游近村》《癸亥初冬作》《美睡》《渡头》及《庵中杂书四首》其中两首。卷后陆游自作跋文道："嘉泰甲子岁正月甲午，用郭端卿所赠猩猩毛笔，时年八十矣。"

图4-2 陆游《自书诗卷》

陆游的这八首诗歌风格清新平淡，恬然静谧，如诗歌中所写的："耕荒两

黄犊，庇身一茅宇。勉读庶人章，淳风可还古。"①（《记东村父老言》）"雅闻
其下有隐士，漠漠孤烟起松崦。独携挂杖行造之，枳篱数曲柴门掩。"②（《访
隐者不遇》）"泥浅不侵双草屦，身闲常对一棋枰。荫檐蔬饭归来晚，已发城
头长短更。"③（《游近村》）"爱酒陶元亮，还乡丁令威。"④《癸亥初冬作》他
以农人、隐士、陶渊明自比，流露出在归居田园生活后逐渐平静的心态及洁
身自好的追求。诗歌中所传达的那种较为洒脱、淡然的情绪和心态，也表现
在书法作品之中。为了更清晰地对比陆游《自书诗卷》诗书的独特风格，且
与另一行草书作品《致仲躬侍郎尺牍》（图4-3）进行对比：

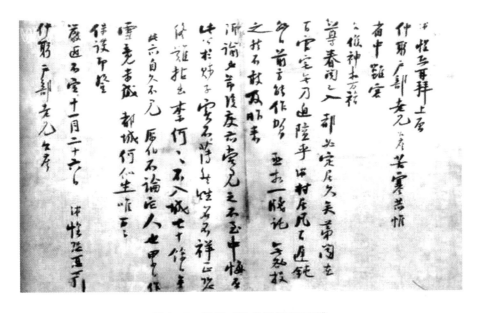

图4-3　陆游《致仲躬侍郎尺牍》

《致仲躬侍郎尺牍》又名《仲躬苦寒帖》，乃陆游于淳熙九年（1182）写

① （宋）陆游：《剑南诗稿》卷五十五，《陆游集》第三册，中华书局1976年版，第1335页。
② 同上书，第1337页。
③ 同上书，第1339页。
④ 同上书，第1340页。

给曾逮（即信中"仲躬侍郎"）的一封信札。这两幅作品都是陆游行草书作品中的代表之作，创作时间间隔22年。两相比较，章法布局方面，两幅书作中均存在书行略向左欹侧、倾斜的特点，但在《自书诗卷》中已不如《致仲躬侍郎尺牍》及前期其他作品中明显，说明陆游书艺渐进成熟，而且由于《自书诗卷》的书写内容是自己精心挑选的诗歌，因而他在谋篇掌控方面更加用心，章法布局显得文人书卷气更浓郁。从笔法及结体方面分析，陆游的行草书笔法多变，藏锋与露锋交相运用，墨色浓淡，字形大小随文变化，随意之中显规矩，规矩之外灵活结字运笔，结构疏朗明净，自具一家风采。《致仲躬侍郎尺牍》和《自书诗卷》同为行草书，将两幅作品相互比较，其中也存在不少差异。以单个字为例，《致仲躬侍郎尺牍》和《自书诗卷》中同时出现"雨""亦""秋""有"等字，图4-4中每组前面的一字出自《致仲躬》帖，后面的一字出自《自书诗卷》。

"雨"字　　　　　　　　　　　　　　　"亦"字

"秋"字　　　　　　　　　　　　　　　"有"字

图4-4　陆游《致仲躬侍郎尺牍》与《自书诗卷》相同字的比较

由上面的比较可以明显看出，前者字形多为楷体痕迹，多用露锋，但较为工整，后者是典型的行草字形，纯熟圆润。"有"字虽结体变化不似其他字明显，然下笔干脆利落，转折果断遒劲。之所以如此，一方面是由于《致仲躬》帖为带有部分公务性质的书函，内容涉及具体事务，为理性书写，落笔较谨慎。而《自书诗卷》是为其子写的自作诗歌，诗文作品也是书法创作的催化剂，激发出他更多创作情感和激情，因此笔势纵横，疾顿快收，深得唐代"草圣"张旭笔法之意，乍一看曲线相连，字体变化多端，细观之却笔笔合乎书写规矩。其笔意与苏、黄有相近之处，点画对比分明，字势稍有倾斜，不拘于小节，体现出陆游的疏放个性。

对两幅作品相互比较可以看出，陆游的行草书艺术观念、理论在与创作实践结合的成长和发展过程中，不断去其糟粕，用其精髓，尤其在书写带有情感与思想的诗歌作品时，将杨凝式、张颠素狂的笔意已完全吸收化用，有东坡的行草意趣，又具有独创性，书法技艺、风格与诗歌相得益彰，更具诗书大家之风范，实现了真正意义上诗歌与书法艺术的融合互衬。

（三）耐人寻味的《纸阁帖》

陆游传世书作中，除了诗歌内容与书法风格互相交融、彼此衬托的作品，也有诗歌与书法二者之间似乎存在某些不和谐韵味的作品，最具有代表性的就是他的狂草《纸阁帖》（图 4-5）。《纸阁帖》应作于绍熙五年（1194）冬前后，当时陆游已致仕归居山阴故里。从书法艺术来看，此帖用笔纵横开阖，布局随性纵意，点画有力，笔势疏放，整体视之有酣畅淋漓、一气呵成之感，属陆游狂草的佳作。从陆游其他作品中诗歌内容与书法形式的匹配或对应来看，狂草作品大多是作者书写令其内心激荡不平、情绪起伏变化的诗作，如抗敌收复等类题材。据陆游自己诗歌载，"纸穷掷笔霹雳响，妇女惊走儿童藏"（《醉后草书歌诗戏作》），他醉后作草书，写完后"纸穷掷笔"这一举动甚至惊跑了妇女和孩子，可想象到他酒醉后笔下所写的也多为纵横恣肆的大字狂草，也只有大字狂草才能使他的激情毫无保留地倾注笔端。然而，经仔细分析《纸阁帖》诗作，却发现并非如此。

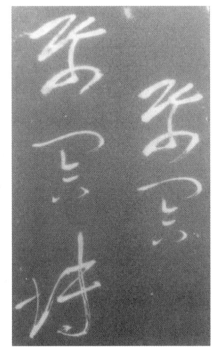

图 4 – 5　陆游《纸阁帖》

《纸阁帖》原诗收在《剑南诗稿》卷三十一，题为《纸阁午睡二首》，此书作是其中的第一首：

> 纸阁砖炉火一锹，断香欲出碍蒲帘。放翁不管人间事，睡味无穷似蜜甜。①

所谓纸阁，指用纸糊贴窗户、墙壁的房屋，多为家境清贫者所居。清代袁枚《随园诗话》卷十一亦记载："老友何献葵之长郎名承燕者，其《寿内》云：纸阁芦帘偕老，欣欣十载於兹。算百年荏苒，三分去矣！"② 其中的"纸阁"即指此意。绍熙五年，陆游家中新建的纸阁落成，他冬日后在其中午睡

---

① （宋）陆游：《剑南诗稿》卷三十一，《陆游集》第二册，中华书局 1976 年版，第 829 页。
② （清）袁枚：《随园诗话》卷十一，顾学颉点校，人民文学出版社 1982 年版，第 383 页。

后有了诗兴，遂作题为纸阁的诗歌两首。《纸阁帖》书作内容为其一，另一首诗的内容为：

> 黄绸被暖青毡稳，纸阁油窗晚更妍。一饱无营睡终日，自疑身在结绳前。①

《纸阁午睡二首》内容都与香甜的午睡有关。其一写新砌的砖炉中加入一锹炭火，顿时木香四溢，因门口挂有蒲帘，香气便萦绕室内。陆游老先生就在这样香甜的氛围中安心大睡，世间发生的任何事情都不再关心，这样的睡眠比蜜还要香甜。好一幅世外桃源似的午睡图。再看《纸阁》其二，视角由远至近，时间由日至夜，放翁身披黄绸暖被，床上铺有舒服的青毡，就连用纸糊的油窗，晚上都更显得好看。这样无所事事地终日大睡，自己都怀疑是否身处结绳记事之前的世界了。两首诗歌的书作应均是狂草书，可惜第二首诗帖未能流传下来。

《中国书法批评史》中提到陆游书法时写道："江湖派诗人陆游是一位颇有特色的书法家，其书追随黄庭坚，夺胎换骨，写得超凡脱俗。"②将陆游列入江湖派诗人固然不甚合理，作者陈振濂先生有此认识，应与陆游长期仕途失意，不被重用、闲居乡野有一定关系。不过，陆游即使闲居山阴多年，报国理想也始终未被现实浇灭。他始终徘徊在理想与现实之间，诗歌与书法作品中也时常出现出世与入世两种矛盾的心理交织在一起。有学者指出陆游的草书作品与诗歌中"忧国悲愤"的基调相对应③。然观《纸阁》二诗内容恬淡、安逸，风格超脱、静谧，这样的诗境下所写的书法作品，应该是矮纸闲行的小草，甚至安稳工整的楷书才符合诗意。但陆游笔下为什么会出现这样

---

① （宋）陆游：《剑南诗稿》卷三十一，《陆游集》第二册，中华书局 1976 年版，第 829 页。
② 陈振濂：《中国书法批评史》，中国美术学院出版社 1999 年版，第 194 页。
③ 方爱龙：《南宋书法史》，上海古籍出版社 2008 年版，第 98 页。

看似剑拔弩张、豪迈纵意的大字狂草呢？

　　据《宋史》《陆游年谱》等资料记载，绍熙五年（1194）正月，金据宋《崇文总目》诏求遗书，即金章宗下诏购求《崇文总目》中所缺书籍。三月，金置弘文馆译写汉文经书。六月，宋孝宗卒。七月，宋光宗退位为太上皇。子扩即位，是为宁宗，次年改元庆元。十一月，宋韩侂胄用事。时陆游七十岁，奉祠居家。春，取舍东地一亩，种花数十株，名曰"小园"。夏，从兄沅卒，陆游为其撰写《陆郎中墓志铭》。六月，应杭州宁寿观冲素大师之请，作《行在宁寿观碑》。冬，祠禄将满，再乞，得许。生活贫病，每苦匮乏。十月，有《跋东坡帖》，赞苏轼曰："公不以一身祸福，易其忧国之心，千载之下，生气凛然。"之后于冬日书成《纸阁帖》。

　　由上可知，陆游《纸阁帖》诗风与书风之所以出现明显不对应的现象，追源溯流，原是具有很多历史背景及心理因素。第一，金国学习汉文化，侵宋占地之意图已如司马昭之心，南宋国势危急；第二，南宋皇权更迭，历易其主，可陆游仍然得不到皇帝重用；第三，韩侂胄用兵北伐，陆游多年的恢复志愿即将实现，而他却闲居山阴种花访道，不能亲身参与其中；第四，祠禄到期后将失去经济来源。所谓祠禄，即宋代的官名，大臣罢职后令管理道教宫观，以示优礼。无职事，但借名食俸。作为一家之主，陆游面临"生活贫病，每苦匮乏"的现实生活，于是再乞延续祠禄，得到允许；第五，将苏轼引为同样怀才不遇的隔代知音，赞扬其不畏自身祸福而心忧天下的责任感和高尚名节，名为赞扬苏轼，实则给自己增添些许精神支撑。

　　综合以上分析，可以看出陆游《纸阁帖》诗意与书风相互矛盾，有正话反说、心口不一之意，实际上是他平日里两种矛盾心理的综合体现：一方面，朝廷正是用人之际，陆游急切希冀重出山阴，为国尽忠，实现多年报国夙愿；另一方面，"此心郁屈何由豁？聊遣龙蛇落蜀笺"，现实生活境况堪忧，又无伯乐引荐，终日闲居，饱食大睡，便作诗以自我解嘲兼自我慰藉。诗中欲表现道家返璞归真的出世思想，然胸中埋藏已久的渴望、悲愤、激情等积极的儒家入世思想，均通过书法这另一抒情途径表达出来，展现出一个更加真实而全面的陆游形象。

二　范成大的自书己诗

范成大的传世书法作品中，有很多是以碑刻、摩崖石刻的形式流传下来的，如《浯溪题诗》《再游大仰五言诗并跋》及《四时田园杂兴》等均是如此，是文人自书己诗作品的另一书法表现形式。

（一）《浯溪题诗》

宋孝宗乾道九年（1173），范成大赴桂林途中经过祁阳，游览浯溪的时候饶有兴致地观赏了刻于摩崖之上的中兴碑。此中兴碑乃唐代诗人元结在江西九江任上时作《大唐中兴颂》一文后，请其好友颜真卿写成楷书，并命人刻于浯溪江边崖上，史称《中兴碑》或《磨崖碑》（图4-6）。关于颜真卿所书的《大唐中兴颂》（即此处的《磨崖碑》），被后世认为乃是颜氏书法成熟期可以称之为炉火纯青的作品。这幅摩崖书法布局紧密，力道彰显，气势恢宏，给人一种真气弥漫之感，而且字里行间似乎反射出一种进取的精神。欧阳修在《集古录》中评价这幅字："书字尤奇伟而文辞古雅。"明代王世贞在《弇州山人稿》中写道："字画方正平稳，不露筋骨，当是鲁公法书第一。"清代的杨守敬提出："《中兴颂》雄伟奇特，自足笼罩一代。"（《学书迩言》）康有为也指出："平原《中兴颂》有营平之苍雄。"（《广艺舟双楫》）可见颜氏此书受到高度评价。

图 4-6　颜真卿《大唐中兴颂》

观摩此碑之后，范成大写了《题磨崖碑》一诗，同刻于崖壁。由于历史久远，风雨侵蚀，范成大的题诗大部分已经湮灭难辨，只能约略看出大概字迹。

范成大《题磨崖碑》诗曰：

> 浯溪一峰插天齐，上有李唐《中兴碑》。肃宗勋业愈烜赫，次山文字真崛奇。我昔为州坐两载，吏鞅束缚马就羁。咫尺名山不可到，抱恨常若有所遗。兹游得遂偿素愿，况有文字古一夔。周遭岩壑寻胜迹，摩挲石刻立多时。野僧半解知人意，满瓦笑睨酒一杯。①

范成大的这首诗歌几乎未对颜氏书法本身作任何直接的评价，只是用"兹游得遂偿素愿，况有文字古一夔。周遭岩壑寻胜迹，摩挲石刻立多时"等句侧面表达了自己看到颜氏石刻的激动心情。由于此时的范成大书法已摆脱

---

① （宋）范成大著，孔凡礼辑：《范成大佚著辑存》，中华书局 1983 年版，第 2 页。

最初由蔡入颜的临摹阶段，开始向杨凝式、王羲之笔法演进，即将形成独特的一家之风，所以对颜真卿这幅大气浩然的书法作品本身他没有用过多笔墨描述。他较为关注磨崖碑的环境及元结所作的《大唐中兴颂》的内容。在写完《题磨崖碑》之后，范成大又意犹未尽地写了另一首《书浯溪〈中兴碑〉后》：

> 三颂遗音和者稀，丰容宁有刺讥辞？绝怜元子春秋法，却寓唐家清庙诗。歌咏当谐琴搏拊，策书自管璧瑕疵。纷纷健笔刚题破，从此磨崖不是碑。①

这首诗歌风格清丽生动，流畅典雅。在诗前还作有小序云：

> 乾道癸巳春三月，余自西掖出守桂林，九日渡湘口，游浯溪，摩挲中兴石刻洎唐元和至今游客所题。窃谓四诗各有定体，颂者，美盛德之形容，以其成功告于神明者也，商、周、鲁之遗篇可以概见。今元子乃以鲁史笔法婉辞含讥，盖之而章，后来词复发明呈露之。则夫磨崖之碑，乃一罪案，何颂之有？窃以为未安，题五十六字，刻之石傍，与来者共商略之。此诗之出，必有相诟病者，谓不合题破次山碑，此亦习俗固陋，不能越拘挛之见耳。余正义词直，不暇恤也。②

诗前小序交代了游览的时间及缘由，表达了诗人观看《大唐中兴颂》碑及游客题诗后的感慨。他不同意其他游客所题内容，一针见血地指出元结《大唐中兴颂》并非"美盛德之形容，以其成功告于神明者"的颂文，而是以"鲁史笔法婉辞含讥"，即微言大义的春秋笔法。这一观点有个人见地且自出新意，因而他题写了这首《书浯溪〈中兴碑〉后》以期"与来者共商略"，

① （宋）范成大著，富寿荪标校：《范石湖集》卷十三，上海古籍出版社1981年版，第171页。
② 同上。

预见到此诗会受人指责，但也并不为"正义词直"而隐晦想要表达的意思。有人认为诗末的"磨崖不是碑"是范成大的书法观点，但结合上下文文意与表达语气可以看出，与其说这是他对于摩崖书法与碑刻书法区别的认识，不如说这是范成大对其他题刻的立场和观点不尽赞同、不满意，所以对摩崖题刻的随意性所进行的一种反讽。而他准确无误地指出元结之颂采用春秋笔法，也是立足于李唐王朝当时的现实情形，对自古以来"不虚美、不隐恶"的传统史书笔法的一种褒奖与赞赏。

（二）《再游大仰五言诗并跋》

乾道九年（1173）闰一月，范成大赴静江府赴任途中，途经袁州（今江西宜春）的仰山游览后写下两首诗，一为七言古诗《游仰山，谒小释迦塔，访孚惠二王遗迹，赠长老混融》，一为五言古诗《大雨宿仰山，翌旦骤霁，混融云"无乃开仰山之云乎"，出山道中，作此寄混融》，后有范成大自跋云："乾道癸巳闰月廿三日，大雨中游小释迦道场，坐中快晴，戏作数语。刘晞韩自北岩来过，因书以遗之。石湖居士。"可知是范成大赠刘晞韩之诗。诗帖经曾宏父刻入《凤墅续帖》而流传下来。其中后一首五言古诗简称为《再游大仰五言诗并跋》（图4-7），诗云：

> 谁开大仰云？此岂吾力及。日光千丈毫，弹指众峰立。衡山卷阴气，海市发冬蛰。韩苏两枯鱼，出语自濡湿。人厄与天穷，底用苦封执？但喜拄杖俊，仍欣芒屩涩。向来三尺泥，有足似羁□。龙渊古桥皴，獭径寒溜泣。春浅山容瘦，风饕涧声急。一箪寄前村，野蔌旋收拾。猫头髡笋尖，雀舌剥茶粒。土毛冠江西，斗酒况可挹。聊同一笑粲，缓赋百忧集。①

---

① （宋）范成大著，富寿荪标校：《范石湖集》卷十三，上海古籍出版社1981年版，第164页。

图 4 - 7　范成大《再游大仰五言诗并跋》

这是范成大书法作品中的一幅大字行书，而且是自书己诗作品，故非常值得后人珍视。诗歌以问句开始，有一种新奇之美，对大仰山的自然及人文环境进行了细致的描述，使人对大仰山周边的特色风物一览无余。诗作轻松平易，透露出作者赴任途中饱览湖光山色时喜悦、放松的心情。而这幅书法作品以行书写就，笔触轻缓有致，时见飞白之笔，别有韵味。行书大字结体稳健，融合前贤书体笔法如褚遂良、欧阳询、杨凝式、"二王"、柳公权等多家，已摆脱早期单一的颜体书风。从点画中可看出其提按顿挫，意态洒脱，颇为自得。书法用笔跌宕飘逸，字形大小错落，楷书中融入部分行书笔法，舒朗随意不死板，诗意与书韵互相烘托，是诸多题刻之中的佳作，获得后人"玉润珠辉，方流圆折，清而腴，丽而雅"① 的高度赞誉。

（三）《四时田园杂兴》诗碑

范成大的《四时田园杂兴》诗成后，应同年赵和仲之请书而赠之，被誉为"双绝"。宋代有此诗的刻石，可惜已毁，未能流传下来。明人卢师邵又根据墨本重新刻石，现有七块诗碑存于苏州石湖范文穆公祠内（图 4 -8）。

---

① （清）叶昌炽《语石》卷七云："水月洞铭，玉润珠辉，方流圆折，清而腴，丽而雅……知公书为南渡后第一。"

图 4-8 范成大《四时田园杂兴》诗碑

可以看出，《四时田园杂兴》组诗的诗碑以行书写成，布局清逸优雅，笔画柔中有刚，结体趋于圆润，用笔恬静温婉，将作田园诗歌时的闲情逸致也引入书法作品之中，使晚年的诗歌与书法都蕴含沉静恬美的田园气息。倪涛在《六艺之一录》中记载了《范成大行书田园杂兴诗石刻》，内容如下：

> 范石湖行书，后有周伯琦跋云：公以文学知遇思陵、阜陵，遂登执政。此诗盖谢事后所作，曲尽吴中郊居风土民俗，不惟词语脍炙人口，而笔墨标韵步骤苏黄之下，使人健羡，名不虚得，讵不信然。余向读《石湖志》，慨想之不可得，今观元白所收墨本，为之怃然。然吴中近为海寇剽劫，痛非昔日矣。纵使石湖老人见之，吾恐不赋《田园》而赋《洗兵马》也。①

---

① （清）倪涛：《六艺之一录》卷九六，影印文渊阁四库全书子部艺术类。

倪涛认为《四时田园杂兴》组诗记录了吴中的风土人情，诗句脍炙人口，而且同题的书法作品也可与苏轼、黄庭坚媲美，实在是名不虚传，对范成大《四时田园杂兴》诗歌与书法都给予高度评价。王世贞亦评价曰：

> 范文穆《田园杂兴绝句六十首》……此盖罢金陵阃，以大资领洞霄宫归隐石湖时作。即诗无论竹枝、鹧鸪、家言，已曲尽吴中农圃故事矣；书法出入眉山（苏轼）、豫章（黄庭坚）间，有米颠（米芾）笔，圆熟遒丽，生意郁然，真足二绝。①

范成大晚年对这组《四时田园杂兴》诗歌也颇为自得，在寄给友人的诗篇末自己作跋：

> 比尝以《夏日》拙句，寄抚州使和仲同年兄，使君辱和；甚妙，且欲尽得《四时杂兴》，今悉写寄。仆既归田，若幸且老健，则游目骋怀之作将不止，诗简往来未艾也。石湖居士寿栎堂书。②

此跋也随诗碑一起流传下来。钱锺书这样评价范成大的田园诗歌："他晚年所作的《四时田园杂兴》不但是他最传诵、最有影响的诗篇，也算是中国古代田园诗的集大成。"③ 的确，范成大归居石湖之后所作的诗歌与书法飘逸，富有奇趣，可见从晚年归田开始，他的诗书已开始向着脱俗、超妙、浑厚、奇古的高格调方向进展。这是因为范成大实现了归居石湖的理想，在平静之中理解了诗歌与书法艺术背后的人生及生活的真谛并加以调和，使不同形态的艺术融入生活感悟后，把它变为自己独有的风貌。

---

① （明）王世贞：《范文穆吴中田园杂兴卷》，《弇州山人四部稿》卷一三〇文部·墨迹跋上。
② 《四时田园杂兴》诗碑现存苏州石湖范成大祠寿栎堂，然有诗无文。然文有传世墨迹，须进一步考证。
③ 钱锺书：《宋诗选注》，生活·读书·新知三联书店2002年版，第311页。

三　朱熹的自书己诗

朱熹传世书迹的纸本和石刻中，以书札和题名较多，现选取其自书己诗的纸本与摩崖诗刻各一进行分析。

（一）《奉同张敬夫城南二十咏诗卷》

《奉同张敬夫城南二十咏诗卷》（图4－9）是朱熹书法成就的代表作之一，诗歌乃他与好友张栻《城南杂咏二十首》的唱和之作。张栻（1133—1180），字敬夫，张浚之子，著名学者、理学家，曾在长沙城南读书，选择城南二十处景物一一名之，并作《城南杂咏二十首》诗歌，将诗与实景图一起寄给朱熹。朱熹逐题依韵与之唱和，写就《奉同张敬夫城南二十咏诗卷》，书法以纸本形式流传下来。

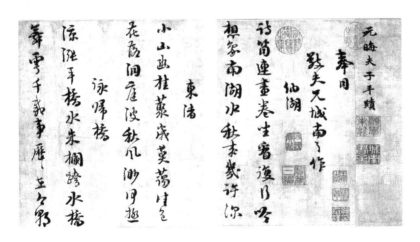

图4－9　朱熹《奉同张敬夫城南二十咏诗卷》

对于自书己诗作品数量并不多的朱熹而言，《奉同张敬夫城南二十咏诗卷》是难得且异常珍贵的传世诗书作品。从书法角度来看，此卷笔意从容，萧散简远。详观诗卷笔法，与颜真卿《鹿脯帖》（图4－10）、蔡襄《暑热帖》（图4－11）的行书风格有近似之处，又有王安石、胡安国、张浚等人书法作品端庄的意味，笔墨灵活，风格俊逸，全然不见仿效痕迹，是朱熹中年时代书法成就的集中体现。

图 4 – 10 颜真卿《鹿脯帖》

图 4 – 11 蔡襄《暑热帖》

后世有很多人在题跋及著录中对朱熹的这幅自书己诗作品进行品评,现摘要两则如下:

> 紫阳夫子平生讲道之功日不暇给,而于辞翰游戏之事亦往往精诣绝人。评书家谓其书郁有道义之气,固耳。今观吾乡沈方伯时旸所藏《和张宣公城南杂咏》手迹,词皆冲口而得,字亦纵笔所书,榘度弛张,姿态逸发,虽晋唐诸名家未易比数。①
>
> 朱夫子《和敬夫先生城南二十咏》,字法俊逸,大有晋人风致;而诗之清远,亦非宋人所能及。②

明代陆简跋文开门见山地指出朱熹是理学家身份的书法家,感叹于他在讲学传道之余所作书法亦精妙绝伦,认同书论家评论其书有"道义之气",并将书法列入"辞翰游戏之事",也间接表明明代文人的书学态度。清代孙承泽

---

① (明)陆简:《跋奉同张敬夫城南二十咏诗卷》,传世墨迹卷后,转引自方爱龙《南宋书法史》,上海古籍出版社 2008 年版,第 171 页。
② (清)孙承泽:《庚子销夏记》卷三,卢辅圣主编《中国书画全书》,上海书画出版社 1992 年版,第 1896 页。

的评论中点明朱熹书法具有"晋人风致",符合他崇复古、重法度的书学观。孙承泽还指出"诗之清远,亦非宋人所能及",亦褒扬其诗歌清远。朱熹写诗平易而富有韵味,就如这幅《奉同张敬夫城南二十咏》之《听雨舫》:

彩舟停画桨,容与得敧眠。梦破蓬窗雨,寒声动一川。①

诗句中两个动词"破"和"动"字使全诗具有动态感和气势。"破"写出作者从梦中被穿过蓬窗的大雨猛然惊醒的状态,"动"字表现了雨夜温度降低、天气极其寒冷的场景,其炼字功力可见一斑,远超宋人好议论之诗风。难怪后人对朱熹这幅书作和其中所录诗歌都给予很高赞誉,将朱子《奉同张敬夫城南二十咏》诗歌与书法进行统一评价,更显诗书交融之美。

(二)《九曲棹歌》

朱熹在福建各地留下了70余处摩崖石刻,其中诗刻有六处,即《九曲棹歌》中的六首。②《九曲棹歌》是其诗歌《淳熙甲辰仲春,精舍闲居,戏作武夷棹歌十首,呈诸同游,相与一笑》的俗称。诗歌共有十首,是朱熹作品中少有的富有民歌风味的佳作。(图4-12)。

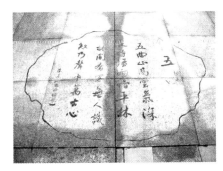

图4-12 朱熹《九曲棹歌》

---

① (宋)朱熹撰,郭齐笺注:《朱熹诗词编年笺注》卷三,巴蜀书社2000年版,第257页。
② 杨文新:《朱熹在福建的摩崖石刻研究》,《武夷学院学报》2010年第4期,第21页。

选取部分诗歌内容如下：

一曲溪边上钓船，幔亭峰影蘸晴川。虹桥一断无消息，万壑千岩锁翠烟。①

二曲亭亭玉女峰，插花临水为谁容。道人不作阳台梦，兴入前山翠几重。②

四曲东西两石岩，岩花垂露碧□毵。金鸡叫罢无人见，月满空山水满潭。③

五曲山高云气深，长时烟雨暗平林。林间有客无人识，欸乃声中万古心。④

六曲苍屏绕碧湾，茆茨终日掩柴关。客来倚棹岩花落，猿鸟不惊春意闲。⑤

八曲风烟势欲开，鼓楼岩下水萦回。莫言此地无佳景，自是游人不上来。⑥

《九曲棹歌》以民间乐歌的形式写成，棹又作"櫂"，意为船桨，诗歌相当于舟子渔夫在河上所唱的歌谣，清新明丽，对武夷山九曲溪景色进行了精到的概括，细致地描写了此地美好风光。书法采用大字行书刻写，字体灵动，笔断意连，字距与行距匀称有致，整饬又不乏动感，与诗歌的民歌风格相得益彰，互相衬托，别有韵味。

朱熹的这些诗歌在写景抒情的过程中丝毫没有理学家讲道理、发议论的痕迹，语言通俗，风格简洁，与其部分理趣诗歌大不相同。如钱锺书指出：

① （宋）朱熹撰，郭齐笺注：《朱熹诗词编年笺注》卷九，巴蜀书社 2000 年版，第 797 页。
② 同上。
③ 同上。
④ 同上。
⑤ 同上。
⑥ 同上书，第 798 页。

"假如一位道学家的诗集里，'讲义语录'的比例还不大，肯容许些'闲言语'，他就算得道学家中间的大诗人，例如朱熹。"① 朱熹《九曲棹歌》中的抒情意味浓厚，将对闽地风景的喜爱之情毫无保留地表达出来，脍炙人口，历代均有人慕名而来参观这些自作诗书法石刻作品，不仅为朱熹诗歌和书法保留了重要的史料，也使九曲溪成为著名的历史文化景点之一。

四 张孝祥的自书己诗

张孝祥的传世书作数量在淳熙四家中是最少的，就笔者目力所及，其自书己诗作品仅存摩崖石刻《朝阳亭诗》（图4－13）。

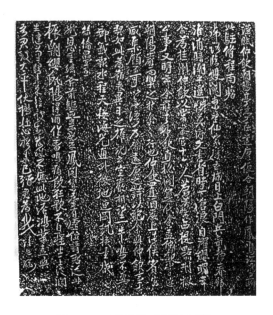

图4－13 张孝祥《朝阳亭诗》

乾道二年（1166），张孝祥任知静江府兼广西经略安抚使，将他两年前所作的诗歌《朝阳亭诗》三首请人题刻在桂林象鼻山的水月洞崖壁。这三首《朝阳亭诗》乃张孝祥在建康为官时所作，其时友人张维修建一东向之亭，面

---

① 钱锺书：《宋诗选注》，生活·读书·新知三联书店2002年版，第246页。

向朝阳，张孝祥将亭子取名为朝阳亭，借此冀望张维"学业足以凤鸣于天朝"，并作《张仲钦朝阳亭》诗三首：

> 便合朝阳作凤鸣，江亭聊此驻修程。南瞻御路临双阙，东望仙家接五城。日上白门兵气静，春归淮浦暗潮平。遥怜莫府文书省，时下沧浪自濯缨。① （其一）

> 空岩相望一牛鸣，不要邮笺报水程。天接海光通外徼，地连冈势挟重城。丝纶迭至龙恩重，绣斧前驱蜓雾平。凤阁鸾台有虚位，请君从此振朝缨。② （其二）

> 饥肠得酒作雷鸣，痛饮狂歌不自程。坐上波澜生健笔，归来钟鼓动岩城。不应此地淹鸿业，盍与吾君致太平。伏枥壮心犹未已，须君为我请长缨。③ （其三）

在这几首诗中，张孝祥对继任张维的才干和能力表示极大的信任，希望他振奋精神，大兴朝纲，同时也愤激地表达了自己志存高远，渴望恢复却报国无门的失落与不平，并将此希望寄托于张维，愿他能够忠心报国，实现收复中原的理想。第三首诗的末句"伏枥壮心犹未已，须君为我请长缨"，将作者发自肺腑的豪迈而又悲凉的报国热情宣泄无遗，让人看到一个时时心系江山社稷的士大夫形象，爱国激情感人至深。

张孝祥《朝阳亭诗》摩崖书法笔力雄浑豪放，苍劲超然，与诗歌风格水乳交融，堪称双璧。张孝祥的早期书风"真而放，卓然有颜真卿风格"，至桂林时32岁，相对于他38岁便英年早逝而言，其时已属于中年时期。前期作品中刻意模仿的拘束感已完全消失，虽然还保留着与颜鲁公碑版书迹相近的

---

① （宋）张孝祥撰，徐鹏点校：《于湖居士文集》卷七，上海古籍出版社1980年版，第61页。
② 同上。
③ 同上。

痕迹，然已如盐入水，完全自化。又因诗歌内容偏向豪迈顿挫一路，故此书作的用笔兼有一定魏碑笔法，厚重古朴，符合摩崖石刻之材质特性，然又未局限于魏碑风格，而是在此基础上还有行书笔法，点画之间遥相呼应，笔法洒脱隽永，颇有米芾放纵飘逸、八面出锋的气势美，行书笔画伸张运用得较多，更显刚劲流畅。字的笔画尤其突出撇、捺、钩、挑等笔画，由此带来的张力使作品具有动感和张力。整幅石刻显得苍劲有力，雄浑豪放，又质朴大方，无刻意雕琢之态，法度停匀又充满个人意趣，都印证了前人对张孝祥的评价如"文章过人，尤工翰墨""书法以真而放为世人所钦服"等语。与前文同在桂林摩崖留有题刻的范成大相比，二人均在"法颜字"，但书风各取颜体的不同态势，一端庄典雅，一雄浑厚重，各有风味。

张孝祥在短暂的三十八年生命中取得了较高的诗歌与书法成就，获得普遍赞誉，能够高中状元亦与此有一定关联，奠定了他在中国文化史上的地位。如果天不忌才，张孝祥在文学、书法等各方面的成就真是"未可量也"。《中国书法全集》也持相似观点："如果张孝祥再多活十数年，'南宋四家'就没有他侄子张即之的份了。"[1] 然而，《中国书法全集》未能给张孝祥书法作品留有一席之地，实为遗憾之事，也许与其英年早逝未能存留更多传世书法作品及其书学思想及观点流传不广有很大关系。

第三节　自书己诗的文化内涵

淳熙四家的传世书法作品中以信札数量最多，其次为自作诗文，与近代以来书法家喜好书写前人诗文辞赋的情形大有不同。究其原因，是古代文人

---

① 刘正成：《中国书法全集》第四十卷，荣宝斋出版社 1992 年版，第 23 页。

的诗歌书写以毛笔为工具，他们书写自作诗歌这一行为，有时是自己创作或抄录，有时是书法艺术创作，需要视不同情形而定。就目前淳熙四家的传世作品来看，自书己诗具有赠送、交游、唱和等功用，石刻诗歌别有一番韵味，有的作品还对校勘辑佚有所补充。淳熙四家在书写自己诗歌的过程中，诗歌意境经过主观品味与提炼后，与书法创作的技巧与意境相融合，互相起到烘托、升华的作用。

陆游的《自书诗卷》是他在自己所作的近万首诗歌中选择了八首，然后写给儿子的一卷书法作品。这些诗歌并非随意挑选，而是有一定心理动机和书写用意。当时陆游已至耄耋之年，闲居山阴，年轻时热情豪纵的报国恢复的渴望虽然常存心间，但随着老年时代的到来，他的心情更多了一些恬淡与安静，如"天高斗柄阑干晓，露下鸡埘膈膊声。俗念绝知无起处，梦为孤鹤过青城。"①（《美睡》）所选的八首诗歌也多有浓厚的田园气息，可以看出陆游暂时放下了满腔热情却无路请缨、怀才不遇的惆怅，显得较为洒脱淡然。这种情绪和心态也表现在书法作品之中，他借这些诗歌向儿子传递自己的意绪和思想。

除了自己选择诗歌进行书写，还有应人之请或交游唱和过程中形成的自作诗书法作品，如朱熹的《奉同张敬夫城南二十咏诗卷》是他与好友张栻《城南杂咏二十首》的唱和之作，诗书圆转流美，是朱熹自作诗书法的代表作品。陆游的《怀成都十韵诗卷》卷后有跋语曰"省庵兄以此篇在《集》中稍可观，因命写之"②。省庵兄即陆游的从兄陆沅。陆沅在读了陆游诗集后认为《怀成都十韵》一诗较为"可观"，于是请诗人兼书法家的从弟陆游将此诗写成书法作品送给自己。"笔者，界也；流美者，人也"③，这些自书己诗作品

---

① （宋）陆游：《剑南诗稿》卷五十五，《陆游集》第三册，中华书局 1976 年版，第 1341 页。

② 《传世墨迹卷后》，转引自刘正成《中国书法全集》第四十卷，荣宝斋出版社 1992 年版，第 260 页。

③ （魏）钟繇：《佩文斋书画谱》卷五，中国书店 1984 年版，第 126 页。

也正是淳熙四家才华气质蕴含于内、诗书风度表现于外的结合之作，诗书交融自然和谐，从中可以看出他们对于自己诗歌与书法自珍、自信的创作心理。

唐宋时期，诗歌通过摩崖石刻等方式进行传播较为普及，尤其以江南、岭南等地多见，将诗文刻写在石头上也能够更好地保存。清朝著名金石学家叶昌炽在《语石》中说："桂林山水甲天下，唐宋士大夫度岭南来，题名赋诗，摩崖殆遍。"① 范成大的《浯溪题诗》乃是他在赴桂林途中经过祁阳时所作，《再游大仰五言诗并跋》是他赴静江府赴任途经袁州仰山游览后所作，桂林摩崖还保留了范成大《鹿鸣燕》诗并序。张孝祥的《朝阳亭诗》也是他在任知静江府兼广西经略安抚使时请人题刻在桂林水月洞崖壁。陆游未亲临桂林，他曾将诗歌寄给时任昭州（今广西桂林市平乐县）太守的杜思恭。杜思恭为了表达对陆游其人其诗的推崇，遂"命工刻与崖石，与世人共之"。方信孺也在任广西提点刑狱和转运判官时，于韶州、道州分别刻写了陆游的"诗境"二字，表达对陆游诗歌意境的喜爱。朱熹在福建的诗歌石刻《九曲棹歌》，风格独特，对于研究他的文学和书法而言都是非常重要的史料。

诗碑也是较为广泛的一种诗歌刻写形式。范成大的《四时田园杂兴》诗碑是南宋诗碑中至为重要的一例。书写此碑时，范成大在田园生活中诗、书二艺均有精进，其诗歌、书法表现的是内心深处的真实动态。赢得一致赞许的诗碑也是从时代风尚入手，进而顺应自己的文学艺术审美偏好，选择气质有所契合的一路风格进行创作，融入自我认知与感悟，最终以集大成之田园诗与圆熟遒丽的书法名耀后世。《四时田园杂兴》诗碑给人一种明朗、阔达的感觉，展现了他深厚的学问及艺术修养根基。

此外，自书己诗作为淳熙四家诗歌的另一种流传方式，在今人校勘或辑佚中也有不容忽视的重要性。研究淳熙四家的诗歌或书法时，可以通过这些

---

① （清）叶昌炽撰，韩锐校注：《语石校注》卷二，今日中国出版社1995年版，第241页。

自作诗书法作品进行校勘分析。以陆游《剑南诗稿》诗歌为例，《自书诗卷》所录诗歌《记东村父老言》诗句"父老可共语"之"语"，在《中国书法全集》（以下简称《书》）的校释文中作"两"；"芋栗旋烹煮"之"煮"在《书》中校释为"鹥"；"甚爱问孝书"之"书"在《书》中校释为"章"。诸如此类，不胜枚举。仅一首诗歌在流传过程中就有不同版本的文字，其他亦可想而知。范成大的《题磨崖碑》诗歌并不见于《范石湖集》，浯溪崖壁石刻诗的部分诗文也模糊不清，而明代陈斗在其所著《浯溪诗文集》中对此诗有详细的记录，经孔凡礼勾陈史料辑得，存在《范成大佚著辑存》一书中，是对石湖诗歌的有益补充。因此，淳熙四家自书己诗作品对于诗歌与书法研究都具有重要的史料价值。

小　结

自书己诗作品是文人诗歌与书法的"交集"。书法艺术的风格、成就不仅与点画技法有关，还与笔下所写的文学内容有密切联系，而且创作者的心境、性情也是不可忽略的因素。淳熙四家笔下所写出来的个人原创诗歌作品是带有其生命动态与思想情绪的作品，诗歌与书法在自书己诗之中的结合体现出了文学与艺术的相因相成。

陆游的现存书法作品多以行草相间，圆熟遒劲流美的笔法与圆转流美的诗歌遥相呼应，如《怀成都十韵诗卷》和《自书诗卷》。也有诗歌与书法二者之间存在某些不和谐韵味的作品，如《纸阁帖》。范成大的传世书法作品中，有很多是以碑刻、摩崖石刻的形式流传下来的，《浯溪题诗》《再游大仰五言诗并跋》及《四时田园杂兴》等均是如此，尤其是《四时田园杂兴》诗碑表现出晚年诗歌与书法中融入的沉静恬美田园气息。后人对朱熹《奉同张敬夫城南二十咏》《九曲棹歌》诗歌与书法都给予很高赞誉，这是朱熹诗歌与书法成就的集中体现。张孝祥摩崖石刻《朝阳亭诗》诗歌寄意深远，爱国激情感人至深，书法笔力雄浑豪放，苍劲超然，与诗歌风格水乳交融，堪称双璧。

　　通过分析淳熙四家的自书己诗作品可知，他们对于自作诗的书写有的具有交游唱和或赠予的功用，所选择的诗歌内容也是表现创作主体风格、情感的渠道之一。有的以摩崖石刻的形式进行记录或传播，一方面体现出作者的自珍、自信心态，另一方面也促进了诗歌更为长久的保存或传播。还有一些自作诗书法可以作为诗歌及书法研究中的重要文献资料来源，在校勘或辑佚时起到一定史料补充的作用。

下编

分论

第五章 　陆游的诗歌与书法

　　陆游的人生经历复杂多舛，他的心境始终处于理想与现实的交汇点上，诗歌与书法艺术则是他寄托情志的突破口。他通过诗、书二艺抒发狂放的性格、激越的情怀，唱响激进奋发又报国无门的爱国旋律，也通过诗歌与书法艺术表达对萧散简远、天真浪漫生活的向往。书法与诗歌一起成为他生命中的精神支柱，诗书成就在当代及后世都获得了高度评价，其诗歌与书法都具有鲜明的个人风格及特色。

第一节 　陆游的论书诗

　　陆游的书法理论散见于其诗文作品中，诗歌中有近两百首与书法相关，《渭南文集》第二十四卷至二十九卷的"跋文"部分及《老学庵笔记》《入蜀记》中都散见他的学书历程和书学思想。笔者通过收集、勘定，检索出《陆游集·剑南诗稿》中存录的诗歌形式与书学内容结合的论书诗共有 189 首，在南宋甚至整个宋代属于数量最多的，"陆游对论书诗的发展做出巨大贡献",① 因而有必要对其进行专节论述。

需要指出的是,本书所指陆游的"论书诗",意为涉及书法创作及理论的诗歌,而非读书诗。纵览先前对陆游论书诗的研究成果,虽然有人对论书诗进行过归类汇总,但出现了将书法之"书"与读书之"书"混淆的文本研究疏漏。如《书巢记》一文中对陆游勤奋读书有非常形象的记载:

> 吾室之内,或栖于椟,或陈于前,或枕于床,俯仰四顾,无非书者。吾饮食起居,疾痛呻吟,悲忧愤叹,未尝不与书俱。宾客不至,妻子不觌,而风雨雷雹之变,有不知也。②

陆游居室之中处处是书,饮食起居亦与书相伴相随,他对书的珍藏、喜爱溢于言表,故有人将类似上文《书巢记》所言书本、书卷之"书"与书法之"书"混为一谈。如在印证陆游爱好书法时引用"爱书习气嗟犹在,寡过工夫愧未能。"(《官居戏咏又二》)"老死爱书心不厌,来生恐堕蠹鱼中。"(《寒夜读书》)"不是爱书即欲死,任从人笑作书颠。"(《寒夜读书又一》)"俗事不教来眼境,闲愁那许上眉端。数椽留得西窗日,更取丹经展卷看。"(《初寒在告有感》)等诗句。将此类诗文结合上下文语境进行细读,可知这些诗歌本意皆是作者表达自己喜欢读书而非书法。因而在进行文学研究时,仔细阅读全诗或上下文是非常重要的,断章取义将直接影响对作者及作品的判断。

一 临池勤苦入诗行

陆游以诗歌的形式将自己书法创作的动机、感悟、心情记录下来,通过这些诗歌我们可以还原陆游创作书法时的精神状态和心路历程。他的论书诗内容和题材非常丰富,涉及方方面面,较为频繁出现的有作者描写坚持勤学

---

① 蔡显良:《宋代论书诗研究》,博士学位论文,南京艺术学院,2007年,第5页。
② (宋)陆游:《渭南文集》卷十八,《陆游集》第五册,中华书局1976年版,第2142页。

苦练书法、通过书法抒发性情及对自己书艺的无比自信等内容。无论是作为诗人还是书法家的陆游，其留给后代的研究资料都可以通过论书诗而得到进一步的充实和完善。

陆游在论书诗中将自己勤奋习书的情景记录下来，体现出对书法这一艺术发自内心的钟爱。书法对于陆游而言是一种发自内心的狂热的爱好，而不仅仅是书写方式，他也的确在诗歌中进行了频繁的记录和描写。如："临池勤苦今安有？漏壁工夫古亦稀。稚子问翁新悟处，欲言直恐泄天机。"①（《醉中草书因戏作此诗》）"临池"源自《晋书·卫恒传》"弘农张伯英者，因而转精甚巧。凡家之衣帛，必书而后练之。临池学书，池水尽黑"②。而"漏壁"即"凿壁"，据《西京杂记》载："匡衡字稚圭，勤学而无烛。邻舍有烛而不逮，衡乃穿壁引其光，以书映光而读之。"③陆游引用这两个关于勤学苦练的典故进行自我勉励，而"今安有"与"古亦稀"也表达了对世人少有像先贤那样刻苦专注的精神的惋惜和感慨。陆游即使身在病中也不忘泼墨挥毫，如：

> 病体为之轻，一笑玩笔砚。虽无颜柳工，挥洒亦忘倦。纸穷墨渐燥，蛇蚓争入卷。属儿善藏之，勿遗俗子见。④（《北窗试笔》）

此诗作于庆元四年（1198），此时的陆游已七十四岁高龄，偶有微恙时，书法能够让他忘却身体的病痛和疲倦，从"一笑玩笔砚"可见其达观淡然，且通过书法重新恢复了精神的昂扬，将满腔热情与坚韧意志付诸笔墨。他的书法获得时人及后世较高评价，自然离不开潜心苦学及辛勤苦练，这一内容在他的论书诗中比比皆是，可看出"六十年间万首诗"及书法千古流芳这些难有人可以比肩的创作成就，跟他的勤奋习练是分不开的。

---

① （宋）陆游：《剑南诗稿》卷十九，《陆游集》第二册，中华书局1976年版，第564页。
② （唐）房玄龄等：《晋书》卷三十六，影印文渊阁四库全书本。
③ （晋）葛洪著，周天游校注：《西京杂记》卷二，三秦出版社2006年版，第98页。
④ （宋）陆游：《剑南诗稿》卷三七，《陆游集》第二册，中华书局1976年版，第957页。

陆游论书诗中还体现了他对北宋苏、黄、米等人尚意书论的继承与沿袭。他认可苏轼"我书意造本无法,点画信手烦推求"的观点,有"不知笔在手,而况字落纸"的创作实际,也有类似于怀素"醉来信手两三行,醒后却书书不得"的豪迈纵意。这些书写体验都真实地反映在他的诗歌中,让后人得以窥见他创作瞬间的情志。如"鹅儿色浅酒醺人,鸡距锋劖笔绝伦。满引一杯书数纸,要知林下有闲身"(《醉中录近诗因题卷后》),"病怀正待君湔祓,墨妙时须寄数行"《次吕子益韵》,"闲身""墨妙"等词展现了陆游飘逸、洒脱的书写心态。再如"草书学张颠,行书学杨风。平生江湖心,聊寄华砚中。"《暇日弄笔戏书》"还家痛饮洗尘土,醉帖淋漓寄豪举"(《醉中作行草数纸》)等诗作于陆游五十岁以后。一方面,随着人生阅历增多,年轻时的豪迈渐渐沉淀下来,静观内心;另一方面,诗人人老心未老的壮志还经常被激发出来,豪迈之气不减当年。此类论书诗文中有很多描写创作过程及心理的内容,可以想象到他创作时忘乎自我的情景,也能够知晓这些行草或草书作品的大致风格。

陆游对自己的书法艺术水平具有高度自信,这在他的论书诗中有多次体现。由于诗名极盛,陆游的书法之名始终在诗名之下,如赵翼所言,陆游书名"盖为诗名所掩也"①。陆游在南宋的名声虽然不是以书法而得来的,然而他的草书作品确实横绝一时,可以称作出神入化,少有人能及,可惜很多作品未能流传下来,所以很多人只知陆游擅诗而不知他擅书。但陆游并不这么认为,他对自己书法的成就有着很高的认可。他在诗中写道:"虽云堕怪奇,要胜常悯默。一朝此翁死,千金求不得。"(《四日夜鸡未鸣起作》)"付君诗卷好收拾,后五百年无此狂。"(《夜饮示坐中》)"即今讥评何足道,后五百

① (清)赵翼:《瓯北诗话》卷六,人民文学出版社1963年版,第95—96页。原文如下:"放翁不以书名,而草书实横绝一时……是放翁于草书工力,几于出神入化。惜今不传,且无有能知其善书者也,盖为诗名所掩也。"

年言自公。"（《学书》）虽说其中带有陆游诗中常见的"狂态"，但他绝不是盲目自信。因为在当时，人们对陆游书法就有赞誉之声，如："翰墨场中老伏波，挥毫快马下晴坡""亟报门前寄好音，炯然书札照家林……当今大笔如君少，未用深藏叹陆沈""此翁笔力回万牛，淡中有味枯中膏"等，不一而足。

此外，陆游多次提及自己的书法"后五百年"当有分晓，确实被他预见成为事实。在明清之际，陆游的书法受到书坛的一致认可与推崇，得到了公正的评价。明代文彭曰："放翁在当时不以书名，而遒丽若此，真所谓人品既高，下笔自然不同者也。"[①] 释溥洽亦云："（放翁）无一笔不合古人遗法……耿介之怀，益愈可见。"[②] 这与几百年前陆游的自我评价遥遥相望，印证了放翁论书诗中的自信与豪情。陆游的这种远见卓识和准确判断绝不是一般书家所具备的。陆游对自己书艺的自信，除了来自他转益多师遍学前人的经验和勤学苦练几十年的功力，更重要的还是他对自己书学观念和艺术实践的自信。

二　以兵喻书意纵横

陆游论书诗的一个重要艺术特色就是以兵喻书，即以兵法或作战来比喻书法。作战需要纵观全局的眼光，需要懂得排兵布阵，需要一定的战略谋划能力，要能够运筹帷幄之中，决胜千里之外。对于书法而言，挥笔写字也是如此，需要对章法布局有合理的安排，点画结构如同士兵布阵，需要在落笔的刹那被放置在合适的位置，而要写好字也需要技巧与经验的结合和妙用，同样是一场紧张的战斗。将书法与从兵作战联系在一起，在书法艺术史上也由来已久。传为王羲之作的《题卫夫人笔阵图后》写道："夫纸者阵也，笔者

---

① （明）文彭题《放翁手简二通》，见汪砢玉《珊瑚网·法书题跋》卷七。
② （明）释溥洽《放翁诗卷跋》，见《快书小品》卷五，转引自《古典文学研究资料汇编·陆游卷》，第119页。

刀稍也，墨者鍪甲也，水砚者城池也，心意者将军也，本领者副将也，结构者谋略也，扬笔者吉凶也，出入者号令也，屈折者杀戮也。"① 就是用作战来比喻写字。孙过庭指出："一画之间，变起伏于锋杪；一点之内，殊衄挫于豪芒……点画向背，纵横牵掣。"② 书法的点画之间，字距与行距之间，乃至全篇章法是否疏密有致，浑然一体，都考验着创作者的才智与技巧。唐太宗李世民也在《论书》一文中指出"为点必收，贵紧而重。为画必勒，贵涩而迟。为撇必掠，贵险而劲。为竖必努，贵战而雄"③。也是将军事思想与书法经验融合在一起而悟出的理论，与他同时代的书法家虞、欧、柳等文士相比，自有一番建树与独特的艺术趣味。

陆游在诗歌与书法方面都很推崇杜甫，杜甫也有以统兵作战来比喻诗歌的创作先例，如："词源倒流三峡水，笔阵独扫千人军。"（《醉歌行》）"破的由来事，先锋孰敢争。"（《敬赠郑谏议十韵》）这两处论诗的句子中出现了三个与战争相关的意象即笔阵、破的、先锋，将诗歌与统兵作战之事较为自然地联系在了一起。陆游可能在接受杜甫诗歌的时候对这种修辞思路进行了举一反三，进一步将杜甫的以战喻诗引入他的大量论书诗之中，形成属于他自己的一套论书诗意象系统。

对于陆游而言，从军征战、建功立业一直是他的夙愿，但这一理想在现实中屡屡受挫，只好寄托于梦里、诗里，还有他所钟爱的书法中。因而，他在诗歌中多次将书法与从军这两个看似风马牛不相及的事情巧妙地联系在一起，而且花费大量笔墨来进行描写，也就不难理解了。如这首颇为有名的《题醉中所作草书卷后》：

---

① （晋）王羲之：《题卫夫人笔阵图后》，华东师范大学古籍整理研究室等编《历代书法论文选》，上海书画出版社 2014 年版，第 722 页。

② （唐）孙过庭：《书谱》，华东师范大学古籍整理研究室等编《历代书法论文选》，上海书画出版社 2014 年版，第 124 页。

③ （唐）李世民：《论书》，华东师范大学古籍整理研究室等编《历代书法论文选》，上海书画出版社 2014 年版，第 120 页。

胸中磊落藏五兵，欲试无路空峥嵘。酒为旗鼓笔刀槊，势从天落银河倾。端溪石池浓作墨，烛光相射飞纵横。须臾收卷复把酒，如见万里烟尘清。丈夫身在要有立，逆虏运尽行当平。何时夜出五原塞，不闻人语闻鞭声？①

陆游自视为"胸中磊落藏五兵"的有志之士，无奈报国无路，空有峥嵘之气，于是他将酒视为旗鼓，将毛笔比喻为刀槊，在方寸纸间书写攻城略地般的豪情壮志，连端砚与墨汁也带上了浪漫豪放的色彩，在纸上挥洒纵横，借以实现现实生活中不可企及的报国梦想，"如见万里烟尘清"正是他对理想实现后的情景的美好想象。"丈夫身在要有立"等句将一个伟岸豪情的男子汉形象栩栩如生地表现了出来，可见以兵喻书给人留下的印象无比深刻。现代文学中，对著名作家鲁迅的文章评价为似匕首、似投枪，就是与以兵喻诗之意一脉相承的比喻。

纵观陆游的论书诗，纵横开阖、自由豪迈的总体风格和他的草书有很多相似之处，如其著名的《月下醉题》：

倾家酿酒三千石，闲愁万斛酒不敌。今朝醉眼烂岩电，提笔四顾天地窄。忽然挥扫不自知，风云入怀天借力。神龙战野昏雾腥，奇鬼摧山太阴黑。此时驱尽胸中愁，捶床大叫狂堕帻。吴笺蜀素不快人，付与高堂三丈壁。②

此诗中如"提笔四顾天地窄""风云入怀天借力"等诗句具有鲜明的陆游式色彩，他充分运用象征、比喻、夸张等多种表现手法，极具艺术张力。再如：

---

①　（宋）陆游：《剑南诗稿》卷七，《陆游集》第一册，中华书局 1976 年版，第 189 页。

②　（宋）陆游：《剑南诗稿》卷一四，《陆游集》第一册，中华书局 1976 年版，第 409 页。

墨翻初若鬼神怒，字瘦忽作蛟螭僵；宝刀出匣挥雪刃，大舸破浪驰风樯。纸穷掷笔霹雳响，妇女惊走儿童藏。往时草檄喻西域，飒飒声动中书堂。一收朝迹忽十载，西掠三巴穷夜郎。① （《醉后草书歌诗戏作》）

频频使用比喻修辞手法在陆游的论书诗中屡见不鲜，他常用瘦蛟、蛟龙、蛟螭、腾龙、龙、鲸、老蔓、枯藤、古松等来概括书法之形，用翻、舞、飞、腾等词来形容书法之势，使诗歌生动形象，更显豪迈大气、瑰丽奇美。而且这些意象具有一个共同的特点，就是"瘦硬"，有一股力量蕴藏其中，表现出陆游追求瘦硬、遒劲的书风及对杜甫"书贵瘦硬方通神"② 这一审美标准的认可。同时，这些生动的比喻和想象让人身临其境，联想到他挥毫泼墨尽兴作书的情景，使不懂草书艺术的读者也会对龙飞凤舞的草书作品具备一定感性认识，更将书写时的激情与动态描写得栩栩如生，如在眼前。

第二节　诗歌、书法与酒

从我国古代文化发展历程看，原本从属于"六艺"的诗、书由最初的实用功能转变为个人言志抒情的方式和手段后，无数文人墨客便与酒结下了不解之缘，竹林七贤、陶渊明、李白、张旭、怀素、苏轼、陆游、辛弃疾、徐渭、郑板桥等名士莫不如此，正是"古来圣贤皆寂寞，唯有饮者留其名"。"宋四家"之一苏轼有饮酒作书的喜好，他在《题醉草》中说："吾醉后能作大草，醒后自以为不及。然醉中亦能作小楷，此乃为奇耳。"他发现酒后创作

① （宋）陆游：《剑南诗稿》卷四，《陆游集》第一册，中华书局1976年版，第120页。
② （明）仇兆鳌：《杜诗详注》卷十八，中华书局1979年版，第1550页。

的大草和小楷均有意外的艺术收获。但从苏轼关于"酒"的论述中可看出，苏轼对酒后创作的态度复杂，有时反对这种做法，但又经常乘酒兴创作。与"意在笔先""胸有成竹"的创作方式相比，醉草更具不确定性和率真、疏放的意味。唐代书法名家怀素亦以"醉草"闻名，时人评曰："志在新奇无定则，古瘦漓缅半无墨。醉来信手两三行，醒后却书书不得"（许瑶《题怀素上人草书》），"心手相师势转奇，诡形怪状翻合宜。人人细问此中妙，怀素自言初不知"（戴叔伦《怀素上人草书歌》）。由此可见，醉后作书在于潜意识的冲动，事先无法预想字形，一切即兴而起，信手拈来，无拘无束。但两相比较，虽同为醉后作草，然一为文人，一为狂僧，苏轼的醉草带有疏解心中不平的意味，显露的还是一种豪迈的文人意气，而怀素的醉草是其表现任情恣性、无人无我的癫狂状态的一种方式。

陆游生性豪迈，终其一生都与酒结缘。酒这一元素不仅使陆游的诗歌形成显著区别于他人作品的独特内容与风格，也使他的书法作品和论书诗歌独出机杼。关于陆游对酒的态度，陆游饮酒诗的内容、特点及抒情感怀等问题，学界已有一定研究成果。① 刘扬忠曾统计陆游写到饮酒和提到酒的作品多达2940 多首，认为"他的咏酒诗的数量不但是宋代第一，而且也是古代第一"②。张剑在《陆游的醉态、醉思与饮酒诗》一文中指出，"酒"字在陆游诗歌中出现了1800 多次，是一个高频字，"醉"字在其诗歌中出现了1200 多

---

① 欧明俊：《陆游研究》（上海三联书店 2007 年版）第三章第一节《咏酒诗》叙述陆游的饮酒史、饮酒诗的情感、个性表达及生活表达，陆游对饮酒的复杂态度，陆游诗中所写饮酒习俗。其他重要论文还有王景元《陆游的诗书酒》（中国陆游研究会：《陆游与越中山水》，人民出版社 2006 年版），认为陆游借酒寄托忠贞之思和聊发清狂。刘扬忠《平生得酒狂无敌，百幅淋漓风雨疾———陆游饮酒行为及其咏酒诗述论》认为陆游咏酒诗的核心和主旋律是爱国之情和忧时之念，学习唐代李白、杜甫和岑参。胡迎建《论陆游的诗酒》（《厦门教育学院学报》2010 年第 1 期）认为陆游在醉酒的幻境中，诗歌和书法都表现出了迥异于平常的雄放与恣肆，凸显其豪迈旷达的本真个性。
② 刘扬忠：《平生得酒狂无敌，百幅淋漓风雨疾———陆游饮酒行为及其咏酒诗述论》，《中国韵文学刊》2008 年第 3 期。

次。① 经笔者检索，《剑南诗稿》中出现"酒"字的诗歌共有1633首，出现"醉"字的诗歌共有1083首。忽略不同检索标准及方式所导致的定量统计差异，从这些结果中可以看出，陆游的生活中不乏"酒"，他常常以酒浇胸中之块垒乃至大醉，故不时以"酒"意入诗。透过酒这一意象，人们可以把握到一个更加立体、形象、真实的放翁。

诗歌与书法是陆游内在精神世界的外在延伸与表达，诗歌与书法亦因"酒"这个媒介，二者之间具有更多意味深长的关联性。笔者对《剑南诗稿》作了粗略统计，陆游诗歌中涉及酒中或酒后作书法的诗歌有数十首之多②，陆游对醉中写字作书的喜好可见一斑。从这个层面上说，酒在陆游的文化心理、价值观念、行为方式、生活情趣和独特个性的形成过程中发挥过一定作用，也使他的诗歌与书法在与酒的交融、碰撞中更能尽情展现出独特的艺术思想与充分的情感，融化成为诗歌与书法的艺术成就。

陆游的诗歌、书法与酒有着千丝万缕的联系，除了性格与喜好因素之外，酒与诗歌、书法的关系还可以作这样的理解：酒是文学艺术创作的重要催化剂和物质触媒，无论中外，酒文化都源远流长，酒文化的精神也是文学艺术的精神支柱之一。什么是酒文化精神？从西方文化来看，可以近似理解为酒神精神。酒神精神是一种迷狂、非理性，其实质却是热爱生命、肯定生命，敢于摆脱个体化的束缚，打破传统，做回自我并超越自我的精神，代表狂醉、热情、反抗、追求自由和表现生命与自我本能等，中心精神就是放松身心，追求精神自由。

---

① 张剑：《陆游的醉态、醉思与饮酒诗》，《北京大学学报》（哲学社会科学版）2016年第2期，第99页。

② 陆游诗歌中涉及酒中或描写酒后作书法的诗歌列举若干，如：《醉后草书歌诗戏作》（卷四）、《题醉中所作草书卷后》（卷七）、《醉书山亭壁》（卷一三）、《夜饮示坐中》《草书歌》（卷一四）、《八月五日夜半起饮酒作草书数纸》（卷一五）、《醉中草书因戏作此诗》（卷一九）、《醉中作行草数纸》《醉书秦望山石壁》（卷二一）、《醉后作小草因成长句》（卷二二）、《晨起颇寒饮少酒作草书数幅》（卷四〇）、《草书歌》（卷五八）、《醉中录近诗因题卷后》（卷六三）等。

　　文学艺术创作过程中，追求一种自由、理想、浪漫的精神境界，这正好与酒醉的境界相似。人在清醒的状态中，关注的是真实、现实的生活，等级制度、封建礼教、道德规范、社会环境都对人的思想言行有种种制约，身心真正自由自在的状态并不多。可是在酒精的作用下进入醉态后，人的思维即可以摆脱现实的制约，超脱凡俗，在梦想、精神、思想的原野上自由驰骋，达欲达之境。同时，创作主体从饮酒中获得美感与满足，酒激发出他们的激情、灵感和无穷的想象力，创造出一个较为轻松愉悦、安宁虚静的创作氛围，使其摆脱清醒状态时的压力、束缚和顾虑，忘掉烦恼，进入一个空阔无碍的自由创作环境，形成独特的艺术成果。人在酒醉之时空阔无碍、自由自在、无滞无碍，饮酒创作可以说是属于创作方法，也属于创作表达，又直接关系到作品产生的背景问题，与如何表达更为相关。

　　酒在陆游的日常生活和文学艺术创作中都占有极其重要的地位，他的日常生活中不可无酒，诗书创作中同样不可无酒。陆游嗜酒的缘由，有时是快意放纵，借酒抒情，有时是借酒浇愁，消解心中苦闷。如：

　　　　乾坤恨入新丰酒，霜露寒侵季子裘。食粟本同天下责，孤臣敢独废深忧！①（《北望感怀》）

　　　　用酒驱愁如伐国，故虽摧破吾亦病。狂呼起舞先自困，闭户垂帷真庙胜。②（《病酒新愈独卧苹风阁戏书》）

　　关于丰收之喜、天下之忧、理想之殇，都在酒的作用下催化成脍炙人口的诗歌流传下来。史弥宁《陆放翁画像》这样描绘陆游："诗酒江南剑外身，眼惊幻墨逼天真。"陆游的友人韩元吉在诗歌中赠句云："酒狂须一石，文好自三冬。"（《过松江寄陆务观五首》之一），章甫在《别陆务观》中写道：

---

① （宋）陆游：《剑南诗稿》卷四一，《陆游集》第三册，中华书局1976年版，第1057页。
② （宋）陆游：《剑南诗稿》卷五，《陆游集》第一册，中华书局1976年版，第132页。

"一饭三间问野僧，花前把酒看张灯。醉吟落纸笔不停，留客夜阑双眼青。"描写了陆游醉中落笔的情形。闲居山阴期间，陆游更是过着"笔床茶窑连酒壶"的生活（《友林乙稿》）。据其诗《自来福州诗酒殆废，北归始稍稍复饮，至永嘉括苍无日不醉，诗亦屡作。此事不可不记》推断，似乎陆游只有在福州决曹任上（1159）不到一年的时间里曾经戒酒，而在此期间他很少作诗，也未见有传世书法作品，北归后就复饮了。"如果说早年的陆游嗜饮成趣，多半出于他崇尚李白的原因，还是一种诗人的豪纵，那么中年以后'犹豪纵'的背后不能不说已多了一层以酒浇愁的因素了。"① 这种"诗人的豪纵"表现在书法中，就是中年以后屡次醉后作书，即兴赋诗，自由挥毫，享受畅快淋漓的创作状态，这也是酒在诗歌与书法中的典型表现特征之一，使人看到一个率真而疏放的抒情主人公形象。

第三节　诗书之外的"工夫"

陆游八十四岁时回顾自己几十年的诗歌创作道路，作为诗歌创作经验向小儿子传授时，总结出了"工夫在诗外"这一影响深远的诗学观点，既是经验之谈，也是他诗学思想的精华：

> 我初学诗日，但欲工藻绘；中年始少悟，渐若窥宏大。怪奇亦间出，如石漱湍濑。数初李杜墙，常恨欠领会。元白才倚门，温李真自郐。正令笔扛鼎，亦未造三昧。诗为六艺一，岂用资狡狯。汝果欲学诗，工夫在诗外。②（《示子遹》）

---

① 方爱龙：《南宋书法史》，上海古籍出版社 2008 年版，第 107 页。
② （宋）陆游：《剑南诗稿》卷七十八，《陆游集》第一册，中华书局 1976 年版，第 1834 页。

陆游言道，他在学诗之初"工藻绘"，追求镂彩错金的语言，偏离诗歌本身韵味，实际上还没有入门。中年后方有感悟，开始窥探到作诗法门，认识到作诗需要"宏大"，先后学习领会李杜、元白、温李等前辈大家，作诗渐渐从必然王国进入自由王国的境界，告诫儿子诗乃"六艺"之一，要端正态度，去除"狡狯"，而学诗至为关键的一点是领略"工夫在诗外"。

究竟什么是"工夫在诗外"呢？当前学界大多遵从罗根泽先生的见解："诗外工夫就是道德学问。"① 作诗不仅要在节奏韵律、遣词造句、章法布局上下功夫，还应具有广博深远的"道德学问"。陆游非常注重个人品德修养，忠心爱国，满怀"愤世疾邪"之气，悲愤积于中而形于言，具有高尚的道德情操。而且他勤学不辍，广闻博识，著有大量见闻笔记，学富五车也是诗外功夫的重要构成部分。然而，笔者认为，结合陆游作品及思想，此诗中"工夫在诗外"涉及的内容除了罗根泽先生所言的以上"道德学问"之外，还指诗人要从生活中汲取诗意诗材，获得创作的灵感和冲动，关注国计民生、民族存亡、社会现实等方面的内容，尤其是丰富生活经历及"养气"理论都是"工夫在诗外"的重要组成部分。

一 "江山"之助

陆游多次在他的诗歌中指出诗思的启发需得益于社会现实，即"江山"之助这一观点："挥毫当得江山助，不到潇湘岂有诗？"（《予使江西时以诗投政府丐湖湘一麾会召还不果偶读旧稿有感》）"酒钱自昔从人乞，诗思出门何处无？"（《病中绝句》）"吾行在处皆诗本，锦段虽残试剪裁。"（《梅雨初晴逐客东邻》）"诗情随处有，信笔自成章。"（《即事》）"法不孤生自古同，痴人乃欲镂虚空。君诗妙处吾能识，正在山程水驿中。"（《题庐陵萧彦毓秀才诗

---

① 罗根泽：《中国文学批评史》，上海古籍出版社 1984 年版，第 157 页。

卷后》）同时代的诗人杨万里也持同样的观点："闭门觅句非诗法，只是征行自有诗"，指出不要只沉浸在书本中向古人学习，应该认识到"人生需广大，勿作井中蛙。"（《自诒》）这些都是"工夫在诗外"的意思，都强调诗人要从实践中而不是从书本上摄取文学养料，要通过现实生活积累创作素材，认为文人应该关注政治国情和社会民生，要积极地走出书斋，到现实生活中去体验、感悟及实践，尤其在国家命运岌岌可危的时候，要心存恢复志向，掌握斗争经验。如陆游在《九月一日夜读诗稿有感走笔作歌》诗中写道：

> 四十从戎驻南郑，酣宴军中夜连日。打球筑场一千步，阅马列厩三万匹；华灯纵博声满楼，宝钗艳舞光照席；琵琶弦急冰雹乱，羯鼓手匀风雨疾。诗家三昧忽见前，屈贾在眼元历历。①

陆游自言"四十从戎驻南郑"之后，才对"诗家三昧"有了真正的了解。"三昧"原是佛教用语，指修行所达到的一种高妙的境界，陆游此处指对学诗、作诗都有一种顿悟感的境界。也正是切身体验过南郑前线的军旅生活，社会现实和战斗环境使陆游领悟到了达到诗歌"三昧"的诀窍，这种诀窍就是社会实践与生活阅历，是诗外功夫之一种。钱锺书先生在《宋诗选注》中评论陆游的爱国诗歌时写道："诗人决不可以关起门来空想，只有从游历和阅历里，在生活的体验里，跟现实——'境'——碰面，才会获得新鲜的诗思——'法'。像他自己那种独开生面的、具有英雄气概的爱国诗歌，也是到西北去参与军机以后开始写的。"② 朱东润先生也指出，要理解陆游就必须首先抓住三个关键，即"隆兴二年他在镇江的工作，乾道八年他在南郑的工作，和开禧二年他对于韩侂胄北伐所取的政治态度"③。乾道八年（1172）三月，

---

① （宋）陆游：《剑南诗稿》卷二十五，《陆游集》第二册，中华书局1976年版，第698页。
② 钱锺书：《宋诗选注》，生活·读书·新知三联书店2002年版，第273页。
③ 朱东润：《陆游传》，海南出版社1993年版，第2页。

陆游到南郑前线入四川王炎幕府，实现了从军的愿望，生命揭开了新的篇章，形成光辉灿烂的一页。表现在诗歌中，气概更加沉雄、轩昂，每一个字都从纸面上直跳起来。① 川陕从军及入蜀任职经历，开阔了他的视野和心胸，南郑一带短暂的戎马生涯更是他一生难以忘却的记忆，对他的性格、思想和诗学观产生了极大的影响。

　　领略到诗外之功夫的要义，与这个时期陆游的人生阅历、思想观念发生变化有关，同时出现的是发生在他的书法风格方面的细微变化，"工夫在书外"的重要意义也润物细无声地体现出来。陆游领悟到艺术创作必须以现实生活为依托，书法也更多地转向写意与随性书写，渐渐受法度的约束越来越少，一改之前严谨的书风，变原来的楷体或行楷而成为以草书或行草为主要书体，追求书法的遒劲与飘逸。就目前所能见到的传世作品或文献提及的书法作品来看，他中年以后以宗颜为主的楷书已经很少了，特别是纯粹的楷书作品几乎已经不再出现，以行草或者狂草为多。而且他晚年以创作为主，其间也兼顾临帖，对魏晋六朝笔法的运用更加熟练。这一时期就是诗人行草书的成熟期，也是行草书的主要创作期。陆游在从军南郑之后，一些诗歌中对书法的描写也真实地反映了这一时期他的书风变化，早年比较严谨尚法的书风在中年之后表现为一种放纵的俊逸之气，书风随着诗风一起发生嬗变，为他后半生的诗书创作成就打开了一扇门。而这个带来嬗变的契机与机缘，就印证了艺术创作的功夫更在于诗书之外。

二　"养气"之功

　　孟子曾提出"养气"之说："我善养吾浩然之气"，之后曹丕《典论·论文》开启文学评论意义上的"气"论的源头："文以气为主，气之清浊有体，

---

① 朱东润：《陆游传》第六章、第七章，海南出版社 1993 年版。

不可力强而致……虽在父兄，不能以移子弟。"① 刘勰《文心雕龙》中专门有《养气》篇阐述作家"虚静"的创作状态。唐代韩愈《答李翊书》将孟子哲学范畴的"气"与文学评论意义上的"气"结合起来，提倡"气盛言宜"，指出气既源于道德，也源于学识。及至宋代，以"气"论诗文者对此说又有所继承和发展。苏辙《上枢密韩太尉书》指出"文者气之所形""而气可以养而致"，吕本中也认为诗文"欲波澜之阔去，须于规模令大，涵养吾气而后可"②。

及至陆游，他汲取前人关于"气"的学说，兼收并蓄其理论精华，将"养气"说发展成他重要的艺术思想之一，并结合自身创作实践，将文之"气"拓宽到诗歌及书法，建立了较为系统的养气观。孝宗喜欢苏轼的文章，亲自作序曰："成一代之文章，必能立天下之大节。立天下之大节，非其气足以高天下者，未之能焉。"③ 认为东坡文章之妙，得益于"气"高天下。东坡一生宦途坎坷，屡陷逆境，与陆游报国之志难以实现有相似之处；生性洒脱，嬉笑怒骂皆成文章，以诗"娱悲抒忧"，这点也引起陆游深深的共鸣，读东坡诗文时不禁"感叹流涕"（《跋东坡祭陈令举文》）。苏轼天分极高，凡物皆可触发天才诗思，落笔皆成佳作。陆游赞赏曰："昔人作七夕诗，率不免有珠栊绮疏惜别之意。惟东坡此篇，居然是星汉上语，歌之曲终，觉天风海雨逼人。学诗者当以进求之。"④（《跋东坡七夕词后》）力推苏轼诗为承接唐宋的"千古正统"，以此为学诗样板对己对人进行勉励，一定程度上矫正了些许时风流弊。

不仅仅是苏轼诗文之"气"对陆游深有影响，他对东坡词中之"气"的

① （南朝梁）萧统编，李善注：《文选》，上海古籍出版社1986年版。
② （宋）胡仔：《苕溪渔隐丛话》前集卷四九，人民文学出版社1962年版，第333页。
③ （宋）赵眘：《苏轼文集序》，见苏轼著、孔凡礼点校《苏轼文集》附录，中华书局1986年版，第2385页。
④ （宋）陆游：《渭南文集》卷二十八，《陆游集》第五册，中华书局1976年版，第2252页。

钟爱前人亦多有提及。如杨慎《词品》称放翁词"纤丽处似淮海，雄快处似东坡"①；《四库全书总目·放翁词提要》指出陆游词介于苏轼与秦观二人之间；刘熙载《艺概·词曲概》亦言："陆放翁词，安雅清赡，其尤佳者，在苏、秦间。"② 词为诗余，陆游的诗词成就与苏轼的关联都是非常明显的。正是基于此，陆游立足于东坡诗词之"气"更进一层提出："天下万事，皆当以气为主。"并将他关于"气"的观点较为全面地表达出来："文章当以气为主，无怪今人不如古。"（《桐江行》）"文章最忌百家衣，火龙黼黻世不知。谁能养气塞天地？吐出自足成虹蜺。"（《次韵和杨伯子主簿见赠》）"才"在作诗中的重要性也是陆游"养气"理论的重要组成部分。他在《方德亨诗集序》中将"才"与"气"联系起来：

> 诗岂易言哉？才得之天，而气者我之所自养。有才矣，气不足以御之，淫于富贵，移于贫贱，得不偿失，荣不盖愧，诗由此出，而欲追古人之逸驾，讵可得哉？③

诗之所以不易言，一方面是由于"才得之天"，即才气乃天赋秉性之一，灵感又倏忽易逝不易捕捉；另一方面，可以通过"我之所自养"之气补足这一缺憾，需要持之以恒地勤学苦练方能达到"气全"。即使"才甚高"，也要坚持不懈"养气不挠"。因而，文学艺术中"养气"之"气"不是一般的抽象概念，而是主体人格精神的对象化，从诗中体会到的"气"也正是对创作主体精神、人格的观照与品位。"养气"说正是陆游"六十年间万首诗"深厚的精神基础，是他儒家诗学观的集中体现。

除了诗文创作方面需要"气"的支撑外，陆游还在书法领域进行延伸拓

---

① （明）杨慎：《词品》，商务印书馆 1936 年版，第 241 页。
② （清）刘熙载：《艺概》卷四《词曲概》，上海古籍出版社 1978 年版，第 111 页。
③ （宋）陆游：《渭南文集》卷十四，《陆游集》第五册，中华书局 1976 年版，第 2104 页。

展，丰富"养气"说的内涵。实际上，古代书法家对书法之"气"与诗歌一样，也有着深刻的认识，"养气"说自然也有悠久的历史文化渊源。书法，由一管毛笔挥运而成，落笔的瞬间凝结了书者自己的意气、情气等精神之气；它是线条由动到静所构成，固化于纸面，这又是一种自然之气。精神之气与自然之气这两种"气"合而为一，共同构成书法作品千人千面的独特气韵。如南朝齐王僧虔《笔意赞》所言："书之大局，以气为主"，清人姚配中亦曰："字有骨肉筋血，以气充之，精神乃出。"可见古人对书法之"气"的重要性有足够认识，而且在书论中有大量关于气骨、气度、气力、气脉、气概等的描述，这些与"气"有关的书学审美综合起来形成书法的整体气韵。

陆游在《自勉》一诗中写道："养气要使完，处身要使端；勿谓在屋漏，人见汝肺肝。"所谓"养气要使完"之"气"，与他的诗文所养之"气"理出同源。此外，清代刘熙载《艺概·书概》也有多处关于"气"的论述，如"凡论书气，以士气为上，若妇气、兵气、村气、市气、匠气、腐气、伦气、徘气、江湖气、门客气、酒肉气、蔬笋气，皆士之弃也"①。刘氏在《书概》中高屋建瓴地对书法之"气"进行分类，不同类型的"气"针对不同的书写人群。与陆游"养气"之"气"相较，《书概》中这些不同类别的书"气"更接近于书法的气质、风格之意，形成书法作品格调或特征的殊异。《书概》中还有"高韵深情、坚质浩气，缺一不可以为书"句中所言的"气"，是可以与陆游"养气"之"气"内涵更为接近的内容，是书法家的心神、志气、才学、胸襟、修养在书法作品中的抽象显现。

也许正是由于有"气"的支撑与滋养，陆游得以通过"养气"一途积淀所学、所思，在诗歌与书法中充分表现个人学识修养的各个侧面，将文人意气与借由释道二家涵养之"气"聚为一体，融会贯通，厚积薄发，赋予诗歌

---

① （清）刘熙载：《艺概》卷五《书概》，上海古籍出版社 1978 年版，第 168 页。

与书法独特的气韵，获得少有人企及的诗书成就。

第四节 刚柔并济的风格

刘勰在《文心雕龙》中提出"刚柔以立本，变通以趋时"①（《熔裁》第三十二）的主张。沈约《谢灵运传论》中写道："民禀天地之灵，含五常之德，刚柔迭用，喜愠分情。夫志动于中，则歌咏外发。"② 强调"刚柔迭用"在创作过程中的作用。宋代严羽《沧浪诗话》认为："其诗大概有二：曰优游不迫，曰沉着痛快。"③ 相当于阳刚与阴柔的另一种说法。明代张綖将唐宋词的风格笼统概括为"婉约"与"豪放"，亦是以刚柔区分。清代桐城派姚鼐以前人观点为基础，更为明确地解释了阳刚与阴柔的内涵：

> 其得于阳与刚之美者，则其文如霆，如电，如长风之出谷，如崇山峻崖，如决大川，如奔骐骥。其光也，如杲日，如火，如金镠铁。其于人也，如凭高视远，如君而朝万众，如鼓万勇士而战之。其得于阴与柔之美者，则其文如升初日，如清风，如云，如霞，如烟，如幽林曲涧，如沦，如漾，如珠玉之辉，如鸿鹄之鸣而入寥廓。其于人也，漻乎其如叹，邈乎其如有思，暖乎其如喜，愀乎其如悲。④（《复鲁非书》）

可见，阳刚与阴柔、豪放与婉约，这种一分为二的艺术评论方式在创作与品评中总是如影随形。在诗歌和书法的实际创作中，诗人或书法家并不需

---

① （南朝梁）刘勰著，范文澜注：《文心雕龙》卷七，人民文学出版社1962年版，第543页。

② （南朝齐）沈约：《宋书》卷四十，影印文渊阁四库全书本。

③ （宋）严羽著，郭绍虞校释：《沧浪诗话校释》，人民文学出版社1961年版，第8页。

④ （清）姚鼐：《惜抱轩文集》卷六，中国书店1991年版，第71页。

要对刚柔问题进行泾渭分明的区分，而是通常"刚柔迭用"，即大多数表现出来的是刚柔并济的艺术风格。陆游的诗歌与书法均是如此。

一 "悲健"与"自然"

陆游被称为"爱国诗人"，以豪放风格著称，这只意味着他创作了很多享有高度赞誉的豪放风格的作品，并非指全部创作。而且，对陆游诗歌再度深入品读研究，可以发现其风格并非"豪放"二字可以概括得了的。开禧三年（1207），陆游已至耄耋之年，他在《忆昔》一诗中写道："我诗虽日衰，得句尚悲健。""悲健"一词可以看作陆游对几十年来创作的近万首诗歌所作的评论。他在阅读《花间集》时，看到五代时的士大夫在国家危难、民生多艰的情况下，不但不奋起救国，反而沉迷于闺情别意，流连光景，不禁感慨叹息。他联想到南宋国情及自己文人士大夫的身份，对《花间集》的词人们有言辞较为委婉的批判，如在《跋花间集》中写道："方斯时，天下岌岌，生民救死不暇，士大夫乃流宕如此，可叹也哉。"①

陆游的身上具备一种无所畏惧的英雄气概和驰骋沙场的勇士精神，在梦中多次征战沙场，并在诗歌中抒发情怀，写出气壮山河的佳作。如"呼呼！楚虽三户能亡秦，岂有堂堂中国空无人"（《金错刀行》）"楼船夜雪瓜洲渡，铁马秋风大散关"（《书愤》）等句，昂扬斗志中充满无限悲愤，万丈豪情之中寄寓苍凉悲怆的情调，正是他自己所总结的"悲健"诗风。陆游诗歌中的爱国壮志和战斗感召在当时引起很大反响，对后世也有极大影响。

陆游尝言："盖人之情，悲愤积于中而无言，始发为诗。不然，无诗矣。"（《澹斋居士诗集序》）诗歌是陆游发泄心中悲愤的方式之一，他的悲愤来自怀才不遇、理想受挫、恢复无望的无奈现实。孔颖达在《毛诗正义》中说："诗者，人志意之所适也。虽有所适，犹未发口，蕴藏在心，谓之为志。发见

---

① （宋）陆游：《渭南文集》卷三十，《陆游集》第五册，中华书局 1976 年版，第 2277 页。

于言，乃名为诗。言作诗者，所以舒心志愤懑而卒成歌咏。故《虞书》谓之'诗言志'也。"① 陆游的诗歌，无论风格是"悲愤"还是"悲健"，但凡他在诗歌中大力呼吁恢复，批判主和，以及大量表现纵横沙场之英雄气概与表达壮志未酬之悲愤的题材，都将一个满怀豪情的正直爱国诗人形象展现在读者面前，这就是他之所以为被誉为豪放的缘由之一。

陆游前半生所作的诗歌中有江西诗派的浓重印记，不乏诸多巧饰雕琢、用典晦涩的诗句，他老年时期在宦海屡受打击后，心态基本比前期沧桑、内敛、成熟。尤其在回归山阴后，他更加倾心于元好问所谓陶渊明的"一语天然万古新，豪华落尽见真淳"之平淡自然风格。"陆游学陶诗平淡自然处是超越了江西诗派的，江西诗人学陶诗虽追求'不烦绳削而自合'的最高目标，但往往于平淡中透着奇崛瘦硬，实际上并没有达到平淡自然的高度。"② 陆游此时所作的很多诗歌意境方面也与前期有了很明显的转变，就是出现了平淡闲远、平实质朴的风味。如《小园四首》其三：

> 村南村北鹁鸪声，水刺新秧漫漫平。行遍天涯万里路，却从邻父学春耕。③

诗歌前内句描述农村生活的祥和静谧，后两句流露出一种看遍万般风景后返璞归真的淡然心态。陆游所作的那些富有平淡自然风格的诗歌作品，用语平易，对仗工整，一气呵成，没有生硬滞涩之处，更为重要的是陆游将自己对农村田园生活的感受融入其中，充满了人间烟火的生动气息，像一曲婉约的田园乐章，与他其他刚劲豪放的诗歌风格大异其趣，共同体现出刚柔并济的风格。

---

① （唐）孔颖达：《毛诗正义》，《十三经注疏》，北京大学出版社 2000 年版，第 158 页。
② 李剑锋：《元前陶渊明接受史》，齐鲁书社 2002 年版，第 378 页。
③ （宋）陆游：《剑南诗稿》卷十三，《陆游集》第一册，中华书局 1976 年版，第 370 页。

二 "平淡"与"雄浑"

苏轼曾在《与二郎侄一首》文中表述他对"平淡"的认识:

> 凡文字,少小时须令气象峥嵘,彩色绚烂。渐老渐熟,乃造平淡。
> 其实不是平淡,绚烂之极也。汝只见爷伯而今平淡,一向只是此样,何
> 不取旧时应举时文字看,高下抑扬,如龙蛇捉不住,当且学此。①

苏轼以自己父子的从文经历告诉侄子,年轻时作文章喜欢追求"气象峥
嵘,彩色绚烂",如二十岁左右应举时的文章便是"高下抑扬,如龙蛇捉不
住"的风格,这是少不更事时文人作诗歌文章的正常情况。当有了一定人生
阅历,思想日渐成熟以后,作诗歌文章便更加倾向于平淡之风。他所谓的
"平淡",绝不是平庸寡味或淡而无味,而是从绚烂之极的境界汰除浮华的文
辞、无用的藻饰后留下的精华,这才是最难学的部分。梅尧臣也提出:"作诗
无古今,惟造平淡难。"朱东润曾指出:"古今诗人对陆游影响最大的应当说
是梅尧臣。"② 梅尧臣诗歌素来被评为平淡、瘦硬、有古意,而陆游却能另辟
新说,从梅尧臣诗歌被一致认可的平淡风格中读出了"雄浑"的味道,如:

> 欧、尹追还六籍醇,先生诗律擅雄浑。导河积石源流正,维岳嵩高
> 气象尊。玉磬潺潺非俗好,霜松郁郁有春温。向来不道无讥评,敢保诸
> 人未及门。③(《读宛陵先生诗》)

"雄浑"首先反映在梅诗看似平淡、实则有味的诗艺追求上。从梅尧臣的
诗学理论中看出,他非常注重淡而有味:"诗家虽率意,而造语亦难。若意新

---

① (宋)苏轼著,孔凡礼点校:《苏轼文集》附录《苏轼佚文汇编》卷四,中华书局1986年版,
第2523页。
② 朱东润:《陆游研究》,中华书局1961年版,第82页。
③ (宋)陆游:《剑南诗稿》卷一八,《陆游集》第一册,中华书局1976年版,第545页。

语工，得前人所未道者，斯为善也。必能状难写之景如在目前，含不尽之意见于言外，然后为至矣。"① 认为众多诗家虽率意而为，但要推陈出新创造新的词语也是极其不容易的，若能够立意新颖，言语工整，又是前人所未曾提及的，就是再好不过的作品了，这样的作品还要能将难写之景细致描写，如同就在眼前一般，还要韵味深长，使不尽之意见于言外，可谓达到了最高的艺术追求，鲜明地表达了自己对淡而有味风格的态度。梅尧臣的这一态度对陆游诗歌有很大的影响。"雄浑"的更深层含义还在于梅诗取材范围宽广，反映的社会现实人生较为深刻，他创作的《汝坟贫女》《田家四时四首》《蚕具十五首》《田家语》《观理稼》《伤桑》《见牧牛人隔江吹笛》等大量诗歌，都充分表达了他的爱国思想和对民生的关注。陆游自己亦反感宋诗局限于书斋生活，应向自然生活处选取诗材，梅尧臣树立了良好的典范，这也是陆游力举梅诗"雄浑"特色的另一原因。

遍检《剑南诗稿》，陆游明言仿效梅尧臣者有十余首，钱锺书也认为陆游学习模仿古今诗家中最多的要数风格偏于古朴淳厚的梅尧臣。北宋初期，昆体、晚唐体泛滥之际，梅尧臣开启宋诗平淡之风，拓展了诗歌反映现实的层面。陆游非常推崇梅氏，除他们所面临的诗坛局面有类似之处以外，更为重要的原因是梅诗醇雅古淡的风格，正是陆游作诗与论诗时反复强调并追求的，因而他力推梅尧臣的诗风，希望在南宋诗坛弘扬这种接近现实的诗歌风格与作诗角度，与当时诗坛各种各样的无病呻吟和衰飒风气做斗争，表明自己的立场。另外，梅尧臣的许多诗歌内容都涉及北宋中期主要是仁宗极盛时期的民族矛盾、社会矛盾，梅诗可以用来讽喻朝廷、裨补教化。再反观南宋中兴时期亦有如此情况，对梅诗中这些较为真实的描写南宋诗人应当有所借鉴，体现文学复古革新运动的延续性。故陆游以梅诗看似平淡、实则雄浑的风格

---

① （宋）欧阳修：《六一诗话》引梅尧臣语，影印文渊阁四库全书本。

自勉，将自己诗歌的创作道路推向更加深广的境界。①

刘熙载《艺概》写道："书要兼备阴阳二气。大凡沈著屈郁，阴也；奇拔豪达，阳也。"② 气分阴阳，阳气造生华璧，阴气造生风神。陆游诗歌中的抒情主人公既有刚毅悲愤的文人斗士，也有平淡恬静的归田园居者，而在他的书法作品中也并无二致，刚与柔的风格交叉重叠，不过与诗歌相比二者的相济结合更加紧密而已。对陆游的书法成就和特点时人就曾评价道：

> 余在乡曲，每从放翁陆先生游，得其书疏诗文，几数十轴……比至桂林，才获一通寒温问，又辱惠近作十余纸，置诸箧笥，常隐隐有金石声……放翁先生，文章翰墨，凌跨前辈，为一世标准。③

> 放翁遗墨几何年，云绕秋山月满川。摸索空惊久零落，追思犹恨少留连。贞元人事诚如梦，正始文风信若仙。江海凄凉易陈迹，山险茅宇贺家船。④

> 妙画初惊渴骥奔，新诗熟读叹微言。四明知我岂相属，一水思君谁与论。茶灶笔床怀甫里，青鞋布袜想云门。何当一棹访深雪，夜语同倾老瓦盆。⑤

可以看出，人们对陆游书法的评价之中，既有言其为金石之声的雄浑疏朗之作，也有言其为秋山之月的恬静平淡之作。他的书法呈现出两种迥异的风格：一种是矮纸闲行的行草，另一种是酣畅淋漓的狂草。他的楷书圆满庄

---

① 于北山：《陆游对前人作品的学习、继承和发展》，《淮阴师专学报》1980 年第 4 期，第 36 页。

② （清）刘熙载：《艺概》卷五《书概》，上海古籍出版社 1978 年版，第 167 页。

③ （宋）杜思恭：《题跋一则》，孔凡礼、齐志平《古典文学研究资料汇编·陆游卷》，《陆游作品评述汇编》，中华书局 1962 年版，第 38 页。

④ （宋）韩淲：《题昌甫所得陆待制手书次韵昌甫之题句》，孔凡礼、齐志平《古典文学研究资料汇编·陆游卷》，《陆游作品评述汇编》，中华书局 1962 年版，第 27 页。

⑤ （宋）楼钥：《题陆放翁诗卷》，孔凡礼、齐志平《古典文学研究资料汇编·陆游卷》，《陆游作品评述汇编》，中华书局 1962 年版，第 23 页。

重，笔力雄浑，行书遒劲有力，郁勃大气，体现了包容风度。草书综合所学而又遒劲流丽，纵逸而不失洒脱，体现自家风格。其他日常书札和自书诗迹，看似随意，实则精妙，是其人品、意趣、学问的综合体现，集中展现了他的书学成就和自我情怀。像这样阳刚与阴柔并存的不同风格，正与诗歌豪放与婉约的风格类似，是出世与入世、豪迈与平和等不同心理在诗歌、书法作品中的微妙体现。

小 结

陆游对论书诗的发展做出巨大贡献，他以诗歌的形式将自己书法创作的动机、感悟、心情记录下来。论书诗内容和题材非常丰富，如坚持勤学苦练书法、对书艺的自信等内容。陆游论书诗的一个重要艺术特色就是以兵喻书，以兵法、作战比喻书法，将从兵作战的理想通过书法投射出来，给人留下深刻印象。陆游常以酒浇胸中之块垒，乃至大醉，以"酒"入诗，醉后作书，使他的书法和诗歌独出机杼。酒在陆游的文化心理、行为方式、生活情趣的形成过程中发挥了一定作用，也使他的诗歌与书法在与酒的交融、碰撞中更能尽情展现出艺术思想与情感，融化成独特的诗书艺术而流传千古。

陆游八十四岁时回顾自己几十年的诗歌创作道路，总结出了"工夫在诗外"这一影响深远的诗学观点。诗外功夫既要关注现实生活、国计民生，还要具有"养气"之功，诗歌与书法获得少有人企及的成就。他被称为爱国诗人，以豪放风格著称，书法也以豪放的行草著称，实际上，他的诗歌与书法均为刚柔并济的风格。诗歌兼有"平淡"与"雄浑"、"悲健"与"自然"的风格，书法作品中亦是疏朗豪迈与恬淡静谧同时存在。

第六章　范成大的诗歌与书法

　　与淳熙四家中的其他三家陆游、朱熹、张孝祥相比，范成大的仕途较为顺利，文学、书法创作与从政贯穿一生，并行不悖，彼此促进，交映生辉，也充分反映了当时文人士大夫生活的多面性。从政与为学、为艺兼收并蓄，几乎是宋代士大夫的典型生活方式，只是每个人的侧重点和平衡度不同，从而有了不同的人生经历和艺术成就。韩淲在《涧泉日记》中罗列乾道、淳熙以来各界的佼佼者，书法一艺仅提名范成大与张孝祥二人；岳珂在《宝真斋法书赞》中也认为："近世能书，惟范（成大）、张（孝祥）相望，笔劲体遒，可广可狭。"① 可见范成大诗书两艺并进，颇有成就，他是当时兼擅文学与书法且声名远扬的文人，在诗歌与书法领域都有极高造诣与成就。

第一节　"石湖"情结及其他

　　宋代文化包容性很强，宋代的文人普遍存在着儒释道兼容并包的思想，范成大也不例外，除了以儒家作为相对的正统思想之外，还有与儒家思想相

---

　　① 卢辅圣主编：《中国书画全书》第二册，上海书画出版社 2009 年版，第 340 页。

平行的独特的释、道情结。范成大一生心系家乡石湖，还有他对于生命与人生的思考，对入世与出世的矛盾心理，始终贯穿在他的文学艺术生涯之中。

一 "不梦封侯梦石湖"

范成大四方为官之时，即使在职务不自由时也挤出属于个人的赋咏自适时间，俗务缠身时依然保持将要回归石湖的隐者心态，这是士大夫身心分离、心为形役时最为自适的一种"吏隐"的生活方式。即使他的政治生涯较陆游等人稍微顺利一些，但面对积贫积弱的朝廷和钩心斗角的官场，他的做法是以石湖为精神寄托，萌生退隐之意，不过他并不会真正退隐，于是在诗歌中多次出现的"石湖"，就是调和出世与入世选择的情感枢纽。

范成大经常对石湖魂牵梦萦。经笔者统计，范成大与"梦"相关的246首诗歌中，"石湖"一词在其梦诗中出现了13次，算是频率较高的意象。如"困来也作黄粱梦，不梦封侯梦石湖。"（《邯郸道》）"扫净宣华藜藋径，他年谁记石湖滨。"（《新作官梅庄移植大梅数十本绕之》）"归程万里今三千，几梦即到石湖边。"（《荆诸中流回望巫山无复一点戏成短歌》）字里行间都体现着作者对石湖的眷恋、向往之情。在他的所有诗歌中，"石湖"出现的次数也非常之多。石湖是他身不能至、心向往之的现实与精神归属所在。现实中的致仕隐退暂时不能实现，所以他一次次在梦中及笔下抒发对于石湖的向往。①范成大之所以一生心系石湖，也与他的生平经历、思想精神有关系。他经常在仕与隐、儒家思想与佛老之道之中矛盾纠结。父母相继去世之后，他隐居寺中读书达十年之久，不欲仕进。然而从他当时的诗歌来看，并非完全出世，而是依然关注世事，诗书并进。如：

> 生男九族欢，所当作门楣。时命有大谬，生男竟何裨？……贫病老

---

① 路薇：《南宋中兴三大诗人梦诗研究》，硕士学位论文，西北大学，2012年，第16页。

岁月，斗构坐成移。①（《除夜感怀》）

　自我来归，十年不富。孰蠡孰蛊，惟汝自疢……隶也不力，奚取六骥；脂车着鞭，一夕而至。②（《荣木并序》）

这些诗歌中有他对岁月流逝却无所建树的懊恼之情，觉得愧对父母及自己的三尺男儿之身；还有他对十年隐居生活的怀疑、内疢及立志努力发愤的思想转变，可见范成大心中并未完全忘却修身齐家治国平天下的儒家主张。他纠结的是：不走仕途之路，则碌碌无为，无法实现个体生命价值；走上仕途之路则会一入江湖岁月催，完整的自我要受到干扰、羁绊。这不可调和的矛盾无法解决，人就无法使两种生命状态完全实现平衡，始终处于困境之中。范成大终其一生都在寻找这种平衡之道。

"石湖"一地经范成大笔下流传，成为更多人的精神家园，如明代的苏州文人吴宽《匏翁家藏集》卷二六写道："新正无事，偶阅乡先哲范文穆公石湖诗集，见其多道吴中事，因摘取其句有涉春者，辄赋一绝，得十二首。盖予入官适三十年，处世几七十岁，公私所系，不即归田。赋成，令儿子辈诵之，恍如身在吴中，亦可以自慰也。昔人有和陶之作，予即名为赓范，其不免文穆公之笑乎？"③吴宽所作的十二首和诗都以"石湖诗里"句结尾，顺应范成大诗歌中与"春"相关，并且涉及吴地风俗事物的诗歌原意作成。吴宽不仅和范成大之石湖诗，而且设想："他日乞身而归，访公遗迹，取其诗歌之以与

---

① （宋）范成大著，富寿荪标校：《范石湖集》卷二，上海古籍出版社1981年版，第18页。
② （宋）范成大著，富寿荪标校：《范石湖集》卷四，上海古籍出版社1981年版，第7页。范成大在此诗小序中写道："卧病十日，绿阴满庭，因诵渊明荣木诗。其序曰：'日月推迁，已复有夏，总角闻道，白首无成。'犁然有感，乃和其韵。"陶渊明《荣木》诗云："采采荣木，结根于兹。晨耀其华，夕已丧之。人生若寄，憔悴有时。静言孔念，中心怅而。"（其一）"采采荣木，于兹托根。繁华朝起，慨暮不存。贞脆由人，祸福无门。匪道曷依，匪善奚敦！"（其二）"嗟予小子，禀兹固陋。徂年既流，业不增旧。志彼不舍，安此日富。我之怀矣，怛焉内疚。"（其三）"先师遗训，余岂云坠！四十无闻，斯不足畏。脂我名车，策我名骥。千里虽遥，孰敢不至。"
③ 吴宽：《匏翁家藏集》，《四部丛刊初编》集部第三二七册，商务印书馆1936年版。

田父野翁相倡和于垄之上，亦足以乐也。"①（吴宽《匏翁家藏集》）他还到范成大诗中的石湖去实地体验吴地生活，并视此为一乐也，可见范成大石湖诗歌影响之深远。

范成大贯穿一生的"石湖"情结，很好地阐释了他"吏隐"的生活方式，以石湖为精神寄托，保持平和中庸的心理状态。晚年回归石湖之后，他的诗歌清新自然，书法恬静温婉，作诗时的闲情逸致也引入书法作品之中，使晚年的诗歌与书法共同具有平和恬静的气息，《四时田园杂兴》等诸多平淡静美的作品将诗歌与书法成就推向新的高度。

二　对疾病与生命的思考

绍兴九年，范成大十四岁，"母蔡氏卒，后封赠秦国夫人，患大病濒死"②；绍兴十三年，范成大十八岁，"父雱为秘书郎。六月致仕，当即卒于此时"③。父母早逝的经历无疑影响了他的价值观和性格气质，使他看到了生命的脆弱。他多次写诗表达对生命易逝的感慨，如"旧出尘生万劫忙，可怜虚费隙驹光。"（《怀归寄题小艇》）"眼看白露点苍苔，岁月飞流首屡回。"（《明日分弓亭按阅，再用西楼韵》）"惊心岁月东流水，过往人情一哄尘。"（《三月二十三日海云摸石》）"登临旧迹多梦断，觞咏故人俱骨朽。"（《病中不复问节序，四遇重阳，既不能登高，又不觞客，聊书老怀》）等诗，叹息对时光流逝的无可奈何与人随时去的悲戚感情。范成大一生体弱多病，疾病始终与他如影随形。笔者试以"疾""病"为关键词对范成大及同代其他几位诗人的诗歌进行检索及比较：

---

① 《四部丛刊初编》集部第三二七册，商务印书馆 1936 年版。

② 于北山：《范成大年谱》，上海古籍出版社 1987 年版，第 12 页。

③ 同上书，第 18 页。

表6-1　　　　　　　范成大等涉及"疾""病"的诗歌所占比例

诗人	涉及"疾""病"的诗歌（首）	现存诗歌总数（首）	涉及"疾病"诗歌所占比例
范成大	223	1947	11.5%
杨万里	291	4284	6.8%
朱熹	54	1448	3.7%
张孝祥	19	423	4.5%

　　通过对表6-1中范成大与其他诗人涉及"疾""病"的诗歌数量及在所有诗歌中的比例进行分析可以看出，范成大在诗中提及疾病的比例远高于同时期的杨万里、朱熹和张孝祥等人。究其原因，范成大年少时孱弱多病，成年后也多次患大病休养，"壮岁故多病"（《初秋》）；到晚年更是"霜毛瘦骨""苦风眩"，长年卧病。后来他"以病请闲，进资政殿学士，再领洞霄宫"①。也正由于体衰易病，他对于生命比健康的人有着更加敏感的认识，而且频繁将自己对疾病的感悟和体会写入诗中，如《病中三偈》：

　　苦相打通俱入妙，病缘才入更何疑。霜清木落千山露，笑杀东风叶满枝。（其一）②

　　一交销取万黄金，将病求医在用心。化尽此身成药树，不妨栽得病根深。（其二）③

　　莫把无言绝病根，病根深处是无言。丈夫解却维摩缚，八字奓开不

---

① （元）脱脱等：《宋史》卷三八六，中华书局1977年版，第11870页。
② （宋）范成大著，富寿荪标校：《范石湖集》卷四，上海古籍出版社1981年版，第47页。
③ 同上。

二门。（其三）①

　　诗中"病缘""求医""药树""病根"等词交相出现，可以看出范石湖对自己身患疾病的无奈，病痛在身，悲伤在心。而"苦相""无言"（止语）、"维摩""不二"等佛教词语的使用，又在无奈与悲伤中透出一种想要达观超脱疾病本身的态度来。这种对疾病与生命的思考，"与由此而生的少年暮气，消极倦怠的心境相冲突或融合。衰病在范诗中或隐或显，从而使范诗呈现出一种独立于中兴诸家的独特面貌来"②。据于北山《范成大年谱》记载，范成大作这几首诗时尚不足三十岁，他在昆山禅寺读书期间屡有病中之作，《范石湖集》前四卷中，著有多首有关卧病的诗歌。③ 此外，范成大诗中也多有对"药"这一意象的涉及，如"化儿幻我知何用？只与人间试药方"等，有时是实指治疗他身体病痛的草药，有时是泛指摆脱俗世烦恼的途径，均与疾病的隐喻相辅相成。

　　佛教认为"宇宙万物乃是各人自己内心所造的景象，因此它是幻象，只是昙花一现。但是，人出于自己的无知（无明）而执着地追求（执迷不悟）"④。《金刚经》中写道："一切有为法，如梦、幻、泡、影；如露亦如电，当作如是观。"⑤ 与漫长的历史相比，人的一生何其短暂，似朝露一般，去日苦多，而在这短暂易逝恰如昙花一现的人生道路上，人还要执着地追求存在的意义和价值，即使明知追求的过程"如露亦如电"，但总要珍视生命的过程，毋使人生虚度。千秋万岁名，寂寞身后事。如何在无常的一生中提高生命的品质，是范成大经常思考的问题。虽然在诗文中频频出现佛教语汇，但

---

　　① （宋）范成大著，富寿荪标校：《范石湖集》卷四，上海古籍出版社1981年版，第47页。
　　② 李淳：《自我与时代之心——范成大诗歌创作的衰病主题及其超越》，《中华文化论坛》2016年第4期。
　　③ 于北山：《范成大年谱》，上海古籍出版社1987年版，第7页。
　　④ 冯友兰：《中国哲学简史》，天津社会科学院出版社2007年版，第401页。
　　⑤ 张卫国注译：《金刚经》，崇文书局2007年版，第53页。

范成大主张生命的落脚点始终在安稳的"现世",而不信奉佛教的前世与来世之说。他认可佛家的有生必有死,但很少讨论佛家人生的最高境界:超脱生死或获得解脱的永生阶段,也不相信涅槃之后主体成为不灭的灵魂之论。

同样,范成大对道家炼丹服药以求长命百岁的思想也报之一哂:"纵有千年铁门限,终须一个土馒头。"①(《重九日行营寿藏之地》)并用略带嘲讽的语气写了《古鼎作香炉》一诗:"云雷萦带古文章,子子孙孙永奉常。辛苦勒铭成底事?如今流落管烧香。"②他确实对功名利禄保持一种达观淡然的态度。在他看来,既然富贵神仙都是累,那么只要此心安处才是真正可以希翼的。在修身齐家及恪守本职做好君王天下事之外,追求自我,以文学、艺术滋养身心于他而言就是再合适不过的选择了。

三　从政经历与诗书分期

有学者结合范成大的生平经历,将他称之为"官僚诗人"③。的确,范成大心系百姓,勤于政务,在广西、四川、江南等治地多有利于国计民生的决策,改革税赋,修复水渠,建台修阁,兴学立碑,并代表南宋朝廷出使金国,不辱使命功成而返,在从政期间实现了"先天下之忧而忧,后天下之乐而乐"的士大夫理想。在公务之余他也像自由的文人一样欢聚畅饮,赋诗唱和,作书作词,歌舞升平,陶然自乐。范成大是淳熙四家中将行藏出处及从政、为文、书艺之间的关系处理得最为恰当的一人。因此,与"官僚诗人"这一称谓相比,从综合角度来说,"文化名人"似乎更为适合。他仕途较为顺利,曾官至中书舍人;诗歌方面位列南宋"中兴四大诗人"之一,成就最高的是反映农村生活与田园图景的诗作。他的书名与诗名同样显赫,书法曾受到皇帝

---

① (宋)范成大著,富寿荪标校:《范石湖集》卷二十八,上海古籍出版社1981年版,第390页。

② 同上书,第394页。

③ 杨理论:《范成大与杜诗:一个官僚诗人的杜诗接受案例》,《杜甫研究学刊》2014年第2期,第84—90页。

的"爱赏"①，且多年游宦四方的经历又使他的长篇短章多处流传，使诗名、书名远播天下。

　　与陆游相比，范成大虽有诗名，但他的诗名并未妨碍他为官主政一方，担任使金重任，成为皇帝近臣，晚年安居石湖，生活优游自得。陆游就不一样，淳熙十三年陆游除知严州军州事时曾写道"伏望陛下与腹心之臣，力图大计，宵旰弗怠"等语，而孝宗"上谕"却云："严陵，山水胜处，职事之暇，可以赋咏自适。"② 也许在皇帝心目中，陆游只是一位颇擅诗名的文人，与其留在身边"力图大计"，不如去山水胜地"赋咏自适"。同为文人士大夫，遇与不遇，是思想性格使然，亦与时势相关。范成大没有陆游早年辗转奔波难以定迹、晚年抑郁不得志的坎坷经历，没有在中年以后长期致力于爱国诗篇的写作、晚年与权贵韩侂胄的关系等所引来的身后种种毁誉不一的评述。与朱熹相比，他没有作为一代理学宗师影响中国七百余年的哲学、伦理、教育、礼制等历史的显赫功绩，未因理学而遭遇"庆元党禁"等劫难，一生较为从容平淡；与张孝祥相比，他也有强烈的爱国情怀及恢复愿望，但在主和派与主战派中大多示以中立，未大力宣扬自己坚定的主战立场，未得罪权党招致灾祸，爱国感情表达得较为内敛平和，不似张之豪放激越、义愤填膺。再与"南宋四家"之张即之相比，他不是因"笔法授受有传"而"名乃独著"的专门书家，没有张即之那样对佛教极为虔诚的心理，专心抄写长篇经卷且誉满天下。③

　　由于与蔡襄的亲属关系，范成大早期书风以学蔡、颜为主，此时尚在学习、总结、探索过程。根据范成大书法的创作风格、艺术特色，有学者将其书学创作分为前期、中期、后期三期：绍兴二十五年（1155）范成大三十岁

---

　　① 据周必大《神道碑》记载："（范成大）公蔡氏所自出，故书法兼有真、行、草之妙，人争藏之。寿皇（孝宗）尤爱赏，相与极论今翰墨，数被赐予。"
　　② （元）脱脱等：《宋史》卷三九五，中华书局1977年版，第12031页。
　　③ 刘正成：《中国书法全集》第四十卷，荣宝斋出版社1992年版，第21页。

之前，是取法生成期；三十岁以后至淳熙五年范成大五十三岁，是发展活跃期；淳熙五年以后，是成熟完善期。对他的行草书也有学者进行了分期：乾道八年（1172）范成大四十七岁之前，是前期；乾道九年（1173）至淳熙九年（1182）范成大四十八至五十七岁，是中期；淳熙十年（1183）范成大五十八岁以后，是晚期。① 然经对照阅读范成大书文、年谱，分析、比较其书学成就，笔者认为，以上两种分期方法各有侧重，各有偏倚。若要全面展示范氏书法发展历程，准确分期，当结合范氏生平行迹及书学作品，综合考证分析，重新进行分期，方能经得起推敲。因而，绍兴二十五年范成大三十岁之前是学习积累期；绍兴二十五年至淳熙九年（1182）范成大入仕后至五十七岁是融会贯通期；淳熙十年（1183）归居石湖以后是风格确立期。只有明确了书法创作的基本分期情况，才能看出范成大从政经历与诗书创作的关联。

范成大自绍兴二十五年起开始仕宦生涯。他三十岁之前的生活范围基本在苏州、杭州、昆山三地。据他说自己"十四五始为诗文"，又出生于"莆阳外家"，在当时应既有诗名又有"能书"之书名，且书名较显。② 他传世书迹中年代最早的当数《通济堰碑》（或称为《重修通济堰规》），刻于宋乾道五年（1169），当时范成大知处州任时所书。正面碑额刻楷书"重修通济堰规"，堰规详细地规定了堤堰的维修管理办法。清道光《栝苍金石志》称："范公条规，百世遵守可也。"然因年代久远，碑文大部分已经漫漶不清，只有个别字迹可以辨识。对可辨识的文字进行分析发现，其整体风格尚未完全摆脱蔡、颜一路，如"司""军""记""朝"等多字的笔画转折处依然是颜

---

① 许国平：《南宋书家范成大的书法艺术及佳作考析》（《文物世界》2007 年第 3 期）；方爱龙《南宋书法史》，第 133 页。二人皆持此分期之说。

② 范成大早期书法没有传世书迹，只有文献记述，如《题记事册》《题山水横看二首》《题画卷五首》《题立雪图》《题城山晚对轩壁》《题如梦堂》《题城山挂月堂壁》《题致远书房》《题南塘客舍》《题张氏新亭》《题金牛洞》《题高景庵》等，内容题材基本是题画诗、自作诗、碑记、题壁诗等，因年代久远，真迹基本已经遗失。

体技法，说明他早期的学颜、学蔡经历为后来的书风定下了基调。

乾道七年（1171），范成大差知静江府，府治桂林，他在治地复水月洞，建壶天观、癸水亭、正夏堂、碧虚堂、所思亭等诸址，在其间有摩崖题名数处，现存多篇传世书迹即来源于此。这时他的视野、胸襟日益开阔，感悟到"宇宙勋名无骨相，江山得句有神功"① 的道理，境界自此产生变化，书法渐有骨力，而且遒丽之姿日益明显，对书法也有了更多认识和体悟。淳熙元年（1174），范成大任四川制置使、知成都府，至蜀后繁忙公事之余吟诗作书更勤。陆游在《范待制诗集序》中记载了人们争相求得其作品的盛况："石湖居士范公待制敷文阁来帅成都……公时从其属及四方宾客饮酒赋诗。公素以诗名一代，故落纸墨未及燥，士女万人，已更传诵，被之乐府弦歌，或题写素屏团扇，更相赠遗，盖自蜀置帅守以来未有也。"② 由此可以想见范成大诗书在当时备受推崇的盛况。

范成大的诗歌分期亦与其书法分期有接近之处。淳熙十年（1183），范成大被任命为资政殿学士，再次提举临安府洞霄宫，奉祠归居，真正算得上"退闲休老"，终于在故乡石湖实现了多年的归隐愿望。在范成大一生的创作历程中，诗歌和书法就像两条涓涓溪流，时而并行、时而交汇，为这位诗人、书法家描绘出一幅多姿多彩的创作轨迹图。这两条溪流沿着各自轨迹行至范成大晚年归居石湖后，个人内在精神气质使其文学与艺术的题材、风格均有新的面貌，也能够从其诗歌与书法中探寻到范成大文学与艺术的交集。

---

① （宋）范成大著，富寿荪标校：《范石湖集》卷六，上海古籍出版社 1981 年版，第 70 页。
② （宋）陆游：《渭南文集》卷一四，中华书局 1976 年版，第 2098 页。

第二节　理性与传统特色

范成大自隆兴元年（1163）累迁著作佐郎、除吏部郎官起，在京期间几乎一直在担任或兼任撰拟文书等职，又曾参与诏修《高宗圣政》，"不虚美、不隐恶"的史官意识一定程度上影响到了他诗歌创作的思维和习惯较为客观、理性、严谨。他的书法理论也有不少对传统古意的崇尚与实践，显现出南宋时期尚意书风向复古尚法书风演变的苗头。

一　客观理性　含蓄谨严

范成大的诗歌中重议论、轻情感的特点较其他很多诗人而言并不十分明显，他以诗歌的形式记录风土人情时，也显得理性而严谨。杨贵妃喜食荔枝这一典故唐人已在诗中有记载，杜甫"先帝贵妃俱寂寞，荔枝还复入长安"。（《解闷》）杜牧"一骑红尘妃子笑，无人知是荔枝来"。（《华清宫》）基本都是以讽喻为主。范成大也作有《妃子园》一诗：

> 露叶风枝驿骑传，华清天上一嫣然。当时若识陈家紫，何处蛮村更有园？①

此诗开篇诙谐地借杨妃喜食荔枝的典故，然后跳出借荔枝咏史或讽喻的思路，转而赞扬"陈家紫"的荔枝，言其胜过杨贵妃所食之涪陵荔枝。他在诗下有小注曰：

> 涪陵荔子，天宝所贡，去州里所有此园。然峡中荔子不如闽中远甚，

---

① （宋）范成大著，富寿荪标校：《范石湖集》卷十九，上海古籍出版社1981年版，第268页。

陈紫又闽中之最也。①

这个小注让人对诗意一目了然。他在笔记《吴船录》卷下也对陈家紫之荔枝有相应记录：

> 自眉、嘉至此（涪州）皆产荔枝，唐以涪州任贡。去州里所有妃子
> 园，然其品实不高。今天下荔枝，当以闽中为第一，闽中又以莆田陈家
> 紫为最。川广荔枝，子生时固有厚味，多液者干之，肉皆瘠，闽产
> 则否。②

同一事物，范成大以诗、注、笔记的多种形式反复记录描写，尤其是在"缘情而绮靡"的诗歌这一形式之中，也以客观实录的笔调写就，可见他在此类诗歌中理性中正的创作态度。范成大在晚年归居石湖后作《腊月村田乐府十首》，分别记录了吴中地区年终岁尾的十种风俗：冬舂米、开灯市、祭灶、吃口数粥、放爆竹、烧火盆、照田蚕、分岁、卖痴呆、打灰堆等。他在序中写道："余归石湖，往来田家，得岁暮十事，采其语各赋一诗，以识土风，号《村田乐府》。"所谓"识土风"，即了解乡土风俗人情之意。诗的结尾写道："生涯惟病骨，节物尚乡情。㩉抚成俳体，咨询逮里甿。谁修吴郡志，聊以助讥评。"一语点出他作这十首"识土风"之诗的目的是为修地方志者提供素材，而非只为抒情达意，实为诗人中之少数。

范成大多次赴外地任地方官，了解各处风土人情和风俗事物，反映的生活画面较为广阔，使其纪行诗和田园诗可以算所有诗作中价值最高也最有特色，对后代纪行诗与田园诗产生很大影响。他在诗歌中客观地写入大量笔记、方志内容，一方面是性格较为中正平和，能够理性地看待人情事物所致；另

---

① （宋）范成大著，富寿荪标校：《范石湖集》卷十九，上海古籍出版社1981年版，第268页。
② （宋）范成大：《范成大笔记六种》，中华书局2002年版，第223页。

一方面也与他文人士大夫的历史责任感有很大关系，一定程度上有淡化诗意情感的弊病，但也很好地体现了范成大诗歌较为客观的这一特点。

纵观范成大一生行历，执行公务或赴任途中都有反映当地风土人情或民俗景物的诗歌，几乎与笔记、散文一同问世。他的从政经历中较为重要的是四次行程较远的差使：一是乾道六年（1170）出使金国，求陵寝地和更定受书礼，大义凛然，全节而归。途中成《揽辔录》，并作使金诗七十二首，名曰《北征集》，记录沿途所见所感，有诗与史的双重意义。二是乾道七年（1171）差知静江府，府治桂林，途经十余个州府，历时三个多月才到达。途中见闻著成《骖鸾录》，作诗四十二首编为《南征小集》。三是淳熙元年（1174）任四川制置使、知成都府，自桂林至成都途中作诗一百三十五首，编成《西征小集》。四是淳熙四年（1177）出川东归，到达苏州，途中作成《吴船录》两卷。有学者曾对范成大的三部笔记即《揽辔录》《骖鸾录》《吴船录》与相同的时间段内其所作其他诗歌进行对照比较，发现他的纪行诗歌与笔记选材相同，笔记中的记述重点往往也同时见于诗歌，甚至很多写法也较为相似。①

范成大喜好记录地方风物，也是博闻强志的性格使然，而他以这种实录性质的客观描写方式写诗，又使诗具有一定历史、地理文献价值。如《合江亭》诗句：

> 石鼓郁嵯峨，截然踞沧洲。有如古盟主，勤王会诸侯。蒸湘伯叔国，禀命会葵丘。敢不承载书，勠力朝宗周。混为同轨去，崩奔不敢留。②

描述石鼓书院的地理位置，并以春秋盟主为喻，突出其地处要势。他在

---

① 程杰：《论范成大以笔记为诗》，《南京大学学报》1989 年第 4 期，第 46 页。
② （宋）范成大著，富寿荪标校：《范石湖集》卷二十一，上海古籍出版社 1981 年版，第 306 页。

《骖鸾录》中对石鼓书院也有记载：

> 石鼓雄距要会，大略如春秋霸主，号令诸侯勤王，蒸湘如兄弟国，奔命来会，察会载书，乃同轨以朝宗，盖其形胜如此。[1]

除了诗有韵、文无韵这一差别之外，诗歌与笔记的含义、技法基本一致，文恰似对诗所作的诠释，都是据实记录，很少掺杂个人思想情感在其中。范成大诗歌中的客观实录精神还体现在诗题和诗序、自注上，诗歌题目非常具有宋诗的特点，即经常写有明确的时间、地点、人物、事件等要素，并以较多的字数交代创作缘由或写作背景，有的还交代与诗歌内容有关的事件。诗序，即诗人以序的形式道明作诗的缘起或阐明主旨。诗序自《毛诗序》起就有着长远的发展过程，尽管其为后人所加，但后人在模仿创作时也受到很大影响，如汉赋中就常见序文，这对诗序的发展也有启发。"自拟诗序的流行大约与诗歌制题风气的兴起同一时期，从魏晋开始有了比较自觉的发展。"[2] 唐诗中如杜甫的《观公孙大娘弟子舞剑器行》诗序，描写观看公孙大娘舞剑器的精妙所在；白居易《琵琶行》序中交代清楚了与琵琶女相遇的缘由，表达了作者的创作情感。

到了宋代，诗序沿着这一方向继续发展，愈加详细地细述诗歌本事，表达作者感情与思想，诗序的叙事性、抒情性有了很大发展，在宋代成为诗歌的有机组成部分。[3] 范成大的诗歌亦沿袭宋诗诗序的形式特点，但他的诗序增强了诗歌的客观性，成为对诗歌内容的重要补充。如《巫山高》诗序云："余旧尝用韩无咎韵题陈季陵《巫山图》，考宋玉赋意，辨高唐之事甚详。今过阳台之下，复赋乐府一首。世传瑶姬为西王母女，尝佐禹治水，庙中石刻在

---

① （宋）范成大：《范成大笔记六种》，中华书局2002年版，第189页。
② 吴承学：《论古诗制题制序史》，《文学遗产》1996年第5期。
③ 周剑之：《宋诗叙事性研究》，博士学位论文，北京大学，2011年，第98页。

焉。"① 范成大讲述了《巫山高》这首诗歌的创作经历，并介绍了其中所引用的典故，使诗歌内涵更加丰富。从数量方面来看，有人对范成大的诗序进行汇总研究，言其诗序比同时代很多诗人的诗序数量多。②

除了诗序外，范成大诗歌的自注也是值得注意的内容。他不仅在纪行诗、咏物诗中以诗注的形式对陌生的或新鲜的事物详细介绍，还会在反映社会生活的诗注中客观地记录自己的所思所想，甚至一些较为有名的历史古迹、时人耳熟能详的名胜景物，范成大也会以诗注的形式略述一二。尤其是他在使金途中所作的七十二首诗，几乎大部分都有诗注，如《邯郸道》诗序"即昔人作黄粱梦处"③。侧重于对行经之地进行解说。《蔺相如墓》诗云："玉节经行虏障深，马头酹酒奠疏林。兹行璧重身如叶，天日应临蔺心。"④ 诗人触景生情，以蔺相如典故言志，坚定信念。诗歌中流露出作者的仰慕感怀之情，诗注只是如方志笔记一样记录了"在邯郸县南、赵故城之西"。⑤ 有的诗注是对事物特征进行描绘，如《良乡》自注"燕山属邑。驿中供金粟梨、天生子，皆珍果。又有易州栗，甚小而甘"⑥。颇有兴致地描写驿中提供的果子的特点。再如《宿州》诗注"五更出城，鬼火满野"简短八个字的平实记录，让人对宿州有了一定感性认识。《范石湖集》中还有很多篇幅较长、完整叙事的诗注，如《青城山会庆建福宫》及《玉华楼夜醮》的诗注分别云：

宫旧名丈人观，予为请于朝赐今名。入山前数日，敕书至自行在，予就设醮以祝圣人寿云。⑦

---

① （宋）范成大著，富寿荪标校：《范石湖集》卷十六，上海古籍出版社1981年版，第215页。
② 兰芳方：《南宋诗序研究》，硕士学位论文，西南大学，2013年，第8页。
③ （宋）范成大著，富寿荪标校：《范石湖集》卷十二，上海古籍出版社1981年版，第151页。
④ 同上。
⑤ 同上。
⑥ 同上书，第157页。
⑦ （宋）范成大著，富寿荪标校：《范石湖集》卷十八，上海古籍出版社1981年版，第248页。

青城观殿前大楼，制作瑰丽，初夜有火炬出殿后峰上，羽衣云："数年前曾一现。"已而如有风吹灭之，比同行诸官至，则无见矣。予默祷云："此灯果为我来者，当再明，使众共观之。"语讫复现。①

两首诗歌均为范成大在青城山祈福时所作。第一首诗注交代了建福宫的原名和改为现名的因由，以及作者来到青城山的目的。第二首诗注以上一首诗"设醮以祝圣人寿"为背景，描写了青城观殿前陈设，又不惜笔墨对殿后峰上传言中的火炬初有后无又再现及自己的心理活动进行了细致刻画，虽有衬托为皇帝祈祷的虔诚心理在其中，但总体还是客观冷静地写出，兼以说明诗歌的写作缘由。

由以上可见，范成大的诗序和诗注非常注重诗歌本事，符合宋人作诗缘事而发的特点，加之他的诗歌取材广，视角开阔，诗序和自注内容、题材非常广博，写作中结合笔记、散文、方志的写法，使诗序和小注在前人基础上又获得了一定发展。范成大通过大量序和注的形式，使客观实录的散文与诗歌有机结合，凸显出他在部分纪行咏物等诗歌创作时的态度，与客观实录精神殊途同归。他对自己极为擅长的书法，在品评时亦是带着与诗歌同样的客观的实事求是态度进行观赏与思辨，极少带着一己偏见发表观点。

二　崇尚传统　心系古意

范成大后期的诗歌秀丽温和，笔触明朗，句法简洁，虽有宋诗意味在其中，却也具有明显的唐诗意韵。他晚年的时候比较注重格律和对仗，有的诗风较为疏放，但基本上还是以平淡为主，仅有个别对仗显出豪壮之气。诗歌的总体特点是淡雅质朴，温婉秀丽，诗句平易，不尚用典。杨万里《范石湖集序》中曾这样评价范成大的诗：

---

① （宋）范成大著，富寿荪标校：《范石湖集》卷十八，上海古籍出版社 1981 年版，第 249 页。

大篇决流，短章敛芒，缛而不酿，缩而不窘，清新妩丽，奄有鲍、谢，奔逸隽伟，穷追太白，求其只字之陈陈，一倡之呜呜，不可得世。今海内诗人，不过三四，而公皆过之，无不及也。①

周汝昌在《范石湖集》的前言中对范成大的诗歌也有类似的看法：

歌行古风，神摄太白；山川行旅，取径老杜；七律，极有樊川英爽俊逸之风；五律，得武功细腻旖旎之格；乐府，力追王仲初逋峭之姿；绝句，颇擅刘梦得竹枝之调，在宋诗中，最能脱略江西，饶有唐韵。②

范成大作诗颇具唐人韵味，这在当时及后世都受到普遍的认同。书法方面，范成大笔下不乏北宋四家的流风遗韵。范成大始终认为书法真迹具有重要意义，不满足于近代摹本或范本，而需要从书帖的源头处入手，方能正确入门临习，如：

学书须是收昔人真迹佳妙者，可以祥视其先后笔势、轻重往返之法。若只看碑本，则惟得字画，全不见其笔法神气，终难精进。又学时不在旋看字本，逐画临仿，但贵行住坐卧常谛玩，经目著心久之，自然有悟入处，信意运笔，不觉得其精微，斯为善学。③

范成大认为，只有真迹才能从源头上保证书法入门之正，在此基础上仔细研究真迹的笔势、轻重等要素。相反，如果只看碑刻之文而忽略真迹，就只能看到可识的字画，字的笔法、精神掩藏其后无法看到，学书者的书艺很难获得进步。而且学书须"常谛玩"。字本与碑本相比，好处之一就是轻便易携，与其"旋看字本"，专门进行逐画临仿，还不如行、住、坐、卧时时常观

---

① （宋）范成大著，富寿荪标校：《范石湖集》附录，上海古籍出版社1981年版，第505页。
② （宋）范成大著，富寿荪标校：《范石湖集》卷一，上海古籍出版社1981年版，第5页。
③ 孔凡礼：《范成大佚著辑存》，中华书局1983年版，第139页。

看赏玩，经目著心，耳濡目染。长期下来，自然有所领会和顿悟，提笔作书如同胸有成竹，平时积累的笔法技艺自会流于笔端，表现在纸上。

南宋"兰亭学"时间跨度长，地域分布广，参与人数多，是时代、艺术、学术三者结合的产物，形成一个时代的书法赏评风尚。范成大对《兰亭序》亦极为关注，如他对《兰亭》石刻本所作的鉴别：

> 《兰亭序》，唐世摹本已不复见，今但石本尔。摹手刻工各有精粗，故等差不同。惟是"定武"者笔意仿佛尚存，士大夫通知贵重，皆欲以藏者当之，而未必皆然。观此本则不容声矣。绍熙辛亥立冬，石湖范成大书。①

> 《兰亭》为书法之祖，南中模仿几数十本，终不若"定武"者之胜。今观此轴刻画与使墨，皆有佳趣，决知其为"定武"者也。然较之予收者黑色匀重，亦打碑者自有不同。得之者当宝藏，盖书法尽于此矣。石湖居士书。②

可见范成大等文人士大夫对《兰亭》的推崇。关于对王羲之等古人书迹的珍视，他还在《观禊帖有感三绝》中表达自己的看法：

> 古人赋多情，无事辄愁苦。兰亭一觞咏，感慨乃如许！③（其一）
> 宝章埋九泉，摹本范百世。白鹅满波间，谁识腕中意？④（其二）
> 三日天气新，禊饮传自古。今人不好事，佳节弃如土。⑤（其三）

这三首绝句主要围绕《兰亭序》展开。王羲之的真迹早已失传，只有范

---

① （宋）俞松《兰亭续考》著录为"绍兴辛亥立冬"云，当系"绍熙"之误。
② （宋）桑世昌、俞松：《兰亭考　兰亭续考》，浙江人民美术出版社2013年版，第79页。
③ （宋）范成大著，富寿荪标校：《范石湖集》卷二十一，上海古籍出版社1981年版，第300页。
④ 同上。
⑤ 同上。

本流传数百年，供人们学习鉴赏。借用王羲之"书成换白鹅"的历史典故，提出"谁识腕中意"这一重要的书法问题。的确，王羲之《兰亭序》的范本流行已成事实，而且有人可以临摹右军书法近乎神似，但"腕中意"所代表的书法笔法、功力及右军对于书法的专注投入、静心思考是模仿不来的。诗中"古人赋多情""佳节弃如土"等句可以看出范成大对于"今不如古"这一现象的感怀和慨叹，还有对两晋时期文学、书法及文化环境的追忆。后世也有学者对这一热衷兰亭的风气略有异议，认为南宋沉溺《兰亭》一家一帖，标榜东晋江左之风，实有不思进取玩物丧志之嫌疑。尽管如此，我们还是应该看到，正是因为以范成大为代表的文人书家对《兰亭序》的极大关注，书法思想中出现了复古尚法书风的萌芽，才为南宋后期书学取法源流全面转向"二王"及越唐入晋的书学观奠定了坚实基础。

第三节　田园生活与诗歌书法

淳熙四年（1177），范成大出川东归，到达苏州。淳熙五年，因与宋孝宗意见不和，归隐石湖，屡召不起，徜徉山水。淳熙十年之后，他终于实现多年心愿开始了长期与石湖、范村为伴的生活。江南山清水秀的田园风光助长了他的诗兴，也潜移默化地渗透到书法创作中，其诗歌创作又进入一个新的阶段，书法与前期相比也更入化境，这在他的诗歌、书法风格转变过程中均有一定表现，最为明显的就是蕴含在田园风味中的尚意与典雅兼备的诗书风格。

一　清新自然的田园诗歌

范成大晚年归隐后，远离官场日久，对国情、战事渐渐疏远，不再涉及官场龃龉之事。谢事归田使他的闲暇时间较以往多了，将注意力转移到田园生活中来，创作心态更为平和、宁静，有较多时间投身于诗歌创作，作诗由原来职事之余的兴趣转为甚为倾注的艺术陶冶。《四时田园杂兴》组诗描绘了一年四季江南水乡耕织的动态图画，人们生产、生活、休闲的场景都栩栩如生地展现在读者眼前，语言清新自然，风格温婉恬静，内容全面真实。如：

土膏欲动雨频催，万草千花一晌开。舍后荒畦犹绿秀，邻家鞭笋过墙来。①（《春日田园杂兴》其一）

雨后山家起较迟，天窗晓色半熹微。老翁敧枕听莺啭，童子开门放燕飞。②（《晚春田园杂兴》其一）

槐叶初匀日气凉，葱葱鼠耳翠成双。三公只得三株看，闲客清阴满北窗。③（《夏日田园杂兴》其一）

新筑场泥镜面平，家家打稻趁霜晴。笑歌声里轻雷动，一夜连枷响到明。④（《秋日田园杂兴》其一）

放船开看雪山晴，风定奇寒晚更凝。坐听一篙珠玉碎，不知湖面已成冰！⑤（《冬日田园杂兴》其一）

钱锺书指出："到范成大的《四时田园杂兴》六十首才仿佛把《七月》《怀古田舍》《田家词》这三条线索打成一个总结，使脱离现实的田园诗有了泥土和血汗的气息，根据他的亲切的观感，把一年四季的农村劳动和生活鲜明地刻画出一个比较完全的面貌。"⑥的确，范成大的田园诗在对自《七月》以来的田园诗传统一脉相承，在熔铸了陶渊明、王维、孟浩然、梅尧臣、欧

---

① （宋）范成大著，富寿荪标校：《范石湖集》卷二十七，上海古籍出版社1981年版，第372页。
② 同上书，第374页。
③ 同上书，第374页。
④ 同上书，第375页。
⑤ 同上书，第376页。
⑥ 钱锺书：《宋诗选注》，生活·读书·新知三联书店2002年版，第312页。

阳修等前人经验的基础上又有了新的超越，诗歌笔触对农村生活的深度和广度都有所开拓。

在前代诸多田园诗中，文人士大夫以隐士或旁观者的身份走近田园生活，看到了土地平旷、屋舍俨然的农村风景，感受到了阡陌交通、鸡犬相闻的静谧环境，领略了黄发垂髫、怡然自得的天伦之乐，将其视为桃花源般的理想之地，付诸笔墨后即形成或空灵淡远、或清新自然、或平易朴实的多种风格的田园诗歌。然而，从另一个角度来看，春种秋收之事，对于农民而言是为了维系生存的必需选择，农村美好田园风光的背后，蕴藏着农人自给自足农耕生活的不易与辛酸，他们只有付出更多的辛勤劳动才能获得最基本的温饱。

此外，中国自古以农业为主，加在农民头上的赋税也是相当沉重严苛的，杜甫、白居易等人在诗歌中曾予以再现和批判。而范成大亲身融入农村生活，身份转变为近乎一农民，他除了描写农家田园生活，还能透过和谐静谧的表面，反映农民一年到头的劳碌和应付官差租税的辛苦，记录了最为真实的田园生活，实现了对传统田园诗歌的改造。此时的范成大依然如使金途中关注北方人民生活时一样，内心还是有深沉的士大夫社会责任感，故能在熔铸陶、谢、王等多位前代名家的基础上推陈出新。故刘大杰曾对范成大《四时田园杂兴》评价指出："可知他（范成大）在农村生活体验中，日与农夫樵子为友，静心观察他们的生活，随时随地写了下来，他本无意求工，却无不自然生动，笔底下自有一种土膏露气。并且在这些诗里，没有一点刻意经营的痕迹，大都是用通俗的文句，清新轻巧……很有民歌风味和现实意义。"① 范成大在描绘农村风光的同时，也将农民的喜怒哀乐融入笔端，形诸清新自然而富有形象的文字，使田园诗的题材扩展，境界有了提升。从这个意义上讲，《四时田园杂兴》组诗的意义和价值超越了历代单纯的田园风光诗，直达人的

---

① 刘大杰：《中国文学史》，上海古籍出版社 1982 年版，第 186 页。

心灵深处。

　　此外，范成大的纪行诗、咏物诗与其田园诗一样，都有一个共同的特征就是描写客观细致，诗中画面如在眼前，如苏轼《书摩诘〈蓝田烟雨图〉》对王维之诗与画的评价："味摩诘之诗，诗中有画；观摩诘之画，画中有诗。"① 精当地说明了摩诘诗与画之间的内在关联，而范成大的诗歌亦充分具备此特点，将诗情和画意融于一体，体现出宋代文人诗画一体的自觉意识。诗歌之构思精巧，选材精致，注重细节描写，状物细致入微，尤其是田园诗歌之对农村生活深度和广度的开拓，在南宋后期甚至明清两代形成显著影响，如萧澥《江上冬日效石湖田园杂咏体》、杨公远《次金东园农家杂咏八首》及刘克庄《田舍即事十首》、明代吴宽模仿《四时田园杂兴》而作《西山杂兴》七首均受到石湖田园诗歌艺术构思和写作技巧等方面的启发。清初有"家剑南而户石湖"的说法，更多的人以模仿石湖体为旨趣，将范成大所建立的田园诗歌模式推向更加深远的境地。

二　尚意典雅的晚期书法

　　范成大的书法无论学颜学杨，还是学"宋四家"，均能自然娴熟地融合诸家前贤风格进行变体，形成自己"圆熟遒丽，生意郁然"的特色。他的书法作品在不同阶段也呈现出不同的面貌，有严谨厚重的沉着之作，有平和温婉的疏朗之作，也有圆熟流转的奔放之作，体现出石湖在文学艺术方面丰富的创造力和对文字笔触高超的驾驭能力。尤其是晚年长期归居田园之后，范成大与同道好友周必大、陆游、吴琚，晚辈姜夔、龚颐正等人时有来往书札，切磋书艺，谈论书学心得。可以说，淳熙十年（1183）是范成大书法风格的分界线。以《垂诲帖》（图6-1）为例进行分析，此帖是范成大传世草书作品的代表作之一，布局简洁流畅，笔法圆润飘逸。

---

① （宋）苏轼著，孔凡礼点校：《苏轼文集》卷七十，中华书局1986年版，第2209页。

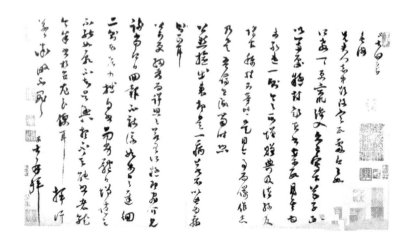

图 6-1　范成大《垂诲帖》

《垂诲帖》没有纪年，因文中有关于为先夫人书写墓志一事，《范成大年谱》认为范成大十四岁时丧母，故《垂诲帖》的书写时间为绍兴九年，即范成大十四岁时。① 有学者对此提出质疑："成大十四岁丧母，于是《范成大年谱》定此帖为十四岁作，显然不妥，再者其帖的老到笔法也非成大十四岁所能为。"② 还有一种说法是《垂诲帖》作于淳熙四年（1177），惜未进行考辨③；方爱龙则指出，《垂诲帖》的书写时间当为淳熙十年，并进行考证如下：

> 味帖中所云……句意，当是范成大就为其母志文问题而致友人信札。受书人约是吴兴旧日同僚，姓名、生平不可考。从帖中所述推测，此札当书于范成大出蜀后归居石湖时。据《范成大年谱》等：淳熙四年，五月末离成都，十月初入姑苏。淳熙五年，正月九日，以权礼部尚书知贡举；四月，自礼部尚书兼直学士院迁中大夫除参知政事；六月十一日，

---

① 于北山：《范成大年谱》，上海古籍出版社 1987 年版，第 12 页。

② 陈道义：《千古湖山人物，百年翰墨文章——范成大书法艺术试论》，《铁道师院学报》（社会科学版）1993 年第 4 期，第 64—67 页。

③ 佚名：《范成大〈垂诲帖〉》，《书画艺术》2013 年第 7 期，第 31 页。

罢参知政事，除资政殿学士知婺州，约在初秋，提举临安府洞霄官，归石湖。然帖中有"挥汗，草草率略"云云，书札时当在夏日；且云："本欲力拙自书，而劣体日增倦乏，不能如愿。"其时，成大当得疾在身。而淳熙五年，归祠石湖，至淳熙六年，成大一直意兴较佳，曾数度与客友夜泛石湖，故此札当不作于此时。再据《范成大年谱》等，淳熙七年，二月，差知明州。淳熙八年，二月，除端明殿学士；三月，除知建康府。淳熙九年，十一月，特授太中大夫。淳熙十年，孟夏，得疾，坚请祠；归石湖后，疾病缠萦，情绪颇消沉。因自淳熙五年至九年，范成大数度更迁官爵，故其札有云："今之所增赠典及诸孙及壻官称、姓名等，皆是目今事。"综上所考，此札当系淳熙十年夏，成大自建康归居石湖后不久作成。①

方爱龙从范成大生平经历及健康状况入手，对照书札中文辞句意进行推论考证，较有说服力。此外，还需要就其书法风格进行比较，更加能反映不同阶段书法的痕迹，如将《垂诲帖》与范成大淳熙十年之后所作的《雪晴帖》（图6-2）、《雪后帖》（图6-3）进行比较。

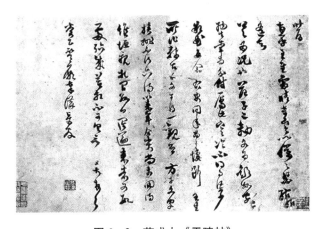

图6-2　范成大《雪晴帖》

---

① 刘正成：《中国书法全集》第四十卷，荣宝斋出版社1992年版，第268—269页。

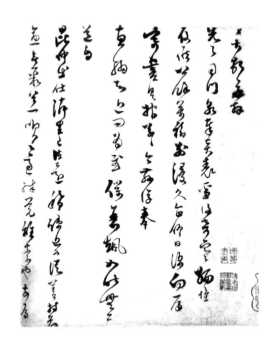

图 6-3　范成大《雪后帖》

范成大前期、中期的行草书作品还有多字出之以楷书笔意，笔断意连的技法掌握得尚不纯熟，稍显生涩、不连贯，笔意尚不够洒脱；通过比较可明显看出，《垂海帖》几乎已去除了原来行草中的楷书意味，笔法流畅成熟，与作于淳熙十年之后的《雪晴帖》《雪后帖》笔法、笔意极为相近，尤其是多字连绵相接及笔断意连的技法已运用得很熟练，颇具大家风范，字与字、行与行之间的呼应、布局也比《春晚》《辞免》二帖更为整饬多姿。综上所述，《垂海帖》的创作时间应该不晚于淳熙十年成大归居石湖，再结合原文，方爱龙考证其作于淳熙十年夏当为无误，可见淳熙十年在范成大艺术生涯中的重要意义。

范成大归居石湖不久还写了一幅流传甚广的《西塞渔社图卷跋》墨迹。《西塞渔社图卷跋》是范成大于淳熙十二年（1185）作于李结《西塞渔社图》卷后之跋语，卷后有纪年"淳熙乙巳上元石湖居士书"。唐代诗人张志和的

《渔父》因有"西塞山前白鹭飞，桃花流水鳜鱼肥"句而使西塞山闻名于世。南宋山水画家李结（李次山）作了《西塞渔社图卷》后请范成大、周必大等人题跋，其中范成大所作跋文如图6-4所示。

图6-4　范成大《西塞渔社图卷跋》

范成大所题290余字的长跋中有"候桃花水生，扁舟西塞，烦主人买鱼沽酒，倚棹歌之"等语，表现出他在湖光山色中的旷达心境，可见当时意兴较浓。宋黄胜《黄氏日抄》评价范氏跋语简峭可爱，唯独《渔社图》有韵味。王世贞也认为范氏此书出入眉山（苏轼）与豫章（黄庭坚）之间，还有米芾风味。书法整体风格显得清新遒劲，点画疏放俊朗，阳刚之气与温婉韵致俱佳，已形成其个人风范，书风亦与跋语之旷达、闲适的心境吻合。

范成大传世书法中创作年代最晚的是作于绍熙三年（1192）的《中流一壶帖》（又名《上问帖》）（图6-5）。

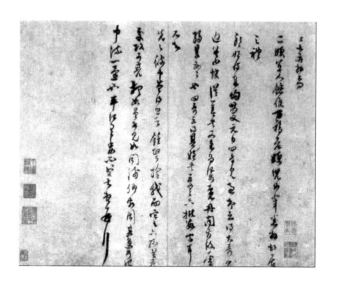

图6-5 范成大《中流一壶帖》

此帖与陆游晚期书风的起伏明显、豪迈刚劲各异其趣,既可见秀媚的一面,又显冲虚明朗的气象,逐渐趋于二王典雅一路书风,流露出一代诗人所具有的宁静典雅的韵味。正如岳珂《宝真斋法书赞》所云:

> 纵之而矩不逾,敛之而锋无余;实蕴而华敷,云烂而霞舒。虽近世之书,亦足以为轩几之娱。久而信,信而传,其殆留而为后世之须。①

也正是在晚年时期,范成大有更多的时间关注书法创作的意境,在对前代名家书法融会贯通的基础上,再融入他所钟爱的二王书风,使尚意气息与古典韵味兼备的个人书风形成并确立下来,书法创作达到巅峰,受到历代高度评价。

---

① 卢辅圣主编:《中国书画全书》第二册,上海书画出版社1992年版,第340页。

小　结

范成大仕途较为顺利，书名与诗名同样显赫，可谓当时的"文化名人"。他多次在诗文中表达了自己的"石湖"情结，意欲归隐。由于身体羸弱，他看到了生命的脆弱，多次写诗表达对生命易逝的感慨。他长期担任或兼任撰拟文书等职，"不虚美、不隐恶"的史官意识一定程度上影响到了他诗歌创作的思想观念较为客观、理性，这种客观理性的实录精神还体现在诗题和诗序、自注上。他的诗序和诗注非常注重本事，符合宋人作诗缘事而发的特点，加之他的诗歌取材广，视角开阔，诗序和自注内容也非常广博。范成大的书法也显得理性而严谨，显现出尚意书风向复古书风演变的苗头，而且从思想理论角度来看，也有不少对传统古意的崇尚与实践。

范成大写了多首反映劳动人民真实生活场景的诗歌，与唐代乐府诗一脉相承。他的诗歌题材风格各异，如使金途中的诗歌既有正气凛然之作，又不乏忧心悲怆；写景纪事诗用客观冷静的笔触记录所见所闻，而效仿乐府诗的作品则叙事性强，生动可感，让人身临其境，感受到对于传统诗歌的浸濡。晚年归居石湖后，江南山清水秀的田园风光助长了他的诗兴，也潜移默化地渗透到书法创作中，其诗歌创作进入一个新的阶段，书法与前期相比也更入化境，创作出清新自然的田园诗歌及尚意典雅的书法作品。他尚意气息与古典韵味兼备的个人风格形成并确立下来，诗歌与书法创作达到巅峰。

第七章　朱熹的诗歌与书法

　　在中国文化发展和演变的过程中，宋代是非常重要的关键转折期，思想文化在这一时期得到空前发展。陈寅恪先生认为，华夏民族的文化在经历数千年的演进变迁之后，宋代当为其发展极为辉煌之时，其中，宋代学术的复兴尤其是新宋学及理学的建立，是至关重要的。宋代文化承续了自唐代中期兴起的儒学复兴运动，经过积累创新而建立起了新儒学思想体系，即后世所称的理学。理学是"传统儒学的集大成与新发展，又兼容了释、道哲学的思想理论与思维方式"①，作为官方哲学在元明清几代占据统治地位。宋明理学将我国古代哲学发展再次推到了一个高峰。"宋明理学以儒学的内容为主，同时也吸收了佛学和道教思想，它是在唐朝三教融合、渗透的基础上，孕育、发展起来的一种新的学术思想。"② 宋史之前的正史一般把学者和思想家都归入"儒林传"，《宋史》首开"道学传"这一分类，且置于"儒林传"之前，以此表示道学的重要地位。淳熙四家之一朱熹的诗歌与书法，当然也摆脱不了与理学的关系。他的诗法创作富有理趣，诗论与书论也都自"理窟"中流出，在当时及后世形成重要影响。

---

① 许总：《宋明理学与中国文学》，百花洲文艺出版社 1999 年版，第 5 页。
② 侯外庐主编：《宋明理学史》，人民出版社 1984 年版，第 1—2 页。

第一节 诗书创作与理学思想

伴随着理学的发展，佛、道思想在宋代也获得很大发展，宋人的思想认识和学术观点更加多元和深邃。南宋理学大师朱熹以其深厚的道德修养、渊博的知识积累、独立不迁的精神，在诗歌与书法中融入理学思想和理性思考，使诗书二艺共同作为其学术思想的一部分。他的诗歌与书法及其内在关联，无论在当时还是后世，都有独到的价值和意味。

一 诗歌与书法之"理"

"理"是朱熹哲学理论的基础和本原。万物因"理"而存在于世间。"天地之间，有理有气。理也者，形而上之道也，生物之本也；气也者，形而下之器也。是以人物之生，必禀此理然后有性，必禀此气然后有形。其性其形虽不外乎一身，然其道器之间分际甚明，不可乱也。"[1] 天地之间的万事万物由于得"理"而各自具有其"性"，"性"亦是朱子哲学的另一个重要范畴，"所谓人受以生，所谓动作威仪之则者，性也，非形也。今不审此，而以魂魄鬼神解之，则是指气为理而索性于形矣，岂不误哉！所引《礼运》之言，本亦自有分别。其曰天地之德者，理也；其曰阴阳之交，鬼神之会者，气也"[2]。"性"可分为"天命之性"与"气质之性"，概括了先天本原与后天养成的"性"之特点，一为至善至美的道德伦理规范，一为不断向至善境界靠近的主体修养。二者统一于"心"，"要之兼理气统性情者，心也。而性发之际，乃一心之几微，万化之枢要，善恶之所由分也"。最终落脚点在于现实具体的主

---

[1] （宋）朱熹：《晦庵先生朱文公文集》卷五十八，朱杰人等编《朱子全书》，上海古籍出版社2002年版，第2756页。

[2] 同上。

体之"心"：

> 心之全体湛然虚明，万理俱足。无一毫私欲之间，其流行该偏，贯穿动静，而妙用又无不在焉。故以其未发而全体者言之，则性也，以其已发而妙用者言之，则情也。然心统性情，只就浑沦一切之中，指其已发、未发而为言尔。非是性是一个地头，心是一个地头，情又是一个地头，如此悬隔也。① （《性情心意等名义》）

朱熹标举以"湛然虚明"之心方能达到"万物皆备于我"的境界。除了理性的客观认知，更需要主体格物致知、正心诚意的内心修养，以实现道德人格的自我超越。程颐在其《伊川易传》中强调："君子所以大过人者，以能独立不惧，遁世无闷也。天下非之而不顾，独立不惧也。举世不见知而不悔，遁世无闷也。"② 朱熹在此理论基础上提出自己诗歌创作的重要观点：

> 或有问予曰：诗何为而作也？予应之曰：人生而静，天之性也。感物而动，性之欲也。夫既有欲矣，则不能无思，既有思矣，则不能无言，既有言矣，则言之所不能尽，而发于咨嗟咏叹之余者，必有自然之音响节奏，而不能已焉。此诗之所以作也。③ （《诗集传序》）

朱熹这段诗论是基于性体情用论的心性观，他继承了钟嵘《诗品序》中"气之动物，物之感人，故摇荡性情，形诸舞咏"及刘勰《文心雕龙》中"人禀七情，应物斯感，感物吟志，莫非自然"等理论，提出了由于主体之"心"的能动作用，肯定了主体情感体验在诗歌创作过程中的合理性、必然性，这是对之前理学家鄙视文学创作观念的否定和超越，是朱熹作为理学家

---

① （宋）黎靖德辑：《朱子语类》卷五《性理二》，中华书局 1986 年版，第 94 页。
② （宋）程颢、程颐：《二程文集》，中华书局 1981 年版，第 2840 页。
③ （宋）朱熹：《诗集传序》，朱杰人等编《朱子全书》第一册，上海古籍出版社 2002 年版，第 350 页。

在诗学方面的独特贡献，如：

> 诗者，人心之感物而形于音之余也！心之所感有邪正，故言之所形有是非！惟圣人在上，则其所感者无不正，而其言皆足以为教；其或感之之杂，而所发不能无可择者，则上之人必思所以自反，而因有以劝惩之，是亦所以为教也。①

从以上言论可以看出，朱熹的诗学观也表现出独特的理学家思维方式。他认为诗是人心感于外在之物所发之音节，心之所感是邪是正最为重要，只要表达真实的心理与情感，至于诗词之工拙与否并不被看重。而且，他提出"人生而静"是天性，"感于物而动"是人的欲望和本能，有欲望即要用语言表达，言之不能尽者，则留下迂回含蓄的空间。他最不愿意看到的是很多文人为了文章文学"费精神""糜岁月"，亦不赞成感情直露，直抒胸臆，主张雍容安详、含蓄平和的表达方式。

朱熹亦将"理"的思想贯彻在他的书学创作和理论中。他本人的书法创作严格遵循他自己的理学书观，心正持敬，道为书载，将尊崇个性、神韵、趣味的尚意书风向尚理、尚法的方向转移。而且随着他的理学思想主导地位逐步确立，他的理学书论也逐渐成为书坛正统思想，岳珂、项穆、姜夔、赵孟坚、冯班等的书学思想就是沿着朱熹的理学书论思想进行书法批评，注重书家的理想人格和道德自律精神。

朱熹认为法度是体现理的，以古为法才是书法的统绪。而书法法度以高古为尚，今不如古，上古的书法是最为卓越的。他重视古人笔法，大力反对破坏古人笔法："尤延之论古人笔法来处如周太史奠世孙，真使人无间言。"②

---

① （宋）朱熹：《诗集传序》，朱杰人等编《朱子全书》第一册，上海古籍出版社2002年版，第350页。
② （宋）朱熹：《晦庵先生朱文公文集》卷八十二，朱杰人等编《朱子全书》第二十四册，上海古籍出版社2002年版，第3863页。

（《跋尤延之论字法后》）朱熹很推崇"篆籀意象"，年轻时也尝试过曹操等汉魏书家的书法，贬斥近世一味追求字形妍美、丧失古法的书风。为了使书法重归正道，他大力提倡"复古"，力图在古法中找回被尚意书风末流写坏了的"书理"，如：

> 近岁朱鸿胪、喻工部者出，乃能超然远览，追迹元常于千载之上，斯已奇矣。故尝集其墨刻以为此卷，而尤以《乐毅书》《相鹤经》为绝伦，不知鉴赏之士以为何如也？[1]（《跋朱喻二公法帖》）

朱熹赞扬朱敦儒和喻樗的书法，是因为他们"追迹元常于千载之上"，能够承接上古书法的法度和统绪。在实际创作中，朱熹也严格遵循这一理念。董其昌评价朱熹书法曰："大都近钟太傅法，亦复有分隶意。"朱熹早年取法魏晋，为日后书风及书论确立了基调。朱熹在经历生活磨难及视野开阔之后，晚年形成了自己独特的书学观："不与法缚，不求法脱，真所谓一一从自己胸襟流出者。"他也领悟到了自由的不受束缚的书法正是书学的最高境界：

> 须是纵横舒卷，皆由自家使得方好；搤成团，捺成匾，放得去，收得来，方可。[2]
>
> 笔力到，则字皆好。如胸中别样，即动容周旋中礼。[3]

即使达到书法创作的最高境界时，朱熹依然是以"理"和法度等作为评价书法的标准，将写字这件事情纳入道德伦理规范之中，使其具有神圣的色彩。只要遵循这一规范，即使全无个人意趣、个性在其中，那也是很好的字。反之，只重视个人意趣而无规范、法度的字，即使写得再好也是不入朱熹法

---

① （宋）朱熹：《晦庵先生朱文公文集》卷八十二，朱杰人等编《朱子全书》第二十四册，上海古籍出版社 2002 年版，第 3867 页。

② （宋）黎靖德辑：《朱子语类》卷二十七《论语九》，中华书局 1986 年版，第 691 页。

③ （宋）黎靖德辑：《朱子语类》卷十八《大学五》，中华书局 1986 年版，第 413 页。

眼的。可以看出，写字这一他眼中的"末技"也被要求具有如此明确的伦理规范色彩，是朱熹在理学基础上论书的典型特色。

二　诗歌与书法之"道"

两宋理学家中，周敦颐认为文学是载道的工具："文辞，艺也；道德，实也……不知务道德而第以文辞为能者，艺焉而已。噫，弊也久矣！"① 认为忽略道德而专务文辞，只是擅长"艺"而已，这是长久以来的积弊。程颐则提出"作文害道"，将文与道的矛盾又增加了一层：

> 问："作文害道否？"曰："害也。凡为文不专意则不工，若专意则志局于此，又安能与天地同其大也。《书》云：'玩物丧志'，为文亦玩物也。古之学者，惟务养性情，其他则不学。今为文者，专务章句，悦人耳目；既务悦人，非俳优而何？"曰："古者学为文否？"曰："人见六经，便以为圣人亦作文，不知圣人亦抒发胸中所蕴，自成文耳。所谓有德者必有言也。"②（《性理》）

程颐指出"为文"也是玩物丧志的表现之一，将"专务章句"者归入"俳优"之列，认为他们将文与道本末倒置，这是对"为文"一事较为尖锐的、偏执的批评，将"文"与"道"的关系对立起来。朱熹一生都在倡导义理，也继承了程颐、周敦颐关于文学与道学的学说，强调为学治道才是最主要的根本目标，文则是偶尔感物抒怀，不可专意于此。他同样不赞成文以贯道说，认为也有本末倒置之弊：

> 才卿问："韩文李汉序头一句甚好。"曰："公道好，某看来有病。"

① （宋）周敦颐：《周子通书》，上海古籍出版社2000年版，第239页。
② （宋）程颢、程颐著：《二程遗书》卷十八《伊川先生语四》，上海古籍出版社2000年版，第290页。

陈曰："文者，贯道之器。且如六经是文，其中所道皆是这道理，如何有病？"曰："不然。这文皆是道中流出，岂有文反能贯道之理？文是文，道是道，文只吃饭时下饭耳。若以文贯道，却是把本为末，以末为本，可乎？其后作文者皆是如此。"①

"文皆是从道中流出，岂有文反能贯道之理"体现了朱熹鲜明的崇理思想。在他看来，文是吃饭时用来下饭的，道才是最主要的，先有道后有文。但朱熹并没有将道与文对立起来，二者不是二元悖反的关系，而是一体的。当他把义理放在第一位时，诗文就被放在第二位了，即"道者，文之根本；文者，道之枝叶"②。他并非不重视诗文，也不反对"为文"，且亲身实践创作了大量优秀诗文传世，主张道文一贯。钱穆先生曾经总结朱熹作为理学家的文学活动云："理学家于文学，似乎最所忽视，濂溪有'文以载道'之论，其意重道不重文，惟朱子文道并重，并能自为载道之文。"③ 指出朱熹"文道并重"，且能够"自为载道之文"，言简意赅地评价了朱熹道学与文学的关系。

作为一位文学造诣不低的理学家，朱熹也时常流露出对文学的矛盾心理。乾道三年（1167），朱熹与门人林用中一起赴湖南长沙访问张栻，探讨双方理学中的一些观点和理论。这次历时两月有余的讨论并没有完全达到朱熹的目的，即消除以他为首的闽学与以张栻为首的湖湘学之间的思想分歧，但却在讨论之余的南岳衡山之游中产生了一部重要的唱和诗集——收诗一百四十九首的《南岳唱酬集》④，其中朱熹在短短的二十天中作诗四十八首。之后他与林用中东归，途中二十八天共成诗二百余首，可见吟诗的兴致非常浓厚。从朱熹的创作经历来看，尽管一生都忙于讲学著书，但他从未停止过吟诵作诗，

① （宋）黎靖德辑：《朱子语类》卷一百四十《论文下》，中华书局1986年版，第3305页。
② 同上书，第3319页。
③ 钱穆：《朱子新学案》，九州出版社2000年版，第221页。
④ 今本《南岳唱酬集》乃林用中后人所编，中有伪作，详见束景南《朱熹南岳唱酬集考》、《朱熹佚文辑考》，江苏古籍出版社1991年版，第703—719页。

现存诗集中的诗歌无论是数量还是质量都是颇为可观的。钱锺书就对朱熹的诗歌成就有很高的评价："朱子早岁本号诗人，其后方学道名家。"束景南也在朱子的年谱中指出，朱熹的诗歌能"最生动地反映他的生平交游、道学性格与文化心态"①。

从诗歌的角度出发，朱熹并不认可近世作诗词字画的人争出新奇，以满足世俗的审美需要，而是应该追求一种萧散、淡然的境界。如他反对江西诗派末流争奇出新，吸引世俗耳目的不良诗风，流露出欲通过个人努力矫正江西流弊的心愿：

> 诸诗亦佳，但此等亦是枉费功夫，不切自己底事。若论为学，治己治人，有多少事？……古人六艺之教，所以游其心者正在于此。其与玩意于空言，以校工拙于篇牍之间者，其损益相万万矣。②（《答谢成之》）

作诗要言之有物，言之有理，如果只关注寻章摘句，只在句法辞藻上评判工与拙，这只是在枉费工夫，批判这种"以文章为事业"的文人和文章。朱熹认为圣人之所以能写出流传千古的文章，完全在于他们深厚的道德修养即"道"的功夫修炼，道是根本，文是枝叶，有道自然有文，有文不可无道。尤其自孔孟以来，圣人之道逐渐遗失，主要表现在文学的浮华方面，文人如果不以道为基本倾向，就会产生华而不实的文风。如果所有文人都去追求浮华文风，以寻章摘句为事业，而不积极充实道德修养，这样就会导致人心堕落，道德传承衰落。

因此，朱熹提出富有理学色彩的文道合一的理论，有利于后世文人提高自身道德修养，对夸饰、藻绘、浮艳的诗风能够起到很好的遏制作用。此外，

---

① 束景南：《朱子大传·后记》，商务印书馆 2003 年版，第 1122 页。

② （宋）朱熹：《晦庵先生朱文公文集》卷五十八，朱杰人等编《朱子全书》，上海古籍出版社 2002 年版，第 2754 页。

既然诗歌须从道中流出，那么就要反对浮华奇巧的诗风，书法也不只是艺术形式，更重要的属性是书家心性道德的体现。朱熹就力主书品如人品观点，表现创作主体的品行、道德、精神等。可以说，朱熹的诗学思想与书学思想也是他学术思想的一部分，与其理学、经学密切相关，均是在以理、道、善为本，以书、艺、美为末的前提下，达到艺与道的和谐统一，并表现出浓厚的儒家伦理思想与理性道德色彩。

三　诗歌与书法之"气"

中国古代文化中，"气"这一概念起源很早。春秋战国的诸子百家著作中，老子把"气"纳入哲学范畴，庄子又提出万物"通天下一气耳"的见解："人之生，气之聚。聚则为生，散则为死。"将"气"视为万物的基本构成成分，是生命活动的基本动力和要素。文学创作主体的"气"分为清浊两类，人的气质、性情同样有阳刚与阴柔之别，文学作品也因阳、刚、阴、柔之"气"的不同而呈现不同的风格。宋室南渡前后，李纲、陈亮、叶适等事功派人士，写出忠义激愤的爱国文章，强调文章要以气为主。李纲《道乡邹公文集序》开篇即云："文章以气为主，如山川之有烟云，草木之有英华，非渊源根柢所蓄深厚，岂易致耶？士之养气，刚大塞乎天壤，忘利害而外生死，胸中超然，则发为文章，自胸襟流出，虽与日月争光可也。"[1] 朱熹也很重视"气"，他认为世间人和物的不同主要是因为"禀气"不同而决定的，即"人性虽同，禀气不能无偏重"[2]。人和物的"气"之间有差异，人所禀之气"清明纯粹"，而物所禀之气则"昏浊偏驳"，即禀清明纯粹之气则为人，禀昏浊偏驳之气则为物。他认为人和物的"理"是相同的，只是通过"气"将人与物作了明确的区分，而且这种"气"是形而下的，与形而上的"性"有

---

① （宋）李纲著，王瑞明点校：《李纲全集》，岳麓书社2004年版，第1321页。
② （宋）黎靖德辑：《朱子语类》卷四《性理一》，中华书局1986年版，第74页。

差别：

> 性，形而上者也；气，形而下者也。人物之生，莫不有是性，亦莫
> 不有是气。然以气言之，则知觉运动人与物若不异也；以理焉知，则仁
> 义理智之禀，岂物之所得而全哉？此人之性所以无不善，而为万物之
> 灵也。①

在此基础之上，朱熹还用"禀气定数"论来解释人与人之间聪明与愚蠢、
富贵与贫贱、长寿与早夭的不同：

> 禀得精英之气，便为圣为贤，便是得理之全，得理之正。禀得清明
> 者，便为英爽；禀得敦厚者，便温和；禀得清高者，便贵；禀得丰厚者，
> 便富；禀得久长者，便寿；禀得衰颓浊者，便为愚、不肖，为贫、为贱、
> 为夭。天有那气，生一个人出来，便有许多物随他来。②（《人物之性气
> 质之性》）

人之出身、地位、寿命的不同，朱熹都归之所禀之"气"的清浊、厚薄
等的不同，包括善恶之别，他都归入受"气"的主导作用影响的类别。朱熹
理学思想中对"气"的认识与陆游等人不同。然而，在文学艺术领域，他还
是持"浩然之气"观点的。

> 前辈文字有气骨，故其文壮浪。欧公、东坡亦皆于经术本领上用功。
> 今人只是于枝叶上粉泽尔。③
>
> （陈师道）雅健强似山谷，然气力不似山谷较大。④

---

① （宋）朱熹：《孟子集注》，朱杰人等编《朱子全书》，上海古籍出版社2002年版，第186页。
② （宋）黎靖德辑：《朱子语类》卷四《性理一》，中华书局1986年版，第77页。
③ （宋）黎靖德辑：《朱子语类》卷一百三十九《论文上》，中华书局1986年版，第3318页。
④ （宋）黎靖德辑：《朱子语类》卷一百四十《论文下》，中华书局1986年版，第3324页。

他认为宋初欧阳修等人全面振兴古文，一扫之前五代及太学体的萎靡之风，复兴诗文与儒道的同时亦对士风有所振兴，令士气风俗气象一新。朱熹在论诗文时也是对"气"青眼有加，与书法有异曲同工之处。他注意到同一个人的字，在不同的年龄会有不同的变化："论书，因及东坡少壮老字之异。"① 的确，苏轼的书法随着年龄增长，阅历丰富，年老时与年轻时有很大差异。朱熹认为蔡襄书法字备众体，在《跋蔡端明写老杜〈前出塞诗〉》中写道：

> 蔡公大字盖多见之，其行笔结体往往不同。岂以年岁有早晚、功力有浅深故耶？岩壑老人多见法书，笔法高妙，独称此为劲健远作，当非虚语。庆元三年十月戊寅，朱熹。岩壑再题，势若飞动，可见字随年长也。②

明确提出"字随年长"的观点，即随着年龄增长、阅历增加，学问和修养深厚，书法的笔力也会越来越劲健，体现功力。他这一观点的立论点便在于"气"。"笔力的劲健雄浑亦离不开高迈的志节与饱满的真气，如不善养浩然之气则会出现年老气衰而文亦衰的现象。"③ 朱熹非常喜欢王安石书法，在与周必大的书信中称赞其《进邺侯家传奏草》墨迹曰：

> 味其词旨，玩其笔势，直有跨越古今、开阖宇宙之气。④（《与周益公》）

---

① （宋）黎靖德辑：《朱子语类》卷一百四十《论文下》，中华书局1986年版，第3337页。
② （宋）朱熹：《晦庵先生朱文公文集》卷八十四，朱杰人等编《朱子全书》，上海古籍出版社2002年版，第3954页。
③ 杨万里：《朱熹对书法与诗文贯通一气的审美追求》，《暨南学报》（哲学社会科学版）2015年第7期，第68页。
④ （宋）朱熹：《晦庵先生朱文公文集》卷三十八，朱杰人等编《朱子全书》，上海古籍出版社2002年版，第1684页。

他还在与刘平甫书信中赞誉胡安国"诸词更勤手笔，读之使人飘然，直有凌云之气也"①。（《答刘平甫书》）无论是王安石的"开阖宇宙之气"还是胡安国的"凌云之气"，朱熹都认为书法家人格修养与学问胸襟等内涵往往通过字的笔画中所流露出的纵横豪逸之"气"体现出来，显露在外的劲健笔势与蕴含在内的雄浑之气二者表里如一，相得益彰，可见"气"在书法中不可或缺的重要性。

第二节 持"敬"正直的观念

宋代思想家的努力使得儒学意识形态内部体系高度成熟。理学家们将"天理"作为对世间万物的判断标准，然后从"天理"支配宇宙万物，推出人的本性伦理即"存天理，灭人欲"。如学生问朱熹怎样对吃饭进行解释："问：'饮食之间，孰为天理，孰为人欲？'曰：'饮食者，天理也。要求美味，人欲也。'②"（《学七·力行》）人欲须服从于天理，情是对理的缓冲，这就是理学家的提倡。朱熹的持敬观亦是在这个理论基础上的阐发。朱熹关于敬诚持敬的论点也是感性与理性、欲望与天理之间的平衡与融会，他这种思想所影响的宋代及后世文学艺术也体现出以实用与美观融合为主要发展方向，在人欲与天理中取得平衡点，"持敬"就是其表现方式和形式之一。朱熹主张持"敬"的功夫，并将"敬"从理学层面延伸至诗歌与书法的创作及批评领域，对后世形成一定重要影响。

朱熹在讲学过程中一再对弟子强调，圣人之学的核心功夫只一种，那就

---

① （宋）朱熹：《晦庵先生朱文公文集》卷二十四，朱杰人等编《朱子全书》，上海古籍出版社2002年版，第1104页。

② （宋）黎靖德辑：《朱子语类》卷十三《学七》，中华书局1986年版，第224页。

是"敬":"'敬'字工夫，乃圣门第一义，彻头彻尾，不可顷刻间断。"①
(《学六·持守》)所谓"敬"，据《论语·宪问》记载，子路曾请教孔子有关
君子修养的问题，孔子答曰："修己以敬。""敬"是《论语》中多次强调的
做人处事态度。宋代理学家将"敬"的内涵予以深入阐释，周敦颐在《太极
图说》中提出以"主静"功夫修养自身；二程认为此说近乎佛老虚静之学，
于是在此基础上提出"主敬"的功夫。《近思录》中记载了程颢关于持"敬"
作书的言论：

> 程子（明道）曰：某书字时甚敬。非是要字好，只此是学。②

这里的"程子"是指程颢。程颢（1032—1085），与其弟程颐被合称为
"二程"，北宋儒家学者、哲学家，理学代表人物，"洛学"的创始人之一。
"二程"的思想部分被陆九渊继承，发展为"心学"；部分被朱熹所继承，发
展为"理学"。从这段程颢的论述中可以看出，作为理学家的程颢"书字时甚
敬"，将书法视为理的衍生物，以一种恭敬的态度对待。朱熹集二程思想之大
成，融会贯通，将"主敬"学说发展为修养道德本体的主要功夫，且后出转
精，加入实践做法，思维愈加细密，如：

> "敬"之一字，真圣门之纲领，存养之要法。③（《学六·持守》）

> 因叹"敬"字工夫之妙，圣学之所以成始成终者，皆由此，故曰：
> "修己以敬。"④（《学六·持守》）

> 《尚书·尧典》是第一篇典籍，说尧之德，都未下别字，"钦"是第

---

① （宋）黎靖德辑：《朱子语类》卷十二《学六》，中华书局 1986 年版，第 210 页。
② （宋）朱熹、吕祖谦：《近思录》卷四，朱杰人等编《朱子全书》第十三册，上海古籍出版社
2002 年版，第 210 页。
③ （宋）黎靖德辑：《朱子语类》卷十二《学六》，中华书局 1986 年版，第 210 页。
④ 同上书，第 207 页。

一个字。如今看圣贤千言万语，大事小事，莫不本于"敬"。①（《学六·持守》）

大事小事皆要敬。圣人只是理会一个"敬"字。若是敬时，方解信与爱人、节用、使民；若是不敬，则其他都做不得。②（《训门人七》）

敬而无失，便是"喜怒哀乐未发谓之中"。敬不可谓中，但敬而无失，即所以中也。③

朱熹还受二程等人的影响，作书、为学都严谨持敬，对自己要求严格，不轻易放纵言行，重规矩，讲礼数，严于律己，在日常生活中亦是如此，以谨严有序、一丝不苟的态度对待坐卧言行诸事："（朱子）其可见之行则修诸身者，其色庄，其言厉，其行舒而恭，其坐端而直。其闲居也，未明而起，深衣幅巾方履。退坐书几，几案必正，书籍器用必整。其饮食也，羹食行宿行列有定位，七箸举措有定所。其祭祀也，事无纤钜，必诚必敬，吉凶庆吊，礼无所遗。"④（《晦翁学案》）从色庄言厉、坐端而直、几案必正、书籍器用必整、饮食行宿有定位、七箸举措有定所等规矩中可以看出他对日常之事的态度一如重大礼仪时毫无二致，"事无纤钜，必诚必敬"。

朱熹将"敬"的功夫从理学层面延伸至诗歌与书法创作批评领域。他的书学态度与观念是内心修养功夫在书学中的完美表现，如朱熹的传世书迹以行、楷书较多，布局整饬，也呈现出一种严谨有度的学者士大夫书学风范，这就是其主"敬"观在诗书领域的延伸与实践。北宋初期的诗人梅尧臣是宋诗史上一位关键人物，他对平淡分外推崇，提出："作诗无古今，惟造平淡难。"其后的欧阳修、苏轼、黄庭坚、陈师道及刘克庄等多位诗人都受到梅诗

---

① （宋）黎靖德辑：《朱子语类》卷十二《学六》，中华书局1986年版，第206页。
② （宋）黎靖德辑：《朱子语类》卷一百一十九《朱子十六》，中华书局1986年版，第2868页。
③ （宋）朱熹、吕祖谦：《近思录》卷四，朱杰人等编《朱子全书》第十三册，上海古籍出版社2002年版，第209页。
④ （宋）黄宗羲：《宋元学案》卷四十九，中华书局1982年版，第1578页。

的影响，刘克庄甚至奉他为宋诗的开山祖师，认可并追求梅诗的风格。然而，以朱熹对梅尧臣的接受来看，他并不认可前人对梅诗的评价：

> 或曰："圣俞长于诗?"曰："诗亦不得谓之好。"或曰："其诗亦平淡。"曰："他不是平淡，乃是枯槁。"①
>
> 择之曰："欧公如梅圣俞诗，然后圣俞诗也多有未成就处。"曰："圣俞诗不如底多，如《河豚》诗，当时诸公说道恁地好，据某看来只似上门骂人底诗。只似脱了衣裳，上人门骂人父一般，初无深远底意思。"②

被朱熹批评的《河豚》诗名为《范饶州坐中客语食河豚鱼》，是梅尧臣即将卸任浙江建德知县时，受范仲淹之邀赴其任地饶州游玩。席中有客谈起河豚之美味，引起范仲淹极大的兴趣。梅尧臣则认为，冒着生命危险享受河豚这道美食不值得，于是就写了这首著名的诗歌以进行劝勉，梅尧臣也因此而得"梅河豚"之雅号。诗云：

> 春洲生荻芽，春岸飞杨花。河豚当是时，贵不数鱼虾。
> 其状已可怪，其毒亦莫加。忿腹若封豕，怒目犹吴蛙。
> 庖煎苟所失，入喉为镆铘。若此丧躯体，何须资齿牙?
> 持问南方人，党护复矜夸。皆言美无度，谁谓死如麻!
> 我语不能屈，自思空咄嗟。退之来潮阳，始惮餐笼蛇。
> 子厚居柳州，而甘食虾蟆。二物虽可憎，性命无舛差。
> 斯味曾不比，中藏祸无涯。甚美恶亦称，此言诚可嘉。③

欧阳修在《六一诗话》中评价此诗道：

---

① （宋）黎靖德辑：《朱子语类》卷一百四十《论文下》，中华书局1986年版，第3313页。
② 同上书，第3334页。
③ （宋）梅尧臣著，朱东润校注：《梅尧臣集编年校注》，上海古籍出版社2006年版，第548页。

河豚常出于春暮，群游水上，食絮而肥。南人多与荻芽为羹，云最美。故知诗者只破题两句，已道尽河豚好处。此诗作于樽俎之间，笔力雄赡，顷刻而成，遂为绝唱。①

对于"搏死食河豚"之举，范成大也持反对态度，在《河豚叹》中写道：

一物不登俎，未负将军腹。为口忘计身，饕死何足哭。②

可见，后人评论梅尧臣《河豚》诗时，多围绕诗歌的劝诫性内容或者其诗歌风格来展开，对诗歌本身基本持认可态度。而朱熹不同，他从梅尧臣诗歌中读出了"只似脱了衣裳，上人门骂人父"③的意味，认为在诗歌中以特别严肃的说教口吻来讲道理，是不合于诗法的。朱熹之所有对梅诗有这种认识，主要是由于他主张温柔敦厚的诗教观，认为以平稳缓和的语调来说理，涵咏性情，诗风平和中正才是上品。

如同陶渊明诗歌不仅有"采菊东篱下，悠然见南山"的平淡，也有"刑天舞干戚，猛志固常在"的豪迈一样，朱熹的诗歌除了温柔敦厚、平淡自然，颇具魏晋清远高旷、淡雅精微风神之外，他还在爱国诗篇中体现出一种正直无畏的精神。朱熹倡导温柔敦厚的诗教观，书法创作时奉行"书字时甚敬"的守则，很好地体现了他时时持"敬"的诗书观念。李侗赞扬朱熹曰："颖悟绝人，力行可畏。其所论难，体认切至。"④ 又云："此人极颖悟，讲学极造其微处，渠所论难处，皆是操戈入室，从源头体认来，所以好说话……此人

---

① （宋）欧阳修：《六一诗话》，载（清）何文焕辑《历代诗话》，中华书局1981年版，第694页。

② （宋）范成大著，富寿荪标校：《范石湖集》卷一，上海古籍出版社1981年版，第4页。

③ （宋）黎靖德辑：《朱子语类》卷六十二《中庸一》，中华书局1986年版，第1510页。

④ （清）王懋竑：《朱熹年谱》卷一，中华书局1998年版，第18页。

别无他事，一味潜心于此。"① 朱熹在诗歌和书法创作中对持"敬"观进行忠实践行，这种严肃、谨慎的行为反映出一代大儒朱熹内外兼修、敬诚正直的文艺观念，具有很大的实用价值和现实意义。

第三节　理学文艺观后世嗣响

朱熹以其理学大家的身份，在诗歌与书法创作中提倡法度，提出严谨持敬的理论，推动南宋末期诗书的发展与南宋初期有了很大不同。他的诗词与书法也同他的理学一样受到重视，诗书虽似钻研理学之余不经意为之，却也取得不可小觑的成就。他的诗词清丽典雅，理趣与平易兼备，书法创作精致绝伦，为后世留下了宝贵的文化财富。由于南宋"兰亭学"的兴起及朱熹等书家对古意的倾向，南宋书学复归二王已现萌芽。到元代时，随着朱熹理学正统地位的确立，其文艺观的影响日益在诗坛与书坛产生回响。

一　南宋末期的书坛复古

唐代、北宋书法名家辈出，相比较而言，南宋书家数量虽不少，但出众者鲜见。陆游凭借自身书学技艺及深厚的学问，成为北宋尚意书风在南宋书坛的绝响。范成大、张孝祥和朱熹在书法创作上亦彰显了他们在文学领域的深厚功力，将北宋以来书法的文人书卷气又向前推进了一步，彰显了时代书风与个人风采的最佳结合，同时露出复古尚法书风的端倪。如果说朱熹的书作和书论还在从尚意向复古逐渐过渡，那么姜夔就是将朱熹书学中的复古意味发扬光大的重要人物。姜夔《续书谱》中对两宋书法取法唐代已有了不同看法，提出要取晋反唐，推崇钟、王神妙的楷书，并对唐代楷书多有批评，

————————————

① （清）王懋竑：《朱熹年谱》卷一，中华书局1998年版，第18页。

认为其平正古板是科举习气，然他的目的还是通过贬抑唐楷来凸显魏晋书风的地位，力推钟、王的法度，如：

> 真书以平正为善，此世俗之论，唐人之失也。古今真书之神妙，无出钟元常，其次则王逸少。今观二家之书，皆潇洒纵横，何拘平正？①（《真书》）

> 魏晋书法之高，良由各尽字之真态，理也。②（《真书》）

> 欧阳率更结体太拘，而用笔特备众美，虽小楷而翰墨洒落，追踪钟、王，来者不能及也。③（《用笔》）

不仅如此，姜夔论书严格遵循朱熹的理学论书观，对变法创新的态度并不像北宋四家那样"著意"或热衷。他在《续书谱》十八个章节中没有专论变法创新的设置，在《风神》节中指出："风神者，一须人品高，二须师法古，三须笔纸佳，四须险劲，五须高明，六须润泽，七须向背得宜，八须时出新意。"④虽有"新意"之说，但内容中未有一字正面论述创新之功，反而批评变法创新、自出新意为"失误颠倒，反为新奇"，思想较为保守。姜夔对技法的执着远远大于书法的意趣，《续书谱》中有一半文字与技法有关，如流传极广的"用笔不欲太肥，肥则形浊；又不欲太瘦，瘦则形枯；不欲多露锋芒，露则意不持重；不欲深藏圭角，藏则体不精神；不欲上大下小，不欲左高右低，不欲前多后少。"⑤（《用笔》）"凡作楷，墨欲干，然不可太燥。行草

---

① （宋）姜夔：《续书谱》，华东师范大学古籍整理研究室等编《历代书法论文选》，上海书画出版社2014年版，第384页。

② 同上。

③ 同上书，第386页。

④ 同上书，第391页。

⑤ 同上书，第386页。

则燥润相杂，以润取妍，以燥取险。墨浓则笔滞，燥则笔枯，亦不可不知也。"①（《用墨》）姜夔此类书法技法论严谨拘束，有立规则或透秘诀之意味。

可见，姜夔认为要振兴书法，必须学习古人，尤其是魏晋书法，而不能停留在习练唐人和北宋书家的阶段，要由唐溯晋，上追古法，才能于书法有益，从而图谋复兴之路。一种自朱熹等人为起始，到姜夔为终点的复古尚法书法观正式形成，标志着一种趋于保守、主张恢复纯正魏晋钟王古法的审美倾向已成必然趋势。北宋四家标榜提倡的尚意书风已然成为时代绝响，诗歌与书法的风格继续向不同方向发展。宋末的赵孟坚同样承续朱熹严正的复古尚法书风，在《论书法》中进一步指出书法学习的路径不能以宋四家为法，而是学晋先从唐入：

> 学唐不如学晋，人皆能言之。夫岂知晋岂易学哉！学唐尚不失规矩，学晋不从唐入，多见不知量也，仅能攲斜，虽欲媚而不媚，翻成画虎之犬耳。何也？书字当立间架墙壁，则不攲骸。思陵书法未尝不圆熟，要之于间架墙壁处不著工夫，此理可为识者道。②

赵孟坚认为书法学唐不是最终的目的，宋人取法颜真卿及宋四家并不能获得书学精髓，正确的做法是以晋为上，复归古意及法度。这一观点直接启发及影响了元代书法复古潮流的代表人物赵孟頫，他明确提出，初学书时即须直接取法二王。

朱熹的理学诗书观之影响不可谓不深远，北宋尚意书家主张"我书意造本无法，点画信手烦推求"，将纸笔墨等客观条件视为意趣之余，"以三钱买鸡毛纸"的豪迈超脱与姜夔注重"笔纸佳"的谨慎死板迥然有别，变法创新

---

① （宋）姜夔：《续书谱》，华东师范大学古籍整理研究室等编《历代书法论文选》，上海书画出版社 2014 年版，第 389 页。
② （宋）赵孟坚：《论书法》，崔尔平《历代书法论文选续编》，上海书画出版社 2012 年版，第 155 页。

在书坛的衰微之势已经形成。

二 元明诗书批评与理学

1276 年，南宋都城临安被元军攻占，南北实现统一。在南方盛行的朱熹思想与北方朱学弟子赵复、许衡之学会合，成为一种适合元朝统治阶级需要的政治思想而得以保留和传播。元朝程夫说："经学当主程颐、朱熹传注，文章当改唐宋宿弊。"① 提出要以程朱理学作为最高思想。皇庆二年（1313），元仁宗下诏实行科举，规定参用朱熹《四书集注》。皇庆三年（1314），仁宗又下诏确定了"明经内四书五经，以程子、朱晦庵注解为主"的科举之宗旨。至此，程朱之学正式成为国家法定考试内容，朱子之学也真正成为官学，成为元、明、清三朝的官方哲学和科场程式，对元代及其后明、清两代的政治、经济、文化、艺术产生深远影响。

元代诗歌与书法都深受朱熹理学浸染，较为有名的诗人如郝经、许衡、姚燧、刘因、虞集、戴良等人都有深厚的理学根底和薪火相传的理学师承，留下了许多诗文作品和诗论批评，书法家如赵孟頫、鲜于枢、袁桷、虞集、朱德润等人都是朱学道统直接或间接的继承者，服膺朱子之学，其他数量庞大的诗人和书法家亦无法超脱元代理学背景的影响，以理学思想修身养性，深化诗歌与书法作品意蕴，其书法思想自然也难以摆脱朱熹理学化书论思想的笼罩。

明清时人对赵孟頫书法的态度，很大程度上沿袭朱熹理学论书观的余音，包含一定伦理道德评价的倾向。明代书法理论家项穆评赵书曰："子昂之学，上拟陆、颜，骨气乃若，酷似其人。"② （《附评》）"若夫赵孟頫之书温润闲

---

① （明）宋濂等：《程矩夫传》，《元史》卷一七二，中华书局 1976 年版，第 5232 页。
② （明）项穆：《书法雅言》，华东师范大学古籍整理研究室等编《历代书法论文选》，上海书画出版社 2014 年版，第 520 页。

雅，似接右军正脉之传，妍媚纤柔，殊乏大节不夺之气。"①（《心相》）清代冯班也说："赵书精工，直逼右军，然气骨自不及宋人，不堪并观也。"②（《钝吟书要》）明末清初的书法家傅山对发展衰微的理学持激烈的反对和批判态度，然从其部分论书诗句中还是可以看到其对理学宗师朱熹的潜在认同，如其"四宁四毋"观点云：

> 作字先作人，人奇字自古。纲常叛周孔，笔墨不可补。诚悬有至论，笔力不专主。一臂加五指，乾卦六爻睹。谁为用九者，心与孥是取。永兴逆羲文，不易柳公语。未习鲁公书，先观鲁公诰。平原气在中，毛颖足吞虏。③

此篇《训子帖》有不同版本，此处标题是《作字示儿孙》，诗在前，文在后。他年轻时醉心于赵孟頫的书法，随着年龄增长，尤其是明朝灭亡，清朝取而代之以后，傅山的亡国之恨无法释怀，他意识到赵孟頫本为宋朝宗室，却在宋亡后侍奉元朝，成为"贰臣"这一道德层面的问题，于是转变观念，在文中写道："予极不喜赵子昂，薄其人遂恶其书，痛恶其书浅俗如无骨。"④他换个角度再看赵的书法时，便觉得其"浅俗""无骨"。这一论调与朱熹与刘共父关于曹操书法之辩如出一辙，朱子的文学艺术观在后世的影响可谓深远。

---

① （明）项穆：《书法雅言》，华东师范大学古籍整理研究室等编《历代书法论文选》，上海书画出版社 2014 年版，第 532 页。

② （清）冯班：《钝吟书要》，华东师范大学古籍整理研究室等编《历代书法论文选》，上海书画出版社 2014 年版，第 553 页。

③ （明）傅山等：《傅山全书》，山西人民出版社 2004 年版，第 50 页。

④ 同上书，第 86 页。

小 结

朱熹以其深厚的道德修养和渊博的知识积累，在诗歌和书法中融入理学思想和理性思考，使诗歌与书法观也表现出独特的理学家思维方式，具有独到的价值和意味。"理"是朱熹哲学理论的基础和本原，万物因"理"而存在于世间，提出只要表达真实的心理与情感，诗词之工拙并不被看重，主张雍容安详、含蓄平和的表达方式，诗风平和中正才是上品。朱熹继承了程颐、周敦颐关于文学与道学的学说，强调为学治道才是最主要的根本目标，文则不可专意于此。但他并没有将道与文对立起来，二者是一体的。

朱熹认为道是根本，文是枝叶，有道自然有文，有文不可无道，提出文以载道、文道合一的理论，表现出浓厚的儒家伦理思想与理学道德色彩。朱熹在论诗文和书法时同样对"气"青眼有加，认为书法家人格修养与学问胸襟等内涵往往通过字的笔画中所流露出的"气"体现出来。他关于"敬"的学说是感性与理性、欲望与天理之间平衡与融会的结论。他这种思想所影响的宋代及后世文学艺术也体现出以实用与美观融合为主要发展方向，在人欲与天理中取得平衡点。朱熹主张持"敬"的功夫，并将"敬"从理学层面延伸至诗歌与书法的创作、批评领域，对南宋末期及元代的诗书都产生重要影响。

第八章　张孝祥的诗词与书法

　　张孝祥是唐代诗人张籍的七世孙①，历阳乌江人②。他自幼聪慧颖悟，才思敏捷，"幼敏悟，书再阅成诵。文章俊逸，顷刻千言，出人意表"③。《宋史·张孝祥传》亦载："读书一过目不忘，下笔顷刻数千言。年十六领乡书，再举冠里选。"④ 张孝祥多才多艺，诗词题材广泛，是豪放词派的代表作家之一，年少时即有书名，书法获得广泛赞誉。绍兴二十四年（1154），张孝祥廷试擢进士第一："考官魏师逊已定埙冠多士，孝祥次之，曹冠又次之。高宗读策皆桧、熺语，于是擢孝祥第一，而埙第三。御笔批云：议论确正，词翰爽

---

　　① 韩西山《张孝祥年谱》纠正了宛敏灏《张孝祥年谱》中关于张孝祥为张籍七世孙的说法，认为张孝祥至少是张籍十世以上的后人，然此论学界也未全部认可，仍存疑。

　　② 张孝祥的籍贯问题一般有三种说：四川简州说、历阳乌江说和其他籍贯说。据《建炎以来朝野杂记》记载："四川类试榜首，甲戌岁，张舍人安国答策。"（李心传《建炎以来朝野杂记》乙集第十六卷官制二）根据这一记录，张孝祥的籍贯为四川简州。但张孝祥自己在《代总得居士（张祁）回张推官》一文中曾论及自己的身世："某家世历阳之东鄙，自先祖始易农为儒。或云唐末远祖自若湖徙家，盖文昌之后。文昌讳籍，见于《唐书》，乌江人也。"（张孝祥《于湖居士文集》，上海古籍出版社1980年版，第369页）文史工具书如《辞海》对"籍贯"的解释是祖居或个人出生的地方，历阳乌江为其卜居地，与部分史志所记载他为历阳乌江人相符。尽管这一说法在学界仍然存在商榷之处，但也代表了大部分学者的共同看法。

　　③ （宋）张栻：《宣城张氏信谱传》，见张孝祥《于湖居士文集》附录，上海古籍出版社1980年版，第407页。

　　④ （元）脱脱等：《宋史》卷三八九《列传》第一百四十八，中华书局1977年版，第11942页。

美，宜以为第一。"① 正所谓"朝廷议论一言定，翰墨风流四海传。"② 张孝祥的诗词与书法为后世留下了宝贵的文化财富，其诗词与书法之间的关系也非常值得我们关注。

第一节　理禅融会的处世思想

宋代的许多文人都出入儒、释、道三家，以儒为主又兼容佛老，张孝祥就是如此，而且儒、释两家的思想更多一些，即理禅融会。"理学家在建构理学的过程中，一方面攘斥庄、老、玄、佛，另一方面又受到庄、老、玄、佛思想的浸染，理学就是以传统儒家思想为主干，兼取佛老而形成的新儒学。在这一过程中，理学家援禅入儒的倾向格外显著。"③ 弗洛姆在《禅宗的原理》一文中写道："禅是洞察人生命本性的艺术；是从奴役到自由的一种道路；它释放我们自然的力量；它防止我们疯狂或畸形；而且它还使我们为快乐的爱而表现我们的天赋。"④ 张孝祥出入于儒、释两家，兼容两家之思想，思想中既有儒家治国、平天下的人生理想和功业追求，又不时流露出禅宗随缘放旷、任性逍遥的情怀。而推考其禅学思想之渊源，不但与两宋时期禅宗思想的发展密切相关，亦得之于家族传统的熏陶。⑤

张孝祥的家族与佛教有比较深的渊源，其伯父张邵是父辈中通过科举进入仕途的第一人，建炎三年（1129）出使金国被囚长达十四年。据《宋史·

---

① （宋）张孝祥撰，徐鹏点校：《于湖居士文集》，上海古籍出版社 1980 年版，第 405 页。
② （宋）沈约之：《复挽》，张孝祥《于湖居士文集》附录，上海古籍出版社 1980 年版，第 433 页。
③ 张文利：《理禅融会与宋诗研究》，中国社会科学出版社 2004 年版，第 1—2 页。
④ ［日］铃木大拙：《禅宗与精神分析》，贵州人民出版社 1998 年版，第 137 页。
⑤ 陈春霞：《张孝祥的禅宗思想及禅学渊源》，《中南大学学报》（社会科学版）2008 年第 5 期，第 723—728 页。

张邵传》的记载，他"喜诵佛书，虽异域不废"①。张邵信仰佛教，即使被囚的十余年中也坚持诵读佛经。张孝祥的父亲张祁也是虔诚的佛教徒，晚年"卜居芜湖，晚嗜禅学，号总得翁"②，具有较深的佛学修养，"先生义概云天薄，千载参渠活句禅"③。张孝祥的妻子时氏"奉佛素谨，属纩而诵佛之声犹不绝"④。"属纩"即临终之意，意为张妻临终时仍在念诵佛号，可见其礼佛之虔诚。张孝祥的弟弟张平国更是愿意剃度为僧，以身敬佛。在这种佛禅思想浓郁的家庭氛围影响下，张孝祥既有儒家修齐治平的人生理想，同时也吸收了佛教尤其是禅宗即性成佛、超然随缘的思想。同张氏家族其他成员一样，他将儒学出世作为安身立命的基础，参加科举进入仕途来提升社会地位和名望，同时又喜好佛学，在禅学中修身养性，调剂身心，获得内心的平静与安宁，消除俗世的烦恼和忧愁。

张孝祥对于理学最初接触的是二程的洛学，"绍兴甲戌，廷试策问师友渊源，秦熺之子埙与曹冠皆力攻程氏之学，孝祥独不攻"⑤。张孝祥认为二程继承了孔孟的儒学传统，他入仕后所具有的儒家修齐治平思想和为官治世表现，除儒家传统影响之外，还与对理学的亲近有关。他在知潭州时与主持岳麓书院的张栻相识，二人把臂同游，交游相契。他对张栻"省察""持养""居敬主一""夫主一之谓敬，居敬则专而不杂，序而不乱，常而不迫，其所行自简也"⑥ 等观点深为服膺。之后他在长沙治所修建"敬简堂"，请张栻题写《敬简堂记》，阐发"居敬而行简"的观点，并且指出：

> 害敬者莫甚于人欲，自容貌、颜色、辞气之间而察之，天理人欲丝

---

① （元）脱脱等：《宋史》卷三七三《列传》第一百三十二，中华书局1977年版，第11556页。
② （宋）黄宗羲：《宋元学案》，中华书局1986年版，第1359页。
③ （宋）张孝祥撰，徐鹏点校：《于湖居士文集》卷八，上海古籍出版社1980年版，第71页。
④ （宋）张孝祥撰，徐鹏点校：《于湖居士文集》卷三十四，上海古籍出版社1980年版，第347页。
⑤ （元）脱脱等：《宋史》卷三八九《列传》第一百四十八，中华书局1977年版，第11942页。
⑥ （宋）张栻：《论语解》卷三，影印文渊阁四库全书本。

毫之分耳。遏止其欲，而顺保其理，则敬在其中。引而达之，扩而充之，则将有常而日新，日新而无穷矣。①

这段论述与朱熹"存天理，灭人欲"论如出一辙，体现出张孝祥对理学观点的认同。乾道三年（1167）秋，朱熹来到长沙的敬简堂讲学达两个多月，此次理学思想的沟通碰撞对张孝祥的为人处世及从政为学都有非同寻常的重要影响。此后他与朱熹之间频频通信，交换认识和看法，张孝祥给朱熹的信中写道：

> 某平生慕用，岂谓来湘中乃获解后接款，慰幸可胜言？……某别去再见新岁，怀乡道义，不能忘也。自来荆州，老者病甚思归，舟楫往来江上，不复定处。仆亦心志忽忽，百事尽废，虽如元晦，一书亦不暇遣。乃两奉诲教，相予之意益勤，内省愧惕，不但不答书可以为罪，盖敬简之功不进，它日无以见元晦尔。②

张孝祥对朱熹的敬重与感念之情溢于言表。叶绍翁遗憾地称张孝祥"与南轩、考亭先生为辈行，友而不能与之相琢磨，以上继伊洛之统，而今世好神怪者，以公为紫府仙，惜夫"③。他与张栻、朱熹都有密切的交往，在学术上似师生亦似好友，只可惜张孝祥寿命不永，如果没有英年早逝，以其才学和悟性，张孝祥应会和张栻、朱熹一起将二程学说发扬光大，在理学领域获得巨大成就。张孝祥为官期间，时时处处考虑百姓的利益，行事果断，解决诉讼，惩除奸佞，赈灾救饥，深得百姓爱戴。他在担任荆南、荆湖北路安抚使的时候："荆州当虏骑之冲，自建炎以来，岁无宁日。公内修外攘，百废具

---

① （宋）张栻：《张宣公全集》文集卷十二，"无穷"又作"远穷"。

② （宋）张孝祥撰，徐鹏点校：《于湖居士文集》卷四十，上海古籍出版社1980年版，第400—401页。

③ （宋）叶绍翁撰，沈锡麟、冯惠民点校：《四朝闻见录》乙集"张于湖"条，中华书局1989年版，第71页。

兴，虽羽檄旁午，民得休息。筑寸金堤以免水患，置万盈仓以储漕运，为国为民计也。"① 张孝祥强内政，阻外敌，使百姓受益无穷又不干扰民生休养，金人纵然隔江窥伺，再不敢贸然侵犯，体现出他精明强干的执政能力和济世为民的民胞物与情怀。据《宋史》记载张孝祥在抚州和平州的仕宦功绩：

> 寻除知抚州。年未三十，莅事精确，老于州县者所不及。孝宗即位，复集英殿修撰、知平江府。事繁剧，孝祥剖决，庭无滞讼。属邑大姓并海囊橐为奸利，孝祥捕治，籍其家，得谷粟数万。明年，吴中大饥，迄赖以济。②

张孝祥在为官过程中倡导经世致用的观点并且付诸实践，对民众实行宽松政策，使百姓安于农事，顺应民心，休养生息，获得同僚和百姓的高度赞誉。乾道五年（1169），张孝祥请祠侍亲，三月进显谟阁直学士致仕，七月病逝，终年三十八岁。张孝祥英年早逝，为官生涯只有短短十几年，还常常受到排挤打压。但他无论何种境遇，都忠心无私，为国为民，充分体现了文人士大夫"为天地立心，为生民立命，为往圣继绝学，为万世开太平"③ 的人生信念和"民吾同胞，物吾与也"④ 的人文情怀以及行使"君子之所欲者，泽天下之民，济天下之困"⑤ 的崇高使命。

---

① （元）脱脱等：《宋史》卷三八九《列传》第一百四十八，中华书局 1977 年版，第 11943 页。
② 同上。
③ （宋）张载著，章锡琛点校：《张载集》，中华书局 1978 年版，第 320 页。
④ 同上。
⑤ （宋）程颢、程颐：《二程文集》，王孝鱼点校，中华书局 1981 年版，第 942 页。

第二节 "承前贤，启后学"

张孝祥之弟张孝伯赞其兄曰："于诗于文于四六，未尝属稿，和铅舒纸，一笔写就，心手相得，势若风雨。"① 对他的诗歌气势及其他文学样式做出了较高评价。南宋石孝友词作《满庭芳·上张紫微》评价张孝祥道：

笔走龙蛇，词倾河汉，妙年德艺双成。帝庭敷奏，亲擢冠群英。龙首其谁不取，便直饶勋业峥嵘。偏他甚，泼天来大，一个好声名。忆曾，瞻拜处，当年汝水，今日溢城。叹白首青衫，又造宾闼。谨赍诗文一卷，仗仙风，吹到蓬瀛。依归地，熏香摘艳，作个老门生。②

石孝友的这首词对对张孝祥的文学与书法都表示了高度赞扬，尤其推崇他的"诗文一卷"，似渺渺有仙气，虽有应酬之文的常见特点，但还是可以从中窥探到张孝祥诗文在当时的地位。韩元吉也称赞张孝祥的诗歌："其欢娱感慨，莫不什于诗。好事者称叹，以为殆不可及。"③ 再如："早岁发策大廷，天子新擢为第一，盛名满天下；入司帝制，出典藩翰，言论风采，文章政事，卓然绝人。"④（《送张荆州序》）罗端明云："古刹浮屠映碧山，状元题墨最为娴。游人倦憩尘心寂，云自青天水自闲。"⑤（《褒禅山有于湖所题宝塔二字》）

① （宋）张孝伯：《张于湖先生集序》，张孝祥《于湖居士文集》，上海古籍出版社1980年版，第6页。
② （宋）张孝祥撰，徐鹏点校：《于湖居士文集》卷二二，上海古籍出版社1980年版，第353页。
③ （宋）韩元吉：《张安国诗集序》，载宛新彬《张孝祥资料汇编》，中华书局2006年版，第167页。
④ （宋）张孝祥撰，徐鹏点校：《于湖居士文集》附录，上海古籍出版社1980年版，第428页。
⑤ 同上书，第434页。

"漱竹浑忘醉，穿花浪费才。何人题宝塔，千载仰崔嵬。"①（《褒禅山有于湖所题宝塔二字》其二）无论是对书法墨迹还是对诗文词作，时人丝毫不吝对张孝祥的赞誉之辞。无论在南宋还是后世，张孝祥的诗词与书法受到众人瞩目。从文学艺术关联的视角来看，其诗、词与书法之间的关系也是研究张孝祥文学艺术的重要内容，尤其是在"承前贤，启后学"的过渡连接功用方面更为明显。

张孝祥的词作在南宋时期就以单行本形式流传，名为《于湖词》《于湖居士乐府》《于湖居士长短句》，收入词二百二十二首。唐圭璋辑《全宋词》存张孝祥词 229 首，存目 11 首，孔凡礼《全宋词辑补》收入 1 首。关于张孝祥的词作，周密在《癸辛杂识》中写道：

> 张于湖知京口，王宣子代之。多景楼落成，于湖为大书楼扁，公库送银二百两为润笔。于湖却之，但需红罗百匹。于是大宴合乐，酒酣，于湖赋词，命妓合唱甚欢，遂以红罗百匹犒之。②（《多景红罗缠头》）

在宋人笔记中能见到多处类似这样的关于张孝祥酒酣赋词的见闻轶事，暂且不去一一考证这些笔记中所录典故的真实性及其差异。但从这些资料中可以看出，张孝祥的词名恰如北宋的苏轼一样，在世时即已广泛传播，受到多方追捧，所以人们才会津津乐道于此。张孝祥去世后，他的门人兼好友王质在《于湖集》序言中不无感慨地写道：

> 故宋中书舍人张公安国，奋起荒寒寂寞之乡，而声名震耀天下者二十余年，可谓盛矣……岁己丑，某下峡国荆州，公出其文数十篇。于是超然殆不可追蹑，非汉、唐诸子所能管摄也。是岁，公没于当涂之芜湖，

---

① （宋）张孝祥撰，徐鹏点校：《于湖居士文集》附录，上海古籍出版社 1980 年版，第 434 页。
② （宋）周密：《癸辛杂识·续集下》，中华书局 1988 年版，第 209 页。

而其歌词数编先出。岁癸巳，公之弟王臣官大冶，道永兴。某谓王臣曰：
"公之文当亟辑，世酣于其歌词，而其英伟粹精之全体未著，将有以狭公
者。"王臣既去一年，以公之文若干篇若干册示某。①

可以看出，张孝祥"声名震耀天下者二十余年"，各体兼擅，然世人"酣
于其歌词"，更欣赏和看重他的词作。因而他去世之后，词集首先结集面世。
南宋黄升编选的《中兴以来绝妙词选》中，绝大部分是历代被视为豪放词派
的词人，其中张孝祥入选词作 24 首，数量仅次于辛弃疾和刘克庄，多于陆游
和张元干。周密所编选的《绝妙好词》首先选入的即是张孝祥词，认为他在
豪放词风方面具有一定开启之功。当代张孝祥的研究专家宛敏灏认为于湖词
的风格介于苏东坡与辛弃疾之间。的确，张孝祥的豪放词，上承苏轼，使苏
轼词中的豪放风格得到很好的继承与发扬，下启辛弃疾，豪放词在辛弃疾那
里得到发展和升华。周济《宋四家词选目录序论》中所言：

> 苏、辛并称。东坡天趣独到处，殆成绝诣，而苦不经意，完璧甚少。
> 稼轩则沉着痛快，有辙可循。南宋诸公，无不传其衣钵。②

张孝祥处于连接苏、辛二人豪放词的过渡地位。以爱国题材的豪放词为
例，苏词如《江城子·密州出猎》和《念奴娇·赤壁怀古》中，"为报倾城
随太守，亲射虎，看孙郎。""持节云中，何日遣冯唐？""故垒西边，人道
是，三国周郎赤壁。""遥想公瑾当年，小乔初嫁了，雄姿英发。"等句将内心
深处对古代英雄豪杰的钦慕和对建功立业的渴望表现得淋漓尽致，即使是表
达不得志或是感怀人生如梦，其风格也是慷慨激昂、豪迈奔放的，极少有强
烈的激愤之情。到了辛弃疾词中，激越的悲愤之情已经屡屡出现，如《贺新

---

① （宋）张孝祥撰，徐鹏点校：《于湖居士文集》附录，上海古籍出版社 1980 年版，第 425 页。
② （清）周济：《宋四家词选目录序论》，载唐圭璋《词话丛编》，中华书局 1986 年版，第
1643 页。

郎·同父见和再用韵答之》"我最怜君中宵舞，道男儿，到死心如铁。看试手，补天裂。"① 似乎可以看到稼轩胸中迸发出欲为民族统一的恢复大计奋斗终生的使命感。再如《水龙吟·登建康赏心亭》："尽西风，季鹰归未？求田问舍，怕应羞见，刘郎才气。可惜流年，忧愁风雨，树犹如此。倩何人，唤取盈盈翠袖，揾英雄泪！"② 作者眼看家国沦陷，却不能一雪国仇家恨，种种焦虑与激愤尽情流露笔端，风格由前人的含蓄婉转变为直抒胸臆，让爱国之情的抒发达到极致。

苏轼所在的北宋时期，虽然也有外敌的侵扰和威胁，但还没有影响到国家的统一稳定，政治状况较为缓和。到了张孝祥所处时期，南宋偏安一隅已成定局，渴望恢复统一是无数文人士子心底的呐喊，张孝祥就是其中之一。他面对尖锐的民族矛盾，怀着一腔热血与豪情，写下了充满悲愤之情的爱国词作，如脍炙人口的《六州歌头》词句：

> 念腰间箭，匣中剑，空埃蠹，竟何成。时易失，心徒壮，岁将零，渺神京。干羽方怀远，静烽燧，且休兵。③

张孝祥痛心疾首地指责统治者的不抵抗政策，对朝廷寄予的厚望变成了一股无奈的悲愤，字字力透纸背，显现出一种略有隐忍的豪放之情。《水调歌头·和庞佑父》用豪迈之笔叙写了采石矶大胜，紧扣时事政治主题，关心国家命运，直言要"平骄虏""扫胡尘"。与苏词之豪放相比，张孝祥爱国词的矛头直接指向敌人，也对举棋不定的南宋朝廷有所警示，对象更加明确，表达了"统一中国的强烈愿望与守职尽责的强烈责任感"④。可以看出，张孝祥

---

① （宋）辛弃疾著，邓广铭笺注：《稼轩词编年笺注》卷二，上海古籍出版社 1993 年版，第 238 页。

② （宋）辛弃疾著，邓广铭笺注：《稼轩词编年笺注》卷一，上海古籍出版社 1993 年版，第 34 页。

③ （宋）张孝祥：《于湖词》，上海古籍出版社 1988 年版，第 1 页。

④ 房日晰：《张元干、张孝祥词之比较》，《西北大学学报》2001 年第 2 期，第 69—75 页。

词中直抒胸臆、意气风发的风格直接来源于苏轼，而他那种直指时政、骏发踔厉的风格又是辛派词人的先导，直接启发辛弃疾等豪放词人以直陈时事的纵横捭阖和强烈的批判现实精神来作词，也为稼轩词的刚健、雄浑、激扬风格奠定了有力的格调基础，具有重要的承上启下、承前启后的意义。

　　张孝祥的书法与其词作一样，也在承前贤、启后学方面发挥着重要的不可或缺的连接过渡作用。张孝祥书法前承北宋四家及前代诸贤，对后学的影响主要是针对其侄子"南宋四家"之一张即之而言。张即之（1186—1263），字温夫，号樗寮，以父张孝伯荫授承务郎，举进士，历监平江府粮料院、将作监簿、司农寺臣，以特授直秘阁致仕。宝祐四年（1256），王惟忠因谗被劾处死，张即之致书贾似道请恤其遗孤，又让自己的从孙张士倩娶惟忠孤女。①张即之工书法，尤擅以大字抄录佛经，为"南宋四家"在南宋末期最为声名远扬的一位。元代戚辅之将南宋琴、棋、书、画最佳者并举："端（平）、淳（祐）间，荐绅四绝：杨嗣翁琴，赵中父棋，张温夫书，赵子固画。"② 其中的"书"即指张即之书法。张即之在南宋后期及宋元之际影响极大，书法声誉在其身前身后都超越国界，北方金国、日本僧人屡次重金购藏张即之真迹，学习临摹，大为叹服，甚至日本镰仓时代学习张即之写经书法成为当时的一种文化风气。

　　探究张即之的书学渊源，誉满天下的张孝祥的书法是他早年书学取法的重要来源之一。明代文徵明在《文待诏题跋》卷下《题张即之〈进学解〉》中对张即之学书情况记述较为清楚：

　　　　于湖先生，孝伯之兄，即之伯父也，其书师颜鲁公，尝为高宗所称。即之稍变而刻急，遂自名家……此书（指《进学解》）无岁月可考，而

---

　　① （元）脱脱等：《宋史》卷四四五，中华书局 1977 年版，第 13145 页。
　　② （元）戚辅之：《佩楚轩客谈》，载陶宗仪《说郛三种》，上海古籍出版社 1988 年版，第 1297 页。

老笔健劲，大类安国所书庐坦河南尉碑，实所谓传其家学者耶。①

文徵明指出张即之《进学解》书作"老笔健劲"处即传承自张孝祥的家学书风。张即之传世书法多为他所抄录的佛经，特点是字体匀称，"小巧拘谨"，极有法度。其书笔画起止干净利落，笔触大多比较短小，钩捺也是笔到便止，整个篇幅整齐明朗，有条不紊。明代书画家董其昌评价张即之书法曰：

观其运笔结字，无沿袭前人，一一独创，此为禅家所言自己胸中流出，盖天盖地者也。②

然而，笔者认为，董其昌对张即之书法评价"无沿袭前人，一一独创"应是过誉之语。实际上，从张即之传世书法中可见张孝祥与二王、唐楷诸家、米芾及张孝祥等多人笔意，其书法基本是在对前人笔法、结字熟稔的基础上，选取适合抄录《金刚般若波罗蜜经》等佛教经典的风格融会贯通而成一体，自我创新远远少于复古尚法的成分，并非董其昌所谓"一一独创"，且如前文徵明概括"大类安国所书庐坦河南尉碑"，与张孝祥前期书风颇似。

由此可见，张孝祥书法承接宋代尚意一脉，但已经具有尚法复古的苗头。他的侄子张即之从他的书法中汲取营养并发扬光大的成分，更多的是他的书法中法度与规矩的部分，而非具有尚意风范的才力与豪气。张即之在继承张孝祥书法风格的基础上，更加注重规矩与严谨的法度，对元初赵孟頫等人书法倡导复古尚法及"用笔千古不易"等理论的提出具有先导意义，体现出张孝祥书法对后学之人的重要影响。诗词与书法共同彰显张孝祥在文学史与书法史上"承前贤，启后学"的重要作用。

---

① （明）文徵明：《文待诏题跋》，中华书局 1985 年版，第 257 页。
② （明）董其昌：《画禅室随笔》，华东师范大学古籍整理研究室等编《历代书法论文选》，上海书画出版社 2014 年版，第 547 页。

第三节　豪雄清旷兼擅的风格

张孝祥的词作被评为"清旷豪雄两擅场"①，即其"所作兼有东坡之清旷与稼轩之豪雄"②。宛敏灏也指出："张孝祥的词作题材可分为三类：大抵激于爱国热情，发抒忠愤之气者，则如惊涛出壑；直抒胸臆，表达豪迈坦率之怀者，则如净练赴海；摹景融情，有清隽自然之趣者，则又似皱縠纹江。这三类作品境界不同，也就各有其胜处。"③ 实际上，不仅张孝祥的词作具有清旷与豪雄兼擅的特点，他的诗歌、书法亦是如此，这一点与其词作多有相通之处。综合其诗词书法的风格，也基本可以归入"豪雄"与"清旷"两大类别，共同展现了他的心路历程与气质风度。

一　铮铮骨力显豪雄

曹宝麟在《中国书法史》中对张孝祥的书法作了这样的概括："在'中兴四大家'中，若以'骨力'而论，张孝祥是最为劲健的。"④（此处"中兴四大家"即本书中的"淳熙四家"）前人对张孝祥书法的评价亦多次出现"骨"这一范畴，如"以饱学妙蕴移其骨相""骨力轩轩如鲲击鹏运"等，这些评论均突出张孝祥书法的"骨"力。

书必有神、气、骨、肉、血，五者缺一，不为成书也。⑤（《论书》）

---

① 缪钺：《论苏、辛词与〈庄〉〈骚〉——论陈与义词，论张孝祥词》，《四川大学学报》（哲学社会科学版）1984年第1期，第102页。

② 同上书，第103页。

③ 宛敏灏：《张孝祥和他的于湖词》，《纪念张孝祥诞生八百三十周年词学研究论文集》，上海古籍出版社1982年版，第47页。

④ 曹宝麟：《中国书法史（宋辽金卷）》，江苏教育出版社1999年版，第306页。

⑤ （宋）苏轼著，孔凡礼点校：《苏轼文集》卷六十九，中华书局1986年版，第2183页。

苏轼将字比喻成有生命有感知的人的身体构造，"骨"是其不可或缺的组成部分。那么，何谓书法之"骨"呢？书论中关于"骨"的说法源远流长，早在卫铄（世称卫夫人）《笔阵图》中就有关于"骨、肉"的记载："善鉴者不写，善写者不鉴。善笔力者多骨，不善笔力者多肉；多骨微肉者谓之筋书，多肉微骨者谓之墨猪；多力丰筋者圣，无力无筋者病。"① 张怀瓘评虞世南和欧阳询高下时说："虞则内含刚柔，欧则外露筋骨，君子藏器，以虞为优。"② 刘熙载指出"字有果敢之力，骨也"③。论书崇尚瘦硬的骨力。"作为书法审美语的'骨力'，是指内在精神的骨格笔力，字体结构的基本笔力，为表现结构基础的力动感，以及从作者的笔力中产生出来的书法作品的精神生命。"④ 书法作品中若没有"骨"的存在，内在的精神就不能体现出来，没有内在精神的书法就是柔弱无骨的俗媚书法。

在文学中，"骨"也是一个常见的品评术语，如刘勰《文心雕龙》中专有《风骨》一篇对"骨"与"辞"进行论述："怊怅述情，必始乎风；沉吟铺辞，莫先于骨。故辞之待骨，如体之树骸，情之含风，犹形之包气。结言端直，则文骨成焉；意气骏爽，则文风清焉。若丰藻克赡，风骨不飞，则振采失鲜，负声无力。"⑤ 有"骨"之文明朗挺拔，遒劲有力，无"骨"之文则辞采黯淡，声调无力。

实际上，"骨"并不是文学和书法的原创范畴，它最初用来品评人物。如三国魏刘邵《九征》篇曰："骨植而柔者，谓之弘毅；弘毅也者，仁之质也。

① （晋）卫铄：《笔阵图》，华东师范大学古籍整理研究室等编《历代书法论文选》，上海书画出版社2014年版，第22页。
② （唐）张怀瓘：《书断》，华东师范大学古籍整理研究室等编《历代书法论文选》，上海书画出版社2014年版，第192页。
③ （清）刘熙载：《艺概》卷五《书概》，上海古籍出版社1978年版，第166页。
④ ［日］河内利治：《汉字书法审美范畴考释》，上海社会科学院出版社2006年版，第17页。
⑤ （南朝梁）刘勰著，范文澜注：《文心雕龙》卷六，人民文学出版社1962年版，第513页。

气清而朗者，谓之文理；文理也者，礼之本也。"① 这就是以"骨"来品评人的风貌，亦即风骨。刘孝标注《世说新语》称王羲之"风骨清举"，《宋书·武帝纪》称刘裕"风骨奇特"，《南史·蔡撙传》也评价蔡撙其人"风骨鲠正"。这些文章中的"风骨"多指人的精神风度方面的特点而言。后来，"骨"这一范畴移至文学与书法的品评中，延伸到文论和书论之中。陈子昂被认为是从齐梁至唐转变风气的人物，他在《与东方左史虬修竹篇》中指出"汉魏风骨，晋宋莫传"。汉魏风骨是梗概多气的阳刚之气；齐梁之文，多阴柔之气。唐人论诗，多有提倡风骨之语，殷璠《河岳英灵集》云："（崔颢）忽变常体，风骨凛然……可与鲍照并驱也。"② "（高适）其诗多胸臆语，兼有风骨，故朝野通赏其文。"③ "陶翰既多兴象，复备风骨。"④ 这里提到的崔颢、高适、陶翰等人的诗歌多是壮伟阳刚的风格。宋代严羽《沧浪诗话》指出阮籍《咏怀》诗风格高远，极具建安风骨，且盛唐诗人多取法汉魏，所作情志深远，气势阔大，笔力雄壮，于是提倡盛唐风骨。⑤ 明代论诗也多有以风骨为标准进行品鉴，如高棅在《唐诗品汇》中指出：

> 韩愈、李贺文体不同，皆有气骨。退之之叙，已备五言；又如《琴操》等作，前贤称之详矣，此不容赘。若长吉者，天纵奇才，惊迈时辈，所得离绝凡近，远去笔墨畦径。⑥

高棅认为韩愈与李贺的诗文都具备气骨。可见，文学中的"骨"多指人的风度或文的格调，所谓风骨是指一种由笔力雄壮、气象浑厚造就的诗歌高

---

① （魏）刘邵：《人物志》卷上，影印文渊阁四库全书本。
② （唐）殷璠：《河岳英灵集》卷中，巴蜀书社 2006 年版，第 212 页。
③ （唐）殷璠：《河岳英灵集》卷上，巴蜀书社 2006 年版，第 180 页。
④ 同上书，第 122 页。
⑤ （宋）严羽著，郭绍虞校释：《沧浪诗话校释》，人民文学出版社 1961 年版，第 155 页。《诗评》一二写道："黄初之后，惟阮籍《咏怀》之作，极为高古，有建安风骨。"
⑥ （明）高棅著，汪宗尼校定：《唐诗品汇》，上海古籍出版社 1982 年版，第 269 页。

古挺拔的艺术风貌，或文艺作品刚健、雄迈、遒劲的格调。书论中的"骨"首先指技巧、结构方面的外在形象，通过遒劲有力的线条展示人的内在精神。文学或书法中"骨"的意义都是透过表象对人文精神的显示与传递，二者异曲而同工，互见又相通。

张孝祥爱国诗词和直接反映社会现实的诗歌作品，忠愤之气常如惊涛出壑，音调激越，刚劲有力，体现出铮铮"骨"力。正如杨万里评价张孝祥云：

> 于湖张公下笔，言语妙天下。当其得意，诗酒淋浪，醉墨纵横，思飘月外，兴逸天半。东坡云："李太白死，世无此乐三百年矣！"某初挂名于公之榜，又尝再见公于直庐。今其季伯子尚书寄示五帖，开卷未了，山立玉色，凛然在人目中也。①

张孝祥诗歌中的"骨"力，很大程度上与他豪迈豁达、不拘小节的性格有关。张孝祥性格颇为豪放，叶绍翁在《四朝见闻录》中记录云：

> 务能参问前儒，汲扬后学，词翰愈工。天性调优，轻财好施，勇于为义。为政平易，民咸思之。唯嗜酒好色，不修细行。高宗尝问以"人言卿赃滥"，孝祥拱笏再拜以对曰："臣诚不敢欺君，臣滥诚有之，赃之一字，不敢奉诏。"上笑而置之。人以为诚非欺君者。真文忠公尝语余曰："于湖平生虽跌宕，至于大纲大节处，直是不放过。"②

在宋代以来的科举制度中，规格最高的即是由皇帝亲自御选的殿试，极其隆重。"于湖张氏孝祥廷对，顷，宿醒犹未解"，而张孝祥在参加殿试之前饮酒导致宿醉未醒。尽管如此，他仍然能够从容应对，"濡毫答圣问，立就万

---

① （宋）杨万里：《诚斋集》卷一〇一，吉林出版集团 2005 年版，第 1146 页。
② （宋）叶绍翁撰，沈锡麟、冯惠民点校：《四朝闻见录》乙集"张于湖"条，中华书局 1989 年版，第 71 页。

言，未尝加点"，酒醉并未影响他的才华横溢、博学多识，他的豪雄放达、不拘小节等特点显露无遗。张孝祥曾作有《自赞》曰："于湖，于湖，只眼细，只眼粗。细眼观天地，粗眼看凡夫。"① 语言简洁明了，显得豁达大度，对自己进行相当精准的画像。其友张栻对其性情特点进行了概括，如：

> 是于湖君，英迈豪特。遇事卓然，如箭破的。谈笑翰墨，如风无迹。惟其胸中无有畛域，故所发施，横达四出。②（《于湖像赞》）
>
> 其英迈豪特之气，其复可得耶？③（《再祭于湖先生文》）
>
> 使群晚被酒，千骑过友生。名谈宿雾巷，逸气孤云横。挥巾看翰墨，笑语皆诗成。人物有如此，吾辈赖主盟。④（《赠于湖诗》）

"英迈豪特"等语甚当，"挥巾看翰墨，笑语皆诗成"的潇洒不羁也体现着张孝祥人生品格的追求和写照。此外，张孝祥即使书名誉满天下，也曾被朱熹等人委婉地进行过批评：

> （字）也是好，但是不把持，爱放纵……要之，这便是世态衰下，其为人亦然。⑤
>
> 问周越、李时雍、钟离景伯曰："如法何？吴说、张孝祥、范成大，法乎？"曰："此而法，天下无法矣。"⑥

朱熹"不把持，爱放纵"的评语既是针对于湖的字，也是针对于湖其人。的确，从外在某些表象看来，张孝祥嗜酒好色、不拘小节，与朱熹等理学家

---

① （宋）张孝祥撰，徐鹏点校：《于湖居士文集》卷十五，上海古籍出版社1980年版，第156页。
② （宋）张孝祥撰，徐鹏点校：《于湖居士文集》附录，上海古籍出版社1980年版，第420页。
③ 同上书，第419页。
④ 同上书，第420页。
⑤ （宋）黎靖德辑：《朱子语类》卷一百四十《论文下》，中华书局1986年版，第3338页。
⑥ （元）郑枃：《衍极卷》，华东师范大学古籍整理研究室等编《历代书法论文选》，上海书画出版社2014年版，第460页。

或文人士大夫毕恭毕敬、正襟危坐的形象大相径庭，故他有如此之说。而关于张孝祥书法"如法"还是"无法"，也是一个见仁见智的问题。郑构所谓"此而法，天下无法矣"，显然是从书如其人的道理角度进行评价，针对的是张孝祥独立不惧、直言敢行的个性特征。以张孝祥颇具骨力的一幅书法作品《适闻帖》（又名《柴沟帖》）（图8-1）为例，可见其豪雄之气在书法笔势、章法方面的表现。

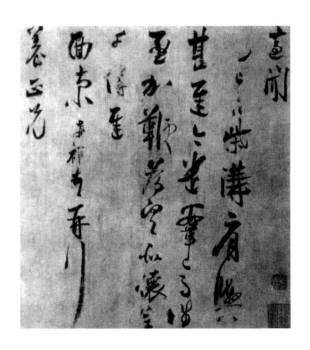

图 8-1　张孝祥《适闻帖》（又名《柴沟帖》）

这是张孝祥为数不多的传世作品中较出色的行草书札，未署纪年。此帖内容为："适闻□□□柴沟，肩舆甚迟，今遣鞍马往，亟加鞭为望，所怀万千，并迟面禀。孝祥顿首，再拜。养正兄。"此帖中第二行起首三字的大部分已残缺不可识，笔者根据上下文之义，推测三字应为"驾已抵"或"尊驾抵"。这是张孝祥写给友人养正的一封信札，他告知养正：听说养正乘轿来访，已至柴沟，行程甚慢。于是今日遣人骑马前往迎接，欲速与友人相见。帖中"养正"是指何人，"柴沟"是否为今安徽省蚌埠市怀远县段郢乡柴沟一地，均尚待考。此帖曾经清张笃行收藏，钤有印记。

徐邦达《古书画过眼要录》认为，"此帖书法老劲而剽悍，和其他的张孝祥书法作品风格不尽相同，末后签名的一个'祥'字，结体还是一样，可能是于湖晚年手笔"①。此帖书法将颜字的丰厚博美和楷体的通畅平缓、行书的自由流动等各体特点完美地结合，用笔以中锋为主，线条粗细分明，笔法中有明显的颜字以折带转、易方为圆等特点，布局明朗开阔，一气呵成，风格浑然天成，气象豪迈洒脱，与其诗词的境界有相通之妙，体现出于湖风骨卓然，自成一家风范。张孝祥之书虽豪迈放达，他又对法度谨严的篆书极为钟爱，如董史《皇宋书录》记载曰："跋于湖篆字云：昨宦吴门，得汪藻龙溪小篆；今守长沙，得张于湖大篆，皆前此所未见也。"② "谷中云：于湖篆书极工。今长沙帅司有大字西壁，南康落星寺篆书行记，大字皆佳。"③ 对篆书的临习使张孝祥用笔极具古意，这使他的书法"徘徊在'尚法'和'尚意'的书风之间，追求自己的书法风格，并很早取得了书名。"④ 而连接法度与意趣二者的便是他豪雄而又具有"骨"力的独特书风。

二　清旷高远见禅意

张孝祥的诗词"气雄而调雅，意缓而语峭"，很多作品境界清幽，语言深婉，飘飘然有凌云之气，与前文的气韵豪雄之作大异其趣。若说爱国题材的诗词及笔酣墨饱的书法最能体现张孝祥"豪雄"风格与铮铮骨力，那么山水题材则将他"清旷"的一面展露无遗。仁者乐山，智者乐水，张孝祥与诸多

---

①　徐邦达：《徐邦达集四》，紫禁城出版社 2005 年版，第 810 页。
②　卢辅圣主编：《中国书画全书》第二册，上海书画出版社 2009 年版，第 641 页。
③　同上书，第 637 页。
④　方爱龙：《南宋书法史》，上海古籍出版社 2008 年版，第 153 页。

文人一样，喜爱游览山水，吟诗作赋、抒情达意也是他生活中的重要组成部分，他对自然山水有着特别的爱好。宋人曹勋在《跋张安国题字》中称张孝祥"显贵英游，乃如湖海之士，胸贮丘壑"①。张孝祥也作诗自嘲："平生烟霞成痼疾，置在朝市殊不宜"（《和都运判院韵七首》其二）。绍兴二十九年（1159）八月，张孝祥因弹劾而被罢免原职，从此大部分时间任职地方官或闲居。尤其自绍兴三十年（1160）秋开始直到乾道五年（1169）三月这段时间内，他先后到达安徽、江西、湖南、湖北、江苏、浙江、广西等各省任地方官，行经芜湖、庐山、青山、九华山、衡山、九江、漓江、湘江、长江、洞庭湖等山川名胜及谢公祠、李白墓、金山寺、黄州、赤壁、东坡等历史遗迹时，自然美景及历史底蕴使他的创作灵感得到激发，触景生情，作了大量写景纪行诗。行程之远，景点之多，大大开阔了他的视野和胸襟，使这些写景纪行诗的内容和风格更加丰富。如：

> 秋日郊扉乐，人闲景趣闲。风生疏竹里，雨在片云间。疏港聊通水，关门不碍山。残书读未尽，飞鸟暮云还。②（《秋日郊居》）
>
> 鼓发菅田市，帆收磊石山。冰纨六十里，烟鬓两三鬟。天气水云合，人家罾网间。晚来风更熟，别浦棹歌还。③（《磊石》）
>
> 人行春色里，莺语落花边。修竹三间屋，清泉二顷田。④（《夏日舟行》）

这些诗歌中所选意象如秋日、疏竹、片云、清凉、棹歌、秋水、暮山、扁舟、清泉等，表现出张孝祥独特的审美趣味：幽静清远之景物，从"残书读未尽，飞鸟暮云还"句，可以寻觅到陶渊明"山气日夕佳，飞鸟相与还"

---

① （宋）曹勋：《松隐集》卷三二，影印文渊阁四库全书本。
② （宋）张孝祥撰，徐鹏点校：《于湖居士文集》卷九，上海古籍出版社 1980 年版，第 84 页。
③ 同上书，第 79 页。
④ （宋）张孝祥撰，徐鹏点校：《于湖居士文集》卷十，上海古籍出版社 1980 年版，第 98 页。

的意境。透过诗句，我们似乎可以看到一个恬然自适、豁达超然的诗人。张孝祥一些诗词则在清旷豁达中表现出悠远的禅意，如他曾在经过江苏溧阳时对三塔湖风景颇为赞赏。三塔湖附近有寺，名三塔寺。据《溧阳县续志》记载："三塔湖，宋张孝祥经此赋诗题柱。菰蒲一碧，烟波荡空，洵胜境也。"张孝祥围绕三塔寺曾作了几首诗词：

> 塔上一铃语，湖头三日风。苍山在烟外，高浪与天通。市迥新鸟少，僧残像教空。不妨留滞好，且看夕阳红。① （《三塔寺阻雨》其一）

> 倦客三杯酒，高僧一味茶，凉风撼杨柳，晴日丽荷花。铎语时鸣塔，渔歌晚钓槎。停舻快清憩，步稳衬明霞。② （《三塔寺阻雨》其二）

> 亭依三塔占清幽，松竹环除翠欲流。晓色晴开千幛月，波光冷浸一天秋。琼瑶影里诗僧屋，云锦香中钓客舟。风送不知何处笛，雁声惊起荻花洲。③ （《过三塔寺》）

> 问讯湖边春色，重来又是三年。东风吹我过湖船，杨柳丝丝拂面。世路如今已惯，此心到处悠然。寒光亭下水连天，飞起沙鸥一片。④
> （《西江月·题溧阳三塔寺》）

张孝祥在诗词中将自己比喻为一个"倦客"，并多次提及"高僧""诗僧"。虽僧人姓名已不可考，但可以看出作者在与高僧相谈时的放松与欢愉。诗歌清新空灵，与王维的禅意诗歌遥相呼应。张孝祥入仕不久即身不由己地陷入朝廷和与战的纷争之中，仕途坎坷，形势多变，才华无法施展，心情非常苦闷。张孝祥的苦闷表现在诗词中，很少有对自己怀才不遇的悲叹和抱怨，只是对家国命运的悲愤激昂。他的诗词风格大多充满坚定、沉着、旷达的精

---

① （宋）张孝祥撰，徐鹏点校：《于湖居士文集》卷九，上海古籍出版社1980年版，第77页。
② 同上。
③ （宋）张孝祥撰，徐鹏点校：《于湖居士文集》卷十一，上海古籍出版社1980年版，第111页。
④ （宋）张孝祥：《于湖词》，上海古籍出版社1988年版，第69页。

神。之所以如此，乃与他的禅宗思想有很大关联。佛家讲究随缘，认为事无逆顺，随缘即应，不留心中，要对凡事抱着随遇而安、顺其自然的态度，方可保持内心的平静。张孝祥难免会对仕途产生厌倦之感，加之他一生与多位有名的高僧、隐士交往，佛家思想让他从功名利禄的束缚中解脱出来，抛弃世俗杂念等观点对他有很大的慰藉作用。因而，张孝祥会在关于三塔寺的诗词中坦然写道"世路如今已惯，此心到处悠然"，提出"不妨留滞好"，正是僧家宣扬的那种与世无争、专注内心的主张吸引了他，他笔下的诗歌才以一种澄澈明净、安宁高远的姿态跃然纸面。

这些清旷悠远、似遁出凡尘的写景纪行诗词与前文那些悲壮昂扬的爱国诗词、梗概多气的悯农题材均出自张孝祥之手，乍一看风格差异非常之大。一方面，是由于山水景物对诗人人格、性情的陶冶，使人潜移默化之间忘却世俗杂务，全身心地投入到对大自然的欣赏和体悟中，个人情感随之淡然、清静、开朗起来，作诗写词时自然体现在诗歌意境、风格中，与密切关注国势民生时的抒情基调就有明显区别。另一方面，也与诗人多元的审美取向有关。诗词吟咏性情，感发生命，文人在不同状态下的创作均展现的是真实而自然的自我，只因境遇、题材差异而出现了风格迥然不同。同样，张孝祥的书法亦可作两面观，既有法度严谨、结体端庄、刻意学古、步趋前人的清旷平实之作，又有"如枯松折竹，架雪凌霜，超然自放于笔墨之外"的气象豪纵之作，风格亦属于清旷与豪雄兼擅。

综上，尽管后世对张孝祥诗词、书法及其性格的评价大多集中在"豪放"一路，这与其豪放性格及爱国诗词风格有关，对其诗词后人评价还有"笔酣兴健"、笔墨酣畅，笔饱墨酣、笔势奇特、笔致犷放，评其书法笔力清劲、笔力扛鼎、笔画雄健、"笔力并奇秀"，既是对其艺术风格的肯定，也说明其独特的用笔使书风奔放起伏，特色鲜明，这些都是其风骨的表现。然而，他的诗歌与书法中还有另一种与此大异其趣的清旷高远、富有禅意的作品，同样富有个人意趣与特色，豪雄与清旷兼擅才是完整而真实的张孝祥诗书风格。

小　结

张孝祥作为文人士大夫，为官期间深得百姓爱戴，表现出精明强干的执政能力和济世为民的民胞物与情怀。他的为官治世的表现除儒家传统影响之外，还与他对理学的亲近有关。他出入于儒、释两家，兼容两家之思想，不时流露出禅宗随缘放旷的情怀。

张孝祥诗歌各体兼擅，世人更欣赏和看重他的词作，诗名在某种程度上不如其词名。于湖词上承苏轼，下启辛弃疾，为稼轩词的刚健、雄浑、激扬风格奠定了有力的格调基础，具有承前启后的意义。他的书法与词作一样，继承北宋四家及前代诸贤，影响其侄子即"南宋四家"之一张即之，对赵孟頫等人倡导复古尚法书风具有先导意义，彰显文学与书法史上"承前贤，启后学"的重要作用。

张孝祥诗词、书法风格的豪放一路与其豪放性格有关。他的书法若以"骨力"而论，是淳熙四家中最为劲健的。张孝祥的爱国诗词和直接反映社会现实的诗歌作品，音调激越，刚劲有力，无论是在思想内涵还是在艺术特色上，都表现出他的崇高志向和博大情怀，有对社会人生的哲理思考，有为家国天下鞠躬尽瘁的爱国精神，还有一定英雄气概和君子风范。然而他的诗歌与书法风格不止豪放一种，不能忽视他的作品中清旷高远、富有禅意的内容，豪雄风格与清峻旷达相得益彰，与清悠禅意合二为一，体现了张孝祥诗词书法风格的多样性。

结　　语

　　本书对南宋淳熙四家陆游、范成大、朱熹、张孝祥的诗歌与书法进行了综合研究。通过梳理南宋淳熙四家所处时代背景、生平经历，分析相关文学艺术作品和诗论、书论中诗歌与书法的题材、源流、形式、风格、审美、思想等内容，关注淳熙四家诗歌与书法思想在传播接受过程中时人及后世不同角度的评价和论述，对淳熙四家诗歌与书法进行多维度、多方面的综合分析，研究创作者丰富的内在精神世界，探析其诗歌与书法的艺术情感和审美意蕴。南宋书风从南渡初期承继北宋尚意的时代风格向宋末元初追求复古尚法的风格转变，以淳熙四家为书坛代表人物的前中期正是承前启后的重要过渡阶段。淳熙四家作为在宋室南渡后成长起来的一批文人，他们既是书法史上引领南宋书风转折、承上启下的关键人物，又在文学领域尤其在诗歌方面的成就非常显著。他们的人生阅历、思想精神、风度气质、涵养胸襟以及丰富情感投注于文学艺术之上，使其书法与诗歌在继承创新、艺术风格及思想理论等各个方面都有内在的关联。这种关联体现在求新求变、独具一格的艺术追求及卓尔不群的艺术成就等多个方面，且呈现出与文艺审美思潮、历史文化背景等因素相依相成的时代性特点。

　　淳熙四家所处的时期，正是风靡诗坛几十年的江西诗法亟须改进的时候。陆游、范成大、朱熹及张孝祥对江西诗法从领会到超越，进行不同形式的创新与反拨。同时，他们还敏锐地发现南宋书坛尚意书风之流弊，结合自身学识及艺术经验进行书法创新，对于推进书法向复古尚法方向转变具有承前启后的重要作用，反映出文人艺术家求新求变的意识和努力以及文学艺术发展的自然规律。淳熙四家的诗歌和书法成就不是孤立存在的，而是结为整体，相映生辉。通过研究其诗歌和书法彼此促进的关系及若干差异，能够更加清晰地看到文学与艺术同步发展又各有千秋的关系，对于淳熙四家在文学史、书法史乃至文化史上的历史地位也有更加明晰的认识。

陆游和范成大均以诗闻名，被列入"中兴四大家"，他们的诗歌入于江西诗派的同时又能够出于江西诗派，还能够对风靡宋代诗坛的江西诗派进行反拨创新。陆游凭借自身勤奋研习及深厚学问，领悟到诗书之外的"功夫"，成为诗坛大家及北宋尚意书风在南宋书坛的绝响。他将酒意融入诗书作品，论书诗别具一格，爱国诗歌与豪情书法相得益彰。范成大将其诗歌反拨江西诗法的创新意识用于书法创作中，形成雍容典雅的书风，长篇短章使他名扬天下。他性情较为平和，政治立场中立，作诗论书也表现出理性平和、客观中正的态度。晚年归居石湖后，范成大诗书境界趋于统一，田园诗作与诗碑实现了内容和形式的有机融合，透出浓厚的田园气息。

朱熹以理学家著称，他在诗歌方面的造诣和创作亦引人注目，数量和质量均属上乘，语言凝练，含情寓理。他的诗书观均以"理"和"法"为统领，重视人品对诗品和书品的主导作用，对后世产生了很大影响。尤其是作为理学集大成者，朱熹对宋四家的褒贬言论决定了苏、黄、米的作品在后世的流传与接受程度。他看到诗书再提尚意已无新意、法度被严重忽视，故而以理学正诗书，为复古尚法之风奠定了理论基础。张孝祥的词学成就使他作为豪放词派的代表词人之一而名世，于湖诗并未完全为其豪放词的声名所掩，也有斐然的成就。他的诗词地位形成的原因与当时所处环境及自身选择都有很大关联。无论是诗、词还是书法，都是张孝祥豪迈性格的外在表现。他还亲近理学，从政时践行民胞物与的理念，惜英年早逝，才华未能尽显。

淳熙四家的诗歌与书法创作成就不仅表现在符合时代特色的继承，更重要的是他们能够突破成法，开辟新的创作方向，对原有创作习惯进行反拨，并使创新更加完整全面地展现真实自我。随着诗歌与书法的学习由破到立，具有一家之风的个人诗书风貌逐步形成，共同将淳熙四家的诗歌与书法二艺推向南宋时代的高峰。自书己诗作品是文人诗歌与书法的"交集"，淳熙四家笔下所写出来的个人原创诗歌是带有其生命动态与思想情绪的作品，体现出作者的自珍、自信心态。一些自作诗书法可以作为文学及书法研究中的重要文献资料来源，在校勘或辑佚时起到史料补充的作用。总之，淳熙四家的诗歌与书法将北宋以来文学艺术的文人书卷气又向前推进了一步，彰显了时代书风与个人风采的最佳结合，同时展现出为南宋前中期的诗歌与书法领域开启新风气的端倪。

此外，淳熙四家诗歌与书法的研究给予我们这样的启示：

首先，文学与艺术的内在关联，是文艺创作厚积薄发的渊源。文学是关于阅历、体验的表达艺术，而并非单纯的"言语体操"，书法也是创作者运用笔墨进行结构布局，对道德修养、情操学识、生命体验、人文精神等诸多内容的呈现，属于情感表达的另一方式。文学与艺术之集大成者往往能够打通不同领域之间的壁垒，使创作呈现出融会贯通之态。这种造诣是丰富而多元的，需要的积累也是长久的，"功夫在诗外""功夫在书外"就是诀窍之一。

其次，不懈追求技与道的完美结合是文人艺术家的珍贵品质。淳熙四家一生都对儒家之道进行思考，探索儒家经国治世之"道"。其政治理想可以简单概述为：国家统一，政治清明，夷狄之乱平息，人民安居乐业。这种思想源于从小接受儒家思想教育的客观现实，源自文人士大夫"先天下之忧而忧，后天下之乐而乐"的情怀。他们在现实与理想的双重刺激下，或将生活经验与生命体验托诸笔端，形成极具张力的诗歌意象和书法线条，抒发情怀，忧时伤己，寄托怀抱；或在文艺实践中将技与道进行融会，或在经史子集中站在更高的角度，以更加广阔的视野审视创作对象，有感而发，言之有物，使作品具有更加持久的生命力。

最后，睿智的人生道路选择为后世提供了有益借鉴。两宋时期，儒释道融会在文人士大夫的生命中，经世致用之论与佛老禅悦虚静之说共同构筑文人的价值体系，这为当时的文人较好地把握文行出处的关系，择取恰当的生活方式提供了一种可能。人生是一个漫长而丰富的过程，不同的阶段、不同的经历都会影响个人的思想感情、价值观念和审美标准。淳熙四家以士大夫身份安身立命，又以著书立说、吟诗作书而实现声名永传，千古流芳。精神世界与现实生活两相平衡，相得益彰，给当今社会的人们思索出世与入世问题以不少启迪，于是也就有了见贤思齐的经验借鉴和传承。

附　　录

一　著作涉及的书法作品释文

图2-1　陆游《焦山题名》(《踏雪观瘗鹤铭题刻》)

陆务观、何德器、张玉仲、韩无咎,隆兴甲申闰月廿九日,《踏雪观瘗鹤铭》,置酒上方。烽火未熄,望风樯战舰在烟霭间,慨然尽醉。薄晚泛舟,自甘露寺以归。明年二月壬午,圜禅师刻之石,务观书。①

图2-2　陆游自画像

图2-3　陆游《与明远老友书》

秋雨,尊候轻安。卿禅师遗墨甚妙,恨见之晚,辄题数行,不足称发扬之意,皇恐。得暇见过,不宣。奉简明远老友文字共四轴,又五册,纳去;五派图四轴,数日前已就付来人去矣。游。②

---

① 题名文辞未见《渭南文集》,而在《焦山志》、清人徐沁《金华游录注》卷下著录,孔凡礼《陆游佚著辑存》据而引录,题为《与仲巳书》。

② 本札为《渭南文集》佚篇,孔凡礼据《珊瑚网》著录。辑入《陆游佚著辑存》。至于"明远"为谁,孔凡礼以为或为吴兴(湖州)人沈喆(明远)。

图 2 - 4　范成大《春晚晴媚帖》

成大：维时春晚晴媚。昨惟知郡中大旅食燕居，台候神相万福。贤郎来辱，惠书审问动静，且拜妙画之贶，并用慰感，小隐自是益增辉矣。拙者返渔樵，粗支风露，无足云。贤郎具道公干事委曲，恨此荒寂，不能效尺寸。谩作郑丈书致恳细，与贤郎言之。其他固似笔舌能，既并须续驰禀矣。恳未知会，并惟冀厚卫以前亨复，慰此愿望。右谨具呈。三月日，中大夫、提举洞霄宫范成大劄子。①

图 2 - 5　范成大《辞免帖》（又名《急下帖》）

成大：只候辞免下，便决马首所向。今打道已临歧无？万一未遂所辞，扶羸强之西上，胜未知所以称塞者，张丈切望教之，所闻所见尚云何者，悉以垂诲，惟久要之义，无多逊也。或有西南一切委使，亦皆悉以其目。示及，当奉周旋。成大自去国来，朝贵不甚通书，得书者回之，或迁除者，援书自故事贺之。老懒已废书尺中事业，自后恐欲有所扣问，当以一幅通门下，切恕其崖略可耳。成大再覆。②

图 2 - 6　杨凝式《神仙起居法帖》

神仙起居法，行住坐卧处。手摩肋与肚，心腹通快时。两手肠下踞，踞之彻膀腰。背拳摩肾部，才觉力倦来。即使家人助，行之不厌频。昼夜无穷数，岁久积功成，渐入神仙路。乾祐元年冬残腊暮，华阳焦上人尊师处传，杨凝式。③

---

① 孔凡礼：《范成大佚著辑存》，中华书局 1983 年版，第 109 页。
② 刘正成：《中国书法全集》第四十卷，荣宝斋出版社 1992 年版，第 268 页。
③ 陈志平：《中国书法全集》第二十八册，荣宝斋出版社 1992 年版。

图2-7 朱熹《题欧阳修〈集古录跋尾〉真迹》

《集古跋尾》以真迹、校印本有不同者，韩公论之详矣。然《平泉草木记》跋后，印本尚有六七十字，深诮文饶，处富贵，招权利，而好奇贪，以取祸败。语尤警切，足为世戒，且其文势亦必至此，乃有归宿。又，鬼谷之术所不能为者之下，印本亦无"也"字，凡此疑皆当以印本为正云。十二年四月既望，朱熹记。华山碑仲宗字，洪丞相《隶释》辨之，乃石刻本书假借用字，非欧公笔误也。①

图2-8 朱熹《卜筑钟山帖》

熹顿首又复：窃闻卜筑钟山，以便亲养，去嚣尘而就清旷，使前日之所暂游而寄赏者，今遂得以为耳目朝夕之玩。窃计雅怀，亦非独为避衰计也，甚善，甚感。所恨未获一登新堂，少快心目耳。蒙喻鄙文，此深所不忘者。但向来不度，妄欲编辑一二文字，至今未就，见此整顿，秋冬间恐可录净。向后稍间，当得具稿求教也。所编乃《通鉴纲目》，十年前草创，今夏再修，义例方定，详略可观。亦恨未得拜呈。须异时携归，请数日之间，庶可就得失耳。未由承晤，伏纸驰情。熹顿首上覆。②

图2-9 朱熹《秋深帖》

八月七日熹顿首启：比两承书，冗未即报。比日秋深，凉燠未定，缅惟宣布之余，起处佳福。熹到官三月，疾病半之，重以国家丧纪庆需相寻而至，忧喜交并，忽忽度日，殊无休暇。兹又忽叨收召，衰病如此，岂堪世用。然闻得是亲批出，不知谁以误听也。在官礼不敢词（词疑作辞），已一面起发，

---

① （宋）朱熹：《晦庵先生朱文公文集》卷八十二，朱杰人等编《朱子全书》第二十四册，上海古籍出版社2002年版，第3870页。

② 刘正成：《中国书法全集》第四十卷，荣宝斋出版社1992年版，第278页。

亦已伸之祠禄，前路未报，即思归建阳俟命。昨日解印出城，且脱目前瘦冗，而后日之虑无涯，无由面言，但恨垂老入此闹篮，未知作何合杀耳。本路事合理会者极多。颇已略见头绪，而未及下手。至如长沙一郡，事之合经理者尤多，皆窃有志而未及究也。来谕曲折，虽有已施行者，但今既去，谁复禀承？如寨官之属，若且在此，便当为申明省并，而补其要害不可阙处之兵，乃为久远之计。未知今日与后来之人能复任此责否耳。学官之事可骇，惜不早闻，当与一按，只如李守之无状，亦可恶也。刘法建人，旧亦识之，乃能有守，亦可嘉也。李必达者，知其不然，前日奉诬，乃以远困之耳。得不追证甚喜，已复再送郴州，令不得凭其虚词，辄有追扰。州郡若喻此意，且羁留之，亦一事也。初听其词固无根，而察其夫妇之色，亦无悲戚之意。寻观狱词，决知其妄也。贤表才力有余，语意明决，治一小郡，固无足为。诸司亦已略相知，但恨熹便去此，不得俟政成，而预荐者之列耳。目痛殊甚，草草附此奉报，不能尽所怀，惟冀以时自爱，前迓休涯。阁中宜人及诸郎各安佳，二子及长姐诸女诸孙，一一拜问起居。朱桂州至此，欲遣人候之，未及而去，因书幸为道意。有永福令吕大信者，居仁舍人之亲侄，谨愿有守，幸其察之也。熹再拜启会之知郡朝议贤表。①

图2-10　朱熹《周易系辞本义》大字行楷

系辞传曰：易有太极，是生两仪，两仪生四象，四象生八卦。邵子曰：一分为二，二分为四，四分为八也。说卦传曰：易逆数也。邵子曰：乾一、兑二、离三、震四、巽五、坎六、艮七、坤八。自乾至坤，皆得未生之卦。若逆推四时之比也，后六十四卦次序放此，黑白之位本非古法，但今欲易晓，

---

① 刘正成：《中国书法全集》第四十卷，荣宝斋出版社1992年版，第283页。

且为此以寓之耳，后六十四卦次序放此。①

图2-11　张孝祥《临存帖》

孝祥：昨者过辱临存，仰佩敦笃之眷，不胜感著之极。畏暑如焚，神相行李台候万福。孝祥无缘往见，益以愧负。驰此少致谢悃。右谨具呈：应辰提干校书年契兄。六月日年弟张孝祥剳子。②

图2-12　张孝祥《关彻帖》

孝祥拜复，适一再具书，当既关彻。即日恭惟，尊候万福。孝祥少恩赵不咎映慰既出门下，极深感激。闻以未获窃贼，差人督捕，此固当然。但阅日已久，贼终未可尽获，欲告且与追还。使臣者渠当日夜究心，期于必获也。惜易皇恐之极，谨拜复不备。孝祥拜复姨夫判府留守待制侍郎台座。③

图2-13　刘岑《门下帖》

岑轻别门下，乃已逾四旬矣。雨滞南浦，深恨前日不少迟延，以听教诲也。外生书中，闻近中尝存赐书，度道路污□，书来尚缓，然已荷眷意之勤矣。即日不审台候何如？岑到此避水，三登城堞，其情况可想见。更数日，水退便行，益远墙□，惘然于心，日夜叩谈命者问公动静，多云：秋必可归，自是日夕俟邸报矣。外生荷经意，骨肉之亲，不过如此，两家戴德也。闻老已归山阴，度分携必动念，然公归期既不远，则必不须动怀也。未承语言，更益厚自爱重。庭闱康宁，□属佳健。东南有可教无小大，岑不爱於力，千

---

① （宋）朱熹：《周易本义》，朱杰人等编《朱子全书》第一册，上海古籍出版社2002年版，第19页。

② 此札《于湖居士文集》未见，清代卞永誉等《式古堂书画汇考》中有著录。

③ 此札《于湖居士文集》未见，《墨缘汇观录》卷下、《宋人法书》第四册著录。

万不□□。右谨具呈留守琊文侍郎六月日。致事刘岑劄子。①

图3-1　范成大《北齐校书图卷跋》

右《北齐校书图》，世传粉本出于阎立本。鲁直《画记》登载甚详。此轴尚欠对榻七人，当是逸去其半也。诸人皆铅椠文儒，然已著靴，坐胡床，风俗之移久矣。石湖居士题。②

图3-2　陆游《北齐校书图卷跋》

高齐以夷虏遗种，盗据中原，其所为皆虏政也。虽强饰以稽古礼文之事，如犬着方山冠，而诸君子乃挟书从之游，尘埃膻腥，污我笔砚，余但见其可耻耳！淳熙八年九月廿日，陆游识。③

图4-1　陆游《怀成都十韵诗卷》

放翁五十犹豪纵，锦城一觉繁华梦。竹叶春醪碧玉壶，桃花骏马青丝鞚。斗鸡南市各分朋，射雉西郊常命中。壮士臂立绿绦鹰，佳人袍画金泥凤。橡烛那知夜漏残，银貂不管晨霜重。一梢红破海棠回，数蕊香新早梅动。酒徒诗社朝暮忙，日月匆匆迭宾送。浮世堪惊老已成，虚名自笑今何用。归来山舍万事空，卧听糟床酒鸣瓮。北窗风雨耿青灯，旧游欲说无人共。省庵兄以为此篇在《集》中稍可观，因命写之。游。④

图4-2　陆游《自书诗卷》

原上一缕云，水面数点雨。夹衣已觉冷，秋令遽如许！行行适东村，父

---

① 清代李佐贤《书画鉴影》著录。
② 刘正成：《中国书法全集》第四十卷，荣宝斋出版社1992年版，第267页。
③ 同上书，第257页。
④ （宋）陆游：《剑南诗稿》卷十，《陆游集》第一册，中华书局1976年版，第284页。

老可共语。披衣出迎客，芋栗旋烹煮。自言家近郊，生不识官府。甚爱问孝书，请学公勿拒。我亦为欣然，开卷发端绪。讲说虽浅近，於子或有补。耕荒两黄犊，庇身一茅宇。勉读庶人章，淳风可还古。① (《记东村父老言》)

秋高山色青如染，寒雨霏微时数点。兰亭在眼久不到，每对湖山辄怀歉。雅闻其下有隐士，漠漠孤烟起松崦。独携拄杖行造之，枳篱数曲柴门掩。笛声尚斤人已邈，日啜薄糜终不贬。何如小住共一尊，山蔌野芋分猿嗛。② (《访隐者不遇》)

度堑穿林脚愈轻，凭高望远眼犹明。霜凋老树寒无色，风掠枯荷飒有声。泥浅不侵双草屦，身闲常对一棋枰。苆檐蔬饭归来晚，已发城头长短更。③ (《游近村》)

开岁忽八十，古来应更稀。我存人尽死，今是昨皆非。爱酒陶元亮，还乡丁令威。目前寻故物，惟有钓鱼矶。④ 《癸亥初冬作》

老来胸次扫峥嵘，投枕神安气亦平。漫道布衾如铁冷，未妨鼻息自雷鸣。天高斗柄阑干晓，露下鸡埘膈膊声。俗念绝知无起处，梦为孤鹤过青城。⑤ (《美睡》)

苍桧丹枫古渡头，小桥横处系孤舟。范宽只恐今犹在，写出山阴一片秋。⑥ (《渡头》)

蒲龛坐久暖如春，纸被无声白似云。除却放生并施药，更无一事累天君。⑦ (《杂书》 其一)

---

① (宋)陆游：《剑南诗稿》卷五十五，《陆游集》第三册，中华书局1976年版，第1335页。
② 同上书，第1337页。
③ 同上书，第1339页。
④ 同上书，第1340页。
⑤ 同上书，第1341页。
⑥ 同上书，第1342页。
⑦ 同上书，第1341页。

万物并作吾观复，众人皆醉我独醒。走遍世间无著处，闭门锄菜伴园丁。① (《杂书》其二)

图4-3　陆游《致仲躬侍郎尺牍》(又名《仲躬苦寒帖》)

游惶恐再拜，上启仲躬户部老兄台座：苦寒，恭惟省中雍容，台候神相万福。拜违言侍。尊眷闻已入都，必定居久矣。第闻在百官宅，无乃迫隘乎！游村居凡百迟钝，数日前，方能作贺丞相一笺，托无咎投之，然不敢及昨来所论也。节后度亦尝见之，不至中悔否。此公于贱子实不薄，然姓名不祥，正恐终难拈出，奈何！奈何！不入城七十余日矣，以此亦自久不见原伯，不论它人也。累日作雪竟未成。都城何以生？唯万万保护。即登严近，不宣。十一月二十六日，游惶恐再拜，仲躬户部老兄台座。②

图4-5　陆游《纸阁帖》

纸阁砖炉火一锹，断香欲出碍蒲帘。放翁不管人间事，睡味无穷似蜜甜。③

图4-6　颜真卿《大唐中兴颂》

天宝十四年，安禄山陷洛阳，明年陷长安。天子幸蜀，太子即位于灵武。明年，皇帝移军凤翔，其年复两京。上皇还京师。前代帝王有盛德大业者，必见于歌颂。若令歌颂大业，刻之金石，非老于文学，其谁宜为？颂曰：噫嘻前朝！孽臣奸骄，为昏为妖。边将骋兵，毒乱国经，群生失宁。大驾南巡，百僚窜身，奉贼称臣。天将昌唐，繄睨我皇，匹马北方。独立一呼，千麾万

① (宋) 陆游：《剑南诗稿》卷五十五，《陆游集》第三册，中华书局1976年版，第1344页。
② 刘正成：《中国书法全集》第四十册，荣宝斋出版社1992年版，第256页。
③ (宋) 陆游：《剑南诗稿》卷三十一，《陆游集》第二册，中华书局1976年版，第829页。

斨，戎卒前驱。我师其东，储皇抚戎，荡攘群凶。复服指期，曾不逾时，有国无之。事有至难，宗庙再安，二圣重欢。地辟天开，蠲除妖灾，瑞庆大来。凶徒逆俦，涵濡天休，死生堪羞。功劳位尊，忠烈名存，泽流子孙。盛德之兴，山高日升，万福是膺。能令大君，声容沄沄，不在斯文。湘江东西，中直浯溪，石崖天齐。可磨可镌，刊此颂焉，于千万年。①

图4-7　范成大《再游大仰五言诗并跋》

谁开大仰云？此岂吾力及。日光千丈毫，弹指众峰立。衡山卷阴气，海市发冬蛰。韩苏两枯鱼，出语自濡湿。人厄与天穷，底用苦封执？但喜拄杖俊，仍欣芒屩涩。向来三尺泥，有足似羁□。龙渊古桥皱，獭径寒溜泣。春浅山容瘦，风饕涧声急。一箪寄前村，野蔌旋收拾。猫头髡笋尖，雀舌剥茶粒。土毛冠江西，斗酒况可挹。聊同一笑粲，缓赋百忧集。②

图4-8　范成大《四时田园杂兴》诗碑

春日田园杂兴十二绝

柳花深巷午鸡声，桑叶尖新绿未成。坐睡觉来无一事，满窗晴日看蚕生。
土膏欲动雨频催，万草千花一饷开；舍后荒畦犹绿秀，邻家鞭笋过墙来。
高田二麦接山青，傍水低田绿未耕；桃奇满村春似锦，踏歌椎鼓过清明。
老盆初熟杜茅柴，携向田头祭社来。巫媪莫嫌滋味薄，旗亭官酒更多灰。
社下烧钱鼓似雷，日斜扶得醉翁回。青枝满地花狼藉，知是儿孙斗草来。
骑吹东来里巷喧，行春车马闹如烟。系牛莫系门前路，移系门西系碢边。
寒食花枝插满头，蒨裙青袂几扁舟。一年一度游山寺，不上灵岩即虎丘。
郭里人家拜扫回，新开醪酒荐青梅。日长路好城门近，借我茅亭暖一杯。

① （唐）元结：《大唐中兴颂并序》，见（清）董诰等编《全唐文》卷三百八十。
② （宋）范成大著，富寿荪标校：《范石湖集》卷十三，上海古籍出版社1981年版，第164页。

步屦寻春有好怀，雨余蹄道水如杯。随人黄犬挽前去，走到溪边忽自回。

种园得果廑赏劳，不奈儿童鸟雀搔。已插棘针樊笋径，更铺渔纲盖樱桃。

吉日初开种稻包，南山雷动雨连宵。今年不欠秧田水，新涨看看拍小桥。

桑下春蔬绿满畦，菘心青嫩芥薹肥。溪头洗择店头卖，日暮裹盐沽酒归。

晚春田园杂兴十二绝

紫青莼菜卷荷香，玉雪芹芽拔薙长。自撷溪毛充晚供，短篷风雨宿横塘。

湖莲旧荡藕新翻，小小荷钱没涨痕。斟酌梅天风浪紧，更从外水种芦根。

蝴蝶双双入菜花，日长无客到田家。鸡飞过篱犬吠窦，知有行商来买茶。

渧裙水满绿苹洲，上巳微寒懒出游。薄暮蛙声连晓闹，今年田稻十分秋。

新绿园林晓气凉，晨炊早出看移秧。百花飘尽桑麻小，来路风来阿魏香。

三旬蚕忌闭门中，邻曲都无步往踪。犹是晓晴风露下，采桑时节暂相逢。

汗菜一稜水周围，岁岁蜗庐没半扉。不看茭青难护岸，小舟撑取葑田归。

茅针香软渐包茸，蓬藟甘酸半染红。采采归来儿女笑，杖头高挂小筠笼。

谷雨如丝复似尘，煮瓶浮蜡正尝新。牡丹破萼樱桃熟，未许飞花减却春。

雨后山家起较迟，天窗晓色半熹微。老翁欹枕听莺啭，童子开门放燕飞。

海雨江风浪作堆，时新鱼菜逐春回。荻芽抽笋河鲀上，楝子开花石首来。

乌鸟投林过客稀，前山烟暝到柴扉。小童一棹舟如叶，独自编阑鸭阵归。

夏日田园杂兴十二绝

梅子金黄杏子肥，麦花雪白菜花稀。日长篱落无人过，惟有蜻蜓蛱蝶飞。

五月江吴麦秀寒，移秧披絮尚衣单。稻根科斗行如块，田水今年一尺宽。

二麦俱秋斗百钱，田家唤作小丰年。饼炉饭甑无饥色，接到西风熟稻天。

百沸缫汤雪涌波，缫车嘈囋雨鸣蓑。桑姑盆手交相贺，绵茧无多丝茧多。

小妇连宵上绢机，大耆催税急於飞。今年幸甚蚕桑熟，留得黄丝织夏衣。

下田庳水出江流，高垄翻江逆上沟。地势不齐人力尽，丁男长在踏车头。

昼出耘田夜绩麻，村庄儿女各当家。童孙未解供耕织，也傍桑阴学种瓜。

槐叶初匀日气凉，葱葱鼠耳翠成双。三公只得三株看，闲客清阴满北窗。

黄尘行客汗如浆，少住侬家漱井香。借与门前磐石坐，柳阴亭午正风凉。

千顷芙蕖放棹嬉，花深迷路晚忘归。家人暗识船行处，时有惊忙小鸭飞。

采菱辛苦废犁锄，血指流丹鬼质枯。无力买田聊种水，近来湖面亦收租。

蜩螗千万沸斜阳，蛙黾无边聒夜长。不把痴聋相对治，梦魂争得到藜床？

秋日田园杂兴十二绝

杞菊垂珠滴露红，两蛩相应语莎丛。虫丝胃尽黄葵叶，寂历高花侧晚风。

朱门巧夕沸欢声，田舍黄昏静掩扃。男解牵牛女能织，不须徼福渡河星。

橘蠹如蚕入化机，枝间垂茧似蓑衣。忽然蜕作多花蝶，翅粉才干便学飞。

静看檐蛛结网低，无端妨碍小虫飞。蜻蜓倒挂蜂儿窨，催唤山童为解围。

垂成穑事苦艰难，忌雨嫌风更怯寒。笺诉天公休掠剩，半偿私债半输官。

秋来只怕雨垂垂，甲子无云万事宜。获稻毕工随晒谷，直须晴到入仓时。

中秋全景属潜夫，棹入空明看太湖。身外水天银一色，城中有此月明无？

新筑场泥镜面平，家家打稻趁霜晴。笑歌声里轻雷动，一夜连枷响到明。

租船满载候开仓，粒粒如珠白似霜。不惜两钟输一斛，尚赢糠麸饱儿郎。

菽粟瓶罂贮满家，天教将醉作生涯。不知新滴堪篘未？今岁重阳有菊花。

细捣枨齑买鲙鱼，西风吹上四腮鲈。雪松酥腻千丝缕，除却松江到处无。

新霜彻晓报秋深，染尽青林作缬林。惟有橘园风景异，碧丛丛里万黄金。

冬日田园杂兴十二绝

斜日低山片月高，睡余行药绕江郊。霜风搞尽千林叶，闲倚筇枝数鹳巢。

炙背檐前日似烘，暖醺醺后困蒙蒙。过门走马何官职，侧帽笼鞭战北风！

屋上添高一把茅，密泥房壁似僧寮。从教屋外阴风吼，卧听篱头响玉箫。

松节然膏当烛笼，凝烟如墨暗房栊。晚来拭净南窗纸，便觉斜阳一倍红。

乾高寅缺筑牛宫，厄酒豚蹄醉土公。牸牯无瘟犊儿长，明年添种越城东。

放船闲看雪山晴，风定奇寒晚更凝。坐听一篙珠玉碎，不知湖面已成冰！

拨雪挑来踏地菘，味如蜜藕更肥醲。朱门肉食无风味，只作寻常菜把供。

榾柮无烟雪夜长，地炉煨酒暖如汤。莫嗔老妇无盘飣，笑指灰中芋栗香。

煮酒春前腊后蒸，一年长飨瓮头清。廛居何似山居乐，秫米新来禁入城。

黄纸蠲租白纸催，皂衣旁午下乡来。长官头脑冬烘甚，乞汝青钱买酒回。

探梅公子款柴门，枝北枝南总未春。忽见小桃红似锦，却疑侬是武陵人。

村巷冬年见俗情，邻翁讲礼拜柴荆。长衫布缕如霜雪，云是家机自织成。①

图4-9　朱熹《奉同张敬夫城南二十咏诗卷》

诗筒连画卷，坐看复行吟。想像南湖水，秋来几许深。（《纳湖》）

小山幽桂丛，岁暮霭佳色。花落洞庭波，秋风渺何极！（《东渚》）

绿涨平湖水，朱栏跨小桥。舞雩千载事，历历在今朝。（《归桥》）

考盘虽在陆，滉漾水云深。正尔沧洲趣，难忘魏阙心。（《舡斋》）

堂后林阴密，堂前湖水深。感君怀我意，千里梦相寻。（《丽泽堂》）

光风浮碧涧，兰杜日猗猗。竟岁无人采，含薰祇自知。（《兰涧》）

君家一编书，不自圯上得。石室寄林端，时来玩幽赜。（《书楼》）

藏书楼上头，读书楼下屋。怀哉千载心，俯仰数椽足。（《山斋》）

先生湖海姿，蒙养今自閟。铭坐仰先贤，点画存象系。（《蒙轩》）

疏此竹下渠，潄彼涧中石。暮馆绕寒声，秋空动澄碧。（《石濑》）

西山云气深，徙倚一舒啸。浩荡忽褰开，为君展遐眺。（《卷云亭》）

---

①　（宋）范成大著，富寿荪标校：《范石湖集》卷二十七，上海古籍出版社1981年版，第372—377页。

渚华初出水，堤树亦成行。吟罢天津句，薰风拂面凉。（《柳堤》）

月色三秋白，湖光四面平。与君凌倒景，上下极空明。（《月榭》）

涉江采芙蓉，十反心无斁。不遇无极翁，深衷竟谁识？（《濯清亭》）

朝吟东渚风，夕弄西屿月。人境谅非遥，湖山自幽绝。（《西屿》）

湖光湛不流，嵌窦亦潜注。倚杖忽琮琤，竹深无觅处。（《淙谷》）

仙人冰雪姿，贞秀绝伦拟。驿使讵知闻，寻香问烟水。（《梅堤》）

彩舟停画桨，容与得欹眠。梦破蓬窗雨，寒声动一川。（《听雨舫》）

湖平秋水碧，桂棹木兰舟。一曲菱歌晚，惊飞欲下鸥。（《采菱舟》）

高丘复层观，何日去登临？一目长空尽，寒江列莫岑。（《南阜》）

熹再拜。①

图 4-10　颜真卿《鹿脯帖》

阴寒，不审太保所苦何如？承渴已损，深慰驰仰。所金赞犹未获？望于文书细金也。病妻服药，要少鹿脯，望惠少许，幸甚。②

图 4-11　蔡襄《暑热帖》

襄启：暑热，不及通谒，所苦想已平复。日夕风日酷烦，无处可避，人生缰锁如此，可叹可叹！精茶数片，不一一。襄上，公谨左右。牯犀作子一副，可直几何？欲托一观，卖者要百五十千。③

图 4-12　朱熹《九曲棹歌》

一曲溪边上钓船，慢亭峰影蘸晴川。虹桥一断无消息，万壑千岩锁翠烟。

---

① （宋）朱熹撰，郭齐笺注：《朱熹诗词编年笺注》卷三，巴蜀书社 2000 年版，第 254—261 页。

② 此帖北宋米芾《书史》、南宋《忠义堂帖》有著录。

③ 曹宝麟：《中国书法全集》第三十二卷，荣宝斋出版社 1992 年版，第 85 页。

二曲亭亭玉女峰，插花临水为谁容。道人不作阳台梦，兴入前山翠几重。

三曲君看驾壑船，不知停棹几何年。桑田海水今如许，泡沫风灯敢自怜。

四曲东西两石岩，岩花垂露碧□毵。金鸡叫罢无人见，月满空山水满潭。

五曲山高云气深，长时烟雨暗平林。林间有客无人识，欸乃声中万古心。

六曲苍屏绕碧湾，茆茨终日掩柴关。客来倚棹岩花落，猿鸟不惊春意闲。

七曲移舟上碧滩，隐屏仙掌更回看。却怜昨夜峰头雨，添得飞泉几道寒。

八曲风烟势欲开，鼓楼岩下水萦回。莫言此地无佳景，自是游人不上来。

九曲将穷眼豁然，桑麻雨露见平川。渔郎更觅桃源路，除是人间别有天。①

图4-13　张孝祥《朝阳亭诗》

便合朝阳作凤鸣，江亭聊此驻修程。南瞻御路临双阙，东望仙家接五城。日上白门兵气静，春归淮浦暗潮平。遥怜莫府文书省，时下沧浪自濯缨。（其一）

空岩相望一牛鸣，不要邮签报水程。天接海光通外徼，地连冈势挟重城。丝纶迭至龙恩重，绣斧前驱蜓雾平。凤阁鸾台有虚位，请君从此振朝缨。（其二）

饥肠得酒作雷鸣，痛饮狂歌不自程。坐上波澜生健笔，归来钟鼓动岩城。不应此地淹鸿业，盍与吾君致太平。伏枥壮心犹未已，须君为我请长缨。（其三）②

图6-1　范成大《垂诲帖》

成大向蒙垂诲。先夫人志中，欲改定数处，即已如所教，一一更审添入。久已写下草子，正以一两处疑，封题在书案数月矣，而未敢遣。一则今之所

---

① （宋）朱熹撰，郭齐笺注：《朱熹诗词编年笺注》卷九，巴蜀书社2000年版，第797页。

② （宋）张孝祥撰，徐鹏点校：《于湖居士文集》卷七，上海古籍出版社1980年版，第61页。

增赠典及诸孙及婿官称、姓名等，皆是目今事；而仆作志，乃是吾侪在湖、蜀时，恐公点检出来，却是一病。若不以此为病，则可耳。公可更细考而详思之，若有所疑，即飞介见谕，当即日回报，不敢复如前日之迟徊。二则本欲力拙自书，而劣体日增倦乏，不能如愿，不知吴兴，想不乏能书者。就令朱书，於石尤良便耳。挥汗，草草率略，不罪不罪。成大再拜。①

图6-2　范成大《雪晴帖》（又名《与养正帖》）

昨辱惠字，至慰。雪晴奇寒，以仆之瑟缩，遥知公之为况也。范子二轴，各为题数字，纳去，幸为分付。属此寒冷，不得与渠少款曲，每念右史同年，为之凄断。王生所作《隶古千文》，可得一观否？方子文字挨排不行，只得以来年。今小大尚未回。得维垣亲札。间数日，阔閤来者又数处，殆成苦相，不可具言。成大顿首，养正监庙奉议贤友。②

图6-3　范成大《雪后帖》（又名《与先之帖》）

成大顿首再拜，先之司门朝奉贤表：雪后奇寒，缅惟履候公余万福。别浸久，企仰日深。向辱寄书，具报草草。今兹复奉惠翰，知近问为慰。仆衰飒如昨，无足道。自昆仲出仕，邻里已往还稀疏。近又从善持节，愈无聚首一笑之适，殊觉离索也。前辱须委甚是，为宛转法司，为闲冷之久，度不能响应，故久而未有寸效，然常常在怀也。受之未有归期。五哥且得安乐，不知已满未？或谓恐来杨家园宅居止，是否？手冻体倦，作报草草。未闲，愿言多爱。前仵超擢，不宣。成大顿首再拜，先之司门朝奉贤表。③

---

①　孔凡礼：《范成大佚著辑存》，中华书局1983年版，第111页。
②　同上书，第112页。
③　同上书，第113页。

图6-4　范成大《西塞渔社图卷跋》

始余筮仕歙掾，宦情便薄，日思故林；次山时主簿休宁，盖屡闻此语。后十年，自尚书郎归故郡，遂卜筑石湖；次山适为昆山宰，极相健羡，且云：亦将经营苕霅间。又二十年，始以《渔社图》来。噫！余虽蚤得石湖，而违己交病，奔走四方，心剿形瘵，其获往来湖上，通不过四五年。今退闲休老，可以放浪丘壑，从容风露矣。属抱衰疾，还乡岁余，犹未能一迹三径间，令长须检校松菊而已。次山虽晚得渔社，而强健奉亲，时从板舆，徜徉胜地，称寿献觞，子孙满前，人生至乐，何以过此？余复不胜健羡，较次山畴昔羡余时，何止相千万哉！尚冀拙恙良已，候桃花水生，扁舟西塞，烦主人买鱼沽酒，倚棹讴之，调赋沿溪，词使鱼童樵青辈，歌而和之。清飙一席，兴尽而返。松陵具区，水碧浮天，蓬窗雨鸣，醉眠正佳，得了此缘，亦一段奇事。姑识卷末，以为兹游张本。淳熙乙巳上元，石湖居士书。①

图6-5　范成大《中流一壶帖》

成大再拜。上问二嫂宜人懿候万福。老嫂儿女辈，悉拜起居之礼，朗娘侍奉均庆。元日四哥见过，却云得大哥书，近曾不快。从善书又来，为渠觅丹。闻大段虚弱，甚悬悬也。四哥云，得其侄书，交之，只批数字耳，不知先之彼中曾得书否？钟医舍我而它之，亦缘贫病交攻，可亮。想数曾相见，如闻钱卿颇周其急，可谓中流一壶也。平江有委不也？成大顿首再拜。②

---

① 刘正成：《中国书法全集》第四十卷，荣宝斋出版社1992年版，第270页。
② 孔凡礼：《范成大佚著辑存》，中华书局1983年版，第112页。

图 8-1　张孝祥《适闻帖》（又名《柴沟帖》）

适闻□□□柴沟，肩舆甚迟，今遣鞍马往，亟加鞭为望，所怀万千，并迟面禀。孝祥顿首，再拜。养正兄。①

二　淳熙四家传世代表书法作品名录

表 1　　　　　　　　　陆游传世代表书法作品名录

序号	作品名称	形式	书体	内容	作书时间	现收藏地
1	焦山题名	摩崖石刻	楷书	纪游	隆兴二年（1164）	焦山摩崖
2	钟山题名	摩崖石刻	楷书	纪游	乾道元年（1165）	江苏省博物馆
3	苦寒帖	纸本	行书	书札	乾道四年（1168）	故宫博物院
4	清秋帖	纸本	行书	书札	乾道六年（1170）	台北"故宫博物院"
5	北齐校书图卷	纸本	行书	书跋	淳熙八年（1181）	波士顿美术馆
6	野处帖	纸本	行书	书札	淳熙九年（1182）	台北"故宫博物院"

---

① 《中国古代书画图目》第二册、桂林市文物管委会 1977 年《桂林石刻》有著录。

序号	作品名称	形式	书体	内容	作书时间	现收藏地
7	盛热帖	纸本	行书	书札	淳熙九年至十二年间	故宫博物院
8	怀成都十韵诗卷	纸本	行书	自作诗	淳熙九年至十二年间	故宫博物院
9	尊眷帖	纸本	行书	书札	淳熙十三年（1186）	故宫博物院
10	桐江帖	纸本	行书	书札	淳熙十三年（1186）	故宫博物院
11	长夏帖	纸本	行书	书札	淳熙十三年（1186）	故宫博物院
12	奏记帖	纸本	行书	奏记	淳熙十四年（1187）	故宫博物院
13	玉京行	纸本	行书	自作诗	淳熙三年（1176）	故宫博物院
14	醉歌	纸本	行书	自作诗	绍熙三年（1192）	故宫博物院
15	得张季长书追怀南郑幕府	纸本	行书	自作诗	庆元元年（1195）	故宫博物院
16	读刘伯伦传	纸本	行书	自作诗	嘉定二年（1209）	故宫博物院
17	南窗	纸本	草书	自作诗	嘉定二年（1209）后	故宫博物院
18	春晚	纸本	行书	自作诗	庆元二年（1196）前	故宫博物院
19	初夏	纸本	行书	自作诗	庆元元年（1195）	故宫博物院
20	鹊桥仙	纸本	行书	自作词	淳熙九年至十三年间	故宫博物院

序号	作品名称	形式	书体	内容	作书时间	现收藏地
21	纸阁帖	纸本	草书	自作诗	绍熙五年（1194）	故宫博物院
22	重修智者广福禅寺碑记	碑刻	楷书	碑记	嘉泰三年（1203）	金华侍王府
23	（碑阴）致智者禅师七札	碑刻	行草书	碑记	嘉泰三年（1203）	金华侍王府
24	自书诗卷	纸本	行草书	自作诗	嘉泰四年（1204）	辽宁省博物馆
25	与明远老友书	刻帖	行书	书札	开禧元年（1205）	宋名人书摹刻

表2　　　　　　　　范成大传世代表书法作品名录

序号	作品名称	形式	书体	内容	作书时间	现收藏地
1	通济堰碑	石刻	楷书	碑记	乾道五年（1169）	丽水通济堰
2	游大仰七言诗	刻帖	行书	自作诗	乾道九年（1173）	江西宜春
3	再游大仰五言诗并跋	刻帖	行书	自作诗	乾道九年（1173）	上海图书馆
4	浯溪题诗	摩崖石刻	楷书	自作诗	乾道九年（1173）	祁阳浯溪碑林
5	谕葬文	石刻	楷书	自作文	乾道九年（1173）	广西桂林
6	祭遗骸文	摩崖石刻	楷书	自作文	乾道九年（1173）	桂林西湖隐山

序号	作品名称	形式	书体	内容	作书时间	现收藏地
7	复水月洞铭	摩崖石刻	楷书	自作文	乾道九年（1173）	桂林象鼻山
8	七星山题名	摩崖石刻	楷书	自作文	乾道九年（1173）	桂林七星山
9	壶天观题名	摩崖石刻	楷书	题名	淳熙元年（1174）	桂林屏风山
10	鹿鸣燕劝驾诗	摩崖石刻	行楷书	自作诗	淳熙元年（1174）	桂林伏波山
11	碧虚铭	摩崖石刻	楷书	自作文	淳熙元年（1174）	桂林七星山
12	碧虚题名	摩崖石刻	楷书	题名	淳熙二年（1175）	桂林七星山
13	百冗帖	刻帖	行草书	书札	淳熙二年至四年	上海图书馆
14	兹荷记念札	刻帖	行草书	书札	无纪年	宋名人书摩刻
15	玉候帖	纸本	行书	书札	淳熙五年（1178）	日本高岛菊次郎
16	颓放帖	刻帖	行草书	书札	淳熙五年（1178）	上海图书馆
17	春晚晴媚帖	纸本	行草书	书札	淳熙六年（1179）	上海博物馆
18	题山谷帖	纸本	行楷书	题跋	淳熙六年（1179）	台北"故宫博物院"
19	北齐校书图卷跋	纸本	行楷书	题跋	淳熙七年至八年	波士顿美术馆
20	辞免帖（急下帖）	纸本	行草书	书札	淳熙八年（1181）	台北"故宫博物院"

序号	作品名称	形式	书体	内容	作书时间	现收藏地
21	赠佛照禅师碑	石刻	行书	自作诗	淳熙八年（1181）	日本宫内厅书陵部
22	荔䬸沙鱼帖	纸本	行草书	书札	淳熙九年至十年	台北"故宫博物院"
23	垂海帖	纸本	草书	书札	淳熙十年（1183）	台北"故宫博物院"
24	睢阳五老图卷跋	纸本	行书	题跋	淳熙十一年（1184）	上海博物馆
25	西塞渔社图卷跋	绢本	行书	题跋	淳熙十二年（1185）	纽约大都会美术馆
26	自书田园杂兴诗卷（并跋）	石刻	行书	自作诗	淳熙十三年（1186）	苏州碑刻博物馆
27	雪晴帖	纸本	草书	书札	淳熙十四年（1187）	台北"故宫博物院"
28	同年酬倡序碑	石刻	楷书	自作文	绍熙元年（1190）	苏州碑刻博物馆
29	雪后帖	纸本	草书	书札	绍熙二年（1191）	台北"故宫博物院"
30	尊妗帖	纸本	草书	书札	无纪年	台北"故宫博物院"
31	中流一壶帖	纸本	行草书	书札	绍熙三年（1192）	故宫博物院

表 3　　　　　　　　　　　朱熹传世代表书法作品名录

序号	作品名称	形式	书体	内容	作书时间	现收藏地
1	与彦修少府帖	纸本	行书	书札	绍兴十九年（1149）	台北"故宫博物院"
2	奉同张敬夫城南二十咏诗卷	纸本	行书	自作诗	淳熙元年（1174）	故宫博物院
3	论语集注残稿	纸本	行草书	自作文	淳熙二年（1175）	台北历史博物馆
4	奉使帖	纸本	行书	书札	淳熙四年（1177）	南京博物院
5	刘子翚神道碑	拓本	行书	碑帖	淳熙五年（1178）	日本东京大学
6	上时宰二劄子卷（前卷）	纸本	行书	奏记	淳熙六年（1179）	故宫博物院
7	上时宰二劄子卷	纸本	行书	奏记	淳熙九年（1182）	故宫博物院
8	赐书帖	纸本	行书	书札	淳熙九年（1182）	故宫博物院
9	卜筑帖	纸本	行草书	自作文	淳熙九年（1182）	日本东京博物馆
10	所居深僻帖	纸本	行书	自作文	淳熙十年（1183）	故宫博物院
11	六月五日致□君承务尺牍	纸本	行书	书札	淳熙十四年（1187）	台北"故宫博物院"
12	周易系辞本义手稿残卷	纸本	行草书	自作文	淳熙十五年（1188）	故宫博物院
13	任公帖跋尾	纸本	行草书	题跋	淳熙十五年（1188）	故宫博物院
14	向往帖	纸本	行书	自作文	绍熙五年（1194）	台北"故宫博物院"

续　表

序号	作品名称	形式	书体	内容	作书时间	现收藏地
15	秋深帖	纸本	行草书	自作文	绍熙五年（1194）	台北"故宫博物院"
16	大桂驿中帖	纸本	行草书	书札	绍熙五年（1194）	故宫博物院
17	书翰文稿卷（七月六日帖）	纸本	行书	自作文	庆元元年（1195）	辽宁省博物馆
18	生涯帖	纸本	行书	书札	庆元三年（1197）	故宫博物院
19	三月十一日帖	纸本	行草书	书札	庆元五年（1199）	台北"故宫博物院"

表4　　　　张孝祥传世代表书法作品名录

序号	作品名称	形式	书体	内容	作书时间	现收藏地
1	临存帖	纸本	行书	书札	绍兴二十七年（1157）	故宫博物院
2	泾川帖（学富帖）	纸本	行书	书札	无纪年	上海博物馆
3	台眷帖（休祥帖）	纸本	行书	自作文	无纪年	台北"故宫博物院"
4	卢坦传语	碑刻	楷书	书录	无纪年	浙西宪台
5	疏广传语	碑刻	楷书	书录	无纪年	浙西宪台
6	关彻帖（拜复札）	纸本	行书	书札	隆兴元年或二年	台北"故宫博物院"

序号	作品名称	形式	书体	内容	作书时间	现收藏地
7	朝阳岩记	摩崖石刻	楷书	题刻	乾道二年（1166）	桂林象鼻山
8	朝阳亭诗（三首）	摩崖石刻	行书	自作诗	乾道二年（1166）	桂林象鼻山
9	题黄庭坚伏波将军诗卷后	纸本	行楷书	题跋	乾道四年（1168）	日本东京永青文库
10	适闻帖（柴沟帖）	纸本	行草书	书札	无纪年	桂林桂海碑林博物馆

参考文献

一 古籍

（南朝梁）刘勰著，范文澜注：《文心雕龙》，中华书局 2012 年版。

（南朝梁）萧统编，李善注：《文选》，上海古籍出版社 1986 年版。

（唐）怀素：《草书帖》，上海辞书出版社 2014 年版。

（唐）孙过庭：《书谱》，湖南美术出版社 2010 年版。

（唐）张怀瓘：《书断》，浙江人民美术出版社 2012 年版。

（五代）刘昫等：《旧唐书》，中华书局 1975 年版。

（宋）程颢、程颐：《二程文集》，王孝鱼点校，中华书局 1981 年版。

（宋）范成大：《范成大笔记六种》，中华书局 2002 年版。

（宋）范成大著，富寿荪标校：《范石湖集》，上海古籍出版社 1981 年版。

（宋）方回：《桐江集》，江苏古籍出版社 1988 年版。

（宋）方回：《瀛奎律髓》，上海古籍出版社 1993 年版。

（宋）洪迈：《容斋随笔》，中华书局 2005 年版。

（宋）胡仔：《苕溪渔隐丛话》，人民文学出版社 1962 年版。

（宋）黄升：《中兴以来绝妙词选》，上海书店出版社 1989 年版。

（宋）姜夔：《白石诗词集》，夏承焘校辑，人民文学出版社 1959 年版。

（宋）姜夔：《续书谱》，中华书局 1985 年版。

（宋）黎靖德编：《朱子语类》，中华书局 1986 年版。

（宋）李焘：《续资治通鉴长编》，中华书局 1985 年版。

（宋）李心传：《建炎以来朝野杂记》，中华书局 2000 年版。

（宋）李埴：《皇宋十朝纲要校正》，燕永成校正，中华书局 2013 年版。

（宋）刘克庄撰，钱仲联校注：《后村词笺注》，上海古籍出版社 1982 年版。

（宋）刘一清：《钱塘遗事》，上海古籍出版社 1985 年版。

（宋）陆游：《放翁题跋》，中华书局 1985 年版。

（宋）陆游：《老学庵笔记》，中华书局 1979 年版。

（宋）陆游：《剑南诗稿校注》，钱仲联校注，上海古籍出版社 2005 年版。

（宋）陆游：《陆游集》，中华书局 1976 年版。

（宋）罗大经：《鹤林玉露》，中华书局 1983 年版。

（宋）孟元老：《东京梦华录》，古典文学出版社 1956 年版。

（宋）桑世昌、俞松：《兰亭考 兰亭续考》，浙江人民美术出版社 1978 年版。

（宋）苏轼著，孔凡礼点校：《苏轼文集》，中华书局 1986 年版。

（宋）徐梦莘：《三朝北盟会编》，上海古籍出版社 1987 年版。

（宋）严羽著，郭绍虞校释：《沧浪诗话》，中华书局 1985 年版。

（宋）杨万里撰，辛更儒笺校：《杨万里集笺校》，中华书局 2007 年版。

（宋）叶绍翁著，沈锡麟、冯惠民点校：《四朝闻见录》，中华书局 1989 年版。

（宋）俞文豹：《吹剑录全编》，古典文学出版社 1958 年版。

（宋）岳珂：《宝真斋法书赞》，上海书画出版社 1993 年版。

（宋）张世南：《游宦纪闻》，中华书局 1977 年版。

（宋）张孝祥：《于湖词》，上海古籍出版社 1989 年版。

（宋）张孝祥撰，徐鹏点校：《于湖居士文集》，上海古籍出版社 1980
年版。

（宋）张载：《张载集》，章锡琛点校，中华书局 1978 年版。

（宋）周敦颐：《周子通书》，上海古籍出版社 2000 年版。

（宋）周密：《癸辛杂识》，中华书局 1997 年版。

（宋）周密：《齐东野语》，华东师范大学出版社 1984 年版。

（宋）朱熹、吕祖谦编订：《近思录》，江苏古籍出版社 2001 年版。

（宋）朱熹：《晦庵题跋》，中华书局 1985 年版。

（宋）朱熹：《四书章句集注》，中华书局 1983 年版。

（宋）朱熹：《朱熹集》，四川教育出版社 1996 年版。

（元）脱脱等：《宋史》，中华书局 1977 年版。

（明）陈邦瞻：《宋史纪事本末》，中华书局 1977 年版。

（明）傅山等：《傅山全书》，山西人民出版社 2004 年版。

（明）陶宗仪：《说郛》，上海古籍出版社 1988 年版。

（明）文徵明：《文待诏题跋》，中华书局 1985 年版。

（明）许学夷：《诗源辩体》，人民文学出版社 1987 年版。

（清）仇兆鳌：《杜诗详注》，中华书局 1979 年版。

（清）何文焕：《历代诗话》，中华书局 1981 年版。

（清）蒋士铨撰，邵海清校，李梦生笺：《忠雅堂集笺校》，上海古籍出
版社 1993 年版。

（清）刘熙载：《艺概》，上海古籍出版社 1978 年版。

（清）倪涛：《六艺之一录》，浙江人民美术出版社 2015 年版。

（清）潘永因编：《宋稗类钞》，刘卓英点校，书目文献出版社 1985 年版。

（清）彭定求：《全唐诗》，中华书局 2006 年版。

（清）王夫之：《宋论》，中华书局 1964 年版。

（清）王懋竑：《朱熹年谱》，中华书局 1998 年版。

（清）王原祁等：《佩文斋书画谱》卷五，中国书店 1984 年版。

（清）徐松辑，刘琳等点校：《宋会要辑稿》，中华书局 1957 年版。

（清）永瑢等主编：《四库全书总目》，中华书局 1965 年版。

二　专著及译著

（一）文史哲类

北京大学古文献研究所：《全宋诗》，北京大学出版社 1991 年版。

北京师范大学古籍研究所：《全元文》，江苏古籍出版社 2002 年版。

蔡方鹿：《宋明理学心性论》，巴蜀书社 2009 年版。

蔡方鹿：《朱熹经学与中国经学》，人民出版社 2004 年版。

陈荣捷：《朱子新探索》，华东师范大学出版社 2007 年版。

陈钟凡：《两宋思想述评》，东方出版社 1996 年版。

邓广铭：《宋史十讲》，中华书局 2008 年版。

邓乔彬：《古代文艺的文化关照》，上海教育出版社 2003 年版。

丁福保：《清诗话》，上海古籍出版社 1999 年版。

冯友兰：《中国哲学简史》，天津社会科学院出版社 2007 年版。

葛晓音：《山水田园诗派研究》，辽宁大学出版社 1993 年版。

郭绍虞：《中国历代文论选》，上海古籍出版社 2001 年版。

郭学信：《宋代士大夫文化品格与心态》，天津人民出版社 1997 年版。

韩西山：《张孝祥年谱》，安徽人民出版社 1993 年版。

何俊：《南宋儒学建构》，上海人民出版社 2004 年版。

何忠礼、徐吉军：《南宋史稿》，杭州大学出版社 1999 年版。

何忠礼：《南宋政治史》，人民出版社 2008 年版。

侯外庐主编：《宋明理学史》，人民出版社 1984 年版。

蒋述卓：《宋代文艺理论集成》，中国社会科学出版社 2000 年版。

蒋寅：《古典诗学的现代诠释》，中华书局 2003 年版。

孔凡礼、齐志平编：《古典文学研究资料汇编·陆游卷》，中华书局 1962 年版。

孔凡礼：《范成大佚著辑存》，中华书局 1983 年版。

李剑锋：《元前陶渊明接受史》，齐鲁书社 2002 年版。

李学勤：《中国学术史——宋元卷》，广西教育出版社 2003 年版。

李泽厚：《华夏美学》，天津社会科学院出版社 2002 年版。

梁昆：《宋诗派别论》，商务印书馆 1935 年版。

刘大杰：《中国文学史》，上海古籍出版社 1982 年版。

刘方：《宋型文化和宋代美学精神》，巴蜀书社 2004 年版。

鲁迅：《鲁迅全集》，人民文学出版社 1981 年版。

罗根泽：《中国文学批评史》，上海古籍出版社 1984 年版。

钱穆：《宋代理学三书随札》，生活·读书·新知三联书店 2002 年版。

钱穆：《朱子新学案》，九州出版社 2011 年版。

钱锺书：《管锥编》，中华书局 1986 年版。

钱锺书：《宋诗选注》，生活·读书·新知三联书店 2002 年版。

钱锺书：《谈艺录》，中华书局 1988 年版。

石明庆：《理学文化与南宋诗学》，中国社会科学出版社 2006 年版。

束景南：《朱熹年谱长编》，华东师范大学出版社 2001 年版。

孙敬尧：《新概念新方法新探索——当代西方比较文学论文选》，漓江出版社 1987 年版。

宛敏灏：《张孝祥和他的于湖词》，《纪念张孝祥诞生八百三十周年词学研究论文集》，上海古籍出版社 1982 年版。

宛新彬：《张孝祥资料汇编》，中华书局 2006 年版。

王水照：《宋代文学通论》，河南大学出版社 1997 年版。

王先霈：《中国古代诗学十五讲》，北京大学出版社 2007 年版。

王运熙、顾易生主编：《中国文学批评通史——宋金元卷》，上海古籍出版社 1996 年版。

吴建民：《中国古代诗学原理》，人民文学出版社 2001 年版。

夏承焘、吴熊和笺注：《放翁词编年笺注》，上海古籍出版社 1981 年版。

徐复观：《中国艺术精神》，春风文艺出版社 1987 年版。

许总：《宋明理学与中国文学》，百花洲文艺出版社 1999 年版。

许总：《宋诗史》，重庆出版社 1992 年版。

杨理论：《中兴四大家诗学研究》，中华书局 2012 年版。

杨渭生主编：《两宋文化史研究》，杭州大学出版社 1998 年版。

姚瀛艇：《宋代文化史》，河南大学出版社 1992 年版。

于北山：《范成大年谱》，上海古籍出版社 1987 年版。

余英时：《朱熹的历史世界》，生活·读书·新知三联书店 2004 年版。

曾枣庄：《中国文学家大辞典·宋代卷》，中华书局 2004 年版。

曾祖荫：《中国古代美学范畴》，华中理工大学出版社 1986 年版。

张立文：《朱熹思想研究》，中国社会科学出版社 1981 年版。

张少康：《中国文学理论批评史教程》，北京大学出版社 1999 年版。

张卫国注译：《金刚经》，崇文书局 2007 年版。

张文利：《理禅融会与宋诗研究》，中国社会科学出版社 2004 年版。

张文利：《魏了翁文学研究》，中华书局 2008 年版。

张元济编著：《四部丛刊初编》集部，商务印书馆 1936 年版。

周勋初主编：《宋人轶事汇编》，上海古籍出版社 2015 年版。

周膺、吴晶：《南宋美学思想研究》，上海古籍出版社 2012 年版。

朱东润：《陆游传》，海南出版社 1993 年版。

朱东润：《陆游研究》，中华书局 1961 年版。

朱东润：《梅尧臣集编年校注》，上海古籍出版社 2006 年版。

朱杰人等编：《朱子全书》，上海古籍出版社 2002 年版。

祝尚书：《宋代科举与文学考论》，大象出版社 2010 年版。

〔美〕韦斯坦因：《比较文学与文学理论》，刘象愚等译，辽宁人民出版社 1987 年版。

〔美〕艾布拉姆斯：《镜与灯：浪漫主义文论及批评传统》，郦稚牛等译，北京大学出版社 1989 年版。

〔美〕米歇尔著：《图像学：形象，文本，意识形态》，陈永国译，北京大学出版社 2012 年版。

〔日〕铃木大拙：《禅宗与精神分析》，贵州人民出版社 1998 年版。

〔苏〕别林斯基：《别林斯基论文学》，梁真译，新文艺出版社 1958 年版。

〔英〕维特根斯坦：《文化与价值》，黄正东、唐少杰译，清华大学出版社 1987 年版。

（二）书法类

白谦慎：《傅山的世界》，生活·读书·新知三联书店 2006 年版。

曹宝麟：《中国书法史（宋辽金卷）》，江苏教育出版社 1999 年版。

陈廷祐：《中国书法》，五洲传播出版社 2010 年版。

陈振濂：《书法美学》，山东人民出版社 2006 年版。

陈振濂：《线条的世界——中国书法文化史》，浙江大学出版社 2002 年版。

成杰：《中国古代书画印象式批评研究》，世界图书出版公司 2014 年版。

丛文俊：《中国书法史（先秦卷）》，江苏教育出版社 1999 年版。

丛文俊：《书法史鉴》，上海书画出版社 2003 年版。

崔尔平：《明清书法论文选》，上海书店出版社 1994 年版。

方爱龙：《南宋书法史》，上海古籍出版社 2008 年版。

傅申：《海外书迹研究》，紫禁城出版社 1989 年版。

华东师范大学古籍整理研究室等编：《历代书法论文选》，上海书画出版社 2014 年版。

华东师范大学古籍整理研究室等编：《历代书法论文选续编》，上海书画出版社 2014 年版。

华人德：《历代笔记书论汇编》，江苏教育出版社 1996 年版。

华人德：《中国书法史（两汉卷)》，江苏教育出版社 1999 年版。

黄惇：《中国书法史（元明卷)》，江苏教育出版社 1999 年版。

季伏昆：《中国书论辑要》，江苏美术出版社 1988 年版。

姜寿田等：《中国书法批评史》，中国美术学院出版社 1997 年版。

李剑锋：《元前陶渊明接受史》，齐鲁书社 2002 年版。

李芝岗：《中国雕刻书法艺术》，陕西师范大学出版社 2014 年版。

刘恒：《中国书法史（清代卷)》，江苏教育出版社 1999 年版。

刘孟嘉：《书法哲学：哲学视角下的中日书法思想演变研究》，人民出版社 2012 年版。

刘涛：《中国书法史（魏晋南北朝卷)》，江苏教育出版社 1999 年版。

刘正成：《书法艺术概论》，商务印书馆 2008 年版。

刘正成：《中国书法全集》，荣宝斋出版社 1992 年版。

卢辅圣主编：《中国书画全书》，上海书画出版社 1992 年版。

马宗霍：《书林藻鉴》，文物出版社 1984 年版。

欧阳中石等：《书法与中国文化》，人民出版社 2000 年版。

亓汉友：《书法势》，书法出版社 2014 年版。

邱振中：《笔法与章法》，江西美术出版社 2012 年版。

邱振中：《书法的形态与阐释》，中国人民大学出版社 2011 年版。

水赉佑：《宋代帖学研究》，上海人民美术出版社 2001 年版。

孙晓云：《书法有法》，江苏美术出版社 2010 年版。

王国华编纂：《书法六问——饶宗颐谈中国书法》，中国美术出版社 2013 年版。

王宏生：《北宋书学文献考论》，上海三联书店 2008 年版。

王颂余、傅以新：《书法结体研究》，天津人民美术出版社 2007 年版。

王镇远：《中国书法理论史》，黄山书社 1990 年版。

萧元：《书法美学史》，湖南美术出版社 1990 年版。

熊秉明：《中国书法理论体系》，中国出版集团人民美术出版社 2012 年版。

徐邦达：《徐邦达集》，紫禁城出版社 2005 年版。

徐利明：《中国书法风格史》，河南美术出版社 2009 年版。

杨仁恺：《中国书画鉴定学稿》，辽海出版社 2000 年版。

张典友：《宋代书制论略》，文物出版社 2012 年版。

中国古代书画鉴定组编：《中国古代书画图目》，文物出版社 1989 年版。

朱关田：《中国书法史（隋唐五代卷）》，江苏教育出版社 2009 年版。

［日］河内利治：《汉字书法审美范畴考释》，上海社会科学院出版社 2006 年版。

三　期刊文献

陈春霞：《张孝祥的禅宗思想及禅学渊源》，《中南大学学报》（社会科学版）2008 年第 5 期。

陈道义：《千古湖山人物，百年翰墨文章——范成大书法艺术试论》，《铁道师院学报》（社会科学版）1993 年第 4 期。

陈训明：《宋书尚意浅见》，《书法研究》1984 年第 4 期。

程杰：《论范成大以笔记为诗》，《南京大学学报》1989 年第 4 期。

邓乔彬、昌庆志：《宋代文学的文化学研究》，《学术研究》2008 年第

5 期。

方如金：《试评宋孝宗的统治》，《浙江师大学报》（社会科学版）2000 年第 6 期。

傅明善：《坚定的抗战者，清醒的思想者——论张孝祥的政治品格》，《宁波大学学报》（人文科学版）1998 年第 3 期。

李淳：《自我与时代之心——范成大诗歌创作的衰病主题及其超越》，《中华文化论坛》2016 年第 4 期。

刘扬忠：《平生得酒狂无敌，百幅淋漓风雨疾——陆游饮酒行为及其咏酒诗述论》，《中国韵文学刊》2008 年第 3 期。

缪钺：《论苏、辛词与〈庄〉〈骚〉——论陈与义词，论张孝祥词》，《四川大学学报》（哲社版）1984 年第 1 期。

孙径舟：《张孝祥书风嬗变探微》，《文艺评论》2008 年第 4 期。

王登科：《关于文学品格对书法的审美导向》，《鞍山师专学报》1993 年第 4 期。

吴伯曜：《朱熹的主敬工夫及其现代意义》，《崇仁学报》2013 年第 12 期。

吴承学：《论古诗制题制序史》，《文学遗产》1996 年第 2 期。

吴晟：《朱熹与黄庭坚诗学的离与合》，《南昌大学学报》2012 年第 4 期。

徐立：《范成大纪游诗文简论》，《四川师范大学学报》（社会科学版）1992 年第 5 期。

杨理论：《范成大与杜诗：一个官僚诗人的杜诗接受案例》，《杜甫研究学刊》2014 年第 2 期。

杨雅妃：《试论朱熹文本书写中理学与诗学的互涉：以主静、主敬功夫为切入点》，《台湾"国立"虎尾科技大学学报》2009 年第 28 卷。

杨阳、郭艳华：《论南宋中期爱国士风对文学的影响》，《文学研究》

2011 年第 8 期。

于北山：《陆游对前人作品的学习、继承和发展》，《淮阴师专学报》1980 年第 4 期。

曾维刚：《宋孝宗与南宋中兴诗坛》，《文学遗产》2013 年第 6 期。

张剑：《陆游的醉态、醉思与饮酒诗》，《北京大学学报》（哲学社会科学版）2016 年第 2 期。

赵胜利：《略论中国书法与文学趣味之关系》，《合肥工业大学学报》（社会科学版）2011 年第 10 期。

朱丹琼、范立舟：《南宋中期政治特性之形成与治国理念之嬗递》，《中国矿业大学学报》（社会科学版）2005 年第 2 期。

［德］卜松山：《中国文学艺术中的"法"与"无法"》，《东南文化》1996 年第 1 期。

四 学位论文

安财成：《中国书法结体和章法研究》，博士学位论文，中国艺术研究院，2016 年。

蔡显良：《宋代论书诗研究》，博士学位论文，南京艺术学院，2007 年。

陈博涵：《元代诗学与书画艺术的观念史研究》，博士学位论文，南开大学，2011 年。

陈春霞：《张孝祥思想及创作研究》，硕士学位论文，陕西师范大学，2003 年。

方良：《南宋书坛和中兴四大诗人书法研究》，硕士学位论文，陕西师范大学，2010 年。

贺小敏：《南宋诗学与书画艺术的综合研究》，博士学位论文，南开大学，2013 年。

李慧斌：《宋代制度层面的书法史研究》，博士学位论文，吉林大学，

2009 年。

李佩铨：《行书风格之量化分析与比较——以宋代四大家为例》，硕士学位论文，台湾元智大学，2009 年。

田萌萌：《南宋孝宗朝蜀地幕府与诗歌研究》，硕士学位论文，河北师范大学，2016 年。

王登科：《书法与宋代的社会生活研究》，博士学位论文，吉林大学，2010 年。

王进：《南宋时期米芾书法接受研究》，硕士学位论文，山东大学，2014 年。

由兴波：《诗法与书法——宋代"书法四大家"诗学思想与书法理论比较研究》，博士学位论文，复旦大学，2006 年。

张克锋：《魏晋南北朝文论与书画论的会通》，博士学位论文，西北师范大学，2007 年。

赵伟平：《身心与书法审美关系之研究》，博士学位论文，复旦大学，2006 年。

赵晓岚：《姜夔与南宋文化》，博士学位论文，华东师范大学，1998 年。

周剑之：《宋诗叙事性研究》，博士学位论文，北京大学，2011 年。

周君燕：《理学与南宋前中期辞赋研究》，博士学位论文，山东大学，2015 年。

邹巧艳：《桂林石刻诗歌研究》，硕士学位论文，广西师范大学，2011 年。

后　　记

2012年9月，我进入西北大学文学院，师从张文利教授开始博士学习。我在南宋文学研究方面倾注了较多时间和精力，加之长期以来对书法艺术的喜爱，希望博士期间能够进行南宋文学与书法的跨学科研究。经向导师多次求教，学位论文选题确定为南宋淳熙四家的诗歌与书法。经过几年写作及磨砺，于2017年5月底通过学位答辩。博士毕业之后我又用了近一年的时间，根据专家评议和答辩委员会的建议，对学位论文进行全面修改和校对。这本成型的著作，就是在博士学位论文的基础上充实和修订而成的。

感谢张文利教授的悉心指导。学位论文从选题、写作到修改定稿，无一不凝聚着导师的心血。记得开题前我曾几易其稿，导师耐心地给我方向性的意见及建议；初稿形成后，导师每次仔细审阅修改，及时提出关键的意见及建议。每念及此，不由对她精深的学术造诣、严谨的治学风格深深敬佩。生活上，恩师同样给予我极大的关心和帮助。她用自己丰富的人生经验、睿智的言辞教导我坚强面对每一次困难和考验。人生旅途中，能够遇此良师，是我的幸运，倍加珍惜。

感谢西北大学文学院的李浩、贾三强、段建军、李芳民、郝润华等教授，他们一丝不苟的学术态度、质朴高洁的言行操守，给我留下了深刻的印象。陕西师范大学的赵望秦、傅绍良、刘锋焘几位老师从开题到答辩，对我的论

278

文付出了许多心血。南宋淳熙四家的诗歌与书法这一选题受到杭州师范大学方爱龙教授著作《南宋书法史》的启发，著作修订之际也曾电话联系方教授请教问题，素未谋面的方教授针对我的问题条分缕析，答疑解惑，在此深表谢意。

关于南宋淳熙四家这一群体的诗歌与书法跨学科研究，从一开始就像是充满挑战和冒险的探索事业，没有太多前人论著可以参考，关于诗书本体研究的理论也不多，从开题到定稿的写作过程，既是征引和论证的过程，也是否定和存疑的过程。路漫漫其修远兮，关于南宋文学与书法的研究还有很长的路要走。由于本人学力有限，本书所代表的阶段性研究成果还不尽完善，文中难免存在各种疏漏和谬误。这是我人生中的第一本专著，著作中若有错讹、失当之处，恳请方家批评指正。

书稿交中国社会科学出版社后，文学艺术与新闻传播出版中心主任郭晓鸿博士进行了认真审阅，并提出宝贵意见。一本著作得以面世，包含着各位编辑和出版人员的大量心血，在此对诸位表示衷心的感谢。

路　薇

2018 年 6 月 28 日于西安